Mareike Albracht

KATZ UND MORD

Das Buch

Der erste Fall für Anne Kirsch

Neugier kann tödlich sein! Von ihrem Freund für eine Jüngere verlassen, kommt Kommissarin Anne Kirsch ein Mordfall gut gelegen: In Bontkirchen im Sauerland wird Jürgen Gruber erschossen aufgefunden. Bereits wenige Wochen zuvor war im selben Dorf die Rentnerin Luise Steinmetz an einer Knollenblätterpilzvergiftung gestorben. Gibt es eine Verbindung zwischen den Mordfällen? Und wo ist Luises Katze? Anne beginnt auf eigene Faust zu ermitteln und begibt sich dabei unwissentlich in Lebensgefahr …

Von Mareike Albracht sind in der „Ein-Fall-für-Anne-Kirsch«-Reihe erschienen:

Katz und Mord
Dornentod
Erzähl mir vom Tod
Mordskälte

Die Autorin

Mareike Albracht wurde 1982 geboren. Sie lebt mit ihrer Familie im Sauerland, schreibt leidenschaftlich gern Kriminalromane, betreibt einen Buchblog und veranstaltet regional Krimi- und Dinnerabende. Sie ist Mitglied der Mörderischen Schwestern.

Mareike Albracht

KATZ UND MORD

Der erste Fall für Anne Kirsch

Bibliografische Information der Deutschen Nationalbibliothek: Die Deutsche Nationalbibliothek verzeichnet
diese Publikation in der Deutschen Nationalbibliografie;
detaillierte bibliografische Daten sind im
Internet über dnb.dnb.de abrufbar.

Verlag: BoD · Books on Demand GmbH, Überseering 33,
22297 Hamburg, bod@bod.de
Druck: Libri Plureos GmbH, Friedensallee 273,
22763 Hamburg
Covergestaltung: Traumstoff Buchdesign traumstoff.at

ISBN: 978-3-7568-3778-6

Kapitel 1

Tag 1 – Sonntag, 24. September

»Kalt ist's in Deutschland!«, murmelte Maria Redlich und zog sich zum ersten Mal in diesem Jahr ihre marineblaue Strickjacke über den Kittel. Die Wolle hatte sie letztes Frühjahr zum halben Preis im Dorfladen erstanden.

»Reste vom Winter«, hatte Frau Kronslage gesagt und »Eine gute Hausfrau strickt das ganze Jahr!« hatte sie stolz geantwortet. Was blieb ihr als Rentnerin anderes zu tun, als ihren Haushalt und den Vorgarten in Ordnung zu halten, das Grab ihres seligen Johann zu pflegen und im Herbst das Laub vom Bürgersteig zu fegen? Dabei kam man wenigstens noch unter Leute und erfuhr, was im Dorf so vor sich ging.

Sie holte ihren Besen aus der Abstellkammer und trat vor die Tür, um ihrer Pflicht nachzukommen, wie sie es jeden Vormittag tat.

Heute war zwar Sonntag, aber wenn der Herrgott gewollt hätte, dass sie am Sonntag nicht Laub fegte, so sagte sie immer, dann hätte er es nicht auf ihren Bürgersteig fallen lassen. Der Sommer war vorüber, es war nicht mehr zu leugnen. Die Kronen der Bäume begannen sich zu verfärben und die braunroten Ahornbäume in ihrer Straße waren dieses Jahr die ersten, deren Blätter von den Zweigen fielen. Vor Maria Redlichs Küchenfenster leuchtete schon eine Felsenbirne in hellem Gelb.

Es hatte heute Nacht geregnet. In dem Tal, in dem Bontkirchen lag, hing dichter Nebel und die Luft war frisch und feucht. Das Laub auf dem Bürgersteig bildete eine rutschige Schicht, die einen unbedachten Spaziergänger zu Fall brin-

5

gen konnte. Herr Michalski ging hier jeden Tag mit seinem Hund entlang und würde einen Sturz auf seine alten Tage nicht mehr gut verkraften.

Wären ihre Nachbarn nur alle so ordentlich wie sie, dann sähe es in der Straße schon besser aus! Die Müllers zum Beispiel, die taten so gut wie nie etwas im Vorgarten, erst recht nicht mehr, wenn Schützenfest vorbei war. Gut, sie hatten zwei kleine Kinder – aber das hält schließlich nicht als Entschuldigung für alles her!

Maria Redlich hatte kaum angefangen zu fegen, als sie unter dem feuchten Laub eine unliebsame Entdeckung machte. Direkt vor ihrer Haustür lag eine tote Maus. Ein Ohr war abgerissen und die schwarzen eingetrockneten Augen blickten starr. Da hatte ihr wohl wieder eine Katze aus der Nachbarschaft ein Geschenk machen wollen.

Frau Redlich holte ein paar Küchentücher, um die Gabe in der grünen Tonne zu entsorgen.

Das war der Lauf der Dinge, nicht wahr?

Sie begann zügig zu fegen, damit sie rechtzeitig zur Sonntagsmesse fertig war. Dann hielt sie inne und betrachtete stirnrunzelnd das Haus auf der anderen Straßenseite, in dem Herr Gruber lebte; im Grunde ein vorbildlicher Nachbar, der ihr im Winter beim Schneeschippen half, wenn sie die Arthritis wieder so stark in den Händen spürte. Doch er hatte die Beleuchtung an seiner Haustür nicht ausgeknipst, dabei war es bereits nach neun und helllichter Tag. Und die Rollläden waren auch noch nicht hochgezogen. Herr Gruber wollte doch wohl die heilige Messe nicht versäumen?

Immer noch stirnrunzelnd kehrte sie ins Haus zurück, stellte ihren Besen zurück in die Abstellkammer und griff kurzentschlossen nach einem Teller mit Spritzgebäck, das von gestern übriggeblieben war.

Herr Gruber war ein sparsamer Mensch und als Mitarbeiter der Hochsauerland Energie wusste er genau, wie viel eine Kilowattstunde Strom kostete. Er würde ihr dankbar sein, wenn sie ihn auf sein Versäumnis hinwies.

Bestimmt hatte er Hunger und nähme ein Spritzgebäck. Junggesellen waren immer hungrig.

Sie schellte zweimal an Herrn Grubers Haustür, doch niemand öffnete. War es möglich, dass er noch im Bett lag? Um diese Uhrzeit? Sie klingelte noch einmal, um ihn zur Eile zu ermahnen.

Noch immer kam niemand, um die Tür zu öffnen. Frau Redlich läutete ein viertes Mal.

Langsam beschlich sie ein ungutes Gefühl und der Teller in ihrer Hand zitterte, als sie daran dachte, wie sie vor vier Wochen vor Frau Steinmetz' Haus gestanden hatte. Auch dort hatte ihr niemand geöffnet. Und weil Frau Steinmetz ebenfalls nicht mehr die Jüngste war, hatte sie sich Sorgen gemacht und das Haus durch den Hintereingang betreten. Und dann …

In ihrem Mund hatte sich ein bitterer Geschmack ausgebreitet. Entschlossen wischte sie die Erinnerung fort. Sie atmete einmal tief durch.

Der dunkelblaue Škoda stand an seinem Platz. Herr Gruber hatte wahrscheinlich verschlafen und sie würde nur einmal durch sein Küchenfenster schauen und nach dem Rechten sehen. Im Dorf kümmerte man sich eben um einander. So war das.

Frau Redlich hob ihren Kittel an, stieg über eine Reihe Lavendelsträucher und betrat den mit großen Steinplatten angelegten Pfad, der von der anliegenden Straße hinter das Haus führte. Einer der großen Blumentöpfe auf der Terrasse war umgefallen und zerbrochen, dunkle Erde hatte sich auf den Steinen verteilt.

»Ein Jammer!« Frau Redlich ging in die Hocke, um den Blumentopf aufzurichten, da bemerkte sie, dass die Terrassentür offenstand und kam ächzend wieder hoch.

War Herr Gruber in den Garten gegangen? Sie konnte ihn nirgends sehen. Er würde doch nicht so nachlässig sein, seinen Blumentopf umzustoßen?

»Herr Gruber?« Ihre Stimme überschlug sich ein wenig.

Wie eine Waffe hielt sie den Teller mit Spritzgebäck vor sich und näherte sich der Terrassentür. »Herr Gruber?«

Drinnen bot sich ihr ein Bild der Verwüstung. Schubladen waren aus den Schränken gerissen und ihr Inhalt lag auf dem Boden verstreut. Bilder und achtlos weggeworfene Bücher und Papiere türmten sich auf dem Boden. Jemand hatte das Zimmer gründlich durchwühlt und dabei die größtmögliche Zerstörung angerichtet. In der gesamten Wohnung brannte Licht.

»Jesus!«, murmelte Maria Redlich atemlos.

Sie näherte sich der Tür zur Küche, obgleich sie bereits schlimmste Befürchtungen hegte. »Herr Gruber?«

Sie fand seinen leblosen Körper vor dem Einbauherd. Er lag auf dem Bauch, den Kopf in einem seltsamen Winkel zur Seite gedreht. Seine Augen waren offen und starr und schienen Frau Redlich anzublicken. Und es war Blut auf dem Boden, jede Menge Blut.

Sie schrie einmal kurz auf und sank in den Stuhl, der einige Meter hinter ihr am Esstisch stand.

»Langsam atmen«, sagte sie zu sich. »Langsam atmen, Maria. Du stehst unter Schock. Ein und aus.« So hatte sie es immer in den Krankenhausserien gesehen.

»Herr im Himmel!«, entfuhr es ihr und sie richtete sich mit Hilfe der Esstischkante wieder auf. Sie musste die Polizei rufen. Das war ganz klar Mord, vermutlich Raubmord, dem Wohnzimmer nach zu urteilen. Sie würde als Zeugin vernommen werden und wer weiß was nicht noch alles.

Sie eilte hinaus, stampfte mit großen Schritten durch den Garten, wobei sie mehrere kleine Stauden zertrat, doch darauf konnte sie jetzt keine Rücksicht nehmen. Sie lief zum Nachbarhaus und klingelte bei Erika Schubert, einer alten Freundin, mit der sie oft zusammen Karten spielte.

Erika Schubert war eine kleine, drahtige Seniorin mit einer weißen Dauerwelle, über der sie ein Haarnetz trug.

»Maria!« rief sie aus. »Ist etwas passiert? Du siehst aus, als hättest du ein Gespenst gesehen!«

Frau Redlich schob sich an ihr vorbei ins Esszimmer. »Ich sag' es dir, Erika! Ich sag' es dir! Hast du noch den Weinbrand im Schrank? Hol schnell zwei Gläser. Wir brauchen jetzt einen Schluck und dann müssen wir die Polizei rufen.«

Frau Schuberts Hände zitterten ein wenig, als sie die Flasche mit dem Branntwein und zwei kleine Gläser aus dem Schrank holte. »Die Polizei? Was ist los? Um Himmels Willen, Maria, nun red schon! Hat dich jemand überfallen?«

»Mich nicht!«, antwortete Frau Redlich und stellte ihr Gebäck auf den Esstisch. Mit einem Seufzer ließ sie sich auf einem Stuhl nieder. »Den Herrn Gruber hat jemand überfallen und jetzt liegt er tot in seiner Wohnung und das am heiligen Sonntag!«

»Nein!«, hauchte Frau Schubert. Sie stellte Gläser und Flasche auf den Tisch, doch ihre Hände begannen noch mehr zu zittern.

Frau Redlich griff nach dem Branntwein und schenkte großzügig ein. »Wenn ich's dir doch sage, Erika!«

»Nein!«, wiederholte Frau Schubert.

»Wenn ich es dir doch sage! Ich war eben dort und wollte Herrn Gruber Bescheid sagen, dass er vergessen hat, sein Licht zu löschen. Du weißt schon, die Lampe über der Haustür.« Sie griff entschlossen nach dem Schnapsglas. »Nun trink erst mal einen, Erika, das beruhigt die Nerven! Prosit!«

»Prosit!«, wiederholte Frau Schubert und trank gehorsam. Mit weit aufgerissenen Augen schluckte sie und schien sich langsam von ihrem Schock zu erholen. »Wir müssen die Polizei rufen!«

Frau Redlich hatte ihr Glas geleert und schenkte noch einmal nach. »Das sag' ich doch, Erika, das sag' ich doch die ganze Zeit!«

Frau Schubert holte ihr Telefon und reichte es Frau Redlich beinahe ehrfurchtsvoll dar. »Was wählt man denn da? Die 110 oder die Nummer von der Polizei in Brilon?«

»Ach, Erika!«, schnaubte Maria Redlich, kopfschüttelnd über die Unwissenheit ihrer Nachbarin. »Bei so einem Fall kommen die Spezialisten von der Mordkommission! Da hat doch unsere Polizei in Brilon nichts mit zu tun. Sag mal, kennst du das denn nicht aus dem Fernsehen?«

Natürlich kannte Erika Schubert das aus dem Fernsehen. Gemeinsam wählten sie die 110, Frau Schubert stellte auf Lautsprecher und die beiden Frauen lauschten andächtig dem Piepton.

♦

Das Telefon aus dem Arbeitszimmer in der Wohnung Seidel klingelte bereits zum vierten Mal. »Nimmst du ab, Thorsten?«, rief Margit aus dem Bad, »Ich habe den Kleinen gerade auf dem Wickeltisch.«

Hauptkommissar Thorsten Seidel von der Dortmunder Kriminalpolizei beendete seinen gemütlichen Sonntagvormittag im Bett und schleppte sich ins Arbeitszimmer, wo das Telefon nicht aufhören wollte zu klingeln. *Hoffentlich nicht die Arbeit …*

Er räusperte sich, um den Hals frei zu kriegen. »Seidel?«

Natürlich war es die Arbeit. Genauer gesagt Kriminaldirektor Oberan persönlich, der ihm mitteilte, dass es einen Todesfall im Hochsauerlandkreis gab und dass Janitzki, Thorstens Kollege von der Mordbereitschaft, leider kurzfristig krank geworden war. Und Anne Kirsch war im Urlaub. Aber die Kripo Brilon hatte angeboten, ihm einen jungen Kommissar zur Seite zu stellen, der ihn bei den Ermittlungen unterstützen solle.

»In Ordnung.« Es dauerte ein wenig, bis er unter dem Stapel von Zetteln – warum konnte Margit auch nie etwas abheften? – einen Stift gefunden hatte, mit dem er sich die Adresse notieren konnte: Straße *Zum Sonnenborn* in Bontkirchen, Brilon.

»Schon wieder Bontkirchen?«, murmelte er vor sich hin. *Seltsam.* Die Spurensicherung war schon unterwegs, also musste er jetzt auch los.

»Wer war es?«, rief Margit aus dem Bad.

»Ein Todesfall«, rief Thorsten zurück. »Ich muss ins Sauerland. Hab' ich noch ein gebügeltes Hemd?«

»Ja, wenn du es bügelst!«, kam die Antwort zurück.

Thorsten suchte im Kleiderschrank und fand ein Sweatshirt, das er stattdessen anzog. Er ging zu Margit ins Bad, die gerade Robin in seine Latzhose steckte, und gab beiden einen Kuss. Dann beugte er sich übers Waschbecken, um sich die Zähne zu putzen.

Der Mann, der ihn aus dem Spiegel heraus ansah, hatte schon mal bessere Zeiten erlebt: Mit dreißig zum Beispiel, als seine Stirnpartie noch voller gewesen war. Margit behauptete, er sähe nicht schlecht aus für sein Alter. Aber vermutlich war sie nicht objektiv, immerhin hatte sie ihn geheiratet. Er trug sein Haar sehr kurz, weil er fand, dass er dann Ähnlichkeit mit Tom Hanks hatte. Im Moment hielt sich diese Ähnlichkeit jedoch in Grenzen, bedingt durch eine dicke Liegefalte samt Kopfkissenmuster in seinem Gesicht. Er versuchte sie wegzureiben.

»Hat Schalke denn gewonnen?«, fragte Margit.

Thorsten zog eine Grimasse. »Nein. Verloren gegen Hannover 96.«

»Na ja. Das nächste Mal wird besser.«

Thorsten wusste zu schätzen, dass sie – im Gegensatz zu den meisten Dortmundfans – nicht über seine Mannschaft herzog, aber sie war schließlich seine Frau. Da konnte man eine gewisse Loyalität erwarten.

Margit legte von hinten die Arme um seine Brust. »Wann bist du zurück? Schaffen wir es noch in den Zoo?«

Thorsten seufzte. »Vermutlich nicht. Anne ist im Urlaub und Janitzki ist krank. Ich fahre bestimmt eine Stunde bis in dieses Kaff. Lass uns das nächstes Wochenende machen, ja?« Er gab ihr noch einen Kuss auf den Mund und ging in die Küche.

Der Kaffee in der Kanne war kalt. Thorsten kippte angewidert den Inhalt seiner Tasse in die Spüle.

»Wann gehen wir in den Zoo?«, fragte Lisa, die am Küchentisch saß und malte.

»Nächste Woche, ja, Schatz?«, antwortete Thorsten und gab ihr einen Kuss. »Papa muss arbeiten.«

Das Mädchen verzog schmollend den Mund.

»Mit den Zöpfen siehst du aus wie Pippi Langstrumpf«, wagte er einen Kommentar zu ihrer Frisur, doch sie durchschaute sein Ablenkungsmanöver gnadenlos.

»Wenn wir nicht in den Zoo gehen, kriegst du kein Bild von mir!«

»Wir gehen ja in den Zoo, nur nicht heute, weil ich arbeiten muss, in Ordnung, Schatz? Ich muss jetzt los. Die Mama macht bestimmt etwas Schönes mit euch.«

Wenn sie wütend ist, sieht sie aus wie ihre Mutter, dachte er beim Hinausgehen.

Er setzte sich ins Auto und schnappte sich im kleinen Backshop um die Ecke noch ein Käsecroissant und einen Kaffee-to-go, – ein Hoch auf die Zivilisation! – bevor er seinen Weg ins Sauerland antrat. Auf der B1 war mächtig viel Verkehr, wie jeden Morgen. Thorsten biss in sein Croissant und schlürfte seinen Kaffee während er im Stop-and-go-Tempo von Ampel zu Ampel rollte. Er dachte darüber nach, wie seltsam es war, dass er nun schon zum zweiten Mal in diesem Monat in das kleine Kaff im Sauerland fuhr.

Vor dem Tatort, einem freistehenden Einfamilienhaus, parkten schon die Einsatzfahrzeuge der Spurensicherung und mehrere Streifenwagen. Zwei uniformierte Beamte der hiesigen Polizei bewachten die Absperrung und vernahmen die Schaulustigen. Das halbe Dorf schien sich versammelt zu haben. So etwas bekam der Sauerländer nicht jeden Tag zu sehen! Thorsten winkte einigen Kindern zu, die alles mit großen Augen beobachteten, und duckte sich unter der Absperrung hindurch.

»Herr Seidel?« Ein junger Mann eilte herbei. Er trug einen weißen Plastikanzug, Schuhüberzieher, Handschuhe und einen Mundschutz, den er übergangsweise unter sein Kinn geklemmt hatte. Einige hellbraune Haarsträhnen lugten unter der Kapuze hervor. Das musste der Kommissar aus Brilon sein. Er sah jung aus, nicht älter als fünfundzwanzig.

»Das bin ich.« Thorsten gab ihm die Hand.

»Mein Name ist Anton Hellmann. Ich unterstütze Sie für die Dauer der Ermittlungen.« Seine Stimme klang aufgeregt. Sicher war es seine erste Mordermittlung.

»Willkommen im Team«, sagte Thorsten. »Wissen wir schon etwas über den Toten?«

»Er heißt Jürgen Gruber«, berichtete der junge Mann atemlos. »Er wohnte hier allein im Haus. Eine Nachbarin hat ihn gefunden.«

Er deutete auf eine stämmige Frau in Kittel und Strickjacke, die in der ersten Reihe hinter der Absperrung stand und lebhaft gestikulierend auf einen Polizisten einzureden schien.

»Am besten ich sage es Ihnen gleich ...« Anton Hellmann trat von einem Fuß auf den anderen und zupfte nervös an seinem Plastikärmel. »Es ist meine Schuld. Als ich den Herrn in Dortmund angerufen habe, hat er mich gefragt, ob wir einen Gerichtsmediziner brauchen. Und ich hab' Ja gesagt, ich wusste nicht, dass bei einer Schussverletzung ... Ich hab' das noch nie gemacht.« Er wirkte außer sich.

»Nun mal ganz langsam«, unterbrach Thorsten ihn. »Herr Gruber starb durch eine Schussverletzung? Gibt es ein Problem?«

Anton Hellmann nickte schwer. »Dr. Lange hat gesagt, wenn es offensichtlich eine Schussverletzung ist und der Tatort und der Fundort identisch sind, wird eigentlich kein Gerichtsmediziner gerufen.«

Thorsten wurde einiges klar. Der Junge hatte die schlechte Laune des klapperdürren, sauertöpfischen Dr. Lange abbekommen, Albtraum aller Medizinstudenten. Er grinste. »Der Doktor ist stinkig, weil Sie ihn am Wochenende gerufen haben? Machen Sie sich nichts draus. Er ist manchmal

13

etwas schwierig. Im Zweifel ist es immer besser, einen Fachmann dabeizuhaben.«

»Wenn Sie es sagen.« Anton Hellmann schien noch nicht überzeugt.

»Gehen wir erst mal rein.« Thorsten holte sich aus dem Wagen der Spurensicherung Plastikoverall, Handschuhe, Fuß- und Mundschutz, um zu verhindern, dass fremde DNA in die Wohnung gelangte. Während sie den Flur durchquerten, registrierte er die kleinen Dinge, auf die ein erfahrener Ermittler achten musste: Der Schlüssel steckte von innen in der Haustür, sämtliche Fenster waren geschlossen, die Lichter eingeschaltet, die Rollläden teilweise heruntergelassen.

Sie durchquerten den Flur und betraten das Wohnzimmer. Ein Spurensicherer trat zur Seite, um sie hereinzulassen. In der einen Hand hielt er einen Pinsel, in der anderen die Dose mit dem dunklen Puder, den er gerade auf die Türklinke auftrug, um Fingerabdrücke sichtbar zu machen.

Der Täter hatte ein ziemliches Chaos angerichtet. Herr Gruber hatte eine Sammlung selbstgebrannter DVDs besessen, die nun kreuz und quer im Raum verstreut lagen. Die Cover waren selbstbedruckt: Folgen von *Raumschiff Enterprise*, *Deep Space Nine* und *Raumschiff Voyager*. Thorsten kannte viele von ihnen aus seiner Jugendzeit.

Er ließ sich von Anton Hellmann in die Küche führen, wo der Tote auf einer Folie lag. Er war umgedreht worden, das erkannte Thorsten an den blauvioletten Verfärbungen am Hals und der rechten Gesichtshälfte. Über die ins Leere starrenden Augen hatte sich ein bräunlicher Schleier gelegt. Er trug ein gebügeltes Hemd, das blutdurchtränkt war.

Dr. Lange, Leiter des Instituts für Rechtsmedizin in Dortmund, stand mit seinem Diktiergerät über die Leiche gebeugt: »Ausgeprägte Totenflecken an den vorderen, seitlichen Halspartien, Brust und Abdomen, kompatibel mit Auffindungssituation in Bauchlage.« Er presste einen behandschuhten Daumen in Wange und Hals des Toten. »Livores fast komplett fixiert.«

Sein Adamsapfel bewegte sich sichtbar, während er sprach. Er war groß und dünn, mit hoher Stirn, schmalem Schädel und glattrasierter Haut, die sich über den Kieferknochen spannte.

Als er Thorsten sah, richtete er sich zu voller Länge auf und grüßte mit den Worten: »Schussverletzung im oberen Brustbereich. Blut ist im Liegen ausgetreten. Die Totenstarre ist voll ausgebildet und wurde nicht gebrochen. Totenflecke durch Absinken des Blutes in Bauchlage vorhanden, Aussparungen mit Auflageflächen identisch. Was sagt Ihnen das, Herr Seidel?«

»Ebenfalls einen guten Morgen«, erwiderte Thorsten. Er kannte Dr. Lange schon einige Jahre und wusste mit seiner ironischen, manchmal ruppigen Art umzugehen. Aber er konnte gut verstehen, wenn sich ein junger Kerl wie Hellmann eingeschüchtert fühlte.

»Wie man es nimmt«, entgegnete der Mediziner ungerührt. »Frau Kirsch?«

»Anne hat Urlaub. Sie ist jetzt wahrscheinlich schon auf Mauritius und lässt sich die Sonne auf den Pelz scheinen.«

»Das sei ihr vergönnt. Also, der Körper wurde nach Eintritt des Todes nicht mehr bewegt. Verrät Ihnen das Fehlen einer Schusswaffe, dass sich unser Klient vermutlich nicht selbst so zugerichtet hat, oder brauchen Sie dafür einen Gerichtsmediziner, Herr Seidel?«

Er würdigte Hellmann keines Blickes. Thorsten merkte, dass sich der junge Mann neben ihm versteifte.

»Ein guter Gerichtsmediziner könnte mir schon etwas über Schusswinkel und Entfernung sagen«, entgegnete er. Dr. Lange respektierte nur den, der sich nicht von ihm einschüchtern ließ, und nicht mal darauf konnte man sich verlassen.

Ein dünnes Lächeln kräuselte die Lippen des Mediziners. »Genaues kann uns da nur die Untersuchung mit dem Mikroskop und das Rekonstruktionsgutachten sagen, aber fürs Erste würde ich davon ausgehen, dass der Schuss aus einigen Metern Entfernung abgegeben wurde, auf keinen Fall aufgesetzt.« Er deutete auf die Hände des Toten, die bereits in Plastiktüten verpackt waren. »Die Schmauchspurenuntersuchung wird zeigen, dass er den Abzug nicht selbst betätigt hat, wenn Sie an meiner Einschätzung zweifeln.«

»Wenn Sie das sagen.« Thorsten musterte einen Moment lang schweigend den Toten und seine Umgebung, während Dr. Lange mit der äußeren Besichtigung fortfuhr.

Er betrachtete die Blutlache auf dem Boden und registrierte ebenso das Fehlen von Blutspritzern an Schranktüren und Wänden.

Wird mehrmals auf einen Menschen geschossen oder tritt das Geschoss wieder aus dem Körper aus, sind durch die hohe Geschwindigkeit der herumgeschleuderten Blutstropfen immer breitgefächerte Spritzmuster zu finden. Natürlich könnte der Täter sie weggewischt haben, aber dann würden die Spurensicherer sie mit Hilfe ihres Luminols finden. *Oder ein einziger Schuss hat ausgereicht*, dachte Thorsten.

Auf dem Herd stand ein Topf mit Deckel. Thorsten hob Letzteren an und roch kaltes Chili. »Vielleicht hat er Besuch erwartet.«

Dr. Lange schnaubte. »Dann bestimmt keinen Damenbesuch. Wenn Mann schon kocht, dann aber mit etwas mehr Anspruch, wenn ich bitten darf! Oder was kochen Sie für Ihre Frau, Herr Seidel?«

»Um Himmels willen!« Mit einem Schauder dachte Thorsten an sein letztes Kochexperiment. »Mir sind sogar schon Spaghetti angebrannt.«

»Ts, ts.« Der Pathologe schüttelte den Kopf. »Da hätte ich mehr von Ihnen erwartet, bei zwei Kindern.«

»Mann tut was Mann kann. Ist Holger da?«

Holger Berend musste die Frage gehört haben, denn er betrat in diesem Augenblick die Küche.

»Auch schon angekommen?«, rief er spöttisch und sah demonstrativ auf seine mechanische Uhr, die er selbst zusammengesetzt hatte, eines seiner unzähligen, eigenartigen

Hobbies. Er war sehr blass, wie es bei Rothaarigen oft der Fall ist, klein und dicklich. Sein Spezialgebiet war Spurensicherung, aber mit seinen achtundzwanzig Jahren hatte er auch schon einen Bachelor in Chemie und arbeitete zeitweise im Labor mit. Er war hochintelligent und peinlich genau. Doch so sorgfältig er in seinem Beruf war, so nachlässig war er in Bezug auf Körperpflege und seine äußere Erscheinung.

Thorsten wies ihn darauf hin, dass der Herd ausgeschaltet gewesen war und fragte, ob er Fingerabdrücke genommen habe.

Holger spielte den Beleidigten. »Sag mal, hältst du uns für Anfänger?«

»Schon gut.«

»Ich kann mir schon denken, warum du so schlechte Laune hast. Also ich hab' gestern auch Bundesliga geguckt.«

Thorsten blickte ihn böse an. »Kein Wort darüber, ja!«, knurrte er.

»Keine Sorge, ich trete keinen, der schon am Boden liegt. Das wird Atlético am Mittwoch übernehmen. Ich sag' nur Champions League!« Wie fast alle von Thorstens Kollegen war er natürlich Dortmundfan.

»Nächsten Sonntag zeigen wir euch Zecken, wo der Hammer hängt«, gab Thorsten mit einer Siegesgewissheit zurück, die er nicht fühlte. Nächsten Sonntag war Revierderby, das Spiel der Spiele. Holger und er würden es traditionell zusammen in ihrer Stammkneipe gucken. Hoffentlich war wenigstens Huntelaar wieder spielbereit.

Holger schnaubte nur spöttisch. »Wo ist eigentlich Anne?«

»Frau Kirsch ist im Urlaub«, rief Dr. Lange. »Wenn die Herren sich jetzt wieder um unseren Fall bemühen würden?« Er war einer der wenigen Dortmunder, die Thorsten kannte, die sich nicht für Fußball interessierten.

Thorsten schaltete sofort um. »Können Sie uns schon etwas über den Todeszeitpunkt sagen?«

»Selbstverständlich. Nach der Körperkerntemperatur vor zwölf Stunden, schätze ich.«

»Also gestern Abend 23.00 Uhr.«

Dr. Lange nickte mit gerunzelter Stirn. »Plus, minus eine Stunde.« Er seufzte. »Ein Fall aus dem Bilderbuch, wenn Sie mich fragen. Reine Routine. Das hier hätte selbst Holger Berend alleine hingekriegt.«

Anton Hellmann sah aus, als wolle er im Fußboden versinken.

»Ich bin sicher, Holger weiß das zu schätzen«, erwiderte Thorsten. »Trotzdem bin ich froh, dass wir Sie heute dabei haben, Dr. Lange. So können wir sicher sein, dass wir nichts Wichtiges übersehen. Außerdem ist das hier doch eine schöne Gegend.«

Wenn man neugierige Nachbarn, endlose Straßenserpentinen und totale Einöde mag, fügte er in Gedanken hinzu.

»Nun, wenigstens kann ich auf dem Rückweg beim Biobauern einkaufen«, brummte der Gerichtsmediziner.

»Jetzt fangen wir noch mal von vorne an«, entschied Thorsten. »Wie ist der Täter hereingekommen? Gibt es Einbruchspuren?«

Holger antwortete: »Durch die Terrassentür.« Sie gingen zurück ins Wohnzimmer. »Sie wurde nicht aufgebrochen. Entweder die Tür stand offen oder Herr Gruber hat seinen Mörder reingelassen.«

»So sieht es wohl aus. Spuren eines Kampfes?«

»Wenn, dann wurden sie durch die anschließende Verwüstung der Zimmer wahrscheinlich zerstört. Aber es wird dauern, bis wir hier fertig sind. Der tödliche Schuss wurde in der Küche abgegeben. Das Projektil steckt noch im Körper, aber wir haben die Hülse gefunden.«

Holger ging zu einer gelben Kiste, in der die sichergestellten Beweismittel lagen, und zog eine Plastiktüte mit den Resten der roten Patronenhülse hervor. Thorsten hielt sie ins Licht und versuchte die Buchstaben zu entziffern. »6,5 x 57 R ... TMG ...«

»Teilmantelspitzgeschoss«, erklärte Holger. »Eine Patrone für ein Jagdgewehr. Die Tatwaffe selbst fehlt.«

»Also ein Jäger?«, meldete sich Anton Hellmann zu Wort.

»Möglich«, erwiderte Thorsten. »Oder jemand, der Zugang zu einem Jagdgewehr hatte. Auf die geringe Entfernung muss man wahrscheinlich noch nicht einmal schießen können.« Ihm kam ein Gedanke und er trat in die Tür zur Küche. »Was kochen Sie eigentlich für Ihre Frau, Herr Dr. Lange?«

Der Gerichtsmediziner packte bereits seine Sachen zusammen. »Bei mir gibt es ausschließlich vegetarische Kost. Sie sollten mal meine Hirseklößchen an Kürbisragout probieren.« Sein Blick wanderte demonstrativ an Thorstens relativ schlanker Gestalt zu seinem leichten Bauchansatz herab. »Das würde Ihnen auch nicht schaden.«

»War das eine Einladung, Herr Doktor?«

Er musste über die schockierte Miene des Mediziners lächeln, als er hinausging. Er kannte niemanden, der Berufliches und Privates so strikt trennte wie Dr. Lange.

Bevor er losfuhr, beauftragte er Hellmann damit, die Nachbarn zu befragen, und verfasste eine Kurznachricht:

»Hi Anne! Viel Spaß auf Mauritius! Wenn du zurückkommst, wartet eine neue Leiche auf dich!«

♦

Anne Kirsch rannte. Sie rannte an den Westfalenhallen vorbei, über einen großen Parkplatz, am Stadion Rote Erde links in die Strobelallee und wieder rechts in den Turmweg. Sie rannte bis zum Freibad Volkspark, bog noch zweimal ab und lief auf einem schmalen Pfad durch den Wald, vorbei an der Fitnessbahn, überquerte die Emscher und jagte weiter durch den Wald. Drei Schritte einatmen, drei Schritte ausatmen. *Fuck, fuck, fuck!* Sie erhöhte das Tempo.

Ihre Oberschenkel begannen zu schmerzen. Konnte sie noch schneller? Campino dröhnte in ihren Ohren. Doch trotzdem hallte die Stimme, die sie versuchte zu übertönen, in ihrem Kopf wider. Sie hatte sein Bild vor Augen, wie er vor ihr saß und ihr den Wein einschenkte, der kurz darauf als roter Fleck auf ihrem Teppich gelandet war.

Sie hörte die Stimme ihrer Mutter dazu: »Ich bin so froh, dass du endlich jemand Anständigen gefunden hast, Anne. Du bist doch eine hübsche, junge Frau. Ich hab' immer gesagt, du musst dich mal etwas weiblicher kleiden!«

Der Weg wurde schmaler, Blätter dämpften Annes Schritte. Heute, bei dem milden Wetter, waren viele Jogger und Spaziergänger unterwegs und Anne musste achtgeben, dass sie nicht über eine Hundeleine oder ein Dreirad stolperte.

Es war ihr Jahrestag gewesen. Der Beginn des gemeinsamen Urlaubs und vier Tage vor ihrem Flug nach Mauritius, wo sie am Strand der Kälte entfliehen, gemeinsame Sonnenuntergänge über dem Meer erleben und bunte Cocktails an der Hotelbar schlürfen wollten. Und was konnte bei so einem Urlaub zu zweit nicht noch alles geschehen?

Stefan hatte Pasta gekocht, Spaghetti mit seiner köstlichen Arrabbiatasoße. Dazu gab es Salat und einen schweren Rotwein, der ihr die Zunge blau färbte.

Doch irgendetwas stimmte nicht. Er sah ernst aus, seine hohe Stirn in Falten gelegt und seine Augen waren voller Mitleid. So, als würde er ein Reh ansehen, das verletzt auf der Straße lag.

»Ich muss dir etwas sagen«, hatte er begonnen. »Es tut mir leid …«

Jemand rempelte sie von der Seite an und sie stürzte. Ein stechender Schmerz durchzuckte ihren Knöchel. »Es tut mir leid«, sagte der andere Jogger, ein Mann um die zwanzig.

»Pass doch auf, du Vollidiot!«, stieß sie zwischen keuchenden Atemzügen hervor und umklammerte die schmerzende Stelle mit den Händen. Tränen standen ihr in den Augen und das Herz hämmerte in ihrer Brust, als würde es gleich explodieren.

»Sorry«, murmelte der junge Mann verlegen. »Kannst du aufstehen?« Der Typ war dunkelblond – wie Stefan – mit einem kurzen, krausen Kinnbart.

»Geht schon.« Sie ignorierte seine ausgestreckte Hand und rappelte sich auf. Der rechte Knöchel schmerzte höllisch, aber sie konnte leicht auftreten.

»Soll ich dich nach Hause bringen?«

Gott bewahre, lieber krieche ich auf allen Vieren! Etwas ungeschickt schüttelte sie seine Hand ab, drehte sich weg und humpelte mit zusammengebissenen Zähnen vorwärts. »Danke, ich komme schon klar.«

»Bist du sicher?« fragte der Typ.

»Absolut sicher!«, stieß sie hervor, ohne sich umzusehen. Sie humpelte entschlossen weiter, obwohl der Knöchel übel wehtat, aber von Männern hatte sie mehr als genug, schönen Dank auch.

Und jetzt? Sie konnte nicht mehr weit laufen. Am liebsten würde sie sich in ihrer Wohnung verkriechen und die Decke über den Kopf ziehen, aber nach Hause konnte sie nicht, dort war Stefan vermutlich gerade dabei, seine Möbel hinauszutragen.

Fuck! Sie wusste, dass es ein Fehler war, aber immerhin war es in der Nähe. Sie bog in die Stübbenstraße und humpelte zu Haus Nummer 39. Roswitha Kirsch stand neben einer der vielen Klingeln.

»Ja?«, tönte eine Stimme aus der Gegensprechanlage.

»Ich bin's, Mama.«

»Anne? Oh, wie schön, dass du kommst, ich habe gerade an dich gedacht! Komm schnell rauf, ich muss dir unbedingt etwas zeigen!«

Das mit dem schnell war so eine Sache, aber zum Glück wohnte Annes Mutter im zweiten Stock. »Wie siehst du denn aus?!«

»Hi, Mama.«

Niemand, der es nicht besser wusste, würde vermuten, dass Anne und ihre Mutter verwandt waren. Während Roswitha ihre langen, blonden Haare stets offen trug und ihr Alter mit Hilfe von unzähligen Cremes und Salben und ein wenig Botox auf eine Zahl zwischen dreißig und vierzig konserviert hatte, ähnelte Anne beinahe ausschließlich ihrem Vater. Sie hatte seinen dunklen Teint und seine schwarzen Haare geerbt, die sie kurz trug und die je nach Laune mal mehr, mal weniger wild von ihrem Kopf abstanden.

Die kleine, spitze Nase war das einzige, das Mutter und Tochter gemeinsam hatten. »Wie eine Spitzmaus«, hatte Stefan sie immer aufgezogen. Beim Gedanken an ihn verzog sie den Mund. »Bin umgeknickt. Kann ich bei dir duschen?«

»Klar –«, begann Roswitha, doch Anne war schon im Badezimmer verschwunden. »Hast du was zum Anziehen für mich?«, rief sie hinter der verschlossenen Tür.

Roswitha seufzte. »Mal sehen, ob ich noch eine Jeans im Schrank finde.«

Kurze Zeit später stand Anne in einer alten Jeans und einem grünen Rollkragenpullover ihrer Mutter am Herd und briet sich ein paar Eier mit Zwiebeln. Es ging ihr schon besser. Der Knöchel schmerzte etwas weniger und wenn sie einfach überhaupt nicht mehr an Stefan dachte, wäre es vielleicht irgendwann so, als hätte es ihn nie gegeben.

»Wie war denn euer Dinner? Hat Stefan dir endlich einen Antrag gemacht?«, fragte ihre Mutter, die mit einer Tasse grünem Tee am Tisch saß. »Du solltest dir die Haare föhnen, weißt du? Du willst doch nicht so kurz vor eurem Urlaub krank werden.«

»Mama!« Anne verdrehte genervt die Augen. Sie hatte ihrer Mutter den Rücken zugekehrt und stocherte mit dem Pfannenwender in ihren Eiern herum.

»Das sollte er jedenfalls! Entschuldige, aber das ist meine Meinung. Wie lange seid ihr jetzt zusammen, zwei Jahre? Was ist, wenn du schwanger wirst?«

»Lass gut sein, Mama. Ich möchte jetzt nicht drüber reden.« Anne lud sich die Eier auf einen Teller, auf dem schon zwei Schnitten Brot lagen, und fing an zu essen.

»Nie willst du drüber reden!«, beklagte sich Roswitha. »Hast du denn deine Sachen schon gepackt?«

Anne schüttelte kauend den Kopf, nahm sich eine Zeitung von der Anrichte und begann zu lesen. *Ein Königreich für ein anderes Thema!*

»Du bist genau wie dein Vater!« Roswitha ließ es wie einen Vorwurf klingen, doch Anne war es gewohnt, Sätze wie diesen zu überhören. »Wann geht denn …«

»Wolltest du mir nicht etwas zeigen?«, unterbrach Anne ihre Mutter, um sie abzulenken.

Roswithas Gesicht hellte sich schlagartig auf. »Ach ja, das hätte ich fast vergessen! Schau mal, was ich beim Aufräumen gefunden habe.«

Sie stürzte ins Wohnzimmer, um mit einem verstaubten Karton zurückzukehren. Behutsam, als wäre es eine Schatzkiste, klappte sie ihn auf und zog ein stark zerknittertes weißes Etwas heraus. Anne sah nur Seide und Spitze und ein Dämon regte sich in ihrem Inneren. Wenn sie jetzt schreien und davonstürmen würde, änderte das vermutlich auch nichts. Abgesehen davon konnte sie gar nicht laufen.

»Ist das dein Brautkleid?«, fragte sie mit einem, wie sie fand, erstaunlichen Maß an Selbstbeherrschung.

»Das ist es«, flüsterte Roswitha ehrfürchtig und breitete das weiße Unheil vor Anne aus. »Willst du es anprobieren?«

Anne sah, dass ihre Mutter Tränen in den Augen hatte und wusste, dass es wahrscheinlich keinen schlechteren Zeitpunkt geben würde, ihr von der Trennung zu erzählen. Sie wäre so dermaßen enttäuscht.

»Ich warte lieber erst auf den Antrag«, antwortete sie ausweichend. »Du hast darin bestimmt sehr schön ausgesehen.«

»Es war ein wundervoller Tag«, seufzte Roswitha. »Nun, es hat nicht funktioniert mit unserer Ehe, obwohl es nicht meine Schuld war, wie du ja weißt.«

Anne kannte diese Geschichte bereits zur Genüge. »Hast du was zu trinken im Haus?«

»Um diese Zeit? Es ist noch nicht einmal vier!«

»Komm schon, Mama.« Dies war ein Tag, den sie nüchtern nicht überstehen würde.

»Wir müssen doch auf dein Kleid anstoßen«, fügte sie mit einem Anflug von Verzweiflung hinzu.

»Na gut.« Roswitha grinste breit, als sie mit einer Flasche Sekt und zwei Gläsern zurückkehrte. »Und dabei sehen wir uns Hochzeitsfotos an, ja?«

Schweren Herzens stimmte Anne zu, doch sie war überrascht, wie schön es war, die alten Bilder von ihren Eltern zu sehen. Daniel Kirsch hatte ihr wirklich ähnlich gesehen, vor allem damals, als seine Haare noch rabenschwarz gewesen waren. Sie bekam ein wenig Sehnsucht nach ihm. Seit er vor vier Jahren nach Los Angeles ausgewandert war, hatte sie ihn nicht mehr gesehen. Klar, sie sprachen über Skype miteinander. Aber jedes Mal war sie sich schmerzhaft bewusst, dass er über 9000 Kilometer weit weg war.

Der Sekt prickelte auf der Zunge und nach dem dritten Glas bemächtigte sich eine angenehme Leichtigkeit ihrer und sie bekam beim Anblick eines Fotos von ihrem Vater, der versuchte, Roswithas Strumpfband mit den Zähnen herunterzuziehen, einen Lachanfall.

»Diese komischen Hochzeitsspiele«, sagte Roswitha errötend, aber auch sie hatte schon ein Gläschen getrunken und grinste breit.

Sie sahen sich weitere Fotoalben an, machten noch den Weißwein von Ostern auf und bestellten Pizza. Eine Sünde, die Roswitha sonst nie beging.

Der Wein schmeckte seltsam nach dem Sekt, fand Anne, aber beim zweiten Glas wurde es besser.

»Ich hab' doch noch die alten Filmaufnahmen!«, rief Roswitha triumphierend. Sie durchwühlte den Schrank und kam mit einer DVD zurück. Als sie schwerfällig in die Hocke ging und die DVD einlegte, merkte Anne, dass ihre Mutter auch nicht mehr nüchtern war.

»Prima«, murmelte Anne schläfrig und streckte sich auf dem Sofa aus.

Ein kleiner verräterischer Gedanke regte sich in ihr und fragte sich, was Stefan wohl gerade tat. Wahrscheinlich lag er gerade mit seiner neuen Freundin auf dem Sofa und streichelte ihren Bauch.

»Was ist los, Spätzchen?«, fragte ihre Mutter besorgt. »Weinst du etwa?«

Anne wischte sich energisch übers Gesicht und trank einen großen Schluck. »Hab' nur was im Auge.«

Minuten später lachte sie wieder, als Papa in einem bunten Hahnenkostüm durchs Bild watschelte. An seiner Hand ging ein kleines Hühnchen mit einer Plastiktüte voller Süßigkeiten.

»Du warst so ein süßes Schätzchen, damals«, säuselte Roswitha.

Die Szene endete abrupt und Anne sah wieder Papa, wie er mit zwei Kumpels in schwarz-gelben Trikots vor der Kamera posierte.

»Das spitzbübische Lächeln hast du von ihm.«

Anne grinste. Sie war immer ein »Papakind« gewesen, und wie ihr Vater war auch sie in den Polizeidienst gegangen. Daniel Kirsch war lange bei der Kripo Dortmund im Drogendezernat tätig gewesen, bevor er das Angebot in L.A. bekommen hatte. Das allein war wohl nicht der Grund gewesen, Roswitha zu verlassen, aber gab den Anstoß. Und Anne war schließlich erwachsen und stand auf eigenen Beinen. Mehr oder weniger.

In dieser Zeit hatte sie Thorsten kennengelernt und über die Jahre hatte er irgendwie begonnen, die Lücke in ihrem Leben zu füllen, die ihr Vater hinterlassen hatte. Obwohl der Altersunterschied zwischen ihnen gar nicht so groß war. Ein Kollege, ein Freund, der ruhende Pol in ihrem Leben. Sie waren sehr gute Freunde gewesen, bis zu diesem Abend, als sich ihr Verhältnis unnötig verkompliziert hatte. Und seitdem war es nicht mehr dasselbe.

Kapitel 2

Susanne Asshauer sah anders aus, als Thorsten sich eine Sauerländerin vorgestellt hatte. Ihre Kleidung war die einer Geschäftsfrau. Sie trug die blonden Haare in einem modischen Kurzhaarschnitt und war dezent geschminkt.

Als Thorsten ihr Haus betreten hatte, war ihm als Erstes das mächtige Geweih gegenüber der Eingangstür ins Auge gesprungen, das dort an der holzvertäfelten Wand prangte. Ein Rothirsch, wie Susanne Asshauer ihm stolz erklärte. Der größte, der hier je einem Jäger vor die Büchse gekommen war.

Sie wohnte in einem Fachwerkhaus mit Geranien an den Fensterbänken. Dicke Balken vor der Vorderfront stützten einen großzügigen Balkon. An ihnen wuchs eine dichte Kletterrose empor, deren Triebe bis hinauf auf die Plattform reichten und sich dort um das Geländer wanden.

Susanne Asshauer führte Thorsten ins Esszimmer, das mit alten, aber augenscheinlich teuren Möbeln eingerichtet war. Sie war die Schwester des Toten und hatte ihn bereits erwartet. Neuigkeiten schienen hier schnell die Runde zu machen.

Ein Mann erhob sich bei seinem Eintritt und reichte ihm die Hand. Er war um die 1,90, etwa so groß wie Thorsten selbst, hatte aber vollere und dichtere Haare und einen gepflegten Vollbart, in dem sich schon weiße Strähnen zeigten. Er trug eine Anzughose und ein gestreiftes Hemd. Jäger schien er nur in seiner Freizeit zu sein.

»Gerd Asshauer«, stellte er sich vor. »Bitte nehmen Sie Platz. Sie müssen das Durcheinander entschuldigen, wir haben eben erst von dem Unglück erfahren.«

Mit dem Durcheinander meinte er wohl die zwei Fernsehzeitungen, die auf dem Esstisch lagen, denn sonst war alles penibel sauber und ordentlich. Thorstens Blick wanderte über die goldgerahmten Bilder, die an den Wänden hingen: Hier ein Reh, da ein Jäger mit Hund und Flinte über der Schulter, alles Szenen aus Wald und Natur. Im Hintergrund schallte Musik von Bushido aus einem Zimmer, was nicht so ganz zur Landhausidylle passen wollte.

»Sie sind passionierter Jäger, wie?«, fragte Thorsten.

Herr Asshauer nickte lächelnd. »Meine große Leidenschaft«, gab er nicht ohne Stolz zu. »Ein Ausgleich zur Arbeit am Schreibtisch. Ich bin Steuerberater, müssen Sie wissen. Meine Frau ist Anwältin, wir haben zusammen in Brilon eine Kanzlei.«

Daher kommt also das Geld, dachte Thorsten. Laut sagte er. »Bei so einem arbeitsintensiven Beruf bleibt wohl nicht allzu viel Zeit für Hobby und Familie?«

»Die Jagd ist mehr als ein Hobby, Herr Seidel«, belehrte ihn Gerd Asshauer. »Das ist ein Lebensinhalt. Dafür kann ein Beruf auch mal zurückstehen.«

»Oder die Familie«, bemerkte Thorsten.

Asshauer zuckte mit den Schultern. »Mein Frau wusste schon vor der Hochzeit, dass sie einen Jäger heiratet, nicht wahr, meine kleine Ricke?«

»Jetzt lass doch die Jagdgeschichten beiseite, Gerd«, wies sie ihn sanft zurecht. Sie hatte Thorsten einen Kaffee gemacht. Frisch gemahlen aufgebrüht, cremig und schwarz wie die Nacht; definitiv aus einem Kaffeevollautomaten. *Herrlich.*

Sie ging noch mal in den Flur und klopfte nachdrücklich mit der flachen Hand gegen die Tür, aus der Bushido rappte. »Benni, würdest du die Musik etwas leiser drehen?«

Als sich nichts tat, klopfte sie noch etwas lauter und rief »Benni!« Leider waren ihre Mühen erfolglos und auch ein energisches Rütteln an der verschlossenen Tür brachte sie nicht weiter.

»Entschuldigen Sie«, sagte sie noch mal. »Er ist fünfzehn.«

Thorsten nickte verständnisvoll. Sie waren alle einmal fünfzehn gewesen. Er stellte die üblichen Fragen zum Umfeld des Toten und erfuhr, dass Jürgen Gruber bei Hochsauerland Energie in Enste gearbeitet hatte und ein Einzelgänger gewesen war. Außer seiner Schwester hätte er keine Familie am Ort gehabt.

Ob er auch Jäger gewesen sei?

»Nee«, lachte Gerd Asshauer abschätzig. »Der war kein Jäger. Der war so ein Veganer, wenn Sie verstehen, was ich meine.«

»Vegetarier«, korrigierte seine Frau.

»Und gab es Spannungen zwischen Ihnen deswegen?«

»Spannungen?« Gerd Asshauer schnaubte wieder. »Der Jürgen war ein selbstgefälliges Arschloch – entschuldige, Susanne. Er hat etliche Leserbriefe an die Zeitungen geschrieben, in denen er über das neue Jagdgesetz schwadronierte, und dass es nicht weit genug gehe. Er hat keine Gelegenheit ausgelassen, öffentlich über uns herzuziehen.«

Thorsten glaubte sich erinnern zu können, dass er von diesem Jagdgesetz eine Überschrift in der Zeitung gesehen hatte, aber da ihn das Thema nicht interessierte, hatte er ihn nicht gelesen. »Was hat es denn mit diesem neuen Jagdgesetz auf sich?«

»Das ist ein Mist, den uns Rot-Grün eingebrockt hat«, erklärte Asshauer in einem Tonfall, der deutlich zeigte, was er selbst von der derzeitigen Regierung NRWs hielt. »Wir dürfen zum Beispiel keine wildernden Katzen mehr schießen. Das ist doch Wahnsinn! Jede Katze tötet im Jahr mehr als dreihundert Kleinvögel und Kleinsäugetiere. Das hat doch nichts mehr mit Ökologie zu tun, das ist reine Parteiideologie!«

»Und Ihr Schwager …«, lenkte Thorsten das Thema wieder auf den Fall.

»Mein Schwager hat stets darauf geachtet, dass Gesetze genau eingehalten werden«, griff Asshauer seinen Wink auf.

»Mein Bruder hat sich immer überall eingemischt«, erklärte Susanne Asshauer mit Bedauern in der Stimme. »Nicht nur bei den Jägern. Die Müllers hat er angezeigt, weil sie ein Stück zu weit auf dem Bürgersteig geparkt haben.«

Ihr Mann nickte. »Und wenn draußen in der Jagdhütte zu laut gefeiert wurde, hat er regelmäßig die Polizei gerufen.«

So einer also! »Da macht man sich auf so einem Dorf bestimmt nicht nur Freunde«, vermutete Thorsten.

»Das stimmt leider«, sagte Susanne Asshauer. »Aber er war schon immer so. Schon in der Schule ist er nicht gut mit anderen klargekommen. Ich fürchte, unsere Eltern haben ihn als Kind zu sehr verwöhnt. Er ist immer etwas Besonderes für sie gewesen. Mein Bruder war der Sohn, den sie sich immer gewünscht hatten.«

Das war für seine Schwester bestimmt nicht einfach gewesen. Thorsten machte sich Notizen, aber die Erfahrung hatte ihn gelehrt, erst einmal alles zu sammeln, ohne voreilige Schlüsse zu ziehen. Probleme gab es in jeder Familie.

In diesem Moment wurde Bushido um einiges lauter, da sich die Tür öffnete und ein Jugendlicher mit Baseballmütze, weißem T-Shirt und übergroßer Jeans ins Esszimmer kam und wortlos begann, Cornflakes in eine Schüssel zu kippen.

»Guten Morgen, Benjamin«, sagte Gerd Asshauer in strengem Tonfall. »Schön, dass ich dich auch mal zu Gesicht bekomme. Wann bist du heute Morgen nach Hause gekommen? Und wo bist du gewesen?«

»Bei Lumme«, grummelte der Teenager und Thorsten beobachtete fasziniert, dass Hose und Gürtel bereits knapp unter seinem Gesäß endeten, welches nur von bunten Boxershorts bedeckt wurde. Er fragte sich, wie sie dort hielten ohne herunterzurutschen.

»Ich finde es nicht gut, dass du dich immer mit diesem Taugenichts herumtreibst!«, schimpfte sein Vater.

»Du könntest wenigstens mal grüßen.«, ermahnte die Mutter ihren Sohn. »Das ist Herr Seidel von der Kriminalpolizei.«

»Morgen«, brummte Benjamin, ohne sich umzusehen. Er stellte die Milch zurück in den Kühlschrank und schlurfte mit den Cornflakes in der Hand zurück in sein Zimmer.

»Und stell bitte die Musik leiser!«, rief sie hinterher.

Das Knallen der Tür war die einzige Reaktion auf ihre Worte.

»Entschuldigen Sie«, sagte Frau Asshauer noch einmal zu Thorsten.

»Du lässt ihm immer alles durchgehen!«, meinte ihr Mann vorwurfsvoll.

»Aber du!«, entgegnete sie wütend. »Wer hat ihm denn ständig diese Ballerspiele gekauft?« Sie brach in Tränen aus.

»Entschuldigen Sie«, presste sie hervor und schnäuzte sich wieder. »Es ist alles ein bisschen viel für uns.«

Gerd Asshauer legte ihr die Hand auf die Schulter. »Du solltest dich ein wenig hinlegen, Susanne. Wenn das alles war, Herr Kommissar ...«

»Ich muss Sie noch fragen, was Sie Samstagabend gemacht haben.«

»Aber Sie glauben doch nicht, dass mein Mann...«, begann Frau Asshauer entrüstet.

»In meinen Beruf darf man nur das glauben, was sich beweisen lässt«, unterbrach sie Thorsten. »Und deshalb sammeln wir Fakten. Auch, um andere Aussagen anhand der Ihren überprüfen zu können.«

Gerd schnaubte. »Meine Frau ist zu Hause geblieben. Und ich war gestern bei der Treibjagd und danach mit den Jagdgenossen im Gasthaus Zum goldenen Hirsch.«

Thorsten wurde hellhörig und forderte Herrn Asshauer auf, mehr über den Jagdabend zu erzählen.

Dann fiel der Name Krüger und Susanne blickte ihren Mann merkwürdig an. Der schüttelte kaum wahrnehmbar den Kopf.

»Ich denke schon den ganzen Tag darüber nach«, begann sie schließlich. »Mein Mann ist dagegen es Ihnen zu erzählen, aber ich halte es für wichtig.«

»Alles, was Ihren Bruder betrifft, ist wichtig«, erwiderte Thorsten.

»Ich möchte nur nicht, dass ein falscher Eindruck entsteht«, warf Gerd Asshauer gereizt ein.

Seine Frau seufzte. »Das möchte ich doch auch nicht.«

Sie begann von einem Vorfall zu erzählen, der sich auf dem letzten Schützenfest ereignet hatte. Jürgen war zu ihr gekommen, völlig außer sich. Er hatte seinen Hund erschossen im Wald gefunden.

„Ich habe deinem Bruder immer gesagt, er soll besser auf den Köter achtgeben“, mischte sich Gerd Asshauer ein. „Der Wald ist Naturschutzgebiet, da haben streunende Hunde nichts zu suchen!“

Seine Frau ignorierte den Einwand. »Jürgen wusste, dass es Franz-Josef Krüger gewesen war. Das ist einer der Jäger. Er wollte ihn sofort zur Rede stellen. Ich habe versucht, ihn aufzuhalten. Schließlich war Schützenfestmontag und niemand war mehr nüchtern. Es hätte wer weiß was passieren können.«

Thorsten hatte aufmerksam zugehört. »Und dann?«

Susanne zuckte mit den Schultern. »Sie haben sich geschlagen. Vor der Theke. Jürgen hat Glück gehabt, dass Krüger so betrunken war und nicht mehr richtig zielen konnte. Er hat nur einen geprellten Kiefer und eine gebrochene Rippe davongetragen.«

»Aber jetzt interpretieren Sie da nicht zu viel rein«, ergriff ihr Mann das Wort. »Krüger konnte meinen Schwager nicht ausstehen, aber er hat ihn nicht umgebracht. Er war den ganzen Abend mit mir im Hirsch.«

Thorsten hatte fürs Erste genug gehört. *Was für ein seltsames Fleckchen Erde hier.* Auf dem Weg zum Auto klingelte sein Smartphone. »Seidel?«

Anton Hellmann war am anderen Ende und erzählte aufgeregt, was er von den Nachbarn erfahren hatte: Es war Treibjagd gewesen und die Jäger hatten sich nachher im goldenen Hirsch getroffen.

Ansonsten hatte die Befragung aber nicht viel ergeben. Seltsamerweise hatte niemand den Schuss gehört und Herr Gruber hatte den ganzen Tag keinen Besuch bekommen.

»Gute Arbeit, Hellmann«, sagte Thorsten. Von seinen Kindern wusste er, wie wichtig Lob für die jungen Leute war. »Wir treffen uns beim Gasthaus, ja?«

Der goldene Hirsch lag im Zentrum des Dorfes, nicht weit von der Kirche entfernt. Zu Fuß würde man etwa fünf Minuten zu Jürgen Grubers Wohnung brauchen. Es war eine geräumige Gastwirtschaft, die durch holzvertäfelte Wände und zu kleine Fenster düster wirkte. Stühle und Bänke waren dunkel gestrichen und grün gepolstert. Thorsten konnte sich gut vorstellen, dass eine Horde Jäger sich an diesem Ort wohlfühlte.

Die junge Frau hinterm Tresen blickte auf, als sie hereinkamen. Ihre Lippen waren grellrot geschminkt und die enge Bluse betonte ihre Oberweite.

»Guten Tag«, flötete sie.

Frischfleisch, sagte ihr Blick.

»Guten Tag. Wir würden gerne etwas essen«, sagte Thorsten spontan. »Haben Sie auch Mittagstisch?«

»Natürlich! Ich kann Ihnen die glasierte Rehkeule oder das Wildgulasch empfehlen.« Sie trocknete sich die Hände ab und nahm einen Stift, den sie zwischen ihren langen Fingern hin- und hertanzen ließ.

Wild oder Reh, das war Thorsten entschieden zu viel des Guten. »Haben Sie auch Currywurst mit Pommes?«

»Currywurst Pommes«, notierte sie mit unbeweglicher Miene. Dann blickte sie dem jungen Hellmann in die Augen.

Thorsten fragte sich, ob dieses Flirten Berechnung war oder einfach ihrer Natur entsprach. Sollte Letzteres zutreffen, dann hatte sie hier im Dorf bestimmt einige Liebeleien.

»Ich nehme die Rehkeule«, sagte Anton mit belegter Stimme und erntete ein strahlendes Lächeln.

Ohne den weißen Plastikoverall wirkte er jünger, und die

ausgestellte Cordhose und ein kariertes Leinenhemd taten ihr Übriges. Er trug einen modernen, asymmetrischen Haarschnitt und sah mehr wie ein Student aus als ein Polizist.

Sie bestellten noch zwei Wasser und setzten sich an einen der Tische. Außer ihnen war die Gaststube leer.

»Ist hier immer so wenig los?«, fragte Thorsten, als die Kellnerin mit ihren Getränken kam.

»Nun, gestern Abend war es hier mächtig voll«, antwortete sie und stellte die Gläser auf den Tisch. Zu der engen Bluse trug sie außerdem einen ziemlich kurzen Rock. »Deshalb werden alle noch verkatert sein.«

»Gab es denn eine Feier?«

»Die Jagdgenossen hatten Treibjagd, danach wird immer viel getrunken. Der Canastaclub war da und jede Menge junger Leute aus dem Dorf.« Aus irgendeinem Grund errötete sie.

»Warum erzählen Sie uns nicht mehr von gestern Abend?«

»Warum wollen Sie das wissen?« Ihre Freundlichkeit war merklich abgekühlt. Dann kam ihr ein Gedanke: »Sind Sie von der Polizei?«

»Kriminalpolizei«, nickte Thorsten. »Wir untersuchen den Tod von Jürgen Gruber.«

»Ach, der Jürgen«, murmelte sie. »Tut mir schon leid, irgendwie. Auch wenn er ein Arschloch war. Konnte die Finger nicht bei sich behalten, wenn Sie verstehen, was ich meine.« Sie nahm sich einen Stuhl und schlug die Beine übereinander. Dem Hellmann quollen bald die Augen aus dem Kopf.

»Und Ihr Freund? Ist der nicht eifersüchtig?«, fragte Thorsten, der sich nicht durch lange Frauenbeine aus der Ruhe bringen ließ.

»Doch, natürlich. Aber deswegen bringt er doch den Jürgen nicht gleich um!«, erwiderte sie entrüstet.

»Das sagt ja auch keiner.« Anton Hellmann räusperte sich. Seine Stimme war belegt und er strich sich linkisch den langen Pony aus der Stirn. »Aber wir müssen jeden überprüfen, der ein Motiv gehabt haben könnte.«

»Richtig«, nickte Thorsten. »Wie ist denn der Name Ihres Freundes?«

»Lutz Brenker. Er kommt aus Scharfenberg.«

»Naddel, wo bleibst du denn? Bezahle ich dich fürs Schwatzen oder fürs Arbeiten?« Ein untersetzter Mann mit einem beachtlichen Bauch hatte den Gastraum betreten. In den Händen trug er zwei dampfende Teller. »Soll ich hier auch noch die Bedienung spielen, während du auf deinem Hintern sitzt und ein Pläuschchen hältst?«

»Die Herren sind von der Polizei«, entgegnete die junge Frau kühl und blieb sitzen. »Ich werde grade als Zeugin befragt.«

Ein vertrauter Currygeruch stieg in Thorstens Nase. Die Wurst lag dick und saftig in einer feuerroten Soße. »Das sieht gut aus«, sagte er anerkennend, und auch Hellmanns Rehkeule mit Knödeln und Rotkohl roch einladend.

»Von der Polizei?«, wiederholte der Mann interessiert und nahm sich auch einen Stuhl.

Thorsten war eigentlich kein Freund davon, Vernehmungen beim Essen durchzuführen, aber man sollte eine Gelegenheit auch nicht ungenutzt verstreichen lassen.

»Sie sind der Wirt?«, vermutete er und kostete ein Stück von seiner Wurst. *Nicht schlecht.* Die hätte auch aus Dortmund sein können.

»Ich bin Tönnes. Eigentlich Tönnsmeier. Mir gehört der Laden hier. Dann hat's den Jürgen also tatsächlich erwischt, ne? Hab' den auch schon lang nicht mehr gesehen. Der kam ja nicht so oft, der Jürgen.«

»Ich habe es dir doch gesagt, Tönnes! Theo hat es mir erzählt und der hat es von dem Michalski und der hat es von der Redlich. Darauf kann man sich verlassen!«

»Ich geb' nix auf Gerüchte«, brummte der Wirt und machte eine wegwerfende Handbewegung. »Mich haben sie auch schon mehrmals totgesagt und ich leb' immer noch.«

»Da braucht man sich nicht wundern, wenn man komatös im Graben liegt. Und das zweimal die Woche!«

34

»Ach, erzähl nix! Das war Oktav, Naddel. Oktav!«

Sie schnaubte.

Thorsten begann ein Gefühl für ihren Umgangston zu entwickeln. »Oktav?«, fragte er interessiert.

»Die Woche vor und nach dem Schützenfest«, erklärte Naddel. »Da geht hier im Dorf gar nichts mehr.«

Der Wirt machte wieder seine Handbewegung, die aussah, als wolle er einen Ball wegschleudern. »Halt's Maul, wenne nix von verstehst, Mädel! Da ist Auf- und Abbauen. Das macht hier der Schützenvorstand«, wandte er sich erklärend an Thorsten. »Sind Sie auch ausm Sauerland, Herr Kommissar?«

Da sei Gott vor! »Aus dem Ruhrgebiet.« Er kam auf das Thema der Befragung zurück. »Was war denn gestern Abend hier los?«

Ein Grinsen breitete sich auf dem Gesicht des Wirtes aus. »Der Lutz hat seinen Jagdschein gegeben!«, erklärte er zufrieden. »Die ganze Dorfjugend war da und alle ham tüchtig gesoffen!«

»Jagdschein?«, hakte Thorsten nach, an die junge Frau gewandt. »Ist Ihr Freund auch Jäger?«

Der Wirt brach in ein dröhnendes Gelächter aus. »Nee, Herr Kommissar! Das machen die Burschen hier so unter sich! Wenn einer von außerhalb auf unsere Mädels pirschen will, so wie auf unsere Naddel hier …«

Er tätschelte ihr Bein und sie wurde rot. »… dann braucht der einen Jagdschein. Und je edler das Wild ist, desto teurer der Schein!« Er lachte wieder.

Ein interessanter Brauch, dachte Thorsten.

Gut, dass Margit nicht aus einem sauerländischen Dorf kam. »Und das Geld wird dann hier in Bier umgelegt«, vermutete er.

»Richtig!«, dröhnte der Wirt. »Der Lutz hat hier gestern alles bezahlt. Und wenn's umsonst ist, ham die Burschen immer mächtig Durst!«

»Ist alles friedlich abgelaufen oder gab es Ärger?«

»Na ja. Sie hatten schon mächtig einen druff, da hat der Lutz den Bastian gefragt, ob er die Naddel am Arsch gepackt hat. Und Bastian hat gesagt, nee, aber er würd' die Naddel gern mal am Arsch packen, da hat der Lutz ihm eine reingehauen und Bastian ist auf ihn los. Der Walter ist dazwischen und Bastian hat ihn weggeschubst und er ist mit einem Tisch umgekippt und mitten in die Scherben rein. Der hat geblutet wie ein Schwein!«

»Und dann?«, fragte Anton Hellmann kauend und mit großen Augen.

»Die Wiebke war die einzige, die noch fahren konnte. Die ist nämlich schwanger«, erklärte Tönnes, als wäre dies der einzige Grund nüchtern zu bleiben.

Thorsten machte sich Notizen. »Und sie hat ihn ins Krankenhaus gefahren?«

Tönnes nickte. »Nach Brilon ins Maria Hilf. Die kennen uns da schon.«

Das glaubte Thorsten ihm aufs Wort. Als er mit seiner Currywurst fertig war, hatte er alles über den gestrigen Abend erfahren. »Und was ist mit den Gewehren?«, fragte er weiter. »Wo kommen die nach der Treibjagd hin? Die werden wohl nicht hier unterm Tisch gelegen haben?«

»Nee, die werden immer eingeschlossen«, erklärte Tönnes. Er kramte aus seiner speckigen Schürze einen langen Buntbartschlüssel heraus, bei dessen Anblick Thorsten unwillkürlich ein leiser Seufzer entfuhr. Jeder halbwegs geschickte Einbrecher würde dieses Schloss mit einem Stück Draht öffnen können.

Die Abstellkammer, die der Wirt ihnen zeigte, befand sich auf demselben Gang wie die Toiletten. Was bedeutete, jeder konnte jederzeit dorthin gehen, ohne dass es auffallen würde. Ein Wandschrank stand darin und ein Eichentisch, auf dem Gewehre und Munitionsgürtel lagen.

Prima, dachte Thorsten, *hier kann man sich mit allem eindecken, was man braucht.* »Fassen Sie hier nichts mehr an!«, befahl er und zückte sein Smartphone.

Tönnes sah besorgt aus. »Sie wollen die Gewehre mitnehmen? Das wird den Jägern nicht gefallen.«

Thorstens Blick fiel auf das kleine Fenster, das nur angelehnt war, und ihm wurde klar, wie sich alles abgespielt haben musste. »Begleiten Sie mich bitte nach draußen und verschließen Sie den Raum. Die Spurensicherung wird gleich hier sein.«

»Sogleich zur Stelle«, brummte Holger und räumte seinen großen silbernen Koffer mit peinlicher Sorgfalt ein. Er war das einzige Mitglied der Spurensicherung, das eine Sonderanfertigung besaß, zu dem auch ein mobiles Labor gehörte, mit dem er einfache chemische Untersuchungen durchführen konnte.

Anton Hellmann beobachtete, wie Holger Pinsel in Plastikbeuteln verstaute und kleine Röhrchen mit Argentorat, Ruß-, Magnet-, Mangandioxid- und Eisenoxidpulver einsortierte. Er schien beeindruckt.

Thorsten wartete ungeduldig.

Während die Spurensicherung die Abstellkammer und den Außenbereich unterhalb des angelehnten Fensters untersucht hatte, waren Anton Hellmann und er den Fußweg vom goldenen Hirsch zu Grubers Haus abgegangen. Dabei hatten die Einheimischen, die in kleinen Grüppchen an der Straße standen, sie aufmerksam beobachtet. Hier und da war auch eine Fenstergardine bewegt worden, um einen verstohlenen Blick nach draußen freizugeben.

Bei fast jeder Ermittlung gab es Schaulustige und Thorsten war mehr oder weniger daran gewöhnt, aber in kleinen Dörfern empfand er es als besonders schlimm. In Dortmund guckten die meisten Passanten interessiert und gingen dann wieder ihrer Wege, aber hier sah es so aus, als würden die Leute den ganzen Tag damit zubringen wollen, die Polizei bei der Arbeit zu beobachten. Wahrscheinlich bekamen sie sonst nicht viel zu sehen. Es fehlte nur noch, dass gleich eine alte Frau herauskam und Schnittchen verteilte.

»Wenn eins der Gewehre fehlt, haben wir die Tatwaffe, nicht wahr?«, fragte Anton Hellmann leise, während sie die steil ansteigende enge Straße hinaufgingen.

»So sieht es wohl aus«, stimmte Thorsten zu, »Und wir hätten schon mal wichtige Informationen zum Tatablauf und könnten den Täterkreis eingrenzen, nämlich auf die, die gestern Abend im Gasthaus waren.«

Hellmann zog eine Grimasse. »Also auf das halbe Dorf.«

Sie befragten die Bewohner der umliegenden Häuser. Niemand hatte etwas gesehen oder gehört, aber jeder wusste Bescheid, was geschehen war. Ein älterer Herr bot ihnen sogar einen Weinbrand an und hoffte auf neue Informationen aus erster Hand. Thorsten lehnte dankend ab.

Zurück beim Gasthaus kamen als erstes Naddel und Tönnes auf sie zu; sie wirkten besorgt.

»Hier will uns niemand was sagen!«, beklagte sich Naddel und zog nervös an ihrer Zigarette. »Sie glauben doch nicht, dass es jemand von hier war?«

Thorsten hätte ihr sagen können, dass es sogar wahrscheinlich war, dass der Täter aus Grubers engerem Umfeld stammte, aber er beschränkte sich auf ein nichtssagendes Schulterzucken. »Wir sammeln noch Informationen.«

»Wenn Sie das glauben, dann ist das Schwachsinn«, erklärte der Wirt nachdrücklich. »Das war keiner von hier. Ich leg' für jeden meine Hand ins Feuer.«

Seine Beteuerung beeindruckte Thorsten wenig. »Haben Sie eine andere Idee?«

»Gestern Abend waren zwei Holländer da, zwei junge Kerle. Die waren komisch, ne, Naddel?«

Sie dachte nach. »Stimmt, die haben sich immer ganz leise unterhalten. Und sie sind schon früh wieder weg. Jedenfalls vor der Schlägerei.«

»Verdächtig!«, rief Tönnes und sah Thorsten erwartungsvoll an.

Der hatte Mühe ernst zu bleiben. »Wir ermitteln natürlich in alle Richtungen«, versprach er.

Was erwartete der Wirt von ihm, dass er jetzt zwei wild-fremde Männer auf seine vage Aussage hin festnahm? Sein Blick suchte Holger unter den Gestalten in weißen Plastik-overalls, die das Grundstück millimeterweise absuchten. Er entdeckte dessen untersetzte Gestalt schließlich beim Wagen der Spurensicherung.

Holger war schon wieder dabei, seinen Koffer einzuräumen. Trotz der frischen Herbsttemperaturen waren seine Haare schweißnass und er hatte die Kapuze abgenommen, um sich ein wenig Luft zu gönnen.

»Hier ist nichts mehr«, erklärte er mit Nachdruck. »Ich fahre zurück zum Tatort. Sie haben kein Ninhydrin mehr! Ist das zu fassen? Im Schlafzimmer stehen geöffnete Kartons und sie haben kein Ninhydrin mehr!«

Thorsten sah Hellmanns fragenden Blick und antwortete mit einem Achselzucken. Nein, er hatte keine Ahnung, wovon Holger sprach. »Hast du hier etwas gefunden?«

Holger ließ sich Zeit, um seine Fläschchen, Dosen, Pinsel und Pipetten sorgfältig zu verstauen, dann führte er sie um den Gasthof herum. Dabei berichtete er, dass sie zahlreiche Fingerabdrücke und DNA-Spuren sichergestellt hatten. Das Türschloss war intakt und somit nicht gewaltsam geöffnet worden.

Unterhalb des Fensters zur Abstellkammer wuchsen dornige Berberitzensträucher.

»Hier sind einige Zweige abgeknickt und die Erde wurde eingedrückt«, erklärte Holger. »Alles deutet darauf hin, dass hier ein länglicher Gegenstand aus dem Fenster geworfen wurde. Die Fallhöhe ist nicht sehr tief. Trotzdem finden sich Abdrücke in der Erde, was auf einen relativ schweren Gegenstand hindeutet.«

»Ein Gewehr?« fragte Thorsten.

»Das ist wahrscheinlich.«

Thorsten nickte zufrieden. »Sonst noch was?«

Holger reichte ihm eine Tüte mit winzigen, mit dem bloßen Auge kaum erkennbaren Fasern.

»Die haben wir an den Dornen gefunden.«

Stirnrunzelnd hielt Thorsten sie gegen das Licht, aber es waren zu wenige, um eine Farbe zu erkennen.

»Was ist mit Fußspuren?«

»Fehlanzeige«, antwortete Holger. »Der Boden war zu trocken und das Gras hat sich wohl im Laufe der Nacht wieder aufgerichtet.«

Schade. »Na ja, man kann nicht alles haben.«

Holger grinste. »Wir wollen euch auch nicht die ganze Arbeit abnehmen, ne? So!« Er nahm seinen Koffer hoch. »Fahrt ihr mich jetzt zum Tatort oder muss ich laufen?«

»Ein wenig Bewegung täte dir gut«, erwiderte Thorsten und brachte ihn mit seinem Wagen zu Grubers Haus.

»Und was machen wir jetzt?«, fragte Anton Hellmann, als Holger ausgestiegen war. Seine Augen leuchteten erwartungsvoll. »Befragen wir diese Holländer?«

Thorsten musste über seinen Eifer lächeln. »Nein. Bisher haben wir keinen Anhaltspunkt, dass sie unseren Toten überhaupt kannten. Wir können natürlich noch nichts ausschließen, aber wahrscheinlicher ist eine Beziehungstat.«

»Wegen den fehlenden Einbruchspuren?«

»Einmal das und außerdem simple Wahrscheinlichkeitsrechnung. Wenn Sie zur MK kommen, werden Sie das noch oft erleben. Die Leute glauben nie, dass jemand aus ihrem engeren Umfeld der Täter ist. Doch die Statistik sagt etwas anderes.«

»Sie denken, ich komme zur Mordkommission?«, fragte Anton Hellmann hoffnungsvoll.

Thorsten zuckte mit den Schultern. »Warum nicht? Erfahrungen sammeln können Sie jetzt bereits. Da ist es schon möglich, dass bei der nächsten freien Stelle Ihr Name fällt.«

Der junge Kollege strahlte.

Thorsten setzte ihn wieder am goldenen Hirsch ab und trug ihm auf, Tönnes und Naddel zu allen Einzelheiten des gestrigen Abends noch mal genau zu vernehmen. Er selbst würde sich Franz-Josef Krüger vorknöpfen.

Das graue Einfamilienhaus, in dem Krüger wohnte, sah wenig einladend aus. Alle Fenster waren mit langen, blickdichten Gardinen verhängt und auch die Plastikblumen in den Fenstern brachten es nicht fertig, den unnahbaren Eindruck abzumildern.

Thorsten betätigte mehrmals die abgenutzte Klingel, doch niemand öffnete. Dabei hätte er schwören können, dass sich eine Gardine im ersten Stock bewegt hatte und jemand hinaussah.

»Herr Krüger?«, rief Thorsten laut.

Jemand war im Haus und beobachtete ihn.

»Der ist net da«, rief ihm ein alter Mann vom Nachbargarten aus zu. Er nannte Thorsten ein paar Namen – alles Jagdgenossen –, bei denen Thorsten es der Reihe nach versuchte.

Er traf Krüger schließlich zusammen mit drei anderen Jägern bei einer Art Früh- oder Dämmerschoppen in einer Privatwohnung an.

Die angetrunkenen Männer hatten bereits vergeblich versucht, ihre Gewehre aus dem Gasthaus zu holen und ließen ihren Ärger an Thorsten aus, der versuchte, sachlich zu bleiben und seine Fragen zu stellen, die jedoch im allgemeinen Gegröle untergingen.

Frustriert gab er schließlich auf und beschloss die Männer gegebenenfalls noch mal einzeln, und vor allem nüchtern, zu befragen. Falls es ihm gelang, sie mal in diesem Zustand anzutreffen.

Als Thorsten sich endlich auf den Heimweg nach Dortmund machen konnte, war es schon 18.00 Uhr. Wenn er Glück hatte, würde er die Kinder heute Abend noch sehen, bevor sie ins Bett gingen. Mit einem Anflug von schlechtem Gewissen dachte er an Holger und seine Truppe, die wahrscheinlich die ganze Nacht am Tatort zubringen würden.

Doch das beinhaltete die Arbeit in einer Mordkommission nun mal. Die ersten 48 Stunden waren für die Aufklärung eines Falls von größter Bedeutung. Wenn die entscheidende Spur bis dahin nicht gefunden war, sank die Wahrscheinlichkeit, den Fall zu lösen, erheblich.

Er selbst hatte sich mit dem Kollegen Hellmann noch im goldenen Hirsch getroffen und sich von ihm die neuesten Ermittlungsergebnisse geben lassen. Sie hatten eine Liste von allen Personen, die am Samstagabend im Gasthof gewesen waren, fast fünfzig Leute. Der mögliche Täterkreis?

Thorsten fuhr aus Bontkirchen hinaus. Die steil ansteigende Straße führte in Serpentinen durch den Wald, durch Brilon, weitere kleine Ortschaften, Bestwig und Velmede, bis er endlich die Autobahn erreichte. Ihm wurde bewusst, dass er etwas vor sich herschob, eine unangenehme Aufgabe, die er längst hätte erledigen müssen.

Er wählte eine Handynummer aus seinem Adressbuch an.

Vor wenigen Wochen hatte er zuletzt mit Dr. Reiser, dem Staatsanwalt aus Arnsberg, der für Kapitaldelikte in dieser Gegend zuständig war, geredet. Thorsten kannte den Mann nicht persönlich, aber er hatte durch seinen regelmäßigen Kontakt zum Justizsystem von ihm gehört und wusste, dass dieser dabei war, die Karriereleiter zu erklimmen. Ein Mordfall im Sauerland würde ihn mit Sicherheit brennend interessieren.

Thorsten hatte sich nicht getäuscht. Über dreißig Minuten dauerte ihr Telefonat über die Freisprecheinrichtung.

Dr. Reisers Stimme war noch jung und hatte einen harten, russischen Akzent. Er wollte alle Einzelheiten wissen.

»Ich bin morgen früh in Dortmund«, kündigte er an. »Dann können wir noch einmal ausführlich über alles reden.« Thorsten nickte gequält. Er fragte sich, was der Staatsanwalt unter ausführlich verstand.

Die A46 in Richtung Werl war so gottverlassen wie die ganze Gegend hier, aber sie führte Richtung Heimat. Obwohl er zugeben musste, dass die Currywurst gar nicht so schlecht gewesen war. Die hätte auch aus dem Pott stammen können.

Kapitel 3

Tag 2 – Montag, 25. September

Anne erwachte mit einem stechenden Schmerz im Kopf und einem pelzigen Geschmack auf der Zunge. Sie war auf Roswithas Sofa eingeschlafen. Kein Wunder bei dem ganzen Alkohol gestern Abend.

Wie spät war es eigentlich? Und stand hier irgendwo eine Flasche Wasser? Der Wohnzimmertisch war bereits abgeräumt und aus der Küche hörte sie leise das Radio.

»Mama?« Anne setzte behutsam die Füße auf den Boden und versuchte aufzustehen. Ihr Knöchel tat immer noch höllisch weh, wenn sie ihn belastete, und in ihrem Kopf rauschte es unangenehm.

Verdammter Alkohol! Verdammter Stefan! Das war alles seine Schuld. Wenn er sie nicht verlassen hätte, hätte sie sich nicht den Fuß verstaucht und sie hätte sich nicht betrinken müssen. Und noch dazu wegen einer Zwanzigjährigen! Sie hatte praktisch keine Wahl gehabt.

Anne humpelte in die Küche und ließ sich stöhnend auf einen Stuhl fallen. Wie hatte sie nur so dumm sein können! Natürlich, er war abends oft weg gewesen, er war ja schließlich DJ und musste arbeiten. Er hatte ihr immer beteuert, dass ihm all die aufgestylten Weiber, die ihn abends antanzten, nichts bedeuteten. Dass ihn die teilweise eindeutigen Angebote nicht interessierten. Dass er nur sie liebte – was für ein *Scheiß*!

»Na, wie geht es deinem Fuß, Ännchen?«, rief Roswitha enervierend fröhlich. Sie trug Leggings und Trainingsschuhe und schien schon auf dem Laufband gewesen zu sein.

»Geht so«, brummte Anne. Der Frühstückstisch war für sie gedeckt: Brot, Diätmarmelade, Diätwurst und Diätjoghurt.

»Wenn ich gewusst hätte, dass du bleibst, hätte ich noch eingekauft«, erklärte ihre Mutter.

Wenigstens gab es Kaffee. Anne trank einen großen Pott davon und noch einen halben Liter Wasser. Dazu würgte sie zwei Marmeladenbrote hinunter, die ekelhaft nach Süßstoff schmeckten.

»Ich habe Stefan auf den AB gesprochen, damit er sich keine Sorgen um dich macht«, redete Roswitha weiter.

Jetzt wäre wohl ein guter Zeitpunkt gewesen, um ihrer Mutter von der Trennung zu erzählen, aber Anne fühlte sich einfach zu miserabel. Sie kramte in ihrer Tasche nach ihrem Handy.

Die meisten ihrer Kollegen und Freunde hatten sich mittlerweile ein Smartphone zugelegt, aber Anne hing an ihrem guten alten Handy. Und es war Nostalgie, nicht Faulheit, wie sie gerne betonte. Vielleicht hatte Stefan ja geschrieben, dass es ihm leidtat und dass alles nur ein schreckliches Missverständnis war.

Und tatsächlich war eine SMS im Posteingang. Allerdings nicht von Stefan, sondern von Thorsten.

»Halleluja!«, seufzte sie aus tiefstem Herzen. »Du, Mama, ich muss los. Sag mal, hast du nicht ein paar Krücken im Haus?«

Natürlich hatte sie: Anne war ein wildes Kind gewesen und es gab keine Verletzung, die sie sich nicht schon einmal zugezogen hatte.

Mit Roswithas Notfallkrücken und einer Umhängetasche ihrer Mutter, in der sie all ihre Sachen gut verstauen konnte, ohne die Hände zum Tragen zu brauchen, nahm sie die Straßenbahn zum Polizeipräsidium.

♦

Die Polizeidienststelle Dortmund, Markgrafenstraße 102, war an diesem Montag fest in schwarz-gelber Hand. Natürlich konnte eine zur Neutralität verpflichtete Landesbehörde keine BVB-Flagge hissen, aber wohin man blickte, waren schwarz-gelbe Schals, Mützen, Fotos und Kaffeebecher zu sehen. Thorsten wappnete sich innerlich, als er durch die Eingangstür trat.

Beim BVB ging es um die Herbstmeisterschaft und Schalke war in dieser Saison eher durch Leistungsdefizite aufgefallen. Natürlich waren die Kollegen schadenfroh, vor allem da Thorsten mit seiner Schalker Gesinnung auch nicht hinter dem Berg hielt.

Das war eben das Los eines Gelsenkircheners, der in der Diaspora lebte. Und gestern hatte der BVB 2:1 gegen Hoffenheim gewonnen. Der Weg zu seinem Büro war ein Spießrutenlauf.

»Ah, Herr Seidel«, schallte es schadenfroh aus einem Zimmer. »Na, wie hat Schalke gespielt?«

»Klappe, Kloke«, brummte Thorsten und marschierte weiter.Noch aus mehreren Zimmern wurden ihm spöttische Bemerkungen zugerufen oder seiner Mannschaft gute Ratschläge erteilt.

Endlich kam er in seinem Büro an und ließ die Tür hinter sich zufallen. »Morgen, Ulrike, wie war dein Wochenende?«

»Guten Morgen!« Kriminalobermeisterin Ulrike Peters saß in einem übergroßen Schreibtischstuhl, den sie von Armlehne zu Armlehne ausfüllte. »Wir waren im Centro shoppen und danach im Kino. Wie findest du meinen neuen Rock?« Sie erhob sich umständlich, damit er das Kleidungsstück besser sehen konnte. Es war rot, mit riesigen schwarzen Karos darauf.

Thorsten bekam große Augen. »Sehr schön«, murmelte er pflichtbewusst.

»Ihr hattet gestern einen Einsatz?«

Ulrike ließ sich wieder in den Stuhl fallen, der unter ihrem Gewicht ächzte. Sie machte wegen gesundheitlicher

45

Probleme schon lange keinen Außendienst mehr, aber im Büro war sie unschlagbar. »Schon wieder im Sauerland?«

»Allerdings. Und schon wieder im selben Dorf.« Er sah auf die Uhr. »Kommst du mit? Wir haben in zehn Minuten Einsatzbesprechung.«

»Ach, dann geh' ich schnell noch mal aufs Klo.« Sie erhob sich wieder, alles andere als schnell.

»Anne!«, rief sie verwundert, als sie die Tür öffnete. »Ich denke, du fliegst in den Urlaub?«

Anne Kirsch stand draußen auf dem Flur, mit einer Umhängetasche und zwei Krücken. Bei ihrem dunklen Teint war es kaum zu erkennen, aber Thorsten bemerkte, dass sie blass war. Ihre schwarze Kurzhaarfrisur war heute schlicht, ganz ohne Gel oder Haarspray.

»Hey, Ulrike, lass mich kurz mit Thorsten reden, ja? Wir sehen uns gleich.« Sie humpelte hinein und schloss die Tür hinter sich.

Thorsten ahnte Schlimmes. »Was ist passiert?«

»Stefan hat Schluss gemacht«, erklärte Anne. »Er fliegt jetzt mit seiner Neuen nach Mauritius. Sie ist schwanger und sie wollen heiraten, bevor das Baby kommt.« Ihr Ton war gefasst, als wäre es gar nicht ihr Freund, von dem sie gerade sprach.

Doch Thorsten kannte sie gut. Er wusste, dass es in ihrem Inneren anders aussah. »Verdammt«, murmelte er. »Das ging schnell.«

»Allerdings. Zu Hause halt ich's nicht aus und meine Mutter macht mich wahnsinnig. Deshalb hast du mich jetzt am Hals.«

»Und was ist mit deinem Fuß?«

Anne winkte ab. »Nichts Schlimmes, nur ein kleiner Unfall beim Joggen. Als ich deine SMS gelesen hab', bin ich sofort los.«

Thorsten bereute sogleich, dass er ihr geschrieben hatte. »Warst du beim Arzt?« fragte er, obwohl er die Antwort kannte.

»Mensch, Thorsten!«, stöhnte Anne. »Ich gehe hin, wenn es schlimmer wird! Jetzt sei so gut und lass uns arbeiten, ja?«

Er seufzte innerlich. Was sollte er tun? In diesem Zustand war sie kaum in der Lage, an einem Mordfall mitzuarbeiten. Aber er wusste auch, dass sie sich nicht davon abbringen lassen würde. Manchmal konnte sie stur sein wie ein Esel.

Als er die Tür zum Besprechungsraum öffnete, sah er, dass sein Team schon vollzählig versammelt war: Ulrike, Holger, Frau Scharf, die Ballistikerin mit der riesigen Hornbrille, und die anderen Spurensicherer.

Thorsten hielt Anne die Tür auf, damit sie hineinhumpeln konnte. Ihm entgingen weder die befremdeten Blicke der Kollegen noch das erstaunte Gemurmel. Alle hatten gedacht, Anne sei im Urlaub.

Er ging nach vorn zur großen Magnettafel, an der bereits ein Foto des Mordopfers angebracht war. Holger wirkte müde und prostete Thorsten mit seinem Kaffeebecher zu. Sein Hemd war zerknittert und die Jeans sah aus, als trüge er sie seit einer Woche.

Er braucht dringend eine Freundin, dachte Thorsten nicht zum ersten Mal. Er begann von dem gestrigen Leichenfund zu berichten.

»Schon wieder Bontkirchen!«, unterbrach Anne ihn bereits nach dem zweiten Satz. »Das kann doch kein Zufall sein.«

Thorsten warf ihr einen genervten Blick zu und setzte dann seinen Vortrag fort. Dabei schrieb er die Namen all derer, die eine Beziehung zu dem Toten hatten, an die Magnettafel: seine Schwester Susanne Asshauer und ihr Mann Gerd, die einzigen nahen Verwandten. Dann Franz-Josef Krüger, Naddel und ihr Freund, Lutz Brenker. Im Laufe der Ermittlungen würden noch Fotos und Informationen hinzukommen.

Erst als Thorsten fertig war, ging er auf Annes Äußerung ein: Bisher gab es noch keinen erkennbaren Zusammenhang mit dem Fall Steinmetz. Statistisch mochte es auffällig sein, dass sie zweimal innerhalb kurzer Zeit am gleichen Ort ermittelten, aber das war auch schon alles.

Anne war nicht überzeugt. »Das mit der Frau Steinmetz kam mir gleich komisch vor! Wer sich mit Pilzen auskennt, der erkennt den grünen Knollenblätterpilz!«

»Wir haben das bereits ausgiebig diskutiert«, erwiderte Thorsten genervt. »Es war ein Unfall. Wir haben keinen Hinweis auf Fremdverschulden gefunden, kein Motiv, nichts! Können wir uns jetzt bitte auf *diesen* Fall konzentrieren?«

»Sicher.« Anne lehnte sich zurück und verschränkte die Arme in Protesthaltung vor der Brust.

Thorsten beschloss, sie zu ignorieren. »Haben wir die Tatwaffe gefunden?« Die Frage war an Holger gerichtet.

»Leider nein«, antwortete der. »Wir haben noch bis zum Einbruch der Dunkelheit alles abgesucht: Grubers Grundstück, die Mülltonnen in der Nachbarschaft, alles sauber. Heute Morgen sind ein paar Kollegen aus Brilon vor Ort und setzen die Suche fort.«

»Gut. Dr. Lange wird wahrscheinlich im Laufe des Vormittags die Obduktion durchführen und dann bekommen wir das Projektil, das noch im Leichnam steckt. Dann wird Frau Scharf uns sagen können, ob die Tatwaffe unter den Gewehren ist, die wir in der Abstellkammer gefunden haben.« Er nickte der Frau mit der Hornbrille zu. »Obwohl es natürlich unwahrscheinlich ist, dass der Täter das Gewehr zurückgebracht hat.«

»Alles ist möglich.« Holger grinste.

»Also gehen wir davon aus, dass die Tatwaffe Samstagabend durch das Fenster an der Hinterseite des Gasthofes entwendet worden ist«, meldete sich Anne wieder zu Wort.

Thorsten nickte. »Das ist im Moment unsere beste Hypothese. Wir haben eine Liste mit allen, die an dem Abend im goldenen Hirsch waren. Da aus der Wohnung des Toten nichts gestohlen wurde, haben wir es wahrscheinlich mit einer Beziehungstat zu tun. Ich werde ein paar Tage vor Ort sein und Grubers Umfeld untersuchen.«

Jemand klopfte an und informierte Thorsten, dass Dr. Reiser angekommen war und ihn im Büro des Kriminaldirektors erwartete. Damit war die Besprechung vorerst beendet. Die Spurensicherung musste die Beweise sichten, untersuchen und elektronisch erfassen. Ulrike machte die PC-Arbeit.

Aus dem Büro von Kriminaldirektor Oberan drang eine dröhnende Stimme, die zu telefonieren schien. »Nein, Herr Weißhaupt, dazu kann ich im Moment keine Angaben machen ... Das sind Ermittlungsinterna ... Das sind Ermittlungsinterna ...«

Oberan blickte auf und winkte Thorsten und Anne hinein. Sein Gesicht war rot angelaufen und auf seiner kahlen Stirn hatte sich eine gefährliche Furche gebildet. Sein Gesprächspartner ließ ihn offensichtlich nicht zu Wort kommen. »Das sind ... jetzt reicht es aber!«, schrie er und haute mit der Faust auf den Tisch. »Wir befinden uns in einer laufenden Ermittlung und Sie gedulden sich gefälligst, bis wir die Informationen herausgeben! Wir sind doch hier nicht bei Wünschdirwas!«

Er knallte den Hörer auf und musste mehrmals tief Luft holen. »Verdammte Sauerlandpost! Da passiert einmal ein Mord im Sauerland und alle drehen am Rad!«

Dann fuhr er sich mit der Hand über die Halbglatze. »Entschuldigen Sie den Ausbruch, Dr. Reiser. Unsere Pressesprecherin ist ausgefallen und dieser Redakteur von der Sauerlandpost ist unheimlich penetrant.«

Der Staatsanwalt aus Arnsberg saß gelassen am Konferenztisch, die Beine übereinander geschlagen. Er hatte markante, beinahe scharfe Gesichtszüge, die durch die streng nach hinten gegelten Haaren noch betont wurden.

Kriminaldirektor Oberan kam hinter seinem Schreibtisch hervor, um Thorsten und Anne zu begrüßen. Er war einen halben Kopf kleiner als Thorsten und sein Hemd spannte über seinem kräftigen Bauch. Jeder im Präsidium kannte sein aufbrausendes Temperament und seine dröhnende Stimme, die regelmäßig lautstark über die Flure schallte.

Jetzt wanderte sein Blick zu Anne und ihren Krücken. »Frau Kirsch! Was ist los? Wollen Sie sich krankschreiben lassen?«

»Das ist nichts Schlimmes«, erklärte Anne, »Nur ein verstauchter Knöchel. Ich würde gern arbeiten.«

Kriminaldirektor Oberan sah sie stirnrunzelnd an, die buschigen Augenbrauen zusammengekniffen, und schüttelte minutenlang den Kopf. »Das ist ganz und gar unmöglich, Frau Kirsch. Gehen Sie zum Arzt! Ich storniere Ihren Urlaub und Sie legen mal die Beine hoch und kurieren sich aus. Wenn Sie wieder einsatzfähig sind, dann können Sie sich bei mir melden.«

Er lachte kurz auf. »Ja, unsere Personaldecke ist zwar dünn, aber so schlimm, dass unsere Beamten krank zum Dienst erscheinen müssen, ist es auch wieder nicht. Außerdem haben wir schon Ersatz für Sie besorgt, einen vielversprechenden jungen Mann aus Brilon. Oder was sagen Sie dazu, Herr Dr. Reiser?«

»Nein, so schlimm steht es noch nicht um die exekutiven Behörden, da stimme ich Ihnen zu.« Dr. Reiser erhob sich, um Anne und Thorsten die Hand zu geben. Sein Anzug war perfekt geschnitten und sah teuer aus. Er hatte auffällige grüne Augen. Thorsten schätzte ihn auf Mitte Dreißig.

»Ich bin Dr. Reiser, der zuständige Staatsanwalt. Wir hatten in der Vergangenheit das eine oder andere Mal miteinander zu tun, nicht wahr?« Er hatte einen leichten russischen Akzent, aber seine Grammatik war perfekt.

»Telefonisch ja«, antwortete Thorsten. Er hätte vielleicht sagen sollen, dass es schön war, Dr. Reiser persönlich kennenzulernen, doch er wollte nicht lügen.

»Frau Kirsch.« Der Staatsanwalt legte ihr in einer vertraulichen Geste den Arm um die Schultern. »Herr Oberan hat völlig Recht. Sie sollten sich erholen. Nehmen Sie sich die Zeit, um auszuspannen. Ihre Motivation ist lobenswert, aber Sie nützen hier niemandem etwas, wenn Sie nicht zu hundert Prozent einsatzfähig sind.«

Während seiner Rede hatte er sie freundlich lächelnd in Richtung Tür geschoben. Ihr blieb nichts anderes übrig, als sich zu verabschieden.

Thorsten hatte das Geschehen fasziniert beobachtet. Und sie hatte nicht einmal versucht zu protestieren! Entweder war sie ernsthaft krank oder Dr. Reiser besaß eine besondere Autorität. Er war kein unattraktiver Mann. Vermutlich kam er bei Frauen gut an.

»Warum ich Sie gebeten habe zu kommen, Herr Seidel«, ergriff Oberan das Wort. »Wie Sie mitbekommen haben, hat die örtliche Presse ein besonderes Interesse an Ihrem Fall. Vermutlich, weil in der Gegend sonst nichts passiert, worüber es sich zu schreiben lohnt.«

Ja, das war nicht zu überhören gewesen.

»Ich möchte Sie daher bitten, bei diesen Ermittlungen auf besondere Sorgfalt zu achten. *Fingerspitzengefühl*, Sie wissen, was ich meine.«

»Und über mögliche Verdachtsmomente absolutes Stillschweigen zu bewahren«, ergänzte Dr. Reiser bedeutungsvoll.

»Richtig«, betonte Oberan. »Das Sauerland ist im Moment ein Pulverfass. Es gibt viel böses Blut wegen des neuen Jagdgesetzes und seit Jahren schwelen Zwistigkeiten zwischen den Jagdfunktionären und dem Leiter des Stadtforstbetriebes. Ich habe schon einen besorgten Anruf aus dem Stadtrat bekommen. Wir müssen aufpassen, dass wir da nicht in ein Wespennest stechen. Also ermitteln Sie bitte vorsichtig, und Informationen an die Presse nur über mich!«

Aus seinem Team würde niemand mit der Presse sprechen, dafür legte Thorsten persönlich seine Hand ins Feuer. Aber es konnte nicht schaden, sich kooperativ zu zeigen. »Ich werde das im Team noch einmal ansprechen«, versprach er.

Oberan nickte zufrieden. »Wie macht sich eigentlich Ihr neuer Mitarbeiter aus Brilon?«

Nur allzu gern ließ sich Thorsten auf den Themenwechsel ein. »Gut bisher«, erwiderte er. »Ihm fehlt natürlich Erfahrung, aber er ist motiviert.«

»Das freut mich zu hören.« Oberan sah auf die Uhr. »In einer Viertelstunde ist die Obduktion angesetzt, vielleicht wären Sie so freundlich, Dr. Reiser ins gerichtsmedizinische Institut zu fahren.«

Thorsten hätte lieber noch ein paar Worte mit Anne gewechselt, aber zu so einer Bitte konnte er schlecht Nein sagen. Die Sache mit Stefan war ihr sehr ernst gewesen und auch wenn sie es nicht zeigte, wusste Thorsten, dass die Trennung sie tief getroffen hatte. Sie hatte kein Glück mit Männern, noch nie gehabt, aber dieses Mal hatte er eigentlich gedacht, dass es klappen würde. Stefan schien ein ganz normaler Kerl zu sein, kein Alkoholiker, kein Psycho, gutgebaut, charmant und witzig. Ein Traumtyp. Und jetzt war es vorbei und Thorsten war nicht so traurig darüber, wie er es hätte sein sollen. Er fühlte sich ein wenig schuldig, konnte es aber nicht ändern.

Es drängte ihn, mit ihr zu reden, wie sie sonst über alles geredet hatten. Denn sie waren doch noch Freunde, oder nicht?

◆

Anne stand vor ihrem Büro und knirschte mit den Zähnen. *Verdammt!* Was sollte sie jetzt tun? In ihre halbleere Wohnung zurückkehren und drei Wochen heulend auf dem Sofa liegen? Zurück zu Roswitha? Eine Alternative war schlimmer als die andere.

Sie hatte auch noch eine Freundin hier in der Nähe, doch die war mit ihrer glücklichen Familie und drei kleinen Kindern im Augenblick mehr als Anne verkraften konnte.

Verdammter Obergockel!

Dieser Fall war ihr wie gerufen gekommen. Und dann war da auch noch die tote alte Frau aus dem gleichen Dorf, nur wenige Wochen zuvor. Das war kein Zufall, was immer Thorsten auch glauben mochte. Und jetzt sollte sie ihm die Ermittlungen ganz alleine überlassen? Und diesem Jungspund aus Brilon? War das überhaupt zu verantworten?

In dem Gefühl, etwas Verbotenes zu tun, öffnete Anne die Tür zu ihrem Büro. Ulrike war um diese Zeit meistens in der Kantine, also wäre sie ungestört. So rasch, wie es mit Krücken und einem schmerzenden Knöchel möglich war, schob sie sich hinein und schloss die Tür hinter sich.

»Hey Anne«, erklang Ulrikes Stimme hinter dem Aktenschrank. »Das mit dir und Stefan tut mir total leid! Ich hab' es eben noch mitbekommen.«

Mist, heutzutage konnte man sich auf nichts mehr verlassen. Anne zwang sich zu einem Lächeln. »Hey Ulrike! Bist du nicht beim Frühstück?«

»Ich geh' heute später, wollte noch eben die Sachen wegsortieren.« Ulrike legte den Schwung Papiere beiseite und mit zwei großen Schritten war sie bei Anne und drückte sie an ihren beachtlichen Busen.

»Schon gut. Danke«, murmelte Anne und ließ das Unausweichliche über sich ergehen.

»Schrecklich, ist das schrecklich! Und so kurz vor eurem Urlaub!«

Endlich löste sich die Umklammerung und Anne atmete tief ein.

»Also, wenn mein Reinhard so etwas tun würde«, hob Ulrike in theatralischem Tonfall an und Anne ahnte, dass ihr ein längerer Vortrag bevorstand.

»Wo ist eigentlich die Akte Steinmetz?«, murmelte sie und durchwühlte den Stapel auf Thorstens Schreibtisch.

»Natürlich kann ich es mir nicht vorstellen, aber das ist es gerade, nicht wahr? Da glaubt man, man kennt einen Menschen …«

Anne hörte nicht mehr zu. Sie hatte die Akte gefunden.

Luise Steinmetz, achtundsiebzig Jahre alt, Witwe, allein-stehend, war am Mittwoch, den 30. August, gegen 18.00 Uhr mit heftigen Brechdurchfällen ins Maria-Hilf-Krankenhaus eingeliefert worden.

Sie gab an, am Vorabend selbst gesammelte Pilze gegessen zu haben, und obwohl sie beteuerte, erfahrene Pilzsammlerin zu sein, vermutete der diensthabende Arzt aufgrund der Schwere der Symptome und der langen Latenzzeit sofort eine Knollenblätterpilzvergiftung. Sie wurde mit dem Krankenwagen in die Uniklinik Münster gebracht, wo umgehend eine Antidottherapie eingeleitet wurde.

Am Donnerstag, den 31. August, trat die scheinbare Erholungsphase ein, die für eine Vergiftung dieser Art typisch ist. Die Blutuntersuchung zeigte jedoch bereits Gerinnungsstörungen und einen signifikanten Anstieg der Transanimasen, ein Zeichen der beginnenden Leberschädigung. In der Nacht traten erste Blutungskomplikationen auf. Eine Lebertransplantation, bei einem schweren Vergiftungsgrad die einzige Überlebenschance, wurde aufgrund des hohen Alters und des schlechten Allgemeinzustandes der Patientin nicht in Erwägung gezogen.

Am Morgen des 2. September verstarb Luise Steinmetz an akutem Leber- und Nierenversagen. Eine laborchemische Analyse bestätigte kurz nach ihrem Tod die Diagnose des Arztes: Vergiftung durch Amanita phalloides, den grünen Knollenblätterpilz.

Einen Tag später meldete sich Maria Redlich, eine Freundin der Toten, bei der Polizeiwache in Brilon. Sie beharrte darauf, dass Frau Steinmetz beste Pilzkenntnisse besaß und dass sie niemals aus Versehen einen Knollenblätterpilz gegessen haben konnte. Außerdem hätte eine Nachbarin beobachtet, dass ein unbekannter Mann sie an dem Tag, bevor sie ins Krankenhaus eingeliefert wurde, besucht hatte.

Die Polizei Brilon hatte die Anzeige an die Kriminalpolizei Dortmund weitergeleitet. Anne selbst war mit Thorsten im Haus der alten Frau gewesen.

Es war, als ob man einen Schritt in die Vergangenheit täte: Schwere dunkle Eichenmöbel, die alles zu erdrücken schienen, muffige Gardinen und Polstermöbel beherrschten die Zimmer. Figuren, Ikonen und Vasen standen in jeder Ecke. An der Wand über der Essecke hing ein Eichenkreuz mit einem leidenden Christus.

Sie untersuchten vor allem Küche und Esszimmer. Die Spülmaschine war leer und es gab kein Anzeichen dafür, dass Frau Steinmetz die Pilzmahlzeit nicht alleine zu sich genommen hatte. Auf der Spüle stand nur ein benutzter Teller und eine Tasse vom Frühstück. Offenbar war ihr erst danach schlecht geworden.

Anne wusste nun, dass das ein sicheres Anzeichen einer gefährlichen Pilzvergiftung war: Wenn die Vergiftungserscheinungen erst Stunden später einsetzten. Bei einem grünen Knollenblätterpilz dauerte die Latenzzeit etwa fünf bis vierundzwanzig Stunden.

»... Und deshalb treffen wir uns stattdessen am Freitagabend. Kommst du auch?«

Anne schreckte auf, als Ulrikes längerer Monolog plötzlich endete. »Wie?«, murmelte sie verwirrt.

»Zum Tupperabend! Kommst du auch?«

»Hab' am Freitag leider schon was vor«, log Anne. Tupper mit Ulrike und ihrem Stammtisch? Ganz so verzweifelt war sie noch nicht. »Aber nächstes Mal bestimmt.«

Mit einem Mal war ihr klar, was sie tun würde. »Ulrike, sag Thorsten, ich habe die Akte Steinmetz mitgenommen.« Sie ließ die Akte in ihrer Tasche verschwinden und humpelte zur Tür. »Und kein Wort zu Oberan, ja?«

Die Rückkehr in ihre Wohnung war so schlimm, wie sie es sich ausgemalt hatte. In der Küche fehlte der Esstisch und die Stühle. Der große Schlafzimmerschrank war verschwunden und ihre Wäsche türmte sich in einem großen Haufen auf dem Bett. Stefan hatte auch den Wohnzimmertisch und die Vitrine mitgenommen, und die Wand, wo der Flachbildfernseher gehangen hatte, war nackt bis auf das Bild von Anne mit ihren Eltern beim letzten gemeinsamen Urlaub in Griechenland vor zwölf Jahren. Ihre Habseligkeiten standen in zwei Kartons auf dem Boden.

»Wenigstens das Sofa hat er dagelassen«, murmelte sie und starrte deprimiert auf den durchgelegenen Dreisitzer. *Kein Wunder.*

Kurzentschlossen holte sie ihren Koffer unter dem Bett hervor und stopfte Kleidung für zwei Wochen hinein. Es folgten Kulturtasche, Shampoo – die Zahnpasta hatte der Idiot mitgenommen –, ihr MP3-Player und die Akte Steinmetz. Sie würde die Bahn nehmen. Mit ihrem Fuß war an Autofahren nicht zu denken, erst recht nicht bis tief ins Sauerland.

Als sie das Haus verließ, bemerkte sie, dass Stefan sogar schon das Klingelschild abgenommen hatte. *Mein Gott*, an diesen Mann hatte sie zwei Jahre ihres Lebens verschwendet.

»Zimmer frei« stand auf einer Tafel im Fenster des kleinen Fachwerkhauses. Das Häuschen sah urig aus und war von einem malerischen Garten umgeben. Es gab Stauden in allen möglichen Farben, aber nicht bunt durcheinandergewürfelt, sondern so geschickt arrangiert, dass in jeder Ecke des Gartens irgendetwas blühte. Vor der Haustür stand ein Blumenkübel mit duftenden Kräutern.

Anne drückte auf die Klingel, auf der »Von der Linde« stand. Obwohl sie erst einmal in ihrem Leben in Bontkirchen gewesen war, kannte sie diese Straße bereits. Sie hieß *Am Mühlenbach*, eine kleine Stichstraße an einem Bach gelegen, dem sie wohl ihren Namen verdankte. Das Haus von Luise Steinmetz lag keine vierhundert Meter entfernt.

Eine weißhaarige Frau öffnete die Tür und lächelte freundlich. Ihr Gesicht war von Falten durchzogen, die von einem bewegten Leben zeugten, aber ihre Haltung war aufrecht und ihr Händedruck kraftvoll. Sie hatte auffällige himmelblaue Augen.

»Guten Tag«, grüßte Anne. »Sie vermieten ein Zimmer?«

»Sehr richtig«, antwortete die Frau. »Kommen Sie herein! Oh, haben Sie einen schlimmen Fuß?«, rief sie, als sie Annes Krücken sah. »Ich helfe Ihnen mit dem Koffer.«

Ohne auf Annes Proteste zu achten, hatte sie schon den Koffer genommen und ohne sichtliche Mühe hineingetragen. Gerüche von Lavendel und Minze schlugen Anne entgegen und noch andere, die sie nicht einordnen konnte.

»Hier ist das Zimmer« deutete die Frau auf eine der Türen und stellte Annes Koffer davor ab. »Aber vorher kommen Sie lieber mit in die Küche und ich mache Ihnen einen schönen Blütentee.«

Anne war erschöpft von der langen Zugfahrt und wollte dankend ablehnen und sich ein wenig hinlegen, doch ihre Vermieterin war schon in der Küche verschwunden und ein klapperndes Geräusch verriet Anne, dass der Teekessel aufgesetzt wurde.

Ergeben seufzend humpelte sie hinterher. Eine Tasse Tee würde ihr nicht schaden und schließlich war sie hier, um ein paar Erkundigungen einzuholen.

»Setzen Sie sich und legen Sie das Bein hoch, dann kann das Blut besser zirkulieren.«

Die Frau hatte ein Leinensäckchen in der Hand und füllte getrocknete Kräuter hinein. Einige nahm sie aus Dosen, die, alle sorgsam mit Etiketten versehen, in langen Reihen in einem Regal standen. Andere holte sie aus den Schubladen eines Apothekerschränkchens. »Rosen- und Hibiskusblüten, Ringelblume, römische Kamille, Schafgarbe, Lavendelblüten, ein wenig Fenchel und Anis und fertig ist unser Blütentee.«

Über einem altertümlichen Herd hingen Kräuter zum Trocknen, die vermutlich später zerkleinert und in die Dosen und Schubladen einsortiert wurden. Die Frau überbrühte das Teesäckchen in einer Glaskanne und stellte diese zum Ziehen auf den Tisch.

»Sie haben eine beeindruckende Kräutersammlung, Frau von der Linde«, bemerkte Anne.

»Nennen Sie mich Thea, das tun alle hier«, sagte die Frau und setzte sich zur ihr.

»Gut. Ich bin Anne Kirsch.«

»Genau«, nickte Thea. »das steht auf Ihrem Koffer. Wollen Sie Urlaub machen?«

Anne schüttelte den Kopf. »Ich bin nur ein paar Tage hier, um auszuspannen. Und dann ist da noch die Beerdigung …«

»Ach.« Die alte Frau sah überrascht aus. »Sie kannten den armen Herrn Gruber? Ich habe es gestern Abend erfahren! Furchtbar, nicht wahr?«

»Mein Vater kannte ihn von früher.« Anne hatte sich eine Erklärung für ihren Aufenthalt zurechtgelegt, die der Wahrheit so nahe wie möglich kam. »Er kann nicht kommen, da er jetzt in den USA lebt, aber es ist uns wichtig, dass wenigstens einer hier ist.«

»Das ist wichtig«, nickte Thea. Ihr Blick wanderte zu Annes Fuß. »Wenn Sie möchten, kann ich Ihnen ein paar Umschläge machen, wenn Sie zu Bett gehen. Damit Sie bei der Beerdigung mitlaufen können.«

Sie nahm den Teebeutel heraus und schenkte ihnen ein. Ihre ganze Art war so gelassen und doch bestimmt, völlig anders als die von Annes Mutter.

»Danke, das wäre sehr nett.« Ein feines Aroma stieg in Annes Nase und sie nippte versuchsweise an ihrer Teetasse. Es schmeckte sanft und anders als jeder Tee, den sie bisher getrunken hatte. »Lecker«, lobte sie.

Thea lächelte. »Versuchen Sie dazu ein paar Dinkelkekse. Die habe ich selbst gemacht.«

Sie stellte eine Schale mit länglichen Keksen auf den Tisch und Anne kostete. Es schmeckte sehr gesund, aber nicht schlecht. Ein wenig nach Banane.

»Haben Sie Jürgen gut gekannt?«, fragte Anne.

Thea trank einen Schluck Tee. »Nicht direkt«, antwortete sie. »In so einem kleinen Dorf kennt man sich eben. Er kam hin und wieder zu mir, wenn er Migräne hatte und seine Medikamente nicht geholfen haben. Ich bin die Kräuterhexe hier, wissen Sie? Früher war ich mal Krankenschwester und zusätzlich habe ich mich viel mit alternativen Heilmethoden beschäftigt. Wenn die Leute nicht zum Arzt gehen wollen, kommen sie zu mir. «

Annes Blick schweifte über die unzähligen Dosen und Schubladen. »Und diese Kräuter helfen bei Migräne?«, fragte sie ungläubig.

»Bei Migräne empfehle ich Apfelknospenöl«, erklärte Thea. »Die ätherischen Öle und Salben habe ich im Wohnzimmer. Sie heilen nicht, aber sie können Beschwerden lindern, wie bei Ihrem verstauchten Knöchel hier. Oft hängen körperliche Leiden auch mit anderen Dingen zusammen. Und wenn jemand zu mir kommt, um sich helfen zu lassen, versuche ich alles zu betrachten: Körper, Geist und Seele, den ganzen Menschen als Einheit. Das ist natürlich keine Behandlung, die von heute auf morgen gemacht werden kann. So etwas braucht Zeit.«

Anne hatte bisher noch nicht viel Erfahrung mit alternativer Medizin gemacht, aber grundsätzlich war sie allem, was sich nicht wissenschaftlich belegen ließ, eher skeptisch gegenüber eingestellt. Ihre Mutter ging wöchentlich zu einem Heilpraktiker, der sie mit Pendeln und Handauflegen behandelte und ihr teure Cremes verkaufte. Anne hielt ihn für einen Betrüger und sie hatten schon mehr als einmal Streit deswegen gehabt.

»Haben Sie Jürgen auch so behandelt? Ganzheitlich, meine ich?«

»Nein.« Thea lächelte nachsichtig. »Jürgen hatte keinen Sinn für so etwas. Aber das Öl hat er trotzdem genommen.«

Anne versuchte noch ein wenig über das Mordopfer in Erfahrung zu bringen, aber Thea schien selbst nicht mehr zu wissen, als dass Jürgen Gruber ein Eigenbrötler gewesen war.

Danach führte sie Anne in ihr Zimmer, das an eine Klosterzelle erinnerte. Es war sauber, aber spartanisch eingerichtet. Ob es hier einen Internetzugang gab? Vermutlich nicht.

»Ich werde einen Spaziergang durchs Dorf machen«, entschied sich Anne. »Gibt es hier so etwas wie ein Internetcafé oder eine Bücherei?«

»Ein Spaziergang ist eine gute Idee!«, stimmte Thea zu. »Aber übertreiben Sie es nicht. Es kommt immer auf das richtige Maß an. Wenn Sie danach ins Internet wollen, können Sie auch meinen Computer benutzen. Er steht im Arbeitszimmer.«

Anne war ehrlich erstaunt, aber als sie beim Hinausgehen einen Blick auf den sogenannten »Computer« warf, legte sich ihre Euphorie wieder. Es handelte sich um ein riesiges Gehäuse und einen dicken Monitor mit einer vergilbten Tastatur. Er war bestimmt schon zwanzig Jahre alt. Vielleicht würde sie ihn heute Abend einmal testen, aber sie versprach sich nicht viel davon. Vermutlich brauchte er eine halbe Stunde, um überhaupt hochzufahren, und dann eine weitere halbe, um den Internet-Explorer zu laden. Wenn er dann noch zweimal abstürzte, war sie so alt wie Thea, bevor sie eine Mail geschrieben hatte.

Draußen holte Anne ihr Handy aus der Tasche, um Thorsten anzurufen, doch sie hatte kein Netz. Sie seufzte. Hier war sie wirklich am Ende der Welt. Mit ihren Krücken hinkte sie die Mühlenbachstraße entlang.

Sie war zuversichtlich, dass die Dorfbewohner sie nicht wiedererkennen würden. An dem Tag, als sie mit Thorsten in Frau Steinmetz' Haus gewesen war, hatte es geregnet und niemand war auf der Straße gewesen. Danach war Anne ins Krankenhaus gefahren, um mit dem Arzt zu sprechen, der die alte Frau behandelt hatte.

Das kleine Häuschen von Luise Steinmetz sah aus, als würde es jetzt auch langsam dahinsterben. Bei allen Fenstern waren die Rollläden heruntergelassen und jemand hatte die Blumenkübel geleert. Nichts lenkte den Blick mehr von dem verwitterten Dach ab und von den Stellen, wo die Fassade von den Wänden abblätterte.

»Es ist zu verkaufen«, sagte eine brüchige Stimme.

Ein alter Herr mit seinem Dackel stand neben Anne und schien ihr Interesse bemerkt zu haben. »Für'n Appel und 'n Ei, vermute ich. Sie sind nicht von hier, ne?«

»Aus Dortmund«, antwortete Anne. »Ich mache ein paar Tage Urlaub. Nun ja, man müsste ein wenig Geld reinstecken, denke ich«, sagte sie mit Blick auf das Haus. »Wer ist denn der Eigentümer?«

Der Alte zuckte mit den Schultern. »Der Sohn hat das Erbe ausgeschlagen. Zu viele Schulden, wie man hört. Wem gehört es dann? Dem Land, oder? Auf jeden Fall ist es zu verkaufen, falls Sie Interesse haben.« Sein Tonfall sagte, dass niemand, der bei klarem Verstand war, Interesse daran haben konnte.

»Vielleicht schon«, erwiderte Anne. »Ist denn hier jemand kürzlich verstorben?«

»Ja, ja«, nickte der Alte, » Frau Steinmetz ist an 'ner Pilzvergiftung gestorben. Man soll die Pilze auch nicht selber sammeln, sag' ich immer.«

»Haben Sie sie gut gekannt?«

»Wie man sich so kennt, ne?«, brummte der Alte achselzuckend. »Sie kam nur, um sich zu beschweren. Ronni hat ihre Katze gejagt, Ronni hat das Katzenfutter aufgefressen.«

Er tätschelte seinem Hund den Kopf, der bei der Erwähnung seines Namens freudig aufgeblickt hatte und mit seinem zerzausten Schwanz hin- und herwedelte. »Aber ich kann es ja auch nicht verhindern, ne? Wenn das den ganzen Tag da draußen steht. Die Minka war auch kein Engel! Und so ein Biss ins Ohr hat noch keine Katze umgebracht.«

In Annes Kopf ratterte es. Eine Katze? Als sie mit Thorsten in dem Haus gewesen war, hatten sie keine Spur von einer Katze gefunden.

»Wer kümmert sich denn nun um Minka?«, unterbrach sie den alten Mann in seinem Redefluss.

Der stockte irritiert. »Das weiß ich nicht, gute Frau. Ich habe das Biest schon wochenlang nicht mehr gesehen. Das hab' ich auch der Luise gesagt.«

Anne wurde hellhörig. »Die Katze ist schon länger verschwunden?«, hakte sie nach. »Schon bevor ihre Besitzerin verstorben ist?«

»Die lief immer draußen rum. Ist bestimmt überfahren worden. Luise hat das ganze Dorf verrückt gemacht wegen ihrer verdammten Katze! Als ob es hier nicht genug davon gäbe. Die Biester streunen doch überall durch die Wälder. Da sollte mal einer was gegen tun!«

»Wie sieht die Katze aus? Können Sie sie beschreiben?«

Er sah sie an, als hätte sie den Verstand verloren. »Warum wollen Sie das denn wissen?«

»Vielleicht taucht sie wieder auf. Dann muss sich doch jemand um sie kümmern.«

Er blinzelte, sah seinen Hund an, und blinzelte wieder. »Möglich wäre es. Bei den Biestern weiß man nie. Die Minka, das war so ein schwarzer Teufel. Da wusste man schon, woran man war. Schwarzes Fell und weiße Pfoten. Mehr kann ich Ihnen auch nicht sagen. Wenn Sie meinen Rat wollen, schaffen Sie sich lieber einen Hund an!«

Er murmelte noch vor sich hin, während er sich von seinem Dackel weiterziehen ließ.

Anne erblickte auf der gegenüberliegenden Straßenseite eine Bank und ließ sich dort nieder. Es tat gut, den Fuß auszustrecken. Möglicherweise war es nichts, aber die Tatsache, dass sie bei ihren bisherigen Ermittlungen nichts von einer Katze erfahren hatten, stimmte sie nachdenklich.

Vielleicht waren sie nicht gründlich genug gewesen.

Thorsten hatte die Nachbarin befragt, die einen unbekannten Mann bei Frau Steinmetz gesehen hatte. Ihre Beschreibung – Brille, dunkler Schnauzbart, schwarzer Mantel und Aktentasche – war dürftig gewesen. Niemandem sonst war dieser Mann aufgefallen und laut Aussage der Nachbarin war er nicht lange geblieben.

Anne und Thorsten waren zu dem Schluss gekommen, dass kein Hinweis auf Fremdverschulden vorlag, und deshalb hatte die Spurensicherung die Wohnung nie gesehen.

Jetzt bereute Anne, dass sie nicht gründlicher gewesen waren. Aber es war zu spät. Die Wohnung hatte zwar leer gestanden, war aber auch nicht versiegelt gewesen. Spuren, die sie jetzt noch finden würden, waren vor Gericht praktisch unbrauchbar. Anne zog die Akte Steinmetz aus ihrer Tasche. Die alte Frau war am Mittwoch, dem 30. August, ins Krankenhaus eingeliefert worden. Bauchkrämpfe, Erbrechen und Durchfälle hatte sie aber schon seit den frühen Morgenstunden gehabt. Wenn man bedachte, dass eine Knollenblätterpilzvergiftung eine Latenzzeit von fünf bis vierundzwanzig Stunden hatte, musste sie den Pilz in der Zeit von Dienstagmorgen bis etwa 24.00 Uhr in der Nacht gegessen haben.

Was war an diesem Tag passiert? Wer war der Mann, der Frau Steinmetz aufgesucht hatte? Wann hatte sie sich die Pilzmahlzeit zubereitet? War sie allein gewesen? Und die entscheidende Frage: Gab es eine Verbindung zu Jürgen Grubers Tod?

Anne sah noch mal auf ihr Handy, doch auch hier war kein einziger Balken zu sehen. Scheinbar hatte hier im Sauerland niemand E-Plus. Vielleicht hatte sie mehr Glück, wenn sie einen der Berge erklomm. Besser sie borgte sich von Thea ein Telefon. Und wenn sich die Gelegenheit ergab, würde sie versuchen, ihre Vermieterin unauffällig über Frau Steinmetz auszufragen. Aus diesem Grund hatte sie sich schließlich bei ihr einquartiert.

Kapitel 4

Thorsten parkte seinen Ford Focus Kombi auf dem Parkplatz der Sparkasse in Brilon. Sie hatten den Wagen gekauft, als Lisa geboren wurde. Mit zwanzig war sich Thorsten sicher gewesen, dass er niemals einen Kombi fahren würde – in seiner Clique das Spießerauto schlechthin. Damals hatte er noch von dem 911er Carrera seines Englischlehrers geträumt. Er war grün gewesen, mit einem Heckspoiler, der bei 80 km/h automatisch ausfuhr.

Jetzt war Thorsten doppelt so alt und ihm waren andere Dinge wichtig geworden. Und er hatte festgestellt, dass, wenn man mit zwei Kindern in den Urlaub fuhr, nichts so wichtig war wie ein großer Kofferraum. Die beiden Knirpse brauchten mehr Wäsche als eine komplette Fußballmannschaft. Thorsten sah auf die Uhr, es war kurz nach zwei. Immer noch fühlte er die Unruhe, die ihn den ganzen Weg ins Sauerland begleitet hatte. Er war bei Anne vorbeigefahren, aber sie hatte nicht geöffnet und war auch telefonisch nicht erreichbar gewesen. Hoffentlich machte sie keine Dummheiten! Manchmal konnte sie impulsiv sein, absolut unberechenbar.

Die Obduktion war zügig vonstattengegangen, aber er selbst hatte sich im Hintergrund gehalten. Er hatte schon oft genug gesehen, wie ein menschlicher Körper geöffnet wird, und der Anblick, gepaart mit dem Leichengeruch, waren für ihn meist Anlass, schnellstens das WC aufzusuchen.

Dieses Mal hatten die körpereigenen Bakterien Jürgen Grubers noch keine Zeit gehabt, Proteine zu zerkleinern und Aminosäuren in Putrescin und Cadaverin umzuwandeln und so den Leichengeruch zu erzeugen.

Thorsten hatte also Hoffnung, dass er die Obduktion durchstehen würde, wenn er nicht hinsah. Aufgrund seiner vielen schlechten Erfahrungen pflegte er den Sektionssaal so gut es ging zu meiden, doch da er Dr. Reiser nun schon einmal hergefahren hatte, war ihm kein vernünftiger Grund eingefallen, nicht mithineinzugehen.

Zum Glück war Dr. Lange ein großer Freund davon, jeden seiner Schritte penibel in ein Diktafon zu sprechen, sodass Thorsten nicht unbedingt daneben stehen musste, um alles Wichtige zu erfahren.

Bei der äußeren Besichtigung wurde nichts gefunden, das auf einen Kampf hindeutete, keine Hämatome, keine Hautfetzen unter den Fingernägeln. An den Händen wurden keine Schmauchspuren festgestellt, Selbstmord war somit ausgeschlossen.

Der Staatsanwalt beugte sich interessiert vor, als Dr. Lange die Schusswunde untersuchte.

»Hier sehen Sie ganz deutlich die Einschusswunde in der Brust«, erklärte ihm Dr. Lange, »erkennbar an der Innenwölbung des Brandsaumes. Und hier die Abschürfung der Haut durch das Geschoss.«

Er reichte Dr. Reiser die Lupe, damit er die Wunde genau betrachten konnte. »Bei einem Schuss aus einer Entfernung unter 50 Zentimetern würden Sie beim unbekleideten Opfer eine Schwärzung der Wundränder erkennen können, die durch den Pulverschmauch und das Zündungsfeuer hervorgerufen wird. In unserem Fall müsste dieser Schmauchring auf den Textilien zu finden sein, die ich bereits untersucht habe. Da er fehlt, können wir jetzt schon mit an Sicherheit grenzender Wahrscheinlichkeit von einer Schussentfernung von mehr als einem halben Meter ausgehen. Ich habe es mir zur Angewohnheit gemacht, die Einschussstelle herauszuschneiden, falls noch genauere Untersuchungen nötig sind.«

Der Gerichtsmediziner trug graue Obduktionskleidung, die seine spindeldürren Arme freiließ, Handschuhe und Plastikschürze. Das Diktiergerät hing an einer Schnur um seinen Hals. Er nahm sein Skalpell, um seine Worte in die Tat umzusetzen.

Dr. Reiser schien mit dem Aufschneiden einer menschlichen Leiche keine Probleme zu haben, denn er stand direkt daneben und beugte sich nun vor, um alles genau zu sehen.

Dr. Lange setzte das Skalpell an der Kopfhaut an. Er würde als nächstes die Innenseite der Kopfschwarte untersuchen. Der Staatsanwalt sah fasziniert aus.

Thorsten drehte sich angewidert weg. Er hörte den Rechtsmediziner mit sachlicher Genauigkeit den Zustand der harten Hirnhaut und der knöchernen Schädelbasis beschreiben. Durch ein Fenster sah er zwei Katzen, die sich draußen vorm gerichtsmedizinischen Institut um die kläglichen Reste eines Schaumstoffballs balgten. Er fragte sich, ob er sich Dr. Langes Spott aussetzen und einfach gehen sollte.

»Gibt es einen besonderen Grund dafür, dass Sie den Schädel untersuchen?«, fragte Dr. Reiser interessiert. »Soweit ich weiß, hat der Tote keine Kopfverletzung erlitten, oder?«

»Durchaus nicht«, erwiderte Dr. Lange, erfreut über sein aufmerksames Publikum. »Bei einer gerichtlich angeordneten Obduktion sind Schädel-, Brust und Bauchhöhle standardmäßig zu öffnen. Bei der Inaugenscheinnahme des Gehirns stelle ich Größe, Konsistenz, Gestalt und Oberflächenbeschaffenheit fest und ich sehe, auf welche Weise der Tod eingetreten ist: Durch direkte Zerstörung des Gehirns, durch Sauerstoffmangel aufgrund von Kreislaufstillstand, oder durch den sogenannten Schocktod.«

Als Thorsten das kreischende Geräusch der Knochensäge hörte, wusste er, dass er keine Minute länger hierbleiben konnte.

»Gehen Sie zu Tisch, Herr Seidel?«, rief Dr. Lange ihm hinterher, »Dann bringen Sie mir ein Käsesandwich mit!«

Thorsten fragte sich einen Moment, ob der Mediziner seinen Spott mit ihm trieb, oder ob das tatsächlich ernst gemeint war.

»Seiner Gesichtsfarbe nach zu urteilen sucht er eher die

sanitären Anlagen auf«, bemerkte Dr. Reiser nicht ohne Genugtuung.

»Ich fahre ins Sauerland«, knurrte Thorsten. »Wir können telefonieren, wenn Sie neue Erkenntnisse gewonnen haben.«

»Ich muss immer wieder feststellen, dass die Kriminalpolizei ganz und gar humorlos geworden ist«, stellte Dr. Lange bedauernd fest. »Was ist mit Ihnen, Herr Dr. Reiser? Haben Sie ebenfalls das Bedürfnis auszutreten?«

»Nein. Ich nehme auch ein Käsesandwich.«, hörte Thorsten den Staatsanwalt noch beim Hinausgehen sagen, sowie Dr. Langes trockenes Lachen. »An Ihnen ist ein Pathologe verlorengegangen!«

Der Vormittag hatte Thorsten gründlich den Appetit verdorben. Er beschloss, das Mittagessen ausfallen zu lassen, und betrat die frisch renovierte, klinisch weiße Empfangshalle der Kanzlei Asshauer und Asshauer, die in der Briloner Innenstadt mit Blick auf die Propsteikirche lag.

Ein Schild wies zu verschiedenen Notaren, Anwälten und einem Architekturbüro, die in diesem Gebäude untergebracht waren. Die Kanzlei Asshauer und Asshauer befand sich im ersten Obergeschoss.

Eine Frau mit blondiertem Haar saß am Empfangstisch und zog sich vor einem Taschenspiegel den Lidstrich nach. »Sie wünschen?«

»Guten Tag. Hauptkommissar Seidel, Kripo Dortmund. Ich möchte zu Herrn Asshauer.«

Sie ließ ihren Taschenspiegel zuschnappen und lächelte professionell. »Tut mir leid, er ist in einer Besprechung.«

Thorsten reagierte ungehalten. Er hatte immer noch das Geräusch der Knochensäge in den Ohren und seine Geduld war für heute erschöpft. »Bitte holen Sie ihn jetzt oder ich gehe rein. Ich habe auch nicht den ganzen Tag Zeit.«

Ihr Lächeln gefror. »Einen Moment bitte.«

Sie stöckelte zu einer der Türen, klopfte und trat ein. Thorsten hörte sie sich drinnen entschuldigen. Ob die Ehefrau nichts dagegen hatte, hier so eine junge, hübsche Sekretärin zu beschäftigen?

Die Tür öffnete sich wieder und Gerd Asshauer stürmte mit langen Schritten heraus. Heute trug er einen vollständigen Anzug inklusive Krawatte. Seine Miene verriet Ungeduld. »Machen Sie es kurz, Herr Seidel!«

»Ich werde Sie nicht lange stören.« Thorsten gab ihm die Liste mit den Gewehren, die sie beschlagnahmt hatten. »Können Sie für mich herausfinden, ob eins fehlt?«

Gerd Asshauer warf nur einen Blick darauf und schnaubte verärgert. »Das kann ich Ihnen sofort sagen. Es ist natürlich mein eigenes Gewehr, das fehlt! Soll das ein Trick sein?«

Thorsten wurde wachsam. »Was besitzen Sie denn für ein Gewehr?«

»Eine Blaser K95 Baronesse«, antwortete Herr Asshauer düster. »Hat mich ein kleines Vermögen gekostet! Soll das heißen, sie wurde gestohlen?«

»Das soll heißen, dass es sich möglicherweise um die Tatwaffe handelt. Versuchen Sie bitte …«

»Das soll wohl ein Witz sein! Sie haben sich schon auf uns eingeschossen, wie? Der Jürgen wurde mit einem Gewehr umgebracht, also muss es wohl ein Jäger gewesen sein, ja?« Seine Stimme dröhnte durch die Räume. Es schien ihm gleichgültig zu sein, ob Mandanten mithörten.

Thorsten ließ sich durch Lautstärke wenig beeindrucken.

»Wir ermitteln in alle Richtungen«, erwiderte er gelassen.

Asshauer hörte ihm nicht zu. »Von meinen Jagdgenossen war es keiner. Der Jäger jagt nicht, weil er gerne tötet, im Gegenteil! Er ist zur Hege verpflichtet, zur Erhaltung eines artenreichen und gesunden Wildbestandes und zur Sicherung seiner Lebensgrundlagen. Das hat der Jürgen auch nie verstanden!« Seine Stimme überschlug sich vor Wut. »Aber Sie glauben wohl auch, wir sind geil aufs Töten und knallen alles ab, was uns vor die Büchse kommt, nicht wahr?«

Seine Frau kam aus einem Büro. Ihre Absätze klackten über den Boden.

»Gerd, die Mandanten!«, sagte sie eindringlich und legte ihrem Mann eine manikürte Hand auf den Arm.

Er wurde ruhiger, aber seine Augen sprühten vor Zorn.

»Hat Jürgen Gruber das geglaubt?«, fragte Thorsten.

»Mein Schwager hat das ein oder andere geglaubt«, erwiderte Herr Asshauer schwer atmend. »Er konnte es nicht ertragen, wenn jemand sein Leben nicht nach *seinen* Vorstellungen führte. Aber deswegen bringt man doch keinen um!«

»Vielleicht war es ein Unfall. Vielleicht wollte jemand Ihrem Schwager nur Angst einjagen. Und im Handgemenge hat sich der Schuss gelöst.«

Herr Asshauer schnaubte. »Also verdächtigen Sie jetzt mich?«

»Ich frage mich nur, wieso Sie die Sache mit dem Gewehr so aus der Fassung bringt.«

Der Steuerberater hatte seine Selbstbeherrschung wiedererlangt und sah Thorsten eisig an. »Verlassen Sie jetzt bitte meine Kanzlei, Herr Seidel. Und wenn Sie mich noch mal sprechen wollen, machen Sie einen Termin mit meiner Sekretärin aus.« Ohne abzuwarten, ob seinen Worten Folge geleistet wurde, ging er zurück in sein Büro.

Thorsten wandte sich an die Ehefrau und gab ihr die Liste mit den Waffen. »Bitten Sie Ihren Mann, zu überprüfen, ob sonst noch Gewehre fehlen. Es wäre in seinem eigenen Interesse.«

Sie nahm den Zettel und ging, offensichtlich nicht gewillt, ein weiteres Wort mit ihm zu sprechen.

Thorsten verließ die Kanzlei und fuhr zur Polizeiwache. Anton Hellmann kam ihm mit einem Stapel Papier unter dem Arm entgegengelaufen und stieg ins Auto. Seine Haare hatten den coolen Out-of-bed-Look, der nur durch stundenlange Mühe vor dem Spiegel entsteht – wie Thorsten aus leidiger Erfahrung wusste. Als junger Kerl hatte er sich noch viele Gedanken um seine Haare gemacht. Irgendwann hatte er es aufgegeben und sie sich einfach kurzrasieren lassen.

Jetzt machte es kaum einen Unterschied, ob er die Bürste benutzte oder einfach nur mit einem Handtuch drüberrubbelte. »Coole Frisur«, bemerkte er.

»Danke«, erwiderte Hellmann lässig, »hab' heute noch gar nicht in den Spiegel geguckt.«

Thorsten quittierte diese Behauptung mit einem nachsichtigen Lächeln. »Was haben Sie mitgebracht?«

Der junge Kommissar grinste. »Ich habe heute Morgen recherchiert.« Er blätterte eifrig in seinen Papieren. »Jürgen Gruber hatte ein paar Anzeigen laufen: Gegen Guido Müller und Peter Gerlach wegen Falschparkens, gegen diverse Jagdgenossen wegen Lärmbelästigung und einige Anzeigen wegen Verunreinigung der Gehwege.«

»Gruber scheint kein angenehmer Zeitgenosse gewesen zu sein«, stellte Thorsten fest, während er die Gartenstraße hinunterfuhr.

»Und dann habe ich noch einige unserer Verdächtigen überprüft. Der Franz-Josef Krüger, der Streit mit dem Toten hatte, ist auch bei uns kein Unbekannter. Es gab in den letzten Jahren mehrere Anzeigen wegen Körperverletzung von verschiedenen Personen, die aber alle zurückgezogen worden sind. Es ist unglaublich, dass so einer noch einen Waffenschein hat!«

Sie fuhren über Hoppecke in Richtung Bontkirchen. Die Sonne hatte sich hinter einer dicken Wolkendecke versteckt und es war windig geworden. Thorsten musste gegenlenken, um nicht von der Straße geweht zu werden, und er beobachtete unruhig die Bäume, die dicht an der Straße standen und deren Kronen vom Wind nach rechts gepeitscht wurden.

Er erinnerte sich daran, dass das Sturmtief Kyrill hier vor ein paar Jahren halbe Wälder entwurzelt hatte. Davon war nicht mehr viel zu sehen. Bäume gab es in Hülle und Fülle.

»Die Jäger scheinen hier eine große Lobby zu haben«, sagte er zu Hellmann. »Die halten zusammen. Womöglich wurden die Leute eingeschüchtert. Hat unser Opfer Herrn Krüger auch angezeigt?«

Hellmann schüttelte den Kopf, blätterte sicherheitshalber in seinen Unterlagen und schüttelte wieder den Kopf. »Er ist nicht dabei. Das ist komisch.«

Das fand Thorsten auch merkwürdig. »Susanne Asshauer hat ausgesagt, dass die beiden sich geprügelt hätten. Und dass Krüger sogar den Hund ihres Bruders erschossen hat. Warum zeigt Jürgen Gruber alle möglichen Leute wegen Lappalien an und Krüger nicht?«

Hellmann dachte einen Moment nach. »Vielleicht hatte er Angst vor ihm.«

»Oder er wollte Krüger erpressen.«

Sie hielten vor Franz-Josef Krügers Haus und schellten an der Tür. Dieses Mal war der Jäger zu Hause, aber er öffnete die Tür nur einen Spalt breit und versperrte mit seiner massigen Gestalt den Eingang. Er hatte sich heute Morgen weder rasiert noch die Haare gewaschen, die verfilzt und fettig vom seinem Kopf abstanden. Sein Gesicht war rot und aufgedunsen. »Was?«, fragte er unfreundlich.

Thorsten stellte sich und Herrn Hellmann vor und fragte, ob sie eintreten könnten.

»Nee, is schlecht jetzt«, knurrte Krüger. »Was wollt ihr denn? Geht's um den Gruber? Damit hab ich nix zu tun!«

»Sie hatten eine Auseinandersetzung mit ihm«, sagte Thorsten und ließ den Satz im Raum stehen.

»Ja und? Der hatte doch mit jedem Stress! Ich hab 'n Alibi, falls ihr's noch nicht gehört habt.«

Was Thorsten hörte, war ein klirrendes Geräusch aus der Küche, als sei ein Glas zu Bruch gegangen. »Das kann Ihre Frau uns sicher bestätigen«, vermutete er. »Ist sie da?«

Krüger bewegte sich keinen Millimeter. »Nee, die ist nicht da!« Er versuchte die Haustür zu schließen, aber Thorsten hatte bereits den Fuß über der Schwelle. So leicht ließ er sich nicht abschütteln.

»Worum ging es bei Ihrem Streit mit Herrn Gruber?«, fragte er weiter.

»Um den Köter«, knurrte Krüger. »Streunende Hunde und Katzen werden abgeknallt, so is' das hier! Das is' auch nicht verboten, klar?«

Thorsten zuckte mit den Schultern. »Wenn Sie das sagen. Haben Sie Ihr Gewehr am Samstag nach der Jagd auch im goldenen Hirsch deponiert?«

»Nee, ich geb' das nie aus der Hand!« Zum Beweis seiner Worte stellte er die Büchse vor sich, die er tatsächlich bei sich trug, und starrte Thorsten herausfordernd an. »Is' sonst noch was, Kollege?«

»Empfangen Sie Ihren Besuch immer mit dem Gewehr in der Hand?«, fragte Thorsten kühl.

»Nur wenn ich das Auto nicht kenne«, gab Krüger zurück. »Und jetzt verzieht euch. Ich muss nicht mit euch reden.« Mit kräftiger Hand schob er Thorsten zurück.

Dieser ließ es sich gefallen. Vorerst. Schließlich hatten sie keine rechtliche Handhabe, die Wohnung zu betreten. »Hat Grubers Anzeige Sie wütend gemacht?«, rief er noch.

»Verpisst euch«, knurrte Krüger und die Tür fiel ins Schloss.

»Was für ein Kotzbrocken!«, machte Anton Hellmann seinem Ärger Luft, als sie auf dem Weg zum Auto waren. »Er glaubt wohl, er wäre hier im wilden Westen.«

Thorsten konnte ihm nur beipflichten, allerdings gab es solche Typen auch in Dortmund. »Leider kommen wir ohne hinreichenden Tatverdacht nicht weiter. Aber seine Reaktion war interessant, nicht?«

»Ja, aber welche Anzeige meinten Sie denn?« Anton blätterte irritiert durch seine Papiere.

»Keine«, gab Thorsten zu. »Aber da scheint etwas zu sein. Haben Sie auch beim Finanzamt und beim Arbeitsamt nachgefragt?«

Anton Hellmann nickte. »Beim Arbeitsamt war nichts und die vom Finanzamt wollen ein formelles Amtshilfeersuchen.«

Thorsten seufzte. »Das kann einige Tage dauern. Was ist mit dem Arbeitsumfeld des Toten? Frau Asshauer meinte, er

72

hätte dort keine engen Kontakte gehabt. Haben Sie noch etwas herausgefunden?«

»Er ist kürzlich in die Qualitätssicherung versetzt worden«, berichtete Hellmann. »Mit eigenem Büro. Aber dort hab' ich kaum persönliche Gegenstände gefunden, nur ein Bild von seiner Schwester und Reiseprospekte über die Malediven. Von seinen Kollegen wusste keiner von Reiseplänen. Auch dort scheint er keine Freunde gehabt zu haben.«

Das machte es ihnen nicht unbedingt leichter, aber es passte ins Bild.

Thorsten hielt noch einmal beim Tatort. In der Straße parkten mehrere Einsatzwagen. Hinter Grubers Grundstück lag ein kleines Wäldchen, das die Kollegen heute noch nach der Tatwaffe durchsuchen wollten. Hellmann und er stiegen aus dem Auto und überquerten eine Wiese, auf der auch ein paar Kühe standen

»Passen Sie auf, wo Sie hintreten«, riet Anton Hellmann ihm und deutete auf einen flachen Kuhfladen, der nur wenige Meter von ihnen entfernt die Landschaft verunzierte.

Thorsten nickte irritiert. »Danke, dass Sie mich darauf hinweisen. Auch in Dortmund gibt es Kuhweiden.« Und es war nicht das erste Mal, dass er auf dem Land ermittelte.

Wenige Minuten später trat er trotzdem in einen großen Scheißhaufen und rieb sich fluchend die Schuhe im Gras ab. Hellmann verzichtete auf einen Kommentar.

Eine ältere Frau in Uniform beobachtete sie mit einem Schmunzeln. Sie trug die graumelierten Haare hinten am Kopf zusammengesteckt und ihre Augenbrauen waren im gleichen Grau und zusammengewachsen. Ihren Abzeichen nach musste sie Hauptkommissarin Nolte-Bergmann sein, Hellmanns Chefin. Thorsten stellte sich vor und sie reichten sich die Hand.

»Sie leiten die Ermittlungen in dem Mordfall?«

Thorsten nickte. »Vielen Dank, dass Sie mir den jungen Kollegen ausleihen. Wir sind momentan unterbesetzt.«

»Wer ist das nicht?« Frau Nolte-Bergmann schenkte Hellmann einen wohlwollenden Blick. »Er ist einer der Besten seines Jahrgangs gewesen. Und mein Mann sagt, er sei lernfähig. Brauchen Sie sonst noch etwas?«

»Wenn Sie so freundlich wären, uns ein Büro in Brilon zur Verfügung zu stellen«, erwiderte Thorsten. »Momentan sieht es so aus, als würden sich die Ermittlungen noch ein paar Tage hinziehen. Ich nehme nicht an, dass Sie die Tatwaffe bereits gefunden haben?« Der letzte Satz war eine rhetorische Frage. Schließlich konnte Thorsten deutlich sehen, dass die Kollegen noch im Einsatz waren.

»Das Büro können Sie sofort beziehen. Die Tatwaffe haben wir nicht gefunden und werden wir heute auch nicht mehr, wenn Sie mich fragen. Das hier ist wie die Nadel im Heuhaufen suchen.«

»Ihr Mann sagt, Sie seien lernfähig?«, fragte Thorsten seinen jungen Kollegen auf dem Rückweg über die Wiese, bei dem er nun sorgfältiger darauf achtete, wo er hintrat.

»Herr Bergmann war mein Dozent an der Fachhochschule«, erklärte Hellmann. »Die beiden führen eine Fernbeziehung. Man merkt immer, wenn er am Wochenende hier war, dann hat sie meistens schlechte Laune.«

Thorsten dachte an Margit und die Kinder und hoffte, dass er bald ein wenig mehr Zeit für sie hatte. Dann rief er in der KTU an.

Holger und sein Team waren immer noch damit beschäftigt, die Beweismittel zu untersuchen, die in Grubers Wohnung gefunden worden waren. Die sichergestellten Fingerabdrücke und DNA hatten bisher keinen Treffer in den Datenbanken ergeben und leider war an der Patronenhülse nichts Verwertbares gefunden worden.

»Holger geht davon aus, dass der Täter Handschuhe getragen hat«, berichtete Thorsten seinem jungen Kollegen aus Brilon. »Das legt die Vermutung nahe, dass die Tat zumindest teilweise geplant gewesen ist.«

Anton Hellmann nickte nachdenklich. »Das bedeutet, es war Mord?«

Thorsten wiegte halb zustimmend den Kopf. Er fand es problematisch, die Sache so zu vereinfachen. »Das bedeutet, dass der Täter die Möglichkeit hatte, falsche Spuren zu legen oder sich ein Alibi zu beschaffen.«

»Und hat er die Wohnung verwüstet, um Spuren zu beseitigen? Oder hat er etwas gesucht?«

»Das ist eine Frage, der wir nachgehen sollten«, bestätigte Thorsten anerkennend. Sein Smartphone klingelte.

»Was telefonierst du denn den ganzen Tag?«, ermahnte Ulrike ihn scherzhaft.

»Immer nur dienstlich, das weißt du doch«, gab Thorsten zurück. »Hast du was für mich?«

»Ich soll dir von deiner Kollegin Anne sagen, dass sie die alte Akte mitgenommen hat.« Ihre Stimme hatte einen seltsamen Unterton bekommen.

»Anne? Welche Akte?«, fragte Thorsten irritiert.

»Die Akte Steinmetz. Und ich soll dem Kriminaldirektor nichts sagen. Du weißt Bescheid, ja? Mir ist nicht ganz wohl dabei.«

Die Akte Steinmetz. Thorsten war nicht überrascht. Es war typisch Anne, sich nicht mit dem verordneten Zwangsurlaub abzufinden. Also saß sie jetzt vermutlich in einem Café und ging den Fall noch einmal durch. Er musste zugeben, dass er erleichtert war. Die Arbeit würde sie auf andere Gedanken bringen.

»Mach dir keine Sorgen, Ulrike, du kennst doch Anne.«

»Allerdings«, antwortete sie, doch ihre Stimme klang kein bisschen überzeugt. »Ich hoffe, dass ihr keinen Ärger kriegt.«

Thorsten wollte schon auflegen, da bemerkte Ulrike beiläufig: »Und interessiert dich, mit wem Gruber kurz vor seinem Tod telefoniert hat?« Sie legte eine dramaturgische Pause ein.

»Natürlich interessiert mich das!« Er war verärgert. Warum hatte sie das nicht sofort gesagt? »Also?«

»Der Apparat ist eingetragen auf einen Rainer Tönnsmeier und er steht im Gasthaus Zum goldenen Hirsch.«

♦

Maria Redlich starrte auf die dunkelgrüne, aus unzähligen kleinen Kreuzstichen gefertigte Stickerei, die einen Hirsch auf einer Lichtung zeigte. Sie selbst hatte das Bild angefertigt und Jürgen Gruber hatte ihr den breiten, vergoldeten Rahmen zum sechzigsten Geburtstag geschenkt. »Auf gute Nachbarschaft«, hatte er gesagt.

Die Besten sterben jung! Frau Redlich schluchzte einmal laut in ihr Taschentuch. Sie hatte ihren Nachbarn zwar schon am Tag zuvor gefunden, aber eigentlich überkam die Trauer sie erst heute. Gestern war sie zu beschäftigt gewesen. Sie hatte ihre Aussage bei der Polizei gemacht und dann war sie noch bei all ihren Bekannten gewesen, um von der schrecklichen Sache zu berichten.

Jetzt saß sie zum ersten Mal wieder zu Hause, allein, und der plötzliche Verlust schnürte ihr die Kehle zu. Wer würde ihr jetzt beim Schneeschippen helfen, ihren Garten bewundern, ihr die Einkäufe hineintragen? Wer interessierte sich überhaupt noch für eine einsame, alte Frau wie sie es war? Wen kümmerte es, ob sie lebte oder starb?

Sie ließ ihren Tränen freien Lauf und schnäuzte sich wieder und wieder. Der Herrgott hatte Jürgen Gruber zu sich genommen ebenso wie Luise. War es erst vier Wochen her?

Sie waren verabredet gewesen, deshalb hatte Frau Redlich sich Sorgen gemacht, als auf ihr Klingeln niemand reagierte. Und Frau Steinmetz war wahrlich nicht mehr die Jüngste. Als Maria Redlich durch den Hintereingang in die Wohnung kam, schlug ihr der durchdringende Geruch von Erbrochenem und Schlimmerem entgegen und sie bekam es mit der Angst zu tun.

»Luise?« Ihre Kehle war wie zugeschnürt und sie brachte das Wort kaum heraus.

Ihre alte Freundin hockte zusammengekauert auf den kalten Fliesen ihres Badezimmers zwischen Wand und Toilette. Sie war nur mit einem Nachthemd bekleidet, das Gesicht kalkweiß, und schien Maria Redlich gar nicht wahrzunehmen. Auf dem Boden und auch an Wänden und Waschbecken waren deutliche Spuren davon zu sehen, dass die alte Frau sehr krank geworden war und es nicht immer rechtzeitig zur Toilette geschafft hatte.

»Großer Gott«, flüsterte Maria Redlich, starr vor Schreck. Dann eilte sie herbei, wollte Luise aufhelfen, aber es gelang ihr kaum, sie zu bewegen.

Mit zitternden Händen wählte sie die Nummer von Thea von der Linde. *Geh ran,* betete sie, *Jesus, Maria und Josef, bitte geh ans Telefon!*

Wie erleichtert sie war, als sie Theas Stimme hörte! Eine kurze Erklärung und Thea kam sofort. Weder der Geruch noch der Anblick der alten Frau schockierte sie, sondern sie rief sofort den Notarzt und breitete Handtücher auf dem Bett aus.

Luise war eine kleine, dünne Person, aber ihr Körper war so verkrampft, dass Maria Redlich und Thea all ihre Kraft aufbringen mussten, um sie aus dem engen Bad herauszutragen und auf ihr Bett zu legen. Sie schien kaum ansprechbar, stöhnte leise, wand sich und schrie plötzlich auf.

Thea trennte das verschmutzte Nachthemd mit einer Schere auf und wusch Luise Gesicht und Arme. Frau Redlich selbst reichte ihr nur den Waschlappen und brachte frische Wäsche. Sie vermochte nicht daran zu denken, was sie ohne Thea getan hätte.

Dann endlich kamen Krankenwagen und Notarzt.

Ja, es war furchtbar gewesen, ihre alte Freundin so zu sehen. Kurze Zeit später war sie im Krankenhaus verstorben. Und jetzt auch noch der nette Herr Gruber.

Maria Redlich atmete einmal tief durch und wischte sich die Tränen aus dem Gesicht. Sie konnte jetzt nicht allein sein. Sie würde eine Freundin besuchen.

♦

Als Thorsten und Hellmann das Gasthaus Zum goldenen Hirsch betraten, stand ein Herr im dunklen Mantel an der Theke und wechselte ein paar Worte mit Tönnes, wobei sein Blick unruhig durch den Raum glitt. Er trug einen schwarzen Hut auf dem Kopf, eine Brille mit runden Gläsern und einen buschigen Schnurrbart darunter. Unverhohlen taxierte er Thorsten und Hellmann mit seinen Blicken, dann schob er dem Wirt etwas mit der flachen Hand über die Theke. *Geld?*

»Wir sehen uns«, sagte er zu Tönnes und ging mit raschen Schritten hinaus.

Thorsten war sich sicher, dass er ihn nicht kannte, dennoch rührte der Anblick etwas in seiner Erinnerung. Nur konnte er nicht sagen was.

»Folgen Sie ihm unauffällig«, raunte er Hellmann deshalb zu. Er selbst trat an die Theke.

»Kundschaft, Herr Tönnsmeier?«, fragte er und ließ sich auf einem der Barhocker nieder.

Tönnes brummte verneinend und begann ein paar Gläser zu spülen. Der Geldschein – falls es das war – war in seiner speckigen Schürze verschwunden.

»Was wollte der Mann von Ihnen?«

»Geld wechseln«, brummte Tönnes. »Für Kippen. Wat gibbes denn?«

Wie Kleingeld hatte das nicht ausgesehen, doch Thorsten ließ die Sache fürs Erste auf sich beruhen. »Samstagabend um 20.45 Uhr wurde Jürgen Gruber von Ihrem Telefon aus angerufen. Können Sie mir etwas dazu sagen?«

Tönnes spülte ungerührt weiter. »Gibt's ja gar nicht«, brummte er, »Naddel? Weißt du da was drüber?«

Naddel war damit beschäftigt, die Tische abzuwischen. Sie hatte wieder einen sehr kurzen Rock an und darunter eine schwarze, durchsichtige Strumpfhose.

»Naddel! Jemand hat den Jürgen von hier aus angerufen. Am Samstag. Wer war denn das?«

78

Sie kam zur Theke und legte ihr Tuch auf die Spüle. »Das geht dich einen Scheiß an, Tönnes!« Dann bat sie Thorsten, mit ihr hinauszukommen. Tönnsmeiers neugierige Blicke folgten ihnen.

Naddel zündete sich eine Zigarette an, inhalierte einmal tief und ließ den Rauch langsam durch die Nase entweichen.

Thorsten schwieg und wartete. In seiner Zeit bei der Kripo hatte er gelernt, dass es manchmal besser war, den Leuten Zeit zum Reden zu geben und Gelegenheit, ihre eigenen Worte zu finden. Dies war einer jener Momente.

»Letztes Schützenfest«, begann Naddel schließlich »ist der Gerd mit mir nach Hause gegangen. Lutz weiß nichts davon, er war arbeiten, aber der Jürgen hat mitgekriegt, wie wir aus der Halle raus sind, und ist uns nachgegangen. Seitdem hat der Scheißer immer wieder versucht, bei mir zu landen. Als ob ich jeden nehmen würde!« Sie schnaubte empört.

»Gerd Asshauer?«, fragte Thorsten nach.

Sie nickte. »Seine Frau weiß nix davon. Es war nur ein einziges Mal, wir waren betrunken und es ist nichts draus geworden. Alles war okay. Doch als Jürgen gemerkt hat, dass er bei mir nicht landen kann, hat er damit gedroht, uns zu verraten. Als ich am Samstag zur Arbeit wollte, klemmte ein Zettel unter meinem Scheibenwischer. Eine Einladung zum Essen, P.S.: *Ich weiß, was du letzten Sommer getan hast.* Da hab ich mir gedacht: *Das reicht, du Arschloch!* Ich hab Jürgen vom Gasthaus aus angerufen und ihm gesagt, er soll dem Lutz ruhig alles erzählen, wenn er ein paar auf die Fresse haben will.« Sie drückte die nur halb aufgerauchte Kippe aus und zertrat sie mit dem Absatz.

Thorsten dachte an die Schlägerei, in die Lutz Brenker verwickelt gewesen war. »Ihr Freund ist sehr eifersüchtig.«

Naddel schnaubte und verschränkte die Arme. »Er war den ganzen Abend vor der Theke! Außerdem hätte er Jürgen eine reingehauen und ihn nicht erschossen!«

Thorsten hatte den Eindruck, dass sie die Wahrheit sagte – zumindest das, was sie dafür hielt.

»War's das?«, fragte Naddel. »Ich muss wieder rein, sonst zieht Tönnes mir 'ne Viertelstunde ab.«

»Ist Ihnen etwas aufgefallen, als Sie mit Herrn Gruber gesprochen haben? War jemand bei ihm?«

Sie verneinte und rieb sich fröstelnd die Arme.

Anton Hellmann kehrte zurück, die Schultern gesenkt, die Lippen zusammengepresst. Er hatte den Mann verloren.

Ich hätte ihm selbst folgen sollen, dachte Thorsten. Aber so war es eben. Manchmal musste man schnell Entscheidungen treffen und es waren nicht immer die richtigen.

»Kannten Sie den Mann, der eben vor der Theke stand?«

Naddel schüttelte den Kopf. »Kann sein, dass ich ihn schon mal gesehen habe.«

»Haben Sie gehört, was er gesagt hat?«

»Er wollte Geld wechseln für Kippen und hat gefragt, wieso hier so viele Polizeifahrzeuge rumfahren. Mehr hab' ich nicht mitgekriegt.«

Sie wurde ungeduldig und fror in ihrem knappen Top. Thorsten wollte sie entlassen, aber etwas hielt ihn zurück. Er hatte das Gefühl, dass da noch etwas war, etwas, an das sie bisher nicht gedacht hatten. »Waren Sie dabei, als die Jäger ihre Gewehre verstaut haben?«

»Nee, das hab' ich Ihrem Kollegen schon erzählt. Ich war später drin, um das Verbandszeug zu holen, zusammen mit Thea.

»Ist Ihnen da etwas aufgefallen? Stand das Fenster offen? Fehlte etwas?«

»Nein.«

»Gut.« Das war es wohl. Mehr würden sie nicht erfahren.

»Müssen Sie sich immer den Schlüssel von Herrn Tönnsmeier holen?«, fragte Anton Hellmann, der die letzten Sätze mitbekommen hatte. »Ist das nicht umständlich?«

Naddel winkte ab und öffnete die Tür zur Gaststube. »Ach, der Schlüssel steckt immer. Wir sind hier doch unter uns, ne?«

Thorsten starrten ihr fassungslos hinterher.

Er wusste nicht, was ihn mehr erstaunte: Die Tatsache, dass sich hier jeder an Munition und Gewehren bedienen konnte, oder dass Naddel ihm das so freimütig erzählte und offenbar nichts Besonderes daran zu finden schien.

»Das grenzt den Kreis unserer Verdächtigen allerdings nicht gerade ein.«

Anton Hellmann zog eine Grimasse. »Es tut mir leid, dass ich den Mann verloren habe«, entschuldigte er sich. »Er saß plötzlich im Auto und ich habe nicht einmal das Kennzeichen gesehen.«

Thorsten nickte schweigend und fuhr los. Er hielt nicht viel von unnützen Vorwürfen.

Er dachte, dass er jetzt nicht in Gerd Asshauers Haut stecken wollte. Gewehre und Munition waren unverschlossen in einer Kneipe aufbewahrt worden und jemand war zu Tode gekommen. Das würde der Jägerschaft noch mächtig Ärger einbringen.

Es war schon später Nachmittag, als er vor der Tankstelle in Brilon hielt, in der Lutz Brenker arbeitete. Naddels Freund war ein athletischer, braungebrannter Typ mit blonden Locken und blauen Augen, bei dem die Mädels in der Disco bestimmt Schlange standen. Er war noch einen halben Kopf größer als Thorsten, mit breiten Schultern, einem Bauch wie ein Brett und Oberschenkeln, aus denen sich andere Leute zwei machen konnten. Seine Freizeit schien er im Fitnessstudio zu verbringen.

Thorsten stellte ihm ein paar Fragen zu seinem Alibi und seinem Verhältnis zum Toten, aber in Gedanken hatte er ihn längst abgehakt. Das war nicht der Typ, der mit einem Jagdgewehr auf jemanden losging. Wenn so einer einen Konkurrenten ausschalten wollte, würde er seine Fäuste benutzen.

Auf dem Rückweg nach Dortmund setzte Thorsten seinen neuen Kollegen in Altenbüren vor einem Einfamilienhaus mit gepflegtem Garten, weißem Zaun und BMW vor der Garage ab.

Hotel Mama und Papa. Wie alt war der Junge? Fünfundzwanzig? Er selbst hatte in seinem Alter nicht mehr zu Hause gewohnt, aber im Gegensatz zu Hellmann war er in einer kleinen Mietswohnung in Gelsenkirchen Bulmke-Hüllen großgeworden und hatte sich ein Zimmer mit seinem Bruder teilen müssen.

Als Thorsten endlich zu Hause war, lag Robin schon im Bett und Lisa saß bockig in ihrem Zimmer, weil sie ihren rosa Lillifee-Schlafanzug anziehen wollte, der aber in der Wäsche war.

Margit war ebenfalls genervt und reichte ihm Lisas Zahnbürste und einen violetten Schlafanzug. »Kannst du sie heute Abend fertig machen? Robin kriegt Zähne und ich bin völlig am Ende. Das Essen ist übrigens angebrannt, aber wir haben noch Tiefkühlpizza.«

Damit verschwand sie im Wohnzimmer.

Thorsten hätte sich auch gerne aufs Sofa gelegt, aber das war eben das Los eines glücklichen Vaters. Er versprach Lisa, heute zwei Geschichten vorzulesen, wenn sie sich jetzt umzog. Damit hatten sie einen Deal.

♦

Als Anne zurückkehrte, war es schon dämmrig und ihr knurrte der Magen. Sie hatte Theas Haus fast erreicht, als sie plötzlich innehielt, weil sie glaubte eine Gestalt am Küchenfenster zu sehen. Ja, da war jemand. Dunkel gekleidet und fast vollkommen von einem hohen Haselnussstrauch verdeckt, doch Annes geübtes Auge sah, dass die Person etwa einen Kopf größer als Thea sein musste und direkt neben dem gekippten Küchenfenster stand.

Anne bemerkte, dass sie gesehen worden war, und bemühte sich schneller zu gehen, doch jeder Schritt jagte einen stechenden Schmerz durch ihren Knöchel. Die Gestalt trat aus Theas Garten heraus auf die Straße und huschte fort. Es war eine große, hagere Frau, soviel konnte Anne erkennen.

Was hatte sie unter Theas Fenster gewollt?

Ihre Vermieterin saß mit einer anderen älteren Dame in der Küche. Sie tranken Tee.

»Frau Kirsch, haben Sie Lust, uns Gesellschaft zu leisten? Oder möchten Sie Ihr Abendessen auf dem Zimmer haben?«

Abendessen? Anne hatte gar nicht gewusst, dass sie ein Zimmer mit Vollverpflegung gebucht hatte.

»Danke, ich setze mich gern zu Ihnen«, antwortete sie. Die Gelegenheit, am Dorfgeschwätz teilzunehmen, konnte sie nicht ausschlagen.

»Dies ist Maria Redlich, eine Freundin aus dem Dorf«, stellte Thea die andere Frau vor, die einen geblümten Kittel und einen kleinen, grauen Haarknoten am Hinterkopf trug. Sie war größer und kräftiger gebaut als Thea und hatte eine beachtliche Oberweite. Neben solchen Frauen sah Anne selbst eher knabenhaft aus.

»Ich bin Anne Kirsch«, stellte sich Anne vor und gab der Dame die Hand. Sie hatte keine Probleme, den Namen sofort zuzuordnen: Das war die Freundin von Luise Steinmetz, die bei der Polizei angerufen hatte.

»Setzen Sie sich erst mal und legen Sie den Fuß hoch«, befahl Thea. Dann zauberte sie in Minutenschnelle ein Gedeck für Anne auf den Tisch und stellte einen Korb mit Fladenbrotstreifen, die selbstgemacht aussahen, daneben. Außerdem einen Teller mit zwei Sorten Käse, Salami, Frischwurst, einen Topf Marmelade und ein Fässchen mit Butter. »Oder fasten Sie?«, fragte sie noch.

Anne schüttelte den Kopf, verwundert über die Frage. Die Fastenzeit kam doch nach Karneval, oder nicht?

»Nun, dann lassen Sie es sich schmecken, gutes Kind!«, sagte Frau Redlich. »Sie sind viel zu dünn.« Sie selbst knabberte an einem der Dinkelkekse.

Das brauchte sie Anne nicht zweimal zu sagen. Das Brot schmeckte nach frischer Hefe und nach einem Getreide, dass sie nicht einordnen konnte. Butter und Wurst waren herrlich und kein bisschen fettreduziert.

Thea von der Linde holte einen Glaskrug, der mit Wasser gefüllt war und auf dessen Boden drei bräunlich-bunt gemusterte Steine lagen. »Kennen Sie Steinwasser?«

Befremdet schüttelte Anne den Kopf. Das war Wasser, in dem Steine lagen, oder nicht? Sollte sie das jetzt trinken?

»Der Jaspis ist ein Heilstein«, erklärte Thea. »Er hat schmerzlindernde und beruhigende Wirkung. Ich stelle ihn vierundzwanzig Stunden in einem Krug mit Wasser ins Sonnenlicht, dadurch gehen die Kräfte der Steine auf das Wasser über. Jaspiswasser trinke ich vor allem abends gerne, denn es verhilft zu erholsamem Schlaf und angenehmen Träumen. Wollen Sie es versuchen?«

Anne hielt das für Hokuspokus. *Trotzdem*, dachte sie, *es kann ja nicht schaden, sich ein bisschen aufgeschlossen zu zeigen.* Sie ließ sich deshalb von Thea das Wasser einschenken. Es schmeckte lauwarm und ein wenig abgestanden.

Maria Redlich begann Anne auszufragen. Wo sie denn herkomme, wieso sie alleine hier sei und was sie beruflich mache.

Anne erzählte ihr, dass sie aus Dortmund kam und gerade eine Trennung hinter sich hatte, was sie im nächsten Augenblick bereute, als Frau Redlich anfing, ihr sämtliche Junggesellen des Dorfes mit ihren Vorzügen aufzuzählen.

»Nun lass mal, Maria«, ermahnte Thea sie freundlich. »Frau Kirsch ist bestimmt nicht hier, um sich gleich in das nächste amouröse Abenteuer zu stürzen.«

»Natürlich«, erwiderte Frau Redlich in einem Tonfall, der keineswegs zustimmend war. »Ich meine es nur gut! Sie sind noch jung. Und Sie wollen schließlich nicht enden wie unsereins, nicht wahr?«

Sie stieß einen tiefen Seufzer aus. »Der Johann! Der Johann, Gott hab ihn selig, sagte immer: *Zusammen durchs Leben* – sagte er immer – *das ist die Hauptsache!*«

Anne aß und überlegte, wie sie das Thema am besten zu Luise Steinmetz überleiten konnte, als plötzlich draußen Schüsse fielen.

Einer, zwei und noch einer. Keine der beiden Damen nahm Notiz davon.

»Waren das nicht Schüsse?« Anne trat ans Fenster, doch sie sah nur die verlassene Straße, orange erleuchtet vom Licht der Straßenlaternen.

»Machen Sie sich keine Sorgen, das war nur der Krüger«, sagte Thea zu ihr. »Der schießt hier schon mal in die Luft, wenn er was getrunken hat.«

»Wie bitte?«, fragte Anne ungläubig.

»Ja«, nickte Frau Redlich. »Der Franz-Josef, dem sollten sie mal die Waffe abnehmen, die Herren Polizisten! Die armen Katzen, die der immer totschießt, das sind auch nicht alles Streuner, das kann ich Ihnen sagen.«

Annes Interesse war geweckt. Kein Wunder, dass am Samstagabend niemandem die Schüsse aufgefallen waren!

»Der schießt hier im Dunkeln auf Katzen?«, fragte sie und ihr Entsetzen war nicht gespielt. »Dem möchte ich nicht über den Weg laufen.«

»Bisher ist noch nie etwas passiert«, sagte Thea beschwichtigend. »Aber das ist das Problem in so einem kleinen Dorf: Jeder weiß es, aber keiner tut etwas dagegen.«

»Der Jürgen hat schon was getan!«, wandte Maria Redlich ein. »Der hat doch mal gegen Franz-Josef ausgesagt, damit dem der Waffenschein entzogen wird, aber da ist leider nichts draus geworden.«

»Und warum ist nicht?«, hakte Anne nach.

»Nun, weil die anderen Jäger alle für Franz-Josef ausgesagt haben. Die halten eben zusammen.«

Diese Information fand Anne interessant. »Und niemand hat Jürgens Aussage unterstützt? Obwohl es alle wussten?«

Es war Thea, die antwortete. »Mit den Jägern will es sich keiner verscherzen. Die haben hier viel Einfluss im Dorf.«

Maria Redlich legte Anne die Hand auf den Arm. »Und wissen Sie, keine von uns will aussehen wie die Gerti«, sagte sie eindringlich.

»Genug jetzt«, befahl Thea leise, aber bestimmt. »Wir

wollen Frau Kirsch ihren Aufenthalt hier nicht mit dummen Geschichten vermiesen, nicht wahr?«

Sie schenkte Anne auch einen Tee ein und fragte, ob sie Lust hätte, Skat zu spielen.

Es war schon eine Weile her, dass Anne zuletzt Karten gespielt hatte, doch nach den ersten zwei Runden wurde sie wieder warm. Die beiden alten Frauen spielten scharfsinnig und entweder gewann die eine oder die andere. Annes Ehrgeiz war geweckt. Das Reizen bereitete ihr gewisse Schwierigkeiten, aber sie würde warten und lernen und, wenn sich eine Gelegenheit ergab, die beiden gnadenlos abziehen.

In der ersten Stunde ergab sich keine, aber der Abend war noch jung und der Tee wohlig warm in ihrem Bauch. Mit einem gewissen Erstaunen bemerkte sie, dass sie nun schon seit einigen Stunden nicht mehr an Stefan gedacht hatte.

»Ein älterer Herr hat mir eben erzählt, hier in der Nähe sei vor Kurzem jemand gestorben«, begann sie schließlich möglichst unverfänglich nach Luise Steinmetz zu fragen.

»Ja«, nickte Frau Redlich mit theatralischer Miene. Sie spielte ein Bubensolo und versuchte Anne und Thea die Trümpfe zu ziehen, doch sie waren schlecht verteilt – schlecht für Frau Redlich, gut für Anne. Thea hatte nämlich keinen einzigen.

»Die arme Luise«, sagte Frau Redlich und seufzte schweren Herzens, als Anne die Spielführung an sich nahm und begann, ihr die Farben aus der Hand zu ziehen.

»Da hast du dich verschätzt«, bemerkte Thea lächelnd zu Maria und gratulierte Anne zu ihrem ersten gewonnenen Spiel. »Das wäre Luise nicht passiert.«

Frau Redlich sammelte die Karten ein. »Stimmt, sie war unsere Solokönigin. Ich glaube, in den zwanzig Jahren, die wir zusammen spielen, hat sie kein einziges Solo verloren.«

Sie legte die Karten zur Seite, um in ein blumenbesticktes Taschentuch zu schnäuzen.

»War sie eine gute Freundin von Ihnen?«, fragte Anne nicht ohne ehrliches Mitgefühl.

86

»Ich kannte sie seit der Schule. Sie hatte mal eine Gärtnerei hier. Einmal im Jahr hat sie eine Pilzwanderung für das Dorf veranstaltet. Ich habe auch mal daran teilgenommen. Sie kannte jeden Pilz mit lateinischem Namen und hat uns alles erklärt. Jedes Erkennungsmerkmal, jede Kleinigkeit. Sie hat uns oft gewarnt, Pilze zu pflücken, bei denen wir uns nicht hundertprozentig sicher sind. Und dass sie ausgerechnet einen Knollenblätterpilz gegessen haben soll …«

Frau Redlich atmete einmal tief durch und blinzelte die Tränen fort, die sich in ihren Augen sammelten. Ihre Wangen waren stark gerötet. »Ich kann das nicht glauben, und das habe ich auch der Polizei gesagt. Kannst du dir das vorstellen, Thea?«

Thea nahm einen Schluck von ihrem Tee und wiegte nachdenklich den Kopf. »Es ist schon möglich, Maria, denke ich. Manchmal sind Champignons und Knollenblätterpilze wirklich schwer zu unterscheiden. Selbst für Experten.«

Maria Redlich zog hörbar die Luft ein und presste sich ihr Taschentuch an die Lippen. Sie tat Anne leid. Der Tod ihrer Freundin schien sie tief getroffen zu haben.

Anne stellte ein paar Fragen, unter anderem auch nach der Katze, aber weder Frau Redlich noch Thea hatten das Tier in letzter Zeit gesehen. Maria Redlich seufzte schwer. »Die arme Seele!«

Sie spielten noch einige Runden, doch Anne erfuhr nichts Neues mehr. Sie wurde müde und spürte auch immer noch den Alkohol von gestern in ihren Knochen.

Ihr Bettgestell quietschte und die Matratze war schon ziemlich durchgelegen. Aber vermutlich würde sie überall besser schlafen, als zu Hause, wo sie immerzu an Stefan erinnert wurde. Sie holte ihren MP3-Player hervor und drehte die Musik auf. Jetzt ein bisschen Fall Out Boy hören und an gar nichts denken …

Es klopfte und Thea kam mit einem Töpfchen Salbe und einem Leinenwickel herein.

Anne zog sich die Stecker aus den Ohren. Patrick Stump sang auf ihrer Bettdecke weiter.

»Soll ich Ihnen vor dem Schlafengehen etwas Arnica auf den Knöchel geben?« Thea hatte sich bereits am Fußende auf das Bett gesetzt und das Salbentöpfchen geöffnet.

»Gerne«, antwortete Anne, der auch kaum eine andere Antwort blieb, wenn sie nicht unhöflich sein wollte. Sie ließ zu, dass Thea ihre Pyjamahose hochschob und den Knöchel behutsam mit Salbe bestrich. Ein angenehmer Duft drang in Annes Nase.

Als Thea fertig war, schlug sie mit geübten Bewegungen einen Wickel darum. »Gönnen Sie sich jetzt ein wenig Ruhe. Ich fahre morgen Vormittag nach Dortmund, aber ich stelle Ihnen das Frühstück vorher hin. Oder soll ich Sie wecken?«

»Sie fahren nach Dortmund?« Anne hatte nicht damit gerechnet, dass die alte Dame überhaupt das Dorf verließ geschweige denn Auto fahren konnte.

»Mein älterer Bruder wohnt dort im Pflegeheim, und ich sehe einmal im Monat nach ihm«, erklärte Thea.

»Sicher«, Anne schalt sich einen Narren für ihre Vorurteile. »Ja, bitte wecken Sie mich. Wir können zusammen frühstücken.«

»Sehr gerne«, lächelte Thea. »Dann schlafen Sie gut.«

Anne beschloss, ihre Vermieterin beim Wort zu nehmen. Aus reiner Gewohnheit sah sie noch einmal auf ihr Handy, aber natürlich hatte sie keinen Empfang. Morgen musste sie Thorsten unbedingt anrufen. Sie hatte ihn gestern ziemlich abrupt zurückgelassen und er hatte immer noch keine Ahnung, dass sie hier war.

Sie schaltete die Musik aus und schloss die Augen. Saß Stefan schon im Flieger? Verschwendete er überhaupt noch einen Gedanken an sie? Vermutlich nicht. Wer das Klingelschild von seiner alten Wohnung mitnahm, hatte wohl mit der Vergangenheit abgeschlossen. Wann hatte er eigentlich angefangen, sie zu betrügen? Und warum hatte sie überhaupt nichts davon mitbekommen?

Sicher, sie hatten sich in den letzten Monaten nicht mehr oft gesehen. Anne hatte angenommen, es läge an ihr. Sie hatte viel gearbeitet und ständig hatten sie Gewissensbisse geplagt, dass sie Stefan vernachlässigte. Nun wurde ihr klar, dass ihm das alles sehr gelegen gekommen war. Er hatte keine Ausreden erfinden müssen, um sich mit der anderen Frau zu treffen. Anne hatte es nicht einmal bemerkt.

Ein paar kleine Tränen stahlen sich unter ihre geschlossenen Wimpern. Würde sie je wieder in der Lage sein, einem Mann zu vertrauen?

Kapitel 5

Tag 3 – Dienstag, 26. September

Rufe von draußen weckten Anne; ein Poltern und dann zersplitterte etwas. Den Stimmen nach zu urteilen waren es Männer. Sie klangen aufgebracht und nicht mehr nüchtern.

Anne war sofort hellwach. Ihr Wecker zeigte kurz nach Mitternacht. Sie schlug die Decke zurück und der mittlerweile trocken gewordene Wickel fiel zu Boden. Die Schwellung war zurückgegangen und ihr Knöchel schmerzte auch nicht mehr, als sie ihn probehalber bewegte. Sie konnte auftreten. Mit zwei Schritten war sie beim Fenster und schob den Vorhang beiseite. »Mensch, pass doch auf!«, hörte sie jemanden rufen.

Im Licht der Straßenlaterne konnte sie drei junge Männer ausmachen, die etwa zweihundert Meter vom Haus entfernt standen. Einer von ihnen hielt eine zerbrochene Bierflasche in der Hand, die Scherben lagen auf dem Boden verstreut.

»Hey, ich sag' nur …!«, grölte der mit der Flasche. Seine Stimme war schwer vom Alkohol, doch durch das gekippte Fenster konnte sie die Worte gut verstehen. »… der Jürgen, der war einer von uns!«

»Genau!«, pflichtete ihm der Andere bei und wankte leicht. Er trug Baggy Pants und nur ein T-Shirt, obwohl es draußen ziemlich kalt war. »Genau!«

»Jürgen war 'n Arschloch!«, rief der Dritte und kicherte. »Aber er war einer von uns!« Ihr Wortschatz schien mittlerweile ziemlich eingeschränkt zu sein.

Anne beugte sich vor und versuchte mehr zu erkennen.

»Was machen wa 'n jetzt, Lumme?«, fragte der Dritte, ein

großer Bursche mit breiten Schultern, der die anderen um Haupteslänge überragte. »Was, wenn die Käsefresser morgen abhauen? Die Bullen tun eh nix!«

»Die lassen wir nicht abhauen!«, antwortete der mit der Flasche. »Nicht wahr, Kalle? Benni? Wir gehen jetzt da hin! Nicht wahr? Den zeigen wa's!«

»Richtig, Lumme! Richtig so!«, brachte der Breitschultrige hervor, schwankte, machte einen Ausfallschritt und hing mit dem Arm auf Lummes Schulter, der von seinem Gewicht niedergedrückt wurde. »Den zeigen wa's!«

»Mann, Kalle, du bist ja besoffen!«, lachte der in Baggy Pants und T-Shirt. Seine Stimme überschlug sich leicht. Er schien im Stimmbruch zu sein, wahrscheinlich war er der jüngste von den dreien.

Sobald der Name »Jürgen« gefallen war, hatte Anne begonnen, sich Pullover und Hose überzuziehen. Als die Männer sich nun in Bewegung setzten, verließ sie ihren Platz am Fenster und ging leise durch das dunkle Haus zur Tür.

Beim Laufen merkte sie die Verstauchung noch leicht, aber es war überhaupt kein Vergleich zu gestern. Sie würde keinen Marathon laufen können, aber es reichte, um den Betrunkenen langsam hinterherzuschleichen.

Leise öffnete sie die Haustür und lugte hinaus. Die drei waren ein Stück in Richtung Dorfmitte gegangen, aber zum Glück kamen sie nicht sehr schnell vorwärts. Kalle ging immer noch auf seinen Kumpel gestützt und Benni, der Junge in Baggy Pants und T-Shirt, hatte die Arme ausgebreitet und machte tanzartige Bewegungen, wobei er irgendetwas grölte. *Scha-la-la-la.* Vielleicht ein Fußballlied? Thorsten würde es kennen.

An einer Kreuzung bogen sie nach links ab, und Anne beeilte sich, ihnen zu folgen. Der Weg stieg steil an und Anne war froh, dass sie ihre Krücken nicht mehr brauchte.

Die Männer gingen am Dorfladen vorbei und bogen dann in eine enge Straße ein. Anne blieb an der Hausecke stehen und warf einen vorsichtigen Blick daran vorbei.

Die drei hatten unweit von ihr Halt gemacht, doch leider reichte die Entfernung aus, dass sie das gesprochene Wort nicht mehr verstehen konnte.

Einige Meter vor ihr standen Mülltonnen an der Hauswand. Rasch huschte sie um die Ecke und kauerte sich hinter eine grüne Tonne. Näher konnte sie sich nicht heranpirschen, ohne ihre Deckung aufzugeben.

Der große Kalle zauberte eine Flasche aus seinem Mantel hervor und wurde mit johlendem Applaus belohnt.

Wodka, dachte Anne.

Die drei Männer ließen die Flasche kreisen und schienen immer mutiger zu werden, denn sie brüllten lauthals Beschimpfungen und begannen sich gegenseitig anzustacheln. Ihre Aggression richtete sich offensichtlich gegen das Haus, vor dem sie Halt gemacht hatten. An der Wand hing das Schild einer örtlichen Brauerei, unter dem in leuchtenden Buchstaben *Pension* geschrieben stand.

»Fuck for Oranje, scha-la-la-la«, grölte der Junge im T-Shirt. »Fuck for Oranje, scha-la-la-la-la!«

Schließlich versetzte Kalle einem BMW, der dort am Straßenrand parkte, einen derben Tritt gegen den Kotflügel. Eine Aktion, die Gelächter bei seinen Begleitern hervorrief. Anne konnte sehen, dass der Wagen ein gelbes Nummernschild hatte.

Sie hielt es für das Beste, einzuschreiten, bevor die Situation eskalierte und irgendwas oder irgendwer ernstlich zu Schaden kam. Also richtete sie sich auf und ging auf die jungen Männer zu. Sie bemerkten Anne erst, als sie schon fast bei ihnen war.

»Ey, Jungs!«, rief sie, »Was soll denn das? Was hat euch das Auto getan?«

Kalle brach in wildes Gelächter aus. Seine Augen waren rot und stierten. »Hey, hey, hey!«, rief er, »Wen haben wir denn hier?«

Lumme war nicht erfreut über die Störung. »Was willst du? Gehörst du zu denen oder was?«, fragte er barsch.

Er schien der Anführer der Truppe zu sein, auf jeden Fall war er der aggressivste unter ihnen. In der Hand hielt er immer noch den zerbrochenen Flaschenhals, dessen Spitzen messerscharf waren.

Anne hatte keine Angst vor ihm. Sie hatte während ihrer Grundausbildung Judo und Jiu-Jitsu gelernt, war sehr sportlich und würde sich trotz ihres verstauchten Knöchels schon verteidigen können.

»Ich bin nur zufällig vorbeigekommen«, erklärte sie ruhig. »Es ist schon spät. Wollt ihr nicht lieber nach Hause gehen und da noch ein Bierchen trinken?«

»Kommste mit?«, fragte der Junge im T-Shirt grinsend. Er hatte gerade einen Schluck Wodka genommen und fühlte sich offenbar sehr männlich.

Lumme riss ihm die Flasche aus der Hand und trank mehrere Fingerbreit. Dann nahm er Anlauf und versetzte dem Auto einen derben Tritt, der eine Delle im Blech hinterließ. Er stierte Anne an. »Zisch ab, Fotze!«

»Wie heißt du?«, fragte Anne scharf. »Lumme ist doch nicht dein richtiger Name, oder?«

Der junge Mann torkelte leicht. Dann kam er auf Anne zu, so dicht, dass ihr sein alkoholgeschwängerter Atem unangenehm in die Nase drang.

»Hast du's nicht kapiert?«, zischte er. »Du sollst dich verpissen!« Er versetzte Anne einen Stoß vor die Brust, der sie ein paar Schritte zurücktaumeln ließ.

»Verpiss dich, jetzt! Fotze!«

Er schien eine Vorliebe für dieses Wort zu haben. Anne war in ihrer Zeit bei der Polizei schon oft beschimpft worden. Trotzdem machte es sie wütend. Sie spielte mit dem Gedanken, Lumme die Hand auf den Rücken zu drehen und ihm eine Lektion in gutem Betragen zu erteilen, doch immerhin waren sie zu dritt. Und obwohl Kalle ziemlich betrunken war und der jüngste noch keine Aggression gezeigt hatte, war es keine gute Idee, die Situation eskalieren zu lassen.

Sie ging weiter zurück, um Abstand zu gewinnen.

»Ihr wisst doch sicher, dass euer Verhalten Konsequenzen hat, oder?«

»Willst du uns verpfeifen?«, knurrte Lumme.

Er hob drohend den zerbrochenen Flaschenhals. »Ich weiß, wo du wohnst, Bitch!«

»Was haben euch die Niederländer getan?«

»Die haben Jürgen auf dem Gewissen!«, sagte der Junge.

»Schnauze, Benni!«, fuhr Lumme ihn an und zu Anne gewandt fauchte er. »Das geht dich 'n Scheißdreck an!« Er drehte sich genervt zu Kalle um, der sich inzwischen in den Straßengraben übergab. »Scheiße!«, fluchte er.

»Wieso glaubt ihr das?«, fragte Anne. »Habt ihr mit der Polizei gesprochen?«

Bei dem Wort *Polizei* stieß Lumme einen röhrenden Schrei aus und stürzte auf Anne zu. Sie wich aus und er torkelte noch ein paar Schritte weiter. Er fing sich und drehte sich um, wobei er nicht aufhörte zu brüllen. Seine Augen stierten und waren blutunterlaufen.

Anne begriff, dass hier nichts mehr zu erreichen war. So schnell es mit ihrem Knöchel ging, wich sie zurück. Lumme wankte noch ein paar Meter hinterher, dann gab er auf.

Der Junge im T-Shirt hatte ihnen fassungslos zugesehen. Vielleicht würde es sich lohnen, ihn später noch einmal zu befragen.

Anne atmete aus, als sie die Kreuzung erreichte und Lumme außer Sichtweite war. Der Junge hatte definitiv mehr Probleme als nur den Alkohol.

Ihr Herz klopfte noch immer laut, als sie Theas Haus erreichte. Da bemerkte sie, dass die Haustür nur angelehnt war. Sie hatte doch extra den Schlüssel abgezogen, damit sie wieder hereinkam. Hatte sie dann gedankenlos die Tür offen gelassen? Unwahrscheinlich. Aber sie war sich nicht sicher.

In Dortmund hätte sie jetzt ihre Dienstwaffe gezückt, die sie während einer Mordermittlung niemals außer Reichweite ließ. Aber dieses Mal war alles anders.

Mit einem unguten Gefühl trat sie ein und lauschte.

Es war kein verdächtiges Geräusch zu hören.

Anne schloss leise die Tür hinter sich und stand im Dunkeln. Nur aus der angelehnten Küchentür drang der schwache Lichtschein der Straßenlaterne. Pfefferminzgeruch lag in der Luft.

Bis in die Zehenspitzen angespannt öffnete sie die erste Tür zum kleinen Gäste-WC und warf einen Blick hinein. Niemand hier. Sie ging weiter, öffnete die Küchentür und spähte in den spärlich erleuchteten Raum. Die Gewürzsträuße, die über dem Ofen aufgehängt waren, bewegten sich leicht in der aufsteigenden warmen Luft und warfen eigenartige Schattenspiele an die Wand.

War dort ein Knarren? Anne drehte sich um. Ihre rechte Hand tastete automatisch zum Gürtel, doch ihre Dienstwaffe befand sich sicher verschlossen im Polizeipräsidium Dortmund. Jetzt hörte sie es wieder: Das Knarren von Holz, als würde jemand auf eine alte Diele treten, jemand, der sich bemühte leise zu sein. Anne trat zwei Schritte zurück in den dunklen Flur, wo sie nicht so leicht gesehen werden würde.

Da bewegte sich etwas, hinten bei ihrem Zimmer.

»Frau Kirsch?«

Anne atmete langsam aus. Es war Thea. *Natürlich. Wer sonst?*

Die alte Frau trat in den Lichtkegel vor der Küchentür. Sie trug einen langen Morgenmantel und ihre weißen Haare standen ungekämmt vom Kopf ab. »Die Tür war offen. Waren Sie draußen?«

»Ja. Tut mir leid«, entschuldigte sich Anne. »Ich habe sie wohl versehentlich offengelassen. Ich konnte nicht schlafen und habe einen kleinen Spaziergang gemacht. Habe ich Sie geweckt?«

»Ah«, sagte Thea nur und ging in die Küche. Ihr Gang schien unsicher. Machte sich doch das Alter bemerkbar? Oder hatten sie und Frau Redlich sich nach dem Tee noch eine Flasche Wein genehmigt? Als Thea zurückkam, hatte sie einen kleinen Edelstein in der Hand.

Jaspis, erkannte Anne. Der gleiche Stein, der in dem Wasserkrug gelegen hatte.

»Versuchen Sie es damit«, sagte Thea und reichte Anne den Stein. »Sie müssen ihn unter Ihr Kopfkissen legen.«

Ihre Augen glänzten dunkel im Dämmerlicht. Dann wanderte ihr Blick nach unten. »Ihrem Fuß geht es besser?«

»Viel besser, danke. Ich versuche es mal mit dem Stein. Und entschuldigen Sie noch mal die Störung!«

Ärgerlich über sich selbst ging Anne zurück auf ihr Zimmer und legte sich wieder schlafen. Was war nur los mit ihr, dass sie plötzlich Gespenster sah? Sie legte den Jaspis unters Kopfkissen und schloss die Augen.

Was hatte sie erfahren? Die Jugendlichen glaubten offensichtlich, dass die beiden Niederländer, die in der Pension wohnten, etwas mit Jürgen Grubers Tod zu tun hatten. Aber soweit Anne wusste, gab es keinen konkreten Anhaltspunkt dafür. Die Niederländer waren am Samstag im goldenen Hirsch gewesen und früh gegangen, aber das war auch schon alles. Thorsten würde sie mit Sicherheit überprüfen.

Nein, vermutlich hatte sie ihr kleiner Ausflug nicht weitergebracht. Mit diesem Gedanken schlief sie ein und ob es jetzt an dem Edelstein lag, oder einfach nur daran, dass niemand mehr vor ihrem Fenster randalierte, schlief sie tief und fest bis zum nächsten Morgen.

Um acht Uhr weckte Thea sie. Der Frühstückstisch war schon fertig gedeckt. Es gab Kaffee, morgens das Wichtigste für Anne, dazu Dinkelbrot, Wurst, Käse und Eier. Trotz ihres nächtlichen Abenteuers fühlte sie sich ausgeruht und ihr Knöchel schmerzte kaum noch.

Im Flur hatte Anne einige Flyer gefunden, auf denen ihr Zimmer und Aufnahmen von der Landschaft und dem Dorf abgedruckt waren. »Urlaub für Körper und Seele«, stand darauf, »Heilkuren, Fastenurlaube, Exerzitien oder einfach nur mal die Seele baumeln lassen. Machen Sie Ferien der anderen Art nach der Lehre von Hildegard von Bingen.«

Auf einem Foto war Thea zu sehen. Sie stand mit einem Arm voller frischer Kräuter vor ihrem Haus und lächelte ins Bild.

»Sie können gerne ein paar mitnehmen, wenn Sie wieder abreisen«, sagte Thea, die ihr Interesse bemerkt hatte. »Ich bin dankbar für ein bisschen Werbung.«

»Läuft das gut, dieses Ferienmodell?«, fragte Anne beim Essen.

»Es könnte besser sein«, gab Thea zu. »Oft sind es die gleichen, die dann immer wiederkommen. Meist sind es Frauen. Doch ich verkaufe ja auch noch Heiltees und Salben. Mit ein bisschen Rente reicht es schon zum Leben.«

Anne wurde einmal mehr der Gegensatz zu ihrer Mutter bewusst, die immer jammerte, sich ständig sorgte und deren Geld nie reichte. Thea wirkte so in sich ruhend. Diese Frau konnte nichts erschüttern und das, obwohl sie offenbar auch alleine lebte.

»Von Hildegard von Bingen hab ich schon mal gehört«, sagte sie. »Stammt das auch von ihr?« Anne deutete auf das Steinwasser.

»Oh ja«, nickte Thea. »Sie war eine der bedeutendsten Frauen des Mittelalters und hat viele wichtige Erkenntnisse gewonnen, die heute noch in der Medizin gültig sind. Viele pflanzliche Heilmittel gehen auf ihre Forschung zurück. Ich bin keine strenge Hildegardianerin, sonst würde ich nicht frühstücken und keinen Kaffee trinken. Aber vom Kern ihrer Lehre, dass jede Krankheit auch seelische Ursachen hat und dass man, um zu heilen, nicht nur den Körper, sondern auch Geist und Seele behandeln muss, davon bin ich fest überzeugt. Wenn es Sie interessiert, kann ich Ihnen gern mehr darüber erzählen, wenn ich von meinem Bruder zurück bin.«

Anne hatte kein sonderliches Interesse daran, aber grundsätzlich war ihr alles recht, was die Leute zum Reden brachte, also sagte sie, dass sie sich darüber freuen würde.

»Haben Sie sonst noch Verwandte in Dortmund?«

Thea verneinte. »Weder in Dortmund noch hier, fürchte ich. Wir haben beide keine Kinder bekommen, also haben wir jetzt nur noch uns.«

Sie wandte sich ab, sodass Anne ihr Gesicht nicht sehen konnte, aber ihr Tonfall war bedrückt. Man brauchte kein Hellseher zu sein, um zu begreifen, wohin dieses Thema führte. Sie und ihr Bruder waren beide nicht mehr die Jüngsten, obwohl Thea für ihr Alter noch erstaunlich rüstig war. Bald würde einer von ihnen ganz alleine sein.

Thea brach direkt nach dem Frühstück auf, tatsächlich mit ihrem eigenen Auto, einem dunkelroten C3 Picasso. Sogar am Rückspiegel baumelte ein getrockneter Strauß Lavendel. Vermutlich roch Thea schon gar nichts mehr, wenn sie ständig diese Kräuter überall hängen hatte.

Anne beschloss, ihre zurückgewonnene Bewegungsfreiheit zu nutzen, um noch einmal das Dorf zu erkunden. Dabei dachte sie an Luise Steinmetz. *Eine alte Frau lebt alleine mit ihrer Katze in einem kleinen Dorf. Dann verschwindet die Katze und wenige Wochen später stirbt die Frau. Anschließend wird Jürgen Gruber erschossen. Was, wenn das alles mit dem Verschwinden der Katze zusammenhängt?* Anne betrachtete den Gedanken, wog ihn ab.

Nein, das war verrückt, oder? Ausgemachter Blödsinn! Warum sollte jemand wegen einer Katze einen Mord begehen, oder gleich zwei? Anne seufzte. Spekulationen brachten sie nicht weiter. Sie brauchte mehr Informationen. Und die suchte sie am besten in Luise Steinmetz' Umfeld. Denn der Täter – wenn es einen gab – hatte gewusst, dass sie an diesem Tag Pilze sammeln gegangen war. Er war vielleicht dabei gewesen, als sie das Pilzgericht zubereitet hatte, und hatte ihr den Knollenblätterpilz unbemerkt beigemischt. Sie war nicht misstrauisch gewesen, sonst hätte sie doch im Krankenhaus etwas gesagt. Der Täter war clever. Er konnte planen. Und er hatte Frau Steinmetz langsam und qualvoll sterben und es gleichzeitig wie einen Unfall aussehen lassen. Wer war zu so etwas fähig? Und warum?

♦

Thorsten wachte gerädert auf. Er fühlte sich, als wären seine Glieder aus Zement gegossen. Der Wecker zeigte sieben Uhr. Lisa hatte sich heute Nacht fünfmal übergeben. Das erste Mal war er hochgeschreckt, als er das Würgen hörte, mit einem Schlag hellwach. Margit wischte den Boden trocken, er zog das Bett im Kinderzimmer ab, holte Handtücher und eine Brechschale. Sie nahmen Lisa mit ins Schlafzimmer, in das kleine Extrabett, das für solche Notfälle dort stand.

Beim zweiten Mal hielt er Robin, während Margit Lisa beistand. Der Kurze hatte spitzgekriegt, dass sich irgendetwas Außergewöhnliches ereignete und weigerte sich, wieder in seinem Bett einzuschlafen. Also wurde er in die Mitte gelegt. Thorsten döste trotz Ellbogen und Füßen, die sich hin und wieder in seinen Rücken bohrten, ein, nur um beim nächsten Würgen wieder aufzuschrecken. Lisa hatte auf Margits Kopfkissen gelegen, doch da dieses nun auch unbrauchbar war, opferte er seines. Robin war mittlerweile eingeschlafen, hatte es aber geschafft, quer in ihrem Bett zu liegen. Margit half Lisa beim Umziehen und Thorsten drehte Robin behutsam um neunzig Grad.

»Willst du auf dem Sofa schlafen?«, hatte Margit gefragt.

»Geht schon«, hatte er geantwortet, doch beim nächsten Anfall war er umgezogen.

Thorstens Hand fiel schwer auf den Wecker. Sieben Uhr zehn. *Verflucht!* Er stellte die Füße auf den Boden und starrte minutenlang die Wand an. Sein Gehirn war matschig, als hätte er letzte Nacht Alkohol getrunken. *Wenn dem wenigstens so gewesen wäre!*, dachte er voller Selbstmitleid. Im nächsten Augenblick bekam er ein schlechtes Gewissen, als er Margit und Robin aus der Küche hörte. Seine Frau hatte wahrscheinlich noch weniger geschlafen als er.

Na ja, sie hatte auch keine Mordermittlung am Hals. Er erhob sich mit einem Ruck, bevor er es sich wieder anders überlegen konnte, und schlurfte an Lisas Zimmer vorbei.

Die Kleine lag im wieder frisch bezogenen Bett und hörte Bibi Blocksberg.

»Na, wie geht es dir, mein Schatz?«, fragte er und legte ihr die Hand auf die Stirn. Fieber hatte sie nicht.

»Ich bin krank, Papa!«, verkündete sie stolz und zeigte ihm die Wärmflasche, die auf ihrem Bauch lag.

Na, das hatte er mitbekommen.

»Dann ruh dich schön aus«, murmelte er und strich ihr noch mal über das zerzauste Haar. »Damit du schnell wieder gesund wirst.«

»Okay!«

Zum Glück hatte Margit eine Kanne Kaffee gekocht. Robin lief geschäftig in der Küche herum, rührte in Töpfen und schüttete Bauklötze von einem Teller in den anderen. Wenigstens war einer von ihnen ausgeschlafen.

»Morgen«, brummte Thorsten, gab Margit einen Kuss, schüttete sich einen Pott Kaffee ein und starrte auf den Sportteil der Zeitung.

»Lisa geht es schon wieder besser«, informierte ihn seine Frau und räumte die benutzten Teller ab. »Sie hat schon zwei Zwieback gegessen und einen Fencheltee getrunken.«

Thorsten nickte. Auf der Titelseite war ein längerer Artikel zum Revierderby am nächsten Sonntag; eine Analyse der zu erwartenden Mannschaftsaufstellung und mehrere Absätze über randalierende Fans. Aber er merkte schnell, dass die Sätze, die er las, nicht in seinem Gehirn ankamen. Er steckte den Sportteil in seine Tasche, für später.

Allmählich weckte der Kaffee seine müden Lebensgeister. Dazu gab es Toast mit Sommerwurst.

»Was macht dein Fall?«, erkundigte sich Margit, während sie die Arbeitsflächen wischte.

Thorsten seufzte innerlich. Die Frau schien überhaupt keinen Schlaf zu brauchen. »Noch nichts Konkretes.«

»Bist du heute wieder so lange weg?«

Er brummte etwas, woraus sie hoffentlich schloss, dass er es noch nicht wusste und dass er jetzt nicht darüber diskutieren wollte. Dann nahm er noch einen großen Schluck Kaffee und flüchtete vor weiteren Gesprächsversuchen aus der Wohnung.

Die frische Dortmunder Stadtluft tat gut. Thorsten und Margit lebten in einer ruhigen Wohngegend in der westlichen Innenstadt, sodass er mit dem Auto innerhalb kurzer Zeit im Polizeipräsidium war.

Sie hatten gleich Teambesprechung und dann würde er wieder ins Sauerland fahren.

Heute Morgen waren sie nur eine kleine Runde: Holger vertrat die Kollegen von der Spurensicherung, Ulrike war da, Frau Scharf und Thorsten selbst. Er hoffte, dass ihm die Strapazen der letzten Nacht nicht allzu deutlich anzusehen waren. Vielleicht hätte er eine kalte Dusche nehmen sollen. Er brauchte jetzt einen klaren Kopf.

Thorsten wollte gerade anfangen, da klopfte es und Oberan trat ein. Der Kriminaldirektor hatte eine steile Falte zwischen den buschigen Augenbrauen und sein Blick verhieß nichts Gutes.

»Darf ich mich dazusetzen?«, fragte er und nahm am Tisch Platz, ohne eine Antwort abzuwarten. Er hatte eine zusammengerollte Zeitung bei sich, mit der er immer wieder ungeduldig in seine Handfläche schlug.

»Natürlich«, sagte Thorsten verspätet. »Guten Morgen, Herr Oberan.« Er selbst hatte seit Langem keinen so furchtbaren Morgen mehr erlebt. Aber – und das hatte er wohl mit seiner Fußballmannschaft gemeinsam – es konnte nur besser werden.

Der Kriminaldirektor nahm Platz und trommelte ungeduldig mit dem Fuß auf den Boden. Vermutlich war ihm heute Morgen schon jemand auf den Schlips getreten.

Holger Berend begann mit dem Bericht der Spurensicherung. Er trug wieder ein hoffnungslos zerknittertes Hemd und seine roten Haare waren auf der Seite plattgedrückt, auf der er geschlafen hatte.

Er hatte nicht viel Neues zu berichten. Die Spurensicherung hatte keine Fingerabdrücke vom Täter gefunden. Es gab DNA-Spuren von verschiedenen Personen. Die Analysen waren noch nicht abgeschlossen, aber Holger sagte ganz deutlich, dass diese Spuren nicht mehr als den Schluss zuließen, dass die fraglichen Personen in den letzten Wochen in der Wohnung waren.

»Die Fasern, die wir in den Sträuchern unterhalb des Fensters gefunden haben, sind dunkelgrau, gewalkte Wolle«, berichtete er weiter. »Ein Mantel, würde ich sagen.« Mehr gab es zum jetzigen Zeitpunkt noch nicht zu berichten.

Frau Scharf, die Ballistikerin, erhob sich und legte eine Folie auf den Overheadprojektor. Dann nahm sie ihre dunkle Hornbrille ab und deutete damit auf das Bild eines schlanken Gewehres, das der Projektor an die Wand warf.

»Dies ist eine Blaser K95 in der Ausführung *Baronesse*, wie die Waffe von Gerd Asshauer, die vermisst wird. Sie sehen hier die für das Modell typische Gravur an den Seitenplatten. Die Motive können abweichen. Es ist eine Kipplaufwaffe, die mit Einschloss-Handspannung gesichert ist und ein relativ geringes Eigengewicht besitzt. Die Lauflänge beträgt sechzig Zentimeter. Sollte es sich um die Tatwaffe handeln – was ich für wahrscheinlich halte – können wir davon ausgehen, dass sie auch ein ungeübter Schütze relativ leicht bedienen kann.«

Sie räusperte sich, ein kurzes, trockenes Hüsteln, und fuhr fort: »Wir konnten das Projektil, das bei der Obduktion sichergestellt wurde, zu hundert Prozent der Patronenhülse zuordnen, die am Tatort gefunden worden ist. Es ist eine Standardjagdpatrone vom Kaliber 6,5x57 R, Teilmantelspitzgeschoss, Geschossdurchmesser 6,7 mm. Dabei handelt es sich um die kaliberkleinste und geschossleichteste auf Hochwild zugelassene Laborierung; diese wird auch als Reh- oder Gamspatrone bezeichnet.«

Sie legte noch eine Folie auf, Fotos von der halbverbrannten Hülse und von einem verformten Projektil.

Dann nahm sie wieder Platz.

»Danke, Frau Scharf«, ergriff Thorsten das Wort. »Wir dürfen unseren Ermittlungsradius also nicht auf Jäger und geübte Schützen beschränken«, betonte er noch mal für alle. Dann berichtete er in knappen Sätzen von Naddels One-Night-Stand mit Gerd Asshauer und den Annäherungsversuchen, die Gruber daraufhin unternommen hatte.

»Bisher ist der Fall relativ eindeutig. Es gibt keine Einbruchspuren und wir haben Bargeld und Wertgegenstände beim Toten gefunden. Wir gehen daher von einer Beziehungstat aus und untersuchen das Umfeld des Geschädigten.« Er machte eine dramaturgische Pause und sah in die Runde.

»Unser wichtigstes Ziel ist es, die Tatwaffe zu finden. Ich schlage deshalb vor, wir nehmen uns einmal sämtliche Waffenscheinbesitzer aus Grubers Umgebung vor und sehen uns die Waffenschränke an. Ich denke da vor allem an Franz-Josef Krüger.«

Oberan, der die ganze Zeit wie eine tickende Zeitbombe dagesessen hatte, explodierte. »Das halte ich für keine gute Idee!«, fauchte er und knallte die Zeitung auf den Tisch. »Haben Sie das gelesen? Vermutlich nicht! Es geht schon los! Ich habe es geahnt! Und morgen hab ich den Innenminister persönlich am Telefon.«

Sein Gesicht war krebsrot geworden und er funkelte Thorsten an, als hätte der den Artikel verfasst. Wenn Oberan in dieser Verfassung war, blieb man am besten ruhig, dann zog der Sturm meist schnell weiter.

»Was ist das? Die Bildzeitung?« Thorsten warf einen Blick auf die Zeitung. *MORD IN BONTKIRCHEN!* stand groß auf der Titelseite.

»Schlimmer!«, fauchte Oberan, »Die Sauerlandpost!« Er schnappte sich die Zeitung wieder und las mit emotionsgeladener Stimme vor. »,... Während die Jägerschaft im Gasthaus ihre Treibjagd feierte, wurden Gewehr und Munition aus einem Nebenraum entwendet, wo beides ungesichert aufbewahrt wurde. Der Täter gelangte im Schutz der Dunkelheit zu Jürgen G.s Haus, wo er den Mann kaltblütig erschoss und anschließend die Wohnung des Opfers verwüstete … Die Polizei tappt im Dunkeln … Kriminaldirektor Oberan verweigert die Stellungnahme …' Und dann folgt ein Bericht über die Streitigkeiten in Bezug auf das neue Jagdgesetz und die Frage, ob die Landesregierung diesen Mordfall jetzt benutzt, um die Jägerschaft in Misskredit zu bringen.«

Seine Stimme schwoll an. Sie hätte einem Militäroberst alle Ehre gemacht. »Himmelherrgott Verdammtnocheins! Hat einer von Ihnen mit diesem Herrn Weißhaupt gesprochen? Ich will wissen, wie solche Ermittlungsinterna an die Presse kommen!«

Thorsten schluckte seinen eigenen Ärger hinunter. Ihm lag die Erwiderung auf der Zunge, dass es ja immerhin Oberan selbst war, der momentan die Öffentlichkeitsarbeit machte, aber das würde nur Öl ins Feuer gießen.

»Von uns hat niemand mit der Presse gesprochen«, entgegnete er kühl, »weder mit Herrn Weißhaupt, noch mit sonst jemandem. Ich kenne meine Leute und würde für sie jederzeit die Hand ins Feuer legen.«

Allerdings würde er gerne wissen, was Anne gerade tat. Er hatte es immer noch nicht geschafft, mit ihr zu sprechen.

»Das hoffe ich für *Sie*, Herr Seidel!« Oberan gestikulierte mit seiner Zeitung. »Zu allem Überfluss hat heute Morgen noch ein Herr Asshauer angerufen und mit juristischen Konsequenzen gedroht. Verleumdung und Verletzung des Dienstgeheimnisses! Seine Frau hat Kontakte zur Oberstaatsanwaltschaft.«

Deshalb war Oberan also so aufgebracht. Gerd Asshauer hatte beschlossen, dass Angriff die beste Verteidigung war. Aber Thorsten war niemand, der sich einschüchtern ließ, weder vom Kriminaldirektor noch von Kontakten zur Oberstaatsanwaltschaft noch von einem Herrn Weißhaupt, der in seinem Artikel wilde Spekulationen anstellte.

»Das wundert mich nicht. Die Gewehre mitsamt der Munition in einer Abstellkammer aufzubewahren, wo jeder ungehindert Zutritt hat, ist mindestens grob fahrlässig, wenn nicht sogar Beihilfe zum Mord. Asshauer kann sich glücklich schätzen, wenn er nur seinen Waffenschein verliert.«

Oberan hatte sich abreagiert. Er atmete jetzt etwas ruhiger und seine Gesichtsfarbe war fast schon wieder normal. »Asshauers Version hört sich anders an. Er behauptet, die Waffen seien ordnungsgemäß gesichert gewesen, und die Kellnerin habe später aufgeschlossen und versehentlich den Schlüssel steckenlassen.«

Thorsten schnaubte abfällig. »Natürlich behauptet er das. Aber wenn Sie dieses Schloss gesehen hätten …«

»Wie auch immer«, unterbrach ihn Oberan ungehalten. »Es ist nicht unsere Aufgabe, über Verstöße gegen das Waffengesetz zu entscheiden. Das überlassen wir dem zuständigen Amtsgericht. Ich möchte von Ihnen die *Garantie*, dass aus der MK keine Information nach außen dringt! Und bläuen Sie das auch dem Jungen aus Brilon ein. Und vermeiden Sie unter allen Umständen den Anschein, dass wir die Jägerschaft unter Generalverdacht stellen. Wenn es da Zwistigkeiten mit irgendwelchen Behörden oder der Politik gibt, will ich damit nichts zu tun haben!«

So ein Blödsinn! „Wir stellen niemand unter Generalverdacht«, betonte Thorsten ärgerlich. »Sie wollen also nicht, dass wir die Waffenschränke durchsuchen. Haben Sie mit Dr. Reiser darüber gesprochen?«

»Der Herr Staatsanwalt ist einer Meinung mit mir«, erwiderte Oberan. »Verfolgen Sie lieber die Spur von dieser Kellnerin und ihrem Freund. Das klingt doch vielversprechend! Eifersucht, Liebe, vielleicht ein paar perverse Neigungen … Alles erstklassige Mordmotive.«

Thorsten war da anderer Meinung, und das sagte er auch.

»Tinnef!« Oberan winkte ab. »Wer gerne zuschlägt, wird auch ein Gewehr benutzen, wenn er es gerade zur Hand hat. Schon allein, um den Verdacht von sich abzulenken.«

Er warf die Zeitung mit Schwung in den Mülleimer. »Dieses Schundblatt ist das Papier nicht wert, auf das es gedruckt ist. Ich kriege hier noch ein Magengeschwür! So, jetzt hab ich einen Arzttermin. Sind wir uns also einig, ja? Und vergessen Sie nicht, Dr. Reiser zu informieren.«

Dann knallte er die Tür hinter sich zu.

Thorsten atmete einmal tief durch. Er dachte gar nicht daran sich vorschreiben zu lassen, wie er seine Ermittlungen zu führen hatte. Noch war *er* Leiter der Mordkommission.

Aber in einem Punkt hatte Oberan natürlich Recht. »Keine Infos nach draußen. Ihr habt den Chef gehört.« Er schnaubte. Über den Rest ließ sich streiten.

»Der spinnt, der Obergockel!«, fauchte Holger böse und erntete einen strafenden Blick von Frau Scharf. »Von den Gewehren kann jeder erzählt haben. Der Rest ist reine Spekulation. Seit wann kümmert uns, was die Zeitungen schreiben?«

Thorsten seufzte. »Im Sauerland ticken die Uhren anders als hier. Vermutlich ist das der erste Mordfall seit zehn Jahren, deshalb stürzen sich die Medien darauf. Und du kennst ja den Chef.« Er erhob sich. »Das war alles für heute. Ich fahre runter. Ruft mich an, wenn sich was Neues ergibt.«

Als sie hinausgingen, hakte Ulrike sich bei ihm unter. »Meine Güte, Thorsten, du bist leichenblass! Was ist los? Bist du krank? Geht es dir nicht gut?«

Aus ihrem Griff gab es kein Entkommen. Und vor ihrer Neugierde auch nicht. Thorsten beschloss, es gleich hinter sich zu bringen.

»Vielleicht zauberst du mir noch einen Kaffee, bevor ich fahre?«, bat er und signalisierte Bereitschaft ihr alles zu erzählen, was sie wissen wollte. »Lisa ist krank und ich hab' nicht viel geschlafen.«

»Ach herrje, was hat denn das arme Würmchen?«, rief Ulrike aus. Natürlich hatte sie Kaffee und auch noch zwei Rosinenschnecken mit extraviel Zuckerguss.

Thorsten erzählte in groben Zügen von der gestrigen Nacht und Ulrike zerfloss vor Mitgefühl.

Ihre eigenen Kinder waren im Teenageralter, daher kannte sie das meiste, was Thorsten erlebte, aus eigener Erfahrung. Nach einer großen Tasse Kaffee und einer Rosinenschnecke fühlte er sich besser. »Sag mal, hast du was von Anne gehört? Ich konnte sie gestern den ganzen Tag nicht erreichen.«

Ulrike schüttelte den Kopf. »Nee, du. Ich hab' heute Morgen versucht sie anzurufen. Bei ihr zu Hause geht keiner ran und das Handy ist aus. Bei dir hat sie sich auch nicht gemeldet? Das sieht ihr gar nicht ähnlich.«

Allmählich begann Thorsten sich Sorgen zu machen. Stefan hatte Schluss gemacht, ihre große Liebe. Sie würde doch keine Dummheiten machen? Ihm kam ein Gedanke: »Weißt du was, wir rufen Roswitha an!« Er wählte ihre Nummer von Ulrikes Schreibtischtelefon aus.

»Kirsch?«, meldete sich die immer noch jugendlich klingende Stimme von Annes Mutter.

»Hallo, hier ist Thorsten«, sagte er. »Roswitha, weißt du, wo Anne steckt? Wir können sie nicht erreichen.«

»Anne?« Roswithas Stimme klang irritiert. »Die ist doch auf Mauritius, du Dummerchen! Oder hat sie dir etwa nichts davon erzählt?«

Verdammt, dachte Thorsten. *Sie weiß noch gar nichts von der Trennung!* Dann würde er bestimmt nicht derjenige sein, der ihr die schlechte Nachricht überbrachte.

»Ach ja«, antwortete er schnell. »Das hatte ich vergessen. Dann entschuldige die Störung.«

»Keine Ursache! Ihr solltet mal wieder vorbeikommen, du und Anne! Dann machen wir wieder unseren Spieleabend.«

Keine gute Idee, dachte Thorsten. *Es wäre nicht mehr dasselbe.* Aber Roswitha konnte davon natürlich nichts wissen. Er verabschiedete sich freundlich.

»Nichts«, sagte er zu Ulrike und seufzte. »Sie ist verschwunden, samt der Akte Steinmetz. Hoffentlich bringt sie sich nicht in Schwierigkeiten.«

»Und hoffentlich bringt sie *uns* nicht in Schwierigkeiten«, ergänzte Ulrike vielsagend.

Kapitel 6

Kriminalkommissar Anton Hellmann saß in seinem Büro in der Polizeiwache Brilon und war dabei, die bisher zusammengetragenen Aussagen im Fall Gruber zu ordnen und zu vergleichen, als ihn die Meldung über nächtliche Ruhestörung und Sachbeschädigung aus Bontkirchen erreichte.

»Ist das nicht euer Fall?«, fragte Jens aus seinem Ausbildungsjahrgang, der sich das Büro mit ihm teilte. Er benutzte gerade seinen Zeigefinger, um ein Stück Erdnuss aus einer Zahnlücke zu pulen.

Anton blickte irritiert hoch. Natürlich war das sein Fall! Er sprang auf und dachte noch daran, seinen Arbeitsplatz zu sperren. Aber Herr Seidel war noch in Dortmund und er konnte schlecht allein dorthin fahren. »Kommst du mit?«

Jens kaute nachdenklich. Dann nickte er und nahm seine Dose mit gesalzenen Nüssen und eine Packung Weingummi aus seiner Schublade. Seit er mit dem Rauchen aufgehört hatte, aß er pausenlos.

Eine Frau Drilling hatte bei der Polizei angerufen. Sie betrieb seit zwanzig Jahren eine Pension in Bontkirchen. Junge Leute hätten letzte Nacht vor ihrem Haus randaliert und das Auto ihrer Gäste beschädigt. Als Anton und Jens dort ankamen, sahen sie gleich die Scherben, mit denen der Bürgersteig übersät war, eindeutig Reste einer weggeworfenen Wodkaflasche. Das besagte Auto trug ein niederländisches Nummernschild und wies ein paar Dellen und einen zerstochenen Reifen auf.

Frau Drilling war eine stämmig gebaute Dame in altbackener Kleidung und Strickjacke. Ihre Frisur, eine schon halb herausgewachsene Dauerwelle, war hochtoupiert und hatte die Form eines Helmes. Sie stand in der Küche und war dabei, Tabletts mit Kaffeekännchen vorzubereiten.

»*Sie* sind von der Kriminalpolizei?«, rief sie ungläubig, als sich Jens und Anton vorstellten. »Sie sehen noch so jung aus!« Sie lugte durch die Tür, ob noch jemand kam. *Unser Kindermädchen vielleicht*, dachte Anton verärgert.

Er war schon drei Jahre im Polizeidienst. *So* jung konnte er gar nicht mehr aussehen. Außerdem trug er heute das Jackett aus braunem Cord über dem Hemd, das er zur mündlichen Prüfung getragen hatte und von dem seine Mutter sagte, dass es ihn fünf Jahre älter aussehen ließ.

»Ich bearbeite auch den Mordfall Gruber«, sagte er wichtig. »Zusammen mit einem erfahrenen Kollegen von der Kripo Dortmund. Sie können uns alles sagen. Warum haben Sie die Polizei gerufen?«

»Oh«, sagte sie ehrfürchtig. »Einen richtigen Mordfall, sagen Sie! Wie im *Tatort*! Bei uns in Bontkirchen!«

Anton hatte die Worte schon bereut, als er sie ausgesprochen hatte. Jens sah ihn tadelnd an, aber er brauchte seinen Blick nicht, um zu wissen, dass er unprofessionell gewesen war. Nur gut, dass Herr Seidel es nicht gehört hatte. Anton hätte sich in Grund und Boden geschämt.

»Also, warum« haben Sie uns gerufen?«, wiederholte er ein bisschen barsch.

»Natürlich. Entschuldigen Sie bitte, Herr Kommissar, Sie haben ja nicht den ganzen Tag Zeit.« Frau Drilling stellte die Kännchen beiseite und faltete die Hände, um sich ganz ihrer Erzählung widmen zu können.

»Also, da höre ich mitten in der Nacht diesen Lärm vor dem Fenster. Schreien und Grölen, wie bei den Hottentotten, sag' ich Ihnen, nur schlimmer. Seit dem tragischen Tode von Herrn Gruber schlafe ich unruhig, müssen Sie wissen. Dann sehe ich die jungen Leute vor dem Fenster randalieren. ‚Die sind total betrunken', denke ich mir. Einer tritt sogar gegen das Auto meiner Gäste und zersticht den Reifen! Der andere hat mir in den Vorgarten gebrochen! Und dann werfen sie auch noch die Flasche gegen die Hauswand! Stellen Sie sich vor! Wie soll ich das bloß den Gästen erklären? Die beiden Herren waren sehr beunruhigt, müssen Sie wissen. So ein Verhalten ist doch geschäftsschädigend. Glauben Sie mir, sowas spricht sich herum, das sag' ich Ihnen! Womöglich kann ich bald zumachen, wenn sowas noch einmal vorkommt.«

»Ihr Zorn ist verständlich«, sagte Anton und versuchte Herrn Seidels beruhigenden Tonfall zu imitieren. »Haben Sie die Leute erkannt?«

»Also der Lukas Krüger war dabei, das kann ich Ihnen sagen.«, versicherte Frau Drilling. »Wo der auftaucht, gibt es ja immer Ärger.«

»Lukas Krüger?«, hakte Anton nach. »Ist der verwandt mit Franz-Josef Krüger?«

»Ja, das ist der Sohn aus erster Ehe. Dann waren da noch Karl Müller und Benjamin Asshauer. Und eine junge Frau, die ich nicht kannte.«

Anton horchte auf. »Eine junge Frau? Können Sie sie beschreiben?«

Frau Drilling lächelte listig. »Ich kenne zwar den Namen nicht, aber ich weiß, wer sie ist«, sagte sie. »Sie wohnt bei Thea von der Linde und ist am Montag dort angekommen, das hat mir Maria Redlich erzählt. Eine Bekannte von dem armen Herrn Gruber, sagt Maria.«

Sie betonte das Wort Bekannte, als wäre es etwas Anzügliches. »Angeblich war er ein Freund ihres Vaters, aber Sie wissen ja, wie das heutzutage so läuft, nicht wahr?«

Interessant, dachte Anton. *Eine heimliche Geliebte?*

»Aber das ist nicht das Seltsamste«, erzählte Frau Drilling weiter.

Sie hatte ihre Stimme verschwörerisch gesenkt, obwohl außer ihnen niemand in der Küche war. »Maria hat erzählt, sie hätte sich sehr für Luise interessiert, auch eine alleinstehende Frau, die kürzlich verstorben ist. Vielleicht eine professionelle Erbschleicherin, Herr Kommissar. Obwohl ich Ihnen sagen kann, dass bei der Luise nix mehr zu holen ist.

Die hatte ja nicht viel mehr als ihre Witwenrente, die arme Seele.« Sie bekreuzigte sich.

Endlich eine Spur! Anton brauchte nicht lange zu überlegen, was er zu tun hatte. Wenn Herr Seidel heute Mittag aus Dortmund kam, würde er ihm vielleicht schon neue Ergebnisse präsentieren können. Anton malte sich in Gedanken aus, wie er dem erfahrenen Kollegen gegenübertrat und ihm berichtete, dass eine dringend tatverdächtige Frau zur Vernehmung auf ihn wartete.

Oder nein, sie war ja am Tatabend nicht im goldenen Hirsch gewesen.

Oder doch? Oder war sie nur Komplizin? Mitwisserin? Zeugin? Auf jeden Fall hatte sie irgendetwas mit dem Mord zu tun, das spürte er. Und war nicht der Instinkt das wichtigste Werkzeug eines polizeilichen Ermittlers?

Er erinnerte sich an den Fall Luise Steinmetz. Die Frau war an einer Pilzvergiftung gestorben und sie hatten die Ermittlungen an die Kripo Dortmund abgegeben, die kurz darauf den Vermerk *Erledigt. Kein Hinweis auf Fremdverschulden* zurückgeschickt hatte.

»Aber Frau Steinmetz ist doch eines natürlichen Todes gestorben?«

Frau Drilling hob dramatisch die Hände. »Also das ist meiner Meinung nach fragwürdig, äußerst fragwürdig! Luise sammelt seit Jahren Pilze. Sie kennt jede Sorte, sag' ich Ihnen. Und da soll sie einen grünen Knollenblätterpilz mit einem Champignon verwechselt haben? Da ist doch was faul, Herr Kommissar! Das sagt übrigens auch Maria.«

Aufgeregt notierte sich Anton, was Frau Drilling noch dazu zu sagen hatte. Jetzt würde er wiedergutmachen, dass ihm der Mann im dunklen Mantel entwischt war. Herr Seidel hatte ihm keinen Vorwurf gemacht, doch er musste ihn für einen ziemlichen Anfänger halten.

Jetzt war die Gelegenheit zu beweisen, dass er, Anton Hellmann, fähig war, in einer Mordkommission mitzuarbeiten.

»Vernimmst du die Männer?« bat er Jens, als sie wieder

im Einsatzwagen saßen. »Ich würde mich gern um die Frau kümmern. Irgendwas stimmt da nicht, das spüre ich.«

»Klar«, maulte Jens missmutig und kaute wieder seine Erdnüsse. »Du kriegst die Weiber.«

»Nächstes Mal bist du dran«, versprach Anton. Er ließ sich von Jens bei dem Haus Von der Linde absetzen.

Auf sein Klingeln öffnete niemand.

»Thea ist in Dortmund!«, rief eine Stimme hinter ihm. Eine Frau in den Vierzigern winkte vom Nachbargrundstück aus mit ihrer Gartenschere. Sie trug eine grüne Schürze und passende Handschuhe. »Kommen Sie heute Abend noch mal, dann wird sie wieder da sein.«

Wie gut, dass in diesem Dorf jeder über jeden Bescheid wusste. Anton kämpfte sich durch ein paar stachelige Himbeersträucher zur Nachbarin hinüber. Ihr Mann war auch im Garten beschäftigt. Er harkte Laub und trug die gleiche Schürze wie seine Frau.

Anton fragte, ob sie Thea von der Linde näher kannte.

Die Frau zuckte mit den Achseln. »Ja, wie man sich so kennt, nicht wahr? Mein Mann hilft ihr schon mal im Garten. Sie macht ganz wundervolle Marmelade, wenn Sie welche kaufen wollen. Oder sind Sie etwa ein Bekannter der jungen Frau, die gerade dort wohnt?«

Hier ist jemand überhaupt nicht neugierig, dachte Anton amüsiert. »Ich bin von der Kriminalpolizei«, sagte er.

»Polizei«, wiederholte die Frau andächtig, und bekam große Augen. Jetzt kam auch ihr Mann näher. »Ermitteln Sie im Fall …«

»Was können Sie mir über die junge Frau erzählen«, unterbrach Anton schnell, bevor die Fragelawine losbrach.

Die Augen der Frau wurden noch größer. »Jetzt wo Sie es sagen!«, rief sie aus. »Die kam mir gleich so verdächtig vor. Gestern, als sie ankam, hat sie noch gehumpelt. Eben war da nichts mehr von zu sehen. Sie ist zu uns rübergekommen und hat nach Luise Steinmetz gefragt. Und nach ihrer Katze. Und ob wir den Lumme kennen.«

»Lumme?«

»Na, den Lukas Krüger«, berichtete sie atemlos. »Ein ziemlicher Tunichtgut, nicht wahr, Schatz? Hat lange bei seiner Mutter gewohnt, aber seit drei Jahren hat er hier eine Wohnung. Der stellt nur Unsinn an. War sogar schon mal im Jugendgefängnis, sagt man. Warum sie sich wohl für den interessiert? Maria Redlich sagt, sie kommt aus Dortmund und kennt hier keinen. Und Single ist sie außerdem. Da haben wir uns schon gewundert, dass sie solche Fragen stellt, nicht wahr, Schatz?«

Ihr Mann nickte ernst.

Anton schrieb hastig ein paar Notizen. Er war mittlerweile sicher, auf einer vielversprechenden Spur zu sein. »Wann war die Frau bei Ihnen und wo ist sie danach hingegangen?«

Die beiden sahen sich an. »Eben erst«, sagte der Mann schließlich. »Sie ist die Straße runter.« Er deutete mit dem Finger in Richtung Dorfmitte. »Sollen wir Sie verständigen, wenn sie wieder auftaucht?«

Anton schüttelte energisch den Kopf. »Auf keinen Fall! Am besten Sie machen gar nichts. Dass ich Fragen über sie stelle, heißt nichts, das ist reine Routineermittlung.«

»Reine Routine«, echoten die beiden und starrten ihm nach, als er sich in die Richtung aufmachte, in der die Verdächtige verschwunden war. Wahrscheinlich würde sehr bald das ganze Dorf wissen, dass er sie suchte.

Während Anton der Straße folgte, beobachtete er aufmerksam seine Umgebung. Die Frau interessierte sich also für die beiden Toten aus Gründen, über die er bisher nur rätseln konnte. Und sie hatte heute Nacht zusammen mit dem Sohn von Franz-Josef Krüger vor der Pension Drilling randaliert oder war zumindest dabeigewesen. Und dort in der Pension wohnten zwei Männer aus den Niederlanden. Bestimmt diejenigen, die in der Tatnacht im goldenen Hirsch gewesen waren und die sich laut Naddel und Tönnes verdächtig benommen hatten.

Dass ein paar junge Männer nachts randalierten, war nichts Ungewöhnliches, aber was hatte diese seltsame Frau dort zu suchen gehabt? Antons Überlegungen führten zu nichts. Er würde die Verdächtige vernehmen müssen.

Auf der Straße war niemand zu sehen, doch Anton bemerkte in einem der angrenzenden Häuser ein Gesicht hinter der Gardine und klingelte. Er hatte Glück. Es gab sie auch hier, die Senioren, die den ganzen Tag am Fenster saßen und die Straße beobachteten, genauer gesagt eine alte Dame. Sie hatte gesehen, wie die Verdächtige bis zu Luise Steinmetz' Haus gegangen und dort im Garten verschwunden war.

Anton Hellmann betrachtete das Haus, auf das sie zeigte. Es war klein, schief und mindestens sechzig Jahre alt, wenn nicht älter. Da gab es wirklich nichts zu holen, dachte er. Obwohl man nicht wusste, was die alten Leute manchmal im Sofa oder im Backofen versteckten.

Sein Herz klopfte vor Aufregung, aber geistig war er völlig klar. Vermutlich war er einem bisher unentdeckten Verbrechen auf der Spur. Bestimmt gab es einen Zusammenhang zwischen den beiden Todesfällen.

Aber das einzige Bindeglied war bisher diese Frau. Anton näherte sich dem Grundstück, konnte aber nichts Verdächtiges entdecken. Wenn sie im Haus war, musste sie von der Rückseite eingestiegen sein. Anton tastete nach seiner Waffe, die sicher hinten am Gürtel befestigt war. Man wusste nicht, wie die Frau reagieren würde, wenn sie bemerkte, dass sie nicht mehr alleine war. Im Notfall würde er von der Waffe Gebrauch machen müssen.

Er stieg über die kleine Buchsbaumhecke in den Garten ein und durchquerte die Beete bis hinter das Haus. Alle Rollläden waren heruntergelassen, die Fenster unberührt. Doch dann machte sein Herz einen Satz, als er den offenstehenden Holzverschlag sah, der in den Keller führte. So war sie also hineingekommen!

Anton nahm seine Pistole aus dem Gürtel, entsicherte sie aber nicht. Das verstieße gegen die Vorschriften.

Er kletterte durch den Holzverschlag und stieg eine alte, steinerne Treppe hinunter. Der Kellerraum war mit Kisten und Kartons vollgestellt. Anton ging weiter. Einige Kartons waren geöffnet worden, aber soweit er sehen konnte, lagerte hier nur wertloser Krempel.

Die Frau suchte nach etwas. Auch in Jürgen Grubers Wohnung hatte der Täter etwas gesucht.

Mit leisen Schritten durchquerte er den Keller. Hier war niemand. Er stieg die schmale Holztreppe nach oben und bei jedem Knarren zog sich sein Magen zusammen. Er hielt inne. Hatte sie ihn gehört? Aus der geöffneten Bodenluke drang kein Geräusch.

Anton schluckte und steckte den Kopf aus der Luke, die Pistole in der Hand. Er sah sich um. Durch ein mit dicken Glasbausteinen verschlossenes Oberlicht drang ein wenig Licht in den Flur. Hier war niemand. »Polizei!«, rief er jetzt mit fester Stimme. »Kommen Sie heraus!«

Niemand antwortete.

Nacheinander öffnete er alle Türen. Die dunklen, altmodisch eingerichteten Zimmer waren leer. Vermutlich hatte die Verdächtige das Haus verlassen, als er noch im Keller war. Er versuchte probehalber die Haustür. Sie ließ sich von innen öffnen. Also war sie ihm entwischt.

Aber wonach hatte sie gesucht? Er kehrte noch einmal zurück ins Wohnzimmer. Auf dem Couchtisch lag eine alte Fernsehzeitung, in der das Programm für Montag, den 28. August, aufgeschlagen war. Daneben ein Kartenspiel. Anton schalt sich einen Narren, dass er so unvorbereitet hier eingedrungen war. Er hätte die Informationen zum Fall vorher abrufen müssen. Wonach sollte er suchen?

An der Wand gegenüber einem grüngrau gemusterten, altbackenen Sofa befand sich ein Schrank mit einem gigantischen Röhrenfernseher. Anton hatte vergessen, wie wuchtig die alten Dinger waren. Daneben stand eine Vitrine mit Gläsern und Porzellan. Als er sie näher betrachtete, fiel ihm etwas auf.

Er öffnete die gläserne Schranktür, um sich zu vergewissern. Eine hauchdünne Staubschicht bedeckte die Einlegeböden und dokumentierte, dass die Gläser nicht oft benutzt wurden. Nur neben zwei Rotweinkelchen sah er halbmondförmige, staubfreie Flächen auf dem Boden, so als wären die Gläser vor kurzem herausgenommen und nicht haargenau an dieselbe Stelle zurückgestellt worden.

Hatte Frau Steinmetz kurz vor ihrem Tod Besuch gehabt?

Er suchte in der Küche und in der Abstellkammer, konnte aber die dazugehörige Flasche nicht finden. *Verdammt*, er verlor Zeit!

Er ging auf die Straße hinaus, doch die Frau war nirgends zu sehen. Er kehrte zum Haus der Seniorin zurück, die so gerne an ihrem Fenster stand. Bestimmt würde sie ihm sagen können, wohin die Verdächtige gegangen war.

♦

Thorsten Seidel war schon kurz vor Bontkirchen, als sein Telefon klingelte. Es war Hellmann. Er drückte den Knopf der Freisprecheinrichtung.

Der junge Kommissar klang aufgeregt. Es gab eine neue Spur. Er observierte gerade eine verdächtige Person, angeblich eine Bekannte von Jürgen Gruber, die bei einer gewissen Thea von der Linde ein Zimmer hatte. Sie war in das Haus der kürzlich verstorbenen Frau Steinmetz eingebrochen. Jetzt hielt sie sich in der Nähe des Tatorts Gruber auf.

Thorsten hatte mit Überraschung und wachsender Skepsis zugehört. Das klang alles zu gut, um wahr zu sein. Er hatte eher einen anderen Verdacht. »Ich bin in zehn Minuten da«, sagte er. »Wo sind Sie jetzt? Sind Sie noch an ihr dran?«

»Ja«, erwiderte Hellmann. »Sie befindet sich in einem Haus auf der anderen Straßenseite.«

Kurze Zeit später rollte Thorsten durch die Straße *Zum Sonnenborn*. Anton Hellmann winkte ihm von seinem Versteck hinter einer Mülltonne zu.

Thorsten seufzte leise. *Sehr subtil, Herr Kollege!* Hielt der sich für James Bond? Er kam neben der Tonne zum Stehen und kurbelte das Fenster runter. »Steigen Sie ein.«

Anton Hellmann eilte zur Beifahrertür und ließ sich in den Sitz fallen.

»Ich verfolge sie schon den ganzen Tag«, berichtete er atemlos. »Niemand kennt sie, aber sie interessiert sich auffällig für unseren Toten und außerdem für eine gewisse Luise Steinmetz, die ebenfalls kürzlich verstorben ist und womöglich vergiftet wurde. Ich bin ihr in das Haus von Frau Steinmetz gefolgt und mir ist aufgefallen, dass dort zwei Rotweingläser benutzt worden sind. Die Flasche habe ich nicht gefunden, aber ich hatte auch nicht viel Zeit.«

»Rotweingläser, hm«, brummte Thorsten. Er erinnerte sich an das dunkle Wohnzimmer der alten Frau. Dort hatte eine Vitrine mit Gläsern gestanden, aber weder ihm noch Anne war etwas daran aufgefallen. »Und wo ist sie jetzt, Ihre Verdächtige?«

Anton Hellmann deutete auf ein kleines Einfamilienhaus. »Sie ist noch dort drin. Auf dem Klingelschild steht Redlich. Ich hielt es für das Beste, erst einmal abzuwarten und zu beobachten.« Seine Stimme klang angespannt und er sah Thorsten an, als erwartete er einen Urteilsspruch.

»Sie haben richtig gehandelt«, beruhigte ihn Thorsten, konnte sich aber ein Schmunzeln nicht verkneifen. In diesem Moment kam Anne Kirsch aus der Haustür. »Ist sie das?«

Der junge Kollege nickte. »Was tun wir jetzt? Sollen wir sie zur Vernehmung mitnehmen?«

Thorsten musste lachen. »Wir werden sie gleich hier vernehmen.«

Anne hatte sein Auto gesehen. Sie überquerte leichtfüßig die Straße und trat an Thorstens Fenster. Ihrem Fuß schien es besser zu gehen.

»Guten Morgen, die Herren!«, grüßte sie. Ihr Tonfall war vertraulich, ihre Haltung signalisierte Distanz. Sie sah sich um, als ob sie sich beobachtet fühlte.

»Guten Morgen, Anne! Darf ich vorstellen – Anton Hellmann, Kripo Brilon, meine Kollegin Anne Kirsch, die eigentlich Urlaub hat, oder krank geschrieben ist, oder ein bisschen von beidem.«

Hellmann hatte große Augen bekommen. Jetzt vergrub er das Gesicht in den Händen und schüttelte den Kopf. »Mein Gott«, murmelte er. »Sie müssen mich für einen kompletten Idioten halten.«

»An Ihrer Observationstechnik müssen wir noch arbeiten«, lächelte Anne. »Aber sonst haben Sie alles richtig gemacht. Sie konnten ja nicht ahnen, wer ich bin.«

»Also ermittelst du verdeckt«, sah Thorsten seine Befürchtungen bestätigt. »Bist du wahnsinnig? Gegen Anweisung des Chefs und ohne Zustimmung der Staatsanwaltschaft?«

Anne verdrehte die Augen. »Komm schon, Thorsten. Ich bin krankgeschrieben und erhole mich hier. Das hat nichts mit verdeckter Ermittlung zu tun. Außerdem ist der Fall Steinmetz abgeschlossen. Und in meiner Freizeit kann ich tun und lassen, was ich will!«

»Das wird Dr. Reiser aber anders sehen«, entgegnete er. *Und Oberan erst!* Beim Gedanken an das Gebrüll bekam er wieder Kopfschmerzen.

Anne zuckte mit den Schultern. »Er muss es ja nicht erfahren.« Manchmal konnte sie stur sein wie ein alter Esel.

Thorsten schüttelte genervt den Kopf. Oberans Ermahnungen von heute Morgen dröhnten ihm noch in den Ohren. »Das geht nicht, Anne, nicht in diesem Fall. Und schon gar nicht mit diesem Staatsanwalt. Wenn wir deinetwegen ein Beweisverwertungsverbot kriegen und ihm den Prozess vermasseln, können wir unsere Sachen packen. Also tu mir den Gefallen und fahr wieder nach Dortmund, ja? Du hast deiner Mutter bestimmt auch noch was zu sagen.«

Anne verzog den Mund. »Ach verflucht, Thorsten! Manchmal kannst du so ein Spießer sein.« Sie hieb einmal energisch mit der Faust gegen das Auto. »Und was ich meiner Mutter sage oder nicht, das geht dich einen Dreck an!«

Dann stob sie davon.

Thorsten atmete einmal tief durch. *Verdammter Mist!*

Im Rückspiegel sah er, wie Anne erhobenen Hauptes davonstolzierte, als hätte er ihr Unrecht getan. Er konnte in letzter Zeit nicht mehr vernünftig mit ihr reden. Er hätte ihre Mutter nicht erwähnen sollen.

»Das war also Ihre Kollegin«, bemerkte Anton Hellmann.

»Richtig«, Thorsten rieb sich die Schläfen. Heute war wirklich nicht sein Tag. »Das war Anne Kirsch.«

♦

Anne lief das Wasser im Mund zusammen, als sie die zwei Schweinshaxen sah, die gebräunt auf einem Bett von herzhaft duftendem Sauerkraut lagen. Zwei riesige Knödel vollendeten das Mahl und spiegelten auf ironische Art und Weise den ausladenden Ausschnitt der Kellnerin wider, die sich vorbeugte, um Anne ihre Bestellung zu servieren. Zu ihrem knappen Top trug sie auch noch einen engen Rock, der nicht viel der Phantasie überließ.

»Guten Appetit wünsche ich!«, sagte sie freundlich und wackelte davon.

Anne machte sich über die Haxen her. An der anderen Seite des Gastraumes saßen zwei junge Männer, die sie interessiert beobachteten und sich so laut unterhielten, dass Anne jedes Wort mitbekam. Sie wunderte sich über dieses Imponiergehabe, da sie heute mit ihrer Freizeitjeans – die mit dem Loch am Knie – und der lockeren Bluse nicht viel hermachte, aber wahrscheinlich war es einfach eine Sache von Angebot und Nachfrage.

Sie glaubte nicht, dass sich viele ledige junge Frauen in dieses Dorf verirrten. Da mussten die Jungs wohl nehmen, was vorbeikam. Die dralle Kellnerin war vermutlich schon vergeben oder ein zu heißes Eisen, an das sich keiner ranwagte. Oder, was bei dem kleinen Dorf auch nicht unwahrscheinlich war, – sie waren verwandt.

Um die Jungs nicht zu ermutigen, konzentrierte Anne sich auf ihr Essen. Die Männerwelt konnte ihr samt und sonders gestohlen bleiben, einschließlich Thorsten. Was bildete der sich ein? Mit ihrer Mutter über sie zu sprechen! Das war ja wohl das Letzte. Nur, weil er ein paar Jahre älter war als sie. Und dann noch den Vorgesetzten rauszukehren! Wenn sie daran dachte, kochte die Wut wieder in ihr hoch.

Thorsten mit seinen ewigen Bedenken! Wenn das Ergebnis stimmte, würde Dr. Reiser ihren verdeckten Einsatz schon noch genehmigen. Und wenn nicht – na, dann brauchte es keiner zu erfahren.

Außerdem gab es keine Dienstvorschrift, die es einem verletzten Beamten verbot, sich auf dem Land zu erholen. Und wenn sie ein wenig Interesse an dem Ort und seinen Bewohnern zeigte, dann war das ihre Sache. Solange sie beschäftigt war, brauchte sie nicht an Stefan zu denken. Oder an ihre halbleere Wohnung. Oder an den Grund, warum sie mit Thorsten in letzter Zeit so oft aneinander geriet. Sie hatten sich immer so gut verstanden, aber seit dem Abend, an dem sie zusammen ihren Geburtstag gefeiert hatten, war nichts mehr wie früher.

Sie bemerkte, dass sie die Schweinshaxen zu energisch mit dem Messer bearbeitete und zwang sich zur Ruhe. Sie richtete ihre Gedanken auf den Fall, auf das, was sie in Luise Steinmetz' Häuschen gefunden hatte. Es war kein Beweis dafür, dass die alte Frau vergiftet worden war. Vermutlich würde es solch einen Beweis niemals geben.

Aber sie hatte Indizien gefunden. Und Indizien addierten sich, bildeten Wahrscheinlichkeiten und konnten, bei ausreichend hoher Wahrscheinlichkeit, doch noch zu einem Beweis werden.

Deshalb war Anne noch einmal kurz bei Maria Redlich gewesen. Um weitere Indizien zu sammeln. Sie hatte gehofft, etwas über den unbekannten Mann in Erfahrung zu bringen, der am Dienstag, dem 29. August, bei Frau Steinmetz gewesen war.

Frau Redlich schien sonst jeden zu kennen und über alles Bescheid zu wissen, doch in diesem Fall konnte sie Anne nicht weiterhelfen. Sie hatte leider auch nur eine sehr dürftige Personenbeschreibung: groß, runde Brille, Schnauzbart, kurze Haare ...

Nach dem Essen wanderte sie durch Bontkirchen, um den Ort besser kennenzulernen. Erstaunt stellte sie fest, wie steil manche Straßen anstiegen. Eigentlich lag das Dorf in einem Tal, doch es hatten wohl nicht alle Häuser hineingepasst, sodass einfach der Berghang mitbebaut worden war.

Anne fühlte sich an ein Schweizer Bergdorf erinnert.

Während sie durch die Straßen schlenderte, wurde sie beobachtet. Spaziergänger blickten sie mit unverhohlener Neugier an. Von Dortmund her war sie es gewöhnt, Fremde zu ignorieren. Hier war das absolut unmöglich. Also fing sie einfach an, zu lächeln und freundlich zu grüßen und kam schnell mit den Leuten ins Gespräch.

Sie erfuhr viele interessante Dinge, wie zum Beispiel, dass Bontkirchen etwa 500 Einwohner hatte und in der Nähe eines Stausees lag, der im Sommer viele Biker und Badegäste anlockte. Und dann war da natürlich *Willingen*, nur wenige Kilometer entfernt. Die Frau, mit der Anne gerade sprach, sah sie bedeutungsschwanger an.

»Willingen«, wiederholte sie, aber Anne verstand immer noch nicht. »Dort kann man Skilaufen oder Wandern. Und viele kommen, um zu feiern. Kegelclubs, Stammtische, Betriebsausflüge. *Der* Partyort des Sauerlandes.« Die Frau schüttelte den Kopf. »Davon müssen Sie doch gehört haben!«

Anne dachte, dass Ulrike den Ort bestimmt kannte. Sie versprach der Frau, ihre Bildungslücke so bald wie möglich zu schließen. Aber sie erfuhr noch einiges mehr: Bontkirchen war Jahrzehnte lang gespalten gewesen.

Bis 2009 war die Landesgrenze zwischen Nordrhein-Westfalen und Hessen am Fluss Itter entlang verlaufen, durch das Dorf und außerdem mitten durch die Schützenhalle. Der Hauptteil Bontkirchens hatte in Nordrhein-

Westfalen gelegen, der Sportplatz, ein Sägewerk und sieben Wohnhäuser waren Hessen zugehörig gewesen. Auf dem Schützenfest hatte man in beiden Bundesländern sein Bier trinken können, denn die Grenze war sogar mitten durch die Theke verlaufen.

Im Jahr 2009 hatten Hessen und Nordrheinwestfalen dann einen Staatsvertrag geschlossen, der die Landesgrenze verschoben und Bontkirchen vereint hatte.

Am Dorfrand, eigentlich schon außerhalb des Ortes in einem Waldstück, lag ein kleines Anwesen, das früher einem wohlhabenden Bauern oder Kaufmann gehört haben mochte. Zwei Wohnhäuser und eine Scheune gehörten dazu, das eine schlicht, das andere aufwendig mit Stuck verziert.

Herren- und Gesindehaus, dachte Anne. In der Mitte des Gutsplatzes stand ein Springbrunnen mit einer einzigen, schlichten Wassersäule. Die Häuser und der Platz sahen gepflegt, doch unbewohnt aus, denn die marineblauen Fensterläden des Herrenhauses waren geschlossen, an den restlichen Fenstern die Rollläden heruntergelassen. Hier wurden Einbrecher geradezu eingeladen, ihr Glück zu versuchen. Anne fragte einen jungen Mann mit einer Hasenscharte, der den Rasen des Gutsplatzes mähte, danach.

»Das sind Ferienhäuser«, erklärte er ihr nuschelnd und duzte sie sofort. Er sei Student und würde hier in den Semesterferien jobben. Wie es schien, war er nicht sehr erpicht darauf, mit seiner Arbeit weiterzumachen. Als Anne auf seine kameradschaftliche Art einging und ein paar ermunternde Fragen stellte, holte er seine Thermoskanne und ein Brot, das zentimeterdick mit Wurst belegt war, aus der Tasche. Er bot ihr eine Hälfte an, sah aber zufrieden aus, als sie mit der Begründung ablehnte, dass sie gerade gegessen hatte.

»Im goldenen Hirsch kann man gut essen«, nickte er kauend und brauchte nicht viel Aufforderung, um ihr alle möglichen Geschichten über das Dorf zu erzählen. Er hieß Sven und seine Mutter, Frau Kronslage, war Inhaberin des Dorfladens, der seit Generationen Dreh- und Angelpunkt des sozialen Lebens hier war. Sogar sonntags gab es dort Brötchen, betonte er stolz.

Nach einer halben Stunde hatte Anne erfahren, dass, wenn man drei oder vier Generationen zurückging, nahezu jeder irgendwie mit jedem verwandt oder verschwägert war. Sie wusste, welche Bauern wo Wegerecht hatten, wer wann welchen Grenzstein verschoben, Holz geklaut oder trockene Wiesen abgefackelt hatte.

Anne versuchte sich vorzustellen, an einem Ort zu leben, wo jeder alles über jeden wusste, aber es überstieg ihren Horizont. Es reichte schon, dass ihre Mutter sich ständig in ihr Privatleben einmischte, wie mochte es sein, wenn dies ein ganzes Dorf tat?

Sie fragte Sven auch nach den Leuten, die sie kannte. So erfuhr sie über Maria Redlich, dass ihr Mann, den sie nach seinem Tod in den höchsten Tönen lobte, zu Lebzeiten ein notorischer Schürzenjäger gewesen war, der von keinem Rock die Finger lassen konnte.

Mit Jürgen Gruber war der junge Mann vor einigen Jahren noch zusammen bei den Grünen gewesen. Aber wegen seiner rechthaberischen Art hatte sich Jürgen mit seinen Parteifreunden zerstritten und war ausgetreten. Seitdem hatten sie nicht mehr viel Kontakt gehabt.

»Er hatte in seinem ganzen Leben noch keine richtige Freundin«, erzählte ihr Sven im Vertrauen. »Deshalb war er so unausstehlich. Kein Wunder, wenn du mich fragst!«

Er zwinkerte. »Aber er hat es immer geschafft, alle Mädels zu vergraulen. Es wollte ihn eben keine so verwöhnen wie seine Mutter das immer getan hat.« Er grinste. Trotz seiner Hasenscharte hatte er ein gewinnendes Lächeln, das seine blauen Augen blitzen ließ.

»Ich bin auch grade solo«, verkündete er. »Was ist mit dir? Du bist nicht von hier, oder?«

Anne lächelte zurückhaltend. Einen guten Informanten musste man sich warmhalten. »Nein. Ich komme aus Dortmund. Ich wohne bei Thea von der Linde.«

»Dorothea! Die spielt mit meiner Mutter Karten. Ihrem verstorbenen Mann gehörte dieses Anwesen hier, bevor er in Konkurs ging und alles zwangsversteigert wurde.«

»Ach«, sagte Anne betroffen. Das alte Herrenhaus war sehr schön und hätte zu Thea gepasst. Aber vermutlich war es auch viel zu groß, um dort alleine zu wohnen.

»Tja«, nickte Sven. »Das war ein schlimmes Jahr für sie. Kurze Zeit später hat ihr Mann Selbstmord begangen. Er hat sich dort in der Scheune erhängt.«

»Wie schrecklich!« Anne sah die alte Scheune an und schauderte. Auch dort waren die Fenster mit Holzläden verschlossen. Bestimmt war es gut, dass Thea nicht mehr hier leben musste. »Wann ist das gewesen?«

»Oh, das ist schon lange her«, sagte Sven. »Bestimmt schon dreißig Jahre. Ich weiß es auch nur aus Erzählungen.«

Anne war beruhigt. Das war wirklich schon lange her und Thea hatte es bestimmt verwunden. Vielleicht brauchte es so ein Schicksal, um aus einem Menschen eine außergewöhnliche Persönlichkeit zu machen, wie Thea es war. Sagte man nicht, was einen nicht umbringt, macht einen stärker?

Sie dachte über ihre eigene Situation nach und wunderte sich mit einem Mal, dass sie die Trennung von Stefan so aus der Bahn geworfen hatte. Klar hatte er sie verletzt, mehr noch durch den Betrug als durch die Trennung selbst. Er hatte Hoffnungen enttäuscht und Pläne durchkreuzt. Aber hatte sie ihn wirklich geliebt? Sie konnte es gar nicht so genau sagen.

»Die Scheune war danach unverkäuflich«, unterbrach Sven ihre Gedanken und biss ein großes Stück von seiner Stulle ab. »Kann man sich denken, oder? Die wollte keiner geschenkt haben. Damals war das alles auch noch schlimmer als heute. Mit Selbstmord und so. Ich glaube, er ist nicht mal auf unserem Friedhof begraben.«

Sven trank den letzten Schluck aus dem Deckel seiner Thermoskanne und machte sich mit einem bedauernden Grinsen wieder an die Arbeit. Anne sollte ruhig wiederkommen, wenn sie noch etwas wissen wollte, hier sei es stinklangweilig. Anne bedankte sich für das nette Gespräch und machte sich auf den Weg zurück ins Dorf.

Sie kam an einem Bushäuschen vorbei, einem kleinen, gläsernen Kasten. Darin saßen Benni und Lumme auf einer Bank, die genau zwei Personen Platz bot. Sie rauchten.

Benni hatte eine Tasche bei sich, vermutlich kam er aus der Schule. Lumme sah in seiner abgerissenen Jeans und den ungepflegten Haaren nicht so aus, als würde er eine Schule besuchen oder einer Arbeit nachgehen. Anne lief an ihnen vorbei, ohne sie weiter zu beachten. Aus den Augenwinkeln sah sie, wie Lumme ihr den Mittelfinger zeigte. *Am besten ignorieren*, dachte sie sich. *Alles andere bringt vermutlich nicht viel.*

Als sie am späten Nachmittag zu Theas Häuschen zurückkehrte, wäre sie fast mit einer hageren Frau zusammengestoßen, die gerade nach draußen huschte. Die Frau zuckte ängstlich zusammen und japste nach Luft. Sie hielt eine Dose fest an die Brust gedrückt. Anne erkannte sie wieder. Es war die Frau, die gestern an Theas Küchenfenster gelauscht hatte.

»Entschuldigung«, murmelte Anne automatisch. Dann sah sie, dass am linken Auge der Frau ein dicker, blauer Bluterguss prangte. »Ist alles in Ordnung mit Ihnen?«

Die Fremde nickte hastig und huschte davon, bevor Anne noch ein weiteres Wort sagen konnte. Ziemlich perplex trat sie ein und sah Thea in der Küchentür stehen.

»Wer war denn das?«, fragte Anne.

»Gertrud Krüger«, antwortete Thea. »Bitte fragen Sie nicht weiter. Ich rede nicht über meine Patienten. Sonst würde keiner mehr kommen«. Sie lächelte traurig.

Allerdings brauchte Anne nicht zu fragen, um das Offensichtliche zu sehen, nämlich dass die Frau geschlagen worden war. Bestimmt war sie die Frau von Franz-Josef Krüger, die »Gerti«, von der Frau Redlich gesprochen hatte. Und die Mutter von Lumme.

Stiefmutter, korrigierte sie sich. Wenn man das in dem Alter noch sagen konnte. Aber wenn Thea nicht darüber reden wollte, würde sie das respektieren.

»Wie war es in Dortmund?«, fragte Anne stattdessen. »Und wie geht es Ihrem Bruder?«

»Danke, alles in bester Ordnung«, gab Thea lächelnd zurück. »Vielleicht könnten Sie gleich einmal mit anfassen? Ich habe noch etwas im Kofferraum.«

Thea hatte beim Antiquitätenhändler eine alte Garderobe aus dunklem Holz mit aufwendigen Schnitzereien erstanden. Sie entsprach nicht Annes Stil, doch sie passte definitiv zu Thea. Zu zweit war sie nicht schwer zu tragen, aber Anne befürchtete, dass Thea sie auch noch bitten würde, die Garderobe aufzuhängen. Dabei hatte sie, was Werkzeug anging, zwei linke Hände.

Ihre Sorgen erwiesen sich als unbegründet. Thea wies Anne nur an, die Garderobe zu halten, damit sie die Markierungen an die Wand zeichnen konnte. Dann holte sie ganz selbstverständlich ihre Schlagbohrmaschine und einen Akkuschrauber aus dem Keller und bohrte drei Löcher, die sie mit Dübeln und passenden Schrauben versah. Innerhalb von zehn Minuten hing die Garderobe. Annes Bewunderung für ihre Vermieterin wuchs.

Gegen acht Uhr hatte es zu dämmern begonnen und die Luft war rasch kälter geworden. Anne hatte sich einen Pullover und ihre Sommerjacke übergezogen und war noch mal hinausgegangen. Normalerweise pflegte sie an ihren freien Abenden zu joggen oder schwimmen zu gehen, aber das wollte sie ihrem Knöchel noch nicht zumuten.

Sie ging einfach los, ohne Ziel. Auf der Straße war niemand mehr. Anne bemerkte, wie frisch und klar die Luft jetzt war. Bei jedem Atemzug hatte sie das Gefühl, ihre Lungen würden durchgespült. Der Wald umgab das Dorf wie ein großes Sauerstoffzelt. Als Anne an Luise Steinmetz' Haus vorbeikam, ließ sie den Blick automatisch über Haus und

Garten schweifen. Ihr Atem stockte, als sie dort im Halbdunkeln jemanden knien sah. Einen Mann.

Er kehrte ihr den Rücken zu. Seine braungrüne Jacke ließ ihn beinahe mit seiner Umgebung verschmelzen. In Annes Kopf schrillten sämtliche Alarmglocken. Was wollte der Mann im Garten von Frau Steinmetz? Sie versuchte zu erkennen, was er dort tat. Suchte er etwas? Wollte er etwas vergraben?

Dann raschelte es im Gebüsch neben ihr und ein Hund kam heraus. Er bellte einmal kurz, um sein Herrchen zu alarmieren, setzte sich und sah sie wachsam an. Es war ein hübscher Hund, schwarzbraun mit Schlappohren. Aber Anne hatte keinen Zweifel, dass er zubeißen würde, wenn er den Befehl dazu erhielt. Er schien gut abgerichtet zu sein, wahrscheinlich ein Jagdhund.

Anne sah sich nach einem Ast oder etwas anderem um, mit dem sie den Hund auf Distanz halten konnte. Doch es war nichts Geeignetes zu sehen.

»Aus! Komm her, Stella!«, rief der Mann. Der Hund gehorchte augenblicklich. »Entschuldigen Sie. Ich hoffe, Stella hat Sie nicht erschreckt.«

»Was tun Sie da?« Anne war schon mit einem Bein über den Zaun gestiegen.

Der Hund saß neben seinem Herrchen und beobachtete, wie Anne näher kam. Sie versuchte dort, wo der Mann gekniet hatte, etwas zu erkennen, doch es war schon zu dunkel.

»Stella hat sie gefunden. Sie hat sich wohl hier versteckt.« Er deutete auf den Boden. Sie erkannte mit Verwunderung, dass er ein Babyfläschchen in der Hand hielt.

Dann erst sah sie, dass dort, halb von Blättern verdeckt, eine Katze lag. Im Dämmerlicht konnte Anne das dunkle Fell und die hellen Tatzen ausmachen. Die Katze bewegte sich nicht.

Sie war so überrascht, dass sie, ohne den Mann weiter zu beachten, neben der Katze ins Gras sank. Anne streckte die Hand aus und strich behutsam über ihren Kopf. Am Ohr fühlte sie die vernarbte Stelle, wo der Hund des alten Mannes zugebissen hatte. Es gab keinen Zweifel.

»Minka«, flüsterte sie. »Hab' ich dich endlich gefunden.«

Das Fell unter Annes Hand fühlte sich heiß an. Die Katze schien innerlich zu glühen.

»Sie haben sie gesucht?« Der Mann hockte sich neben Anne und auf einmal nahm sie sehr intensiv den Geruch seines Aftershaves wahr. »Kannten Sie Frau Steinmetz?«

Anne blieb nichts anderes übrig als zu lügen. »Ja. Ich habe gehört, dass die Katze verschwunden ist, und habe mir Sorgen gemacht. Ich bin eine alte Freundin der Familie.«

Der Mann schien ihr zu glauben. Er stellte sich als Heiko Neuer vor. Sein Hund hatte die Katze hier gefunden und er hatte ihr etwas Brühe gebracht, weil sie abgemagert und völlig dehydriert war.

»Minka hat hohes Fieber. Sie muss sofort zum Tierarzt«, fuhr er fort. »Haben Sie ein Auto? Eine Transportbox?«

»Ich ... nein.« Anne war völlig überrumpelt. Eilig versuchte sie nachzudenken. Was sollte sie jetzt tun? Die Katze bewegte sich nicht. Sie schien wirklich krank zu sein. Andererseits konnte Anne nicht zulassen, dass Heiko Neuer das Tier wegbrachte. Es war ein wichtiges Puzzlestück in ihrem Fall.

»Ich bringe die Katze nach Werl in die Tierklinik. Die haben heute Nacht Notdienst. Ich fürchte, wenn wir bis morgen warten, stirbt sie.« Er nahm die Katze hoch.

Die Kriminalistin in Anne schrie innerlich auf, als er sie ohne Handschuhe anfasste. Doch der größere Teil hatte Mitleid mit dem Geschöpf, das leblos auf seinem Arm hing.

Minka öffnete nicht einmal die Augen.

Anne kam ein Gedanke. »Haben Sie ein Handy mit Empfang?«

Aus einiger Entfernung beobachtete Anne, wie Heiko Neuer die Katze behutsam in eine Transportbox legte. Holger meldete sich gähnend.

»Guten Abend«, sagte sie. »Was ist los? Schon müde?«

»Guten Morgen. Ich bin grade erst aufgestanden! Habe fünfzig Stunden durchgearbeitet und mir einen Tag Urlaub genommen.« Holger gähnte noch einmal herzhaft.

Als Anne ihm erklärt hatte, wo sie war und was sie von ihm wollte, war er erst einmal sprachlos.

»Ich soll hundertzehn Kilometer ins Sauerland fahren? Wegen einer Katze? Bist du von allen guten Geistern verlassen?«

»Nur bis Werl! Das wirst du doch schaffen. Ein Herr Neuer bringt die Katze in die Tierklinik und ich möchte, dass du sie kriminaltechnisch untersuchst. Am besten noch bevor sie von zwanzig Schwestern und Ärzten angefasst wird. Kriegst du das hin?«

Sie hörte ihn laut lachen. »Das ist das Verrückteste, was ich jemals gehört habe. Also wirklich, Anne! Selbst für deine Verhältnisse.«

»Bitte, Holger! Ich weiß nicht, wen ich sonst fragen soll. Der Mord an Luise Steinmetz ist jetzt schon fast vier Wochen her. Du bist der einzige, der die Spuren finden kann, falls es noch welche gibt!«

Holger stöhnte leise. »Du meinst das ernst, was? Dabei wollte ich eigentlich Fifa zocken. Was sagt denn Thorsten zu der Sache?«

Anne zögerte einen Augenblick. Sollte sie lügen? Dann würde Holger ihr nie wieder einen Gefallen tun.

»Wir haben uns gezofft«, sagte sie schließlich. »Er ermittelt streng nach Vorschrift, du kennst ihn ja. Deshalb musst du mir helfen. Bitte, Holger! Dann hast du was gut bei mir.«

Er seufzte tief. »Hast du ein Glück, dass ich auch kein Privatleben habe.«

»Ach Holger, du solltest dich beeilen, damit du in der Klinik bist, bevor Neuer mit der Katze kommt. Und achte darauf, dass sie nur mit Handschuhen angefasst wird!«

»Danke, Anne, du brauchst mir nicht meinen Job zu erklären. Weißt du, was *du* tun solltest? Erzähl Thorsten von der Sache. Du wirst nicht wollen, dass er es von mir erfährt.«

Anne seufzte. Sie wusste natürlich, dass Holger Recht hatte. »Ich werde es ihm schon noch sagen.«

◆

Thorsten fuhr kurz hinter Bestwig auf die Autobahn und folgte ihr durch die malerische bergige Landschaft Richtung Westen. Er überholte einen einsamen LKW und fuhr weiter und weiter geradeaus. Es dämmerte bereits und seine Lider begannen schwer zu werden. Er drehte die Musik lauter, *Element Of Crime*. Anne hatte ihm das neue Album zum Geburtstag geschenkt.

Anne. Was dachte sie sich bloß? Sie gefährdete seine ganzen Ermittlungen! Wenn rauskam, was sie hier tat, hatte sie ein Disziplinarverfahren am Hals. Reiser würde im Dreieck springen.

Der Einsatz verdeckter Ermittler war in den Paragraphen 110a–c der Strafprozessordnung explizit geregelt. Er war nur in ganz bestimmten Fällen zulässig, und auch nur nach Zustimmung der Staatsanwaltschaft. In besonderen Fällen, zum Beispiel, wenn das Eindringen in eine fremde Wohnung notwendig war, sogar nur nach richterlichem Beschluss.

Gut, sie hatte teilweise Recht, der Fall Steinmetz war offiziell tatsächlich abgeschlossen. Aber wenn die beiden Todesfälle doch miteinander in Verbindung standen, konnte Annes rechtlich fragwürdiger Einsatz sie vor Gericht in große Schwierigkeiten bringen.

Im Jahr 2007 hatte der Bundesgerichtshof in einer aufsehenerregenden Entscheidung einen Täter freigesprochen, der einem verdeckten Ermittler gestanden hatte, ein fünfzehnjähriges Mädchen auf Mallorca getötet zu haben. Gegenüber der Polizei hatte er von seinem Schweigerecht Gebrauch gemacht, doch der Ermittler hatte sein Vertrauen gewonnen und ihm so das Geständnis abgerungen.

Der Bundesgerichtshof hatte das Geständnis sowie alle Angaben, die der Beschuldigte gegenüber dem verdeckten

Ermittler gemacht hatte, für nicht verwertbar erklärt. Die Täuschung verstoße gegen den Grundsatz, dass niemand verpflichtet ist, sich selbst zu belasten.

Das Urteil hatte in Polizeikreisen für Entrüstung gesorgt, Thorsten erinnerte sich noch gut daran. Aber der verdeckte Einsatz an sich war rechtlich zulässig gewesen. Annes Alleingang hingegen …

Wenn es zu einem Verfahren kam und der Rechtsanwalt des Beschuldigten erfuhr, dass sie hier ermittelt hatte, ohne befugt zu sein, würde er sämtliche Beweismittel in Zweifel ziehen. Er würde im Nachhinein alles Mögliche behaupten können und Anne und er würden in schlechtem Licht dastehen und Mühe haben nachzuweisen, dass die Indizien und Beweise rechtsfehlerfrei gesammelt worden waren.

Vielleicht würde es gutgehen, wenn sie sich ruhig verhielt und niemand davon Wind bekam. Aber war sie in der Lage dazu? Höchstwahrscheinlich nicht. Und Thorsten war nicht bereit, seine Ermittlungen zu riskieren, nur weil Anne gerade emotional aus der Bahn geworfen war.

Er hatte Hellmann gebeten, vorerst Stillschweigen zu bewahren. Der junge Mann hatte eingewilligt, aber Thorsten war nicht entgangen, dass ihm nicht wohl bei der Sache war.

Morgen würde er noch einmal mit Anne reden. Vielleicht nahm sie Vernunft an. Und wenn nicht …

Ob es ihr passte oder nicht, er war ihr Vorgesetzter. Er war für den Fall verantwortlich. Er würde sie zurück nach Dortmund schicken müssen.

Als er an diesem Abend zusammen mit Margit im Bett lag, hatte sie ihren Kopf auf seinen Arm gelegt und er strich ihr über die dunkelblonden Locken, die sie tagsüber oft zusammengebunden trug, weil es praktischer war. Sie waren beide erschöpft, zögerten aber trotzdem das Licht auszumachen und zu schlafen, weil diese Momente zu zweit so selten und kostbar waren. Wie hatte er sie nur jemals aufs Spiel setzen können? Er war ein kompletter Vollidiot gewesen.

»Wie war dein Tag?«, hatte sie gefragt, aber er wollte nicht über den Fall reden, bei dem er heute kein Stück weitergekommen war, und auch nicht über seinen Streit mit Anne.

»Erinnerst du dich an das erste Mal, dass wir zusammen im Zoo waren?«, fragte er sie stattdessen und spielte versonnen mit einer Haarsträhne.

Er musste daran denken, wie sie an diesem Tag ausgesehen hatte, die Haut feucht vom Regen und mit unzähligen schimmernden Tropfen im Haar. Unter dem leichten Sommerkleid wölbte sich ein Bauch, noch kaum zu erkennen, dabei waren sie erst elf Monate lang ein Paar. Die Vorstellung, Vater zu werden, war noch so fremd und alle Gefühle, die damit zusammenhingen, so verworren, dass er nicht wusste, ob er Freude oder Angst empfinden sollte.

Sie hatten sich vor dem plötzlich umschlagenden Wetter ins Otterhaus gerettet. Dort entdeckten sie das alte Otterpaar, das gemächlich ineinander verschlungen im Wasser lag und die Jungtiere, die sich in ihrer Nähe balgten, mit trägem Desinteresse beobachtete.

»So wirst du auch eines Tages auf dem Sofa liegen und deine Enkelkinder betrachten«, zog Margit ihn auf.

Thorsten betrachtete das Männchen, das seinen Kopf auf den Schwanz seiner Partnerin gebettet hatte und alle Gelassenheit dieser Welt ausstrahlte. Er stellte fest, dass er sich Schlimmeres vorstellen konnte.

»Wenn du dann mit mir zusammen dort liegst«, hatte er geantwortet. Es hatte keinen Kniefall gegeben, keinen Ring, und doch war ihnen beiden später klargeworden, dass es ein Heiratsantrag gewesen war und dass Margit ihn angenommen hatte.

Kurz danach hatte er Gelsenkirchen den Rücken gekehrt und sie hatte nach einigem Suchen eine schöne, geräumige Wohnung in der westlichen Innenstadt von Dortmund gefunden, mit Platz für zwei Kinderzimmer.

»Natürlich erinnere ich mich, du alter Otter«, antwortete sie auf seine Frage. Er spürte, dass sie lächelte.

»Ich würde es jederzeit wieder so machen.« Er schloss die Augen, genoss den Duft ihrer frisch gewaschenen Haare und das Gefühl, einfach ausgestreckt dazuliegen und sich nicht mehr bewegen zu müssen. »Bei dir komme ich zur Ruhe.«

Kapitel 7

Tag 4 – Mittwoch, 27. September

Dieser Tag fing besser an als der letzte, genauer gesagt mit einem Anruf des Finanzamtes Brilon. Thorsten befand sich auf der Autobahn in Richtung Sauerland und ließ sich von Ulrike das Gespräch auf seine Freisprecheinrichtung durchstellen.

»Guten Morgen, Zirps, Straf- und Bußgeldstelle«, meldete sich ein Herr. »Es geht um Ihr Amtshilfeersuchen in Sachen Jürgen Gruber.« *Das ging doch schneller als gedacht,* wunderte sich Thorsten. Was war nur mit den Finanzbehörden los?

»Herrn Gruber wurde Anonymität zugesichert«, erklärte Herr Zirps. »Deshalb war mir anfangs nicht klar, ob ich Ihnen Auskunft erteilen darf. Aber ich habe Rücksprache mit meinem Sachgebietsleiter gehalten und in diesem besonderen Fall ist die Zusage hinfällig.«

In diesem besonderen Fall! Ein Toter brauchte ja wohl keine Anonymität mehr.

Zirps sprach in einem Tonfall weiter, als würde er seine Aussage ablesen. »Durch seine Anzeige ist bekannt geworden, dass ein Herr Franz-Josef Krüger über einen Zeitraum von mehr als zehn Jahren Steuern hinterzogen hat. Er hatte in seinen Einkommensteuererklärungen jahrelang Verluste aus einem Ferienhaus auf Sylt geltend gemacht, das in Wirklichkeit seiner Exfrau gehört.«

Also hatte er gleich den richtigen Riecher gehabt! Thorsten trommelte mit den Fingern auf sein Lenkrad. »Über zehn Jahre«, überlegte er laut. »Da kommen mit Sicherheit erhebliche Beträge zusammen.«

»Fünfzehn- bis zwanzigtausend Euro hinterzogene Steuer«, erklärte Herr Zirps. »Genaueres kann ich Ihnen erst später sagen, da einige Beträge schon verjährt sind. Herr Krüger hat sich leider sehr unkooperativ gezeigt.«

Unkooperativ! Thorsten fragte sich schmunzelnd, ob der rotgesichtige Jäger Zirps wohl auch sein Gewehr unter die Nase gehalten hatte. *Fünfzehn- bis zwanzigtausend Euro.* Ist man da wütend genug, um einen Mord zu begehen? Krüger mit Sicherheit. Er hatte auf Thorsten nicht wie jemand gewirkt, der viel Geld auf der hohen Kante hatte.

Und selbst wenn das Finanzamt Grubers Identität geheim gehalten hatte, konnte Krüger sich sicherlich denken, von wem die Anzeige kam.

»Danke für die Informationen«, sagte Thorsten. »Wann genau ist diese Anzeige bei Ihnen eingegangen?«

»Am Montag, dem 18. September«, antwortete Herr Zirps. »Und nach eingehender Prüfung wurde am Donnerstag, dem 21. September, das Ermittlungsverfahren wegen Verdacht auf Steuerhinterziehung gegen Herrn Krüger eingeleitet.«

Und zwei Tage später wurde Jürgen Gruber erschossen, vervollständigte Thorsten in Gedanken. Na, wenn es da keinen Zusammenhang gab.

Er beendete das Gespräch und rief Anton Hellmann an. Der junge Kollege war in heller Aufregung, als Thorsten ihm in knappen Sätzen von der Steuerhinterziehung erzählte.

»Nehmen wir ihn jetzt fest?«, fragte er. »Soll ich schon …«

»Ich bin in dreißig Minuten da«, schnitt Thorsten ihm das Wort ab. »Befrag du noch einmal die Gäste von Samstagabend. Ich will wissen, wer Krüger wann gesehen hat, wann er auf dem Klo war, alles!«

Er bläute ihm ein, niemanden von den neuen Informationen zu unterrichten. Nachdem er sich sicher war, dass der Jungspund nichts im Alleingang unternehmen würde, beendete er das Gespräch.

So weit, so gut. Vielleicht löste sich sein Problem mit Anne auch von ganz alleine. Wenn sie Krüger gleich festnehmen konnten, bevor er überhaupt Kontakt zu Anne gehabt hatte, konnte sie seinetwegen solange Urlaub in Bontkirchen machen, wie sie wollte.

Wie sich leider herausstellte, war die Lösung des Falles doch nicht so problemlos, wie Thorsten es sich erhofft hatte. Anton Hellmann hatte mehrere Zeugen befragt, die unabhängig voneinander bestätigten, dass Franz-Josef Krüger seinen Sitz am Jägerstammtisch den ganzen Abend nicht verlassen hatte.

Er sei sehr betrunken gewesen – nicht unbedingt der Zustand, einen Mord zu begehen und seine Spuren derart geschickt zu verwischen, dass die Spurensicherung noch immer nichts Brauchbares gefunden hatte.

Nein, Thorsten war sich mittlerweile ziemlich sicher, dass Krüger nicht der Mann war, den sie suchten. Aber vernehmen wollte er ihn in jedem Fall noch mal. Schließlich war es auch interessant zu wissen, wie Gruber überhaupt von der Steuerhinterziehung erfahren hatte.

»Sie haben sich viel Arbeit gemacht«, sagte er anerkennend zu Anton Hellmann, der mit hängenden Schultern dasaß. »Kopf hoch. Oft kommt man über Umwege zum Ziel. Fahren wir noch einmal zu unserem Herrn Krüger. Vielleicht ist er jetzt bereit, mit uns zu reden.«

Als sie vor Krügers Haus standen, hörten sie schon von draußen lautes Gebrüll und einen heftigen Knall.

»Klingt nach einem Streit«, murmelte Thorsten. Er drückte mehrmals die Klingel.

Das Gebrüll wurde zu einem Schimpfen und Krüger riss die Tür auf. Er sah keinen Deut besser aus als beim letzten Mal und schien, soweit Thorsten sich erinnerte, sogar dasselbe Hemd zu tragen. Gesicht und Augen waren gerötet, vermutlich vom Schreien und vom Alkohol, denn sein Atem stank nach Kräuterschnaps. Wie war es möglich, dass so jemand eine Waffe tragen durfte?

»Ihr schon wieder«, knurrte Krüger. »Was wollt ihr?«

»Wir haben den Streit gehört«, erwiderte Thorsten kurz angebunden. Sein Blick fiel auf eine umgestürzte Kommode und die Scherben einer Vase, die am Boden lagen. Er hatte schon mehrere Fälle von häuslicher Gewalt gesehen und wusste, wie das aussah.

»Frau Krüger?«, rief er laut, »Sind Sie da?«

»Schert euch weg!«, schimpfte der Jäger und schob seinen massigen Körper in die Tür, um Thorsten die Sicht zu versperren.

»Machen Sie den Weg frei und lassen Sie mich nach Ihrer Frau sehen«, erwiderte Thorsten ruhig, »oder wir müssen Sie in Gewahrsam nehmen.«

»Was?«, brüllte Krüger. »Du spinnst ja wohl! Verpiss dich oder ich ruf' meine Anwältin an, die reißt dir den Arsch auf!«

Das war alle Aufforderung, die Thorsten brauchte. Er trat auf Krüger zu. »Ich muss Sie bitten, uns aufs Revier zu begleiten«, sagte er und schob wohlweislich den Fuß in die Tür.

Der Alkohol verlangsamte Krügers Bewegungen.

Thorsten sah die Faust kommen und wich instinktiv aus, schnappte sich den Schlagarm und drehte ihn dem Jäger auf den Rücken. Routiniert rasteten die Handschellen ein.

Er ignorierte die Beleidigungen, die Krüger ihm ins Ohr schrie, obwohl es nicht einfach war, denn der Jäger hatte eine laute Stimme und der Schnaps hatte ihm offenbar jede Hemmung geraubt. Er begann um sich zu treten.

Thorsten versetzte ihm einen Stoß in die Kniekehle und drückte ihn unsanft gegen die Wand, was ihm nicht wenig Genugtuung bereitete.

»Ruf Verstärkung«, befahl er Hellmann. Zu zweit würden sie ihn kaum in den Wagen bekommen.

Die Kollegen aus Brilon waren einige Minuten später vor Ort und führten den Jäger ab. Frau Krüger hatte sich noch nicht blicken lassen und Thorsten hatte bisher keine Möglichkeit gehabt, nach ihr zu sehen.

»Frau Krüger?«, rief er jetzt in die Wohnung. Eine Antwort kam nicht zurück.

Sie fanden die Frau im Schlafzimmer, auf dem Boden hockend, das Gesicht in den Armen vergraben. Ihre Bluse und der Boden waren voller Blutflecken.

»Frau Krüger«, sagte Thorsten behutsam. »Ich bin von der Polizei. Ihr Mann ist weg. Die Kollegen haben ihn mit aufs Revier genommen.« Er ging neben ihr in die Hocke. »Hören Sie mich?«

Sie nickte, ohne aufzusehen. Ihre dunklen Haare waren blutverklebt.

»Haben Sie starke Schmerzen? Ist Ihnen schlecht? Oder schwindelig?«

Sie schüttelte den Kopf.

»Dann ist es vermutlich nur eine Platzwunde. Ich bringe Sie ins Krankenhaus, damit sie genäht werden kann.«

Sie sagte etwas, dass er nicht verstand.

»Wie bitte?«

»Kein Krankenhaus«, flüsterte sie. »Rufen Sie Thea an. Thea von der Linde. Sie kümmert sich um mich.«

Das war doch die Dorfkrankenschwester, bei der Anne wohnte. Dort ging sie vermutlich immer mit ihren Blessuren hin. Wahrscheinlich konnte sie sicher sein, dass Thea den Mund hielt. Thorsten hatte schon oft erlebt, dass gerade bei häuslicher Gewalt die Opfer aus Angst oder Scham versuchten, diese zu vertuschen.

»Das kann ich nicht machen«, entgegnete er. »Im Krankenhaus werden Sie gut versorgt. Können Sie aufstehen?«

Er und Anton Hellmann zogen Frau Krüger auf die Füße, doch dann wurde ihr schwindelig und sie sackte in ihren Armen zusammen. Thorsten begann an seiner eigenen Diagnose zu zweifeln.

»Rufen Sie den Krankenwagen«, trug er Anton Hellmann auf. »Es ist vielleicht doch eine Gehirnerschütterung.«

Er hob Frau Krüger aufs Bett und stopfte ein paar Kissen unter Kopf und Rücken, sodass ihr Oberkörper erhöht lag. Sie ließ alles widerspruchslos über sich ergehen und starrte ins Leere. Ihr Gesicht war mager und von Sorgenfalten gekennzeichnet. Thorsten fragte sie nicht, wie lange das schon so ging. Er wollte es gar nicht wissen.

Er erklärte ihr lediglich mit eindringlicher Stimme, dass sie Anzeige erstatten musste. Aber er wusste, dass seine Worte wahrscheinlich nutzlos waren. Er sagte ihr, dass niemand das Recht habe, sie so zu behandeln, dass sie sich wehren müsse, damit man ihr helfen könne. Alles Worte, die er in seiner Zeit bei der Schutzpolizei in Gelsenkirchen schon mehr als einmal gesagt hatte. Ob sie Verwandte hätte, bei denen sie bleiben könne? Freunde? Oder ob er ihr die Adresse von einem Frauenhaus geben solle?

Die Frau antwortete nicht. Thorsten vermutete, dass auch sie die Worte schon kannte. Häusliche Gewalt wurde oft über Jahre ausgeübt und es gehörten immer zwei dazu.

»Der Krankenwagen kommt«, sagte Hellmann. Thorsten fing seinen Blick auf: entsetzt, ungläubig, verstört.

»Gut. Wir warten solange.« Alles Weitere blieb unausgesprochen.

Frau Krüger starrte an die Decke und nahm keine Notiz mehr von ihnen. Wie half man jemandem, der sich nicht helfen lassen wollte? Thorsten hasste diese Hilflosigkeit, er hatte sie schon immer gehasst und sie war noch genauso schlimm wie beim ersten Mal.

Eine halbe Stunde später klingelte Thorsten bei Thea von der Linde. Einerseits hatte es keinen Sinn, Franz-Josef Krüger zu vernehmen, bevor er ausgenüchtert war, und andererseits brauchte Thorsten jetzt einen Freund und er musste sowieso noch mit Anne reden.

Er hatte Hellmann auf die Wache geschickt, um die Fakten noch einmal durchzusehen. Das war es, was Thorsten tat, wenn er etwas Unangenehmes erlebt hatte: Er stürzte sich in die Arbeit. In dieser Hinsicht war er genau wie Anne.

Sie öffnete selbst. »Hey«, sagte sie langgezogen, wohl etwas beschämt über ihren gestrigen Ausbruch. Geschah ihr ganz recht.

Sie trug eine in Rottönen karierte Bluse und ihre Jeans hatte ein kleines Loch am Knie. Ihre Haare waren wild in die Höhe gegelt, die Lippen trotzig aufeinander gepresst.

»Hey«, antwortete er.

»Komm rein.«

Thorsten trat ein und fand sich in einer Mischung aus urigem Hexenhäuschen, Kräuterladen und Teeküche wieder. Ein penetranter Geruch, der ihn vage an Hustenbonbons erinnerte, waberte durch das ganze Haus.

»Was ist das?«, fragte er mit gerümpfter Nase.

»Salbei und Zitronenmelisse«, erklärte Anne. »Hat Thea heute Morgen in der Küche aufgehängt. Eben ist sie mit ihrem Bollerwagen los und schleppt vermutlich gleich noch mehr Kräuter an.«

»Gott, wie hältst du das aus?«, stöhnte Thorsten. »Ich bekomme ja jetzt schon Kopfschmerzen.«

Anne zuckte mit den Schultern. »Heute riecht es wirklich stark«, gab sie zu. »Komm mit in den Garten. Ich bin mir sicher, die Nachbarn haben dich gesehen und morgen weiß eh das ganze Dorf, dass ich mit der Polizei gesprochen habe.«

Jetzt war der Zeitpunkt gekommen.

»Du kannst nicht hierbleiben«, sagte Thorsten so sanft wie möglich. »Die Presse hat ein besonderes Augenmerk auf den Fall. Es gibt Ärger zwischen Jägerschaft und Regierung wegen eines neuen Jagdgesetzes. Oberan hat uns zur Vorsicht ermahnt.«

»Er hat dich angebrüllt, meinst du wohl«, sagte Anne und lächelte spöttisch.

Thorsten zuckte mit den Schultern. »Wie auch immer. Du bringst uns in Schwierigkeiten. Und du kennst Reiser. Er wird uns mächtig Ärger machen.«

Er folgte Anne hinters Haus, wo ein Gartentisch und vier kleine Stühle standen, die liebevoll aus einem Stück Baumstamm gezimmert waren. Er sah, dass sein ernster Tonfall bei ihr ankam. Sie verstand, in welcher Lage er sich befand, aber ihr Blick war nach wie vor unnachgiebig.

»Thorsten, ich verspreche dir, dass ich mich aus dem Fall Gruber raushalte, ja? Das ist dein Fall und ich komme dir nicht in die Quere. Aber lass mich doch bitte ein wenig mehr über Luise Steinmetz in Erfahrung bringen! Und wenn das Verfahren wieder eröffnet wird, werde ich meine Identität offenlegen.«

Thorsten seufzte. Er war nicht begeistert, aber das Versprechen war immerhin etwas und er hatte jetzt nicht die Kraft, sich mit ihr zu streiten. »Du hältst dich von Asshauers fern. Und von Krüger. Von Naddel und Lutz Brenker!«

Anne nickte mit einem betont geduldigen Gesichtsausdruck. »Ich verspreche es dir. Möchtest du einen Kaffee? Thea hat gesagt, ich könnte mir welchen kochen.«

Eine Tasse Kaffee wäre jetzt wirklich genau das Richtige. Anne ging ins Haus und Thorsten streckte seine langen Beine aus. Er schloss die Augen. Die milde Nachmittagssonne tat gut. Auch hier roch es nach Kräutern, aber nicht so durchdringend wie in der Küche.

Es war an der Zeit, weniger über Anne und mehr über seinen Fall nachzudenken: eine Beziehungstat, ja, da war er sich sicher. Doch wer kam in Frage? Krüger konnten sie wohl ausschließen, so leid ihm das tat.

Naddel oder ihr Freund? Thorsten hatte Anne gesagt, sie solle sich von ihnen fernhalten, doch er glaubte nicht, dass sie jemanden getötet hatten, egal, was Oberan sagte. Gut, Naddel hatte Zugang zur Tatwaffe gehabt und sie hätte für kurze Zeit verschwinden können, ohne dass es jemandem aufgefallen wäre. Sie hatte etwas zu verbergen – ihren One-Night-Stand mit Gerd Asshauer. Aber war das ein Mordmotiv? Und warum hatte sie dann Thorsten so bereitwillig davon erzählt?

Er schüttelte den Kopf. Seine Menschenkenntnis müsste ihn schon sehr trügen.

Blieben die Asshauers. Hatte Gruber seinen Schwager mit seinem Wissen um den One-Night-Stand erpresst? Hatte Asshauer getötet, um seine Ehe zu schützen?

»Schau mal, was ich habe!« Anne schwenkte grinsend eine Thermoskanne und zwei Tassen.

Thorsten musste lächeln. Manchmal war sie unbezahlbar.

»Alles klar mit dir?« fragte Anne, als sie ihnen einschenkte. »Du siehst müde aus.«

»Geht schon«, brummte Thorsten nicht gerade überzeugend. »Wir haben heute Franz-Josef Krüger in Gewahrsam genommen – wegen häuslicher Gewalt in Verbindung mit Alkohol.«

»Ach.« Anne ließ sich auf einen Stuhl fallen. »Das Arschloch. Ich habe die Frau gestern noch gesehen, hier bei Thea. Da hatte sie schon ein blaues Auge.«

Thorsten nickte. »Sie ist jetzt im Krankenhaus und wird vom psychologischen Dienst betreut. Vielleicht können die sie ja zu einer Aussage gegen ihren Mann bewegen. Oder dazu, in ein Frauenhaus zu gehen.«

Anne griff nach seiner Hand und drückte sie kurz. Irgendwie hatte sie ein Gespür dafür, wie es in ihm aussah. »Hat er was mit unserem Fall zu tun?«

Mit meinem Fall, dachte Thorsten. »Eigentlich darf ich gar nicht mit dir darüber reden.«

Anne verzog das Gesicht. »Komm schon, Thorsten! Ich kenne den Fall doch. Vertraust du mir etwa nicht?«

Doch das tat er. »Krüger hat ein Alibi. Wir hatten ihn in Verdacht, weil Gruber ihn wegen Steuerhinterziehung –«

Ihm kam ein Gedanke. Er zog sein Smartphone und rief noch mal Zirps an. Mit einem Ohr hörte er Anne maulen, warum um alles in der Welt *er* hier eigentlich Empfang hatte. Der Herr vom Finanzamt bestätigte seinen Verdacht. Thorsten legte auf und sah Anne an.

»Und?«, drängte sie ungeduldig.

»Gerd Asshauer ist Krügers Steuerberater«, erklärte Thorsten. »Jürgen Gruber hat Krüger beim Finanzamt angezeigt. Sie haben ein Verfahren gegen Franz-Josef Krüger wegen Steuerhinterziehung eröffnet *und* gegen Gerd Asshauer wegen *Beihilfe*!«

Anne pfiff durch die Zähne. »Das kann ihn seine Zulassung kosten. Ein handfestes Motiv, würde ich sagen.«

Thorsten nickte. »Das sehe ich auch so.«

»Wie steht es mit seinem Alibi?«

»Er war natürlich im Gasthaus, wie alle anderen. Ob ihn die ganze Zeit jemand gesehen hat, müssen wir noch überprüfen. Aber es ist nicht weit bis zu Grubers Haus. Und seine Waffe ist höchstwahrscheinlich die Tatwaffe.«

Anne schürzte die Lippen. Er wusste, was sie dachte. Das reichte für eine Hausdurchsuchung.

Er rief Dr. Reiser an. Der Staatsanwalt zögerte.

»Wir bewegen uns hier auf dünnem Eis, Herr Seidel. Das sollte Ihnen klar sein. Herr Asshauer ist ein einflussreicher Mann in dieser Gegend. Frau Asshauer hat gute Kontakte zur Oberstaatsanwaltschaft.«

Seine Worte brachten Thorsten auf die Palme, aber er versuchte, sich seinen Zorn nicht zu deutlich anmerken zu lassen. »Er hat ein Motiv. Er hatte die Mittel. Er war in der Nähe des Tatortes. Was wollen Sie denn noch?«

»Nun gut, Herr Seidel. Als ich von den Untersuchungen an der Katze gehört habe, dachte ich, Sie würden jetzt eine andere Spur verfolgen.«

»Katze?«, wiederholte Thorsten und sah mit wachsender Verwirrung Anne an, die plötzlich anfing, heftig den Kopf zu schütteln und dazu den Zeigefinger an die Lippen presste.

»Nein, ich verfolge keine andere Spur. Asshauer ist unser Hauptverdächtiger. Genehmigen Sie die Durchsuchung? Gut!« Thorsten legte auf und starrte Anne an, die eine Grimasse schnitt.

»Ich wollte es dir grade erzählen …«, begann sie schuldbewusst.

»Was für eine Katze?«

»Die Katze von Luise Steinmetz. Sie ist kurz vor dem Tod der alten Frau verschwunden und Luise hat offenbar nach ihr gesucht.«

Thorsten runzelte die Stirn. Er wusste nicht, ob er er-

143

zürnt oder erfreut sein sollte. »Ich erinnere mich an keine fehlende Katze.«

»Wir haben was übersehen«, gab Anne zu. »Ein Mann aus dem Dorf hat sie gefunden. Ich war eher zufällig dabei. Sie war ziemlich krank. Holger hat mir geholfen und sie in der Tierklinik untersucht.«

»Dieser Judas!«, brummte Thorsten ärgerlich. »Warum hast du *mich* nicht angerufen?«

»Es tut mir leid«, sagte Anne und versetzte ihn damit in Erstaunen. Anne entschuldigte sich sonst nie. »Ich *hätte* dich anrufen sollen, aber ich war noch so sauer. Bin irgendwie durch den Wind nach der ganzen Sache mit Stefan.«

»Was ist mit den Rotweingläsern?«, fragte er versöhnlicher. »Haben wir das auch übersehen?«

Sie blickte überrascht hoch. »Warst du noch mal in der Wohnung?«

»Ich nicht, aber Hellmann ist dir dorthin gefolgt. Es ist ihm sofort aufgefallen.«

»Der Junge ist nicht schlecht. Zwei Gläser wurden benutzt. Und die Fernsehzeitung zeigt den 28. August. Am 30. August ist Luise ins Krankenhaus gekommen. Das heißt, sie hat am 29. Besuch gehabt, abends, zur Fernsehzeit.«

»Das ist immer noch kein Anfangsverdacht, Anne.«

»Für mich schon«, erwiderte sie ernst. »Außerdem ist da noch etwas, bei dem ich bisher nicht weitergekommen bin und was mich nicht loslässt: Am Tag, bevor Luise Steinmetz ins Krankenhaus eingeliefert wurde, ist jemand bei ihr gewesen: ein unbekannter Mann, mit Brille, Schnauzbart, kurzen Haaren, der eine graue Limousine fuhr, erinnerst du dich?«

Thorsten erinnerte sich. Es war keine besonders gute Personenbeschreibung und definitiv zu wenig für eine Phantomzeichnung gewesen, aber er fühlte sich unwillkürlich an den Mann erinnert, den er bei Tönnes gesehen hatte. Er erzählte Anne davon.

Sie pfiff durch die Zähne. »Und der Junge hat ihn verloren? Jammerschade! Du hättest selbst gehen sollen!«

Wenigstens hört er auf das, was ich sage, dachte Thorsten. »Hellmann kann nichts dafür«, sagte er laut. »Aber vielleicht findest du ja etwas heraus. Dann halt mich auf dem Laufenden.« Er erhob sich. Eigentlich war er schon viel zu lange hier. »Wie geht es deinem Knöchel?«

»Wieder wie neu«, erklärte Anne und schwenkte zur Demonstration den Fuß.

Wirklich hübsche Beine, dachte Thorsten und hatte gleich darauf ein schlechtes Gewissen. »Versuch nicht zu viel Schaden anzurichten, ja?«

Anne sah ihn mit diesem Blick an, den sie immer drauf hatte, wenn ihr etwas auf die Nerven ging. »Ich bin nicht blöd, Thorsten.«

»Nein, das bist du nicht«, murmelte er. »Danke für den Kaffee.«

◆

Anne wollte gerade hineingehen, als sie Thea mit ihrem Bollerwagen kommen sah.

»Kann ich Ihnen helfen?«, rief sie und nahm kurzerhand den hölzernen Bügel an sich.

Thea stand schon der Schweiß auf der Stirn und in ihren weißen Haaren klebten einige Krümel Erde. »Danke.«

»Diese Arbeit muss ziemlich anstrengend sein«, sagte Anne vorsichtig. Sie wollte Thea keine Vorträge halten. Sie selbst hasste es, wenn Roswitha dies tat.

»Das Leben ist kurz«, erklärte Thea. »Und es gibt so viel zu tun.«

»Aber muten Sie sich nicht zu viel zu?«

Die alte Frau lachte und strich sich die erdigen Haare aus der Stirn. »Ausruhen kann ich, wenn ich tot bin«, sagte sie. »Und das ist auch früh genug. Was soll ich sonst machen, den ganzen Tag vor dem Fernseher sitzen?«

»Gott bewahre!«, rief Anne. Sie konnte sich nichts Unpassenderes vorstellen als Thea vor dem Fernseher.

»Grünkraft«, sagte Thea und deutete auf den Bollerwagen, der mit Kräutern, Blumen, Gartenwerkzeugen und Gartensäcken vollgeladen war. »Das ist gut für Körper und Seele. Oft ist es unsere Lebensweise, die uns krank macht.«

Anne konnte ihr nicht widersprechen. Die alte Frau sprühte nur so vor Lebenskraft. Anne hoffte, dass sie mit siebzig nur halb so fit war.

»Was ist das alles?«, fragte sie neugierig mit Blick auf die Pflanzen.

»Gundermann«, erklärte Thea und deutete auf die kleinen violetten Blümchen. »Und das hier ist Wiesenthymian und Beinwell. Aus den Wurzeln wollte ich ein Öl machen.«

Anne zog den Bollerwagen hinter Theas Haus und half ihr, die Pflanzen und Gartengeräte auszuladen. In ihrer Gartenhütte hatte Thea eine Ausrüstung, die jeden Landschaftsgärtner vor Neid erblassen ließe. Nebenan stand ein großer hölzerner Kasten mit einzelnen Fächern drin. Daran war eine schräggestellte Fläche befestigt, die aussah wie ein kleines Dach.

»Mein Trockenschrank«, erklärte Thea, als sie Annes interessierten Blick bemerkte. Sie zog eines der Fächer heraus, um es Anne zu zeigen. Dort lagen Blätter und Pflanzenteile, die schon halb getrocknet waren. »Er funktioniert mit einem Sonnenkollektor.« Sie deutete auf die schräge Fläche und lächelte. »Schließlich kann ich ja nicht jedes Blatt in meiner Küche aufhängen.«

Anne half ihr, die Beinwellwurzeln mit frischem Wasser zu reinigen und in kleine Stücke zu schneiden. Die Wurzelstücke füllte Thea dann in ein Einmachglas. Nicht zum ersten Mal fragte sich Anne, ob dieser Riesenaufwand sich für ein so kleines Dorf überhaupt lohnte.

Thea schien ihre Gedanken gelesen zu haben.

»Ich habe eine Internetseite, auf der ich Teesorten, Salben und Öle verkaufe«, erzählte sie. »Und viele von meinen Gästen lassen sich etwas schicken. Aber eigentlich mache ich das, weil es mir Spaß macht. Wenn wir mit dem Beinwell fertig sind, müssen Sie meinen Spaßmachertee probieren. Ich habe ihn selbst erfunden!«

»Spaßmachertee?«, wiederholte Anne skeptisch. Sie hatte in der Szene in Dortmund schon genug Leute gesehen, die sogenannte »Spaßmacher«-Pilze gegessen oder geraucht hatten. Manche hatten halluziniert, einer war sogar aus dem Fenster gesprungen und hatte sich beide Beine gebrochen.

»Oder nehmen Sie die Pille?«, fragte Thea, die ihr Zögern falsch gedeutet hatte. »Denn da ist Johanniskraut drin, das könnte die Wirkung beeinträchtigen.«

Johanniskraut! Anne schalt sich einen Narren. Das war der Fluch ihrer Polizistenseele, dass sie bei *Spaß* immer gleich an Drogen denken musste.

»Nein«, antwortete sie im Hinblick auf das offensichtliche Fehlen einer festen Beziehung in ihrer nahen Zukunft. »Nein. Die Pille nehme ich nicht.«

Nach einer Stunde Arbeit war das Glas zu einem Drittel gefüllt und Thea verschwand im Haus, um Teewasser aufzusetzen. Das Glas nahm sie mit. Erschöpft ließ sich Anne auf den Gartenstuhl sinken, auf dem Thorsten eben noch gesessen hatte.

Theas Spaßmachertee roch nach Fenchel und Muskatnuss und schmeckte ungewöhnlich, aber nicht schlecht. Nach einer halben Tasse merkte Anne, wie sich tatsächlich ein angenehmes Gefühl in ihrem Magen ausbreitete.

»Ich habe mir gestern das Dorf angesehen«, erzählte Anne. Sie hatte beschlossen, das alte Gut Thea gegenüber einmal zu erwähnen, um zu sehen, ob sie etwas darüber erzählen wollte. Wenn nicht, würde sie es respektieren.

»Ich habe viele interessante Dinge über Bontkirchen erfahren. Es ist wirklich ein schönes Dorf. Draußen bei einem Gutshof habe ich einen Studenten getroffen, der hat mir sehr viel erzählt.«

Thea sah sie aufmerksam an und schien auf einen Hinweis zu warten, dass sie mehr wusste, als sie sagte. Aber Anne erwiderte ihren Blick offen und unschuldig. Sie würde sich nicht verraten. Wenn Thea über ihren verstorbenen Mann reden wollte, sollte sie es von sich aus tun.

Und anscheinend wollte sie es nicht. »Ja, Bontkirchen ist schon ziemlich alt und hat eine interessante Geschichte hinter sich. Wenn Sie sich für solche Dinge interessieren, dann sollten Sie mal nach Brilon ins Haus Hövener fahren. Dort gibt es jede Menge interessanter Ausstellungen und, soweit ich weiß, haben sie dort sogar einen echten Dinosaurierknochen, den man in Nehden gefunden hat.«

Anne dankte ihr für den Hinweis. Sie selbst hatte nicht viel für Dinosaurier übrig, aber vielleicht würde sie Holger damit eine Freude machen können. Sie schuldete ihm noch einen Gefallen, und so wie sie ihn einschätzte, hatte er als echter Nerd in seiner Jugend bestimmt Fossilien gesammelt.

Die Vorstellung von Holger, der wie ein kleiner Junge mit offenem Mund vor einem Dinosaurierskelett stand, erschien ihr so komisch, dass sie anfing zu kichern. Er würde sich bestimmt darüber freuen, ja, sie würde mit Holger ins Museum gehen und Dinosaurier anschauen. Sie kicherte und kicherte und konnte gar nicht mehr aufhören.

♦

Holger war auf Thorstens Bitte hin mit einem kleinen Team nach Bontkirchen gekommen. Thorsten wollte die Kapazitäten der hiesigen Kriminalpolizei nicht über Gebühr beanspruchen und wenn es um eine wichtige Hausdurchsuchung ging, hatte er gern Leute bei sich, die er kannte und auf die er sich verlassen konnte.

Es war 18.09 Uhr, als sie mit Thorstens Kombi und zwei Streifenwagen bei Asshauers vorfuhren. Dr. Reiser hatte bereits auf sie gewartet und stieg aus einem schicken 7er BMW. Sein dunkelblauer Anzug saß wie maßgeschneidert und die streng nach hinten gegelten Haare betonten sein markantes Gesicht. Er hatte es sich nicht nehmen lassen, persönlich anwesend zu sein.

Der Staatsanwalt schüttelte kurz Thorstens Hand und warf einen prüfenden Blick in die Runde. Anton Hellmann war heute nicht dabei. Er stand mit zwei weiteren Kollegen und dem Schlüsseldienst in Brilon vor der Kanzlei, die gleichzeitig mit der Wohnung durchsucht werden sollte.

Dr. Reiser sah zufrieden aus. Er rief Hellmann selbst an: Es ging los.

Dann klingelte er an der Tür. Beginn der Hausdurchsuchung: 18 Uhr und 13 Minuten.

Es war Benni Asshauer, der öffnete. Offensichtlich hatte er jemand anderen erwartet, denn das Lächeln auf seinem Gesicht erstarb und er starrte irritiert von einem Beamten zum nächsten. Dr. Reiser schob sich mit einem knappen »Guten Abend! Hausdurchsuchung!« an ihm vorbei und Benni trat völlig überrumpelt zur Seite, während die Polizei das Haus stürmte.

»Hey!«, rief er, in hilflosem Zorn die Fäuste geballt. Thorsten war der Letzte. Der Junge tat ihm leid.

»Du solltest dir das nicht ansehen«, sagte er zu ihm. »Hast du einen Freund, zu dem du gehen kannst?«

Benni starrte ihn an. »Scheißbulle!« Dann stürmte er zur Tür hinaus.

Die aufgebrachte Stimme Gerd Asshauers war durchs ganze Haus zu hören. *Wie ein röhrender Hirsch*, dachte Thorsten und warf dem riesigen Geweih im Flur einen amüsierten Blick zu. *Bezeichnend.*

Er fand die Asshauers im Esszimmer. Sie schienen eben erst von der Arbeit nach Hause gekommen zu sein, denn Susanne trug noch ein beigefarbenes Kostüm mit passenden Pumps und er hatte lediglich Jackett und Schlips abgelegt, die über einer Stuhllehne hingen.

Frau Asshauer hatte ihren Mann beim Arm gepackt.

»Du sagst jetzt gar nichts mehr!«, zischte sie mit einer Autorität, von der Thorsten bisher noch nichts mitbekommen hatte. Dann studierte sie den Durchsuchungsbeschluss. Sie wirkte sehr gefasst, was aber nicht weiter erstaunte, wenn man bedachte, dass sie Rechtsanwältin war. Vermutlich hatte sie derlei Situationen schon oft erlebt, wenn auch nicht als Betroffene.

»In Ordnung«, sagte sie. »Bitte seien Sie vorsichtig mit unseren Möbeln. Ich denke, es versteht sich von selbst, dass Sie das Zimmer meines Sohnes außen vor lassen.«

Dr. Reiser nickte großzügig. »Wir konzentrieren uns vorerst auf die Gemeinschaftsräume.«

Es war nur ein halbes Zugeständnis, aber Frau Asshauer ließ es so stehen. »Wenn Sie Fragen haben, sprechen Sie bitte mit mir. Mein Mann wird heute zum Sachverhalt und zu den Vorwürfen keine Angaben machen.«

Gerd Asshauer stand schwer atmend in einer Ecke. In ihm schien es zu brodeln. Vermutlich hätte er sie alle liebend gerne zum Teufel geschickt, aber er beherrschte sich mühsam.

Seine Frau behielt ihn im Auge. »Setz dich, Gerd. Ich mache dir einen Tee.«

Er gehorchte mechanisch, aber Thorsten sah, wie die Ader an seiner Schläfe pochte.

»Welche Jacke und welches Hemd hat Ihr Mann am Samstagabend getragen?«, fragte er Susanne Asshauer. »Wir müssen es auf Blut- und Schmauchspuren untersuchen.«

Gerd Asshauer hob ruckartig den Kopf. »Natürlich sind da Schmauchspuren dran und vermutlich auch Blut. Ich war auf der Jagd, Herrgott!« Das letzte Wort spie er aus.

Thorsten blieb ruhig. »Das ist uns bekannt, Herr Asshauer. Aber Sie kennen bestimmt das Procedere. Beim DNA-Abgleich lässt sich die Herkunft der Blutspuren zweifelsfrei feststellen.«

Susanne Asshauer holte die Sachen ihres Mannes. Das Hemd war bereits gewaschen. Es war feucht und zerknittert. Trotzdem würden sich vielleicht noch Restspuren finden lassen. Gerd Asshauer ließ sich im Esszimmer nieder und schlug betont gelassen eine Tageszeitung auf, über deren Rand er die beiden Beamten, die die Schränke durchsuchten, wie ein Habicht beobachtete.

Nach einer Dreiviertelstunde Suche ohne Ergebnis machte sich ein süffisantes Lächeln in Susanne Asshauers Gesicht breit. Sie sagte noch nichts, aber sie sah den Staatsanwalt an, als wäre sie eine Katze und er eine besonders appetitliche Maus. Wahrscheinlich bereitete sie in Gedanken schon die Klagen vor, die sie einreichen würde, formulierte schon die Beschwerden an die Oberstaatsanwaltschaft und ihre Mitteilung an die Presse.

Dr. Reiser verzog keine Miene. Er hatte sich gut im Griff, das musste Thorsten ihm zugestehen. Vermutlich war er ein guter Pokerspieler. Immerhin hatte er einiges zu verlieren. Wenn man den Gerüchten über ihn Glauben schenken wollte, stand er gerade kurz vor einer Beförderung und konnte schlechte Publicity im Moment überhaupt nicht gebrauchen.

Beunruhigt schritt Thorsten noch mal die Räume ab. *Wir müssen irgendetwas übersehen haben!* Auch für ihn stand nicht wenig auf dem Spiel. Die Durchsuchung würde morgen groß durch die lokale Presse gehen.

Asshauer stand mit dem Rücken zur Wand. Er könnte nicht nur seinen Jagdschein, sondern möglicherweise seine ganze Existenz verlieren. Wenn sie ihn jetzt nicht festnageln konnten, würde er zurückschlagen. Ihm blieb gar nichts anderes übrig. Und wenn dann auch noch herauskam, dass Anne sich unerlaubt hier aufhielt und er, Thorsten, davon gewusst hatte, würden sie vermutlich bald zusammen im Dortmunder Norden auf Streife gehen.

Holger trat neben ihn. »Diese verdammte Bude ist so sauber wie ein OP-Saal«, sagte er mit gedämpfter Stimme. »Die haben noch nicht mal gebrannte CDs im Schrank.« Er schnaubte. »Und dafür verpassen wir jetzt dein Spiel!«

Er meinte natürlich das Spiel von Schalke gegen Atlético Madrid, das heute Abend um halb neun Uhr lief. Thorstens erste Sorge galt momentan jedoch nicht dem Fußballspiel, auch wenn sein Großvater sich im Grabe umdrehen würde, spräche er dies laut aus.

Was sie bisher hatten reichte nicht aus, um Asshauer festzunehmen. Und sie konnten unmöglich mit leeren Händen abziehen. *Verdammt!* Er war in Gedanken in den Hausflur gewandert und ließ seinen Blick hin- und herschweifen. Sollte ihn sein Gefühl derart getäuscht haben?

Dann sah er etwas neben der Haustür, den Schirmständer, in dem zwei Regenschirme standen und die Höhe – nein, sollte es derart offensichtlich sein? Mit einem einzigen großen Schritt war er beim Schirmständer und schob einen blauen Schirm zur Seite: Dort lugte ein Gewehrlauf hervor.

»Dr. Reiser!«, rief er ins Esszimmer und der Staatsanwalt musste an seiner Stimme gehört haben, dass er etwas gefunden hatte, denn er war sofort zur Stelle. Holger folgte ihm auf dem Fuß.

Er versetzte Thorsten einen kräftigen Schlag zwischen die Schulterblätter. »Gut gemacht!«

Noch bevor sie das Gewehr herausgezogen und eingetütet hatten, war sich Thorsten sicher, dass es die gesuchte Waffe war. Er hatte sie auf dem Bild von Frau Scharf gesehen: die Blaser K95 Baronesse mit der auffälligen Gravur an der Seite. Diese zeigte zwei grasende Wildschweine.

»Sagen Sie Ihrem Mann, er soll seine Sachen einpacken«, sagte er zu Frau Asshauer, die mit bleichem Gesicht danebenstand. »Wir verhaften ihn wegen des dringenden Tatverdachtes, Jürgen Gruber getötet zu haben.«

Sie verzog keine Miene. Ihr Blick war auf das Gewehr geheftet. Sie musste erkennen, dass es ihrem Mann gehörte.

»Was ist los?« Gerd Asshauer kam in den Flur. »Was hat das zu bedeuten? Ist das mein Gewehr?« Er stockte. »Das haben Sie doch hier deponiert!«, schrie er.

Seine Frau packte ihn unsanft am Arm. »Sei ruhig!«, schärfte sie ihm ein. »Du sagst kein Wort, bis wir uns beraten haben.«

Er riss sich los. »Das war er!«, brüllte er und zeigte auf Thorsten. »Der Scheißbulle will mir was anhängen!«

Dr. Reiser fackelte nicht lange. Er gab das Zeichen zur Festnahme und eine Beamtin der Kriminalpolizei Brilon, eine breitschultrige Riesin mit blondem Pferdeschwanz, drehte Asshauer den Arm auf den Rücken. Dr. Reiser maß ihn mit einem kühlen Blick, in dem kein Funken Triumph mitschwang. So, als hätte er nie am Ausgang der Durchsuchung gezweifelt.

»Sie sollten auf Ihre Anwältin hören, Herr Asshauer.« Er sah zu der Beamtin auf, die Asshauer noch fest im Griff hielt. »Frau Klöterjahn, belehren Sie ihn über seine Rechte.« Für Thorsten hatte er ein anerkennendes Nicken. »Bis morgen früh«, sagte er, stieg in seinen BMW und brauste davon.

Es war spät geworden, zu spät, um pünktlich zum Anpfiff der Champions League Begegnung von Schalke und Atlético Madrid wieder in Dortmund zu sein. Und obwohl der BVB heute nicht spielte, war Holger nicht abgeneigt, als Thorsten ihm vorschlug, dass sie sich für heute Nacht ein Zimmer in Brilon teilten und abends zusammen Fußball guckten.

»Das ist einer der wenigen Vorteile des Junggesellendaseins«, belehrte ihn Holger. »Du kannst einfach spontan irgendwo übernachten und Fußball gucken. Und du kannst im selben Hemd schlafen, in dem du gearbeitet hast, und niemand stört sich daran.«

Thorsten rümpfte die Nase. »Solange du nicht mit mir in einem Bett schlafen willst, hab' ich nichts gegen dein Hemd. Aber wir kaufen uns gleich im Supermarkt ein frisches für die Arbeit.«

»Sehe ich aus wie Krösus?«, maulte Holger, aber er kam mit und Thorsten kaufte außerdem zwei Zahnbürsten und einen billigen Pyjama.

»Ja, ja, mit dem Gehalt eines Hauptkommissars«, lautete Holgers spöttischer Kommentar.

Margit würde das Gesicht verziehen, wenn sie wüsste, dass er ein neues Hemd ungewaschen anzog, dachte Thorsten. Er rief an, redete aber eigentlich mehr mit Lisa, die in allen Einzelheiten wissen wollte, was er heute gemacht hatte und warum er noch nicht zu Hause war.

Eine halbe Stunde später saßen sie zusammen in einer kleinen Kneipe in Brilon, die praktischerweise genau um die Ecke lag, und sahen das Spiel Schalke gegen Atlético auf einem kleinen Bildschirm über der Theke.

Das Spiel zog schnell an. Beide Mannschaften schenkten sich nichts. Bei der ersten Chance von Schalke sah Thorsten sich ganz automatisch um, ob vielleicht ein paar militante Dortmundfans in Hörweite waren, dann erinnerte er sich wieder daran, dass sie hier auf neutralem Boden waren.

»Yes!«, brüllte er, als Geis den Ball flankte und Huntelaar, der plötzlich im Strafraum war, den Ball genau in den Lauf schob. Huntelaar zimmerte das Leder in die rechte Ecke, der spanische Torhüter war chancenlos.

Einen Tisch weiter saß eine Gruppe Schalkefans, die einander zuprosteten. *Fast wie daheim in Gelsenkirchen.*

»Auch ein blindes Huhn findet einmal ein Korn«, lautete Holgers Kommentar dazu.

Thorsten streckte seine langen Beine aus. Er fühlte sich gelöst. Seine Mannschaft hatte wieder zur alten Form zurückgefunden und auch für ihn selbst hätte es heute nicht besser laufen können. Eine Hausdurchsuchung, zwei Verhaftungen und ein wichtiger Mordfall kurz vor dem Abschluss.

Er hatte für sich und Holger ein Glas des hiesigen Biers bestellt und sie prosteten sich zu. Es schmeckte nicht übel und seine Wirkung tat es auch.

Thorsten kam ein Gedanke. Er hatte Holger schon früher danach fragen wollen. Einerseits Anne zuliebe, andererseits, weil auch er alle Unklarheiten ausräumen wollte.

»Es wäre schön, wenn du dir morgen, bevor du zurückfährst, Luise Steinmetz' Wohnung anschauen könntest.«

Holger hob die Brauen. »Ich dachte, der Fall sei abgeschlossen.«

»Offiziell ist er das auch. Ich möchte nur sichergehen, dass wir nichts übersehen haben.«

Eine Bedienung brachte ihr Abendessen: Bockwurst mit Senf und warmen Kartoffelsalat. Es gab auch Messer und

Gabel, aber Holger nahm die Wurst kurzerhand mit der Serviette und tunkte sie großzügig in den Senf. »Wonach soll ich suchen?«, fragte er kauend.

Thorsten zog es vor, mit Besteck zu essen. »Wir glauben, sie hat an ihrem letzten Abend zu Hause noch Besuch gehabt. Vielleicht haben sie Wein getrunken. Womöglich ist sie vergiftet worden. Ich weiß, wenn es etwas gibt, dann wirst du es finden.«

Kapitel 8

Tag 5 – Donnerstag, 28. September

Gerd Asshauer saß in einem Zimmer im ersten Stock, in dem sonst die erkennungsdienstlichen Arbeiten durchgeführt wurden und das bei Bedarf als Vernehmungszimmer genutzt werden konnte. Die Briloner Kollegen hatten ihren Schreibtisch zur Seite geschoben und ein paar Stühle gebracht. Der Vorteil des Raumes war das kleine, von innen verspiegelte Fenster, durch das man den Beschuldigten beobachten konnte, ohne selbst gesehen zu werden.

Im Hintergrund des Raumes befand sich ein drehbarer und höhenverstellbarer Stuhl, auf dem Gerd Asshauer bereits fotografiert worden war. Danach hatten die Kollegen Finger- und Handballenabdrücke und DNA-Proben genommen und die Daten in POLAS eingespeist, wo sie deutschlandweit verglichen werden konnten. Aber wie es schien, war Asshauer kriminaltechnisch bisher noch nicht in Erscheinung getreten.

Gerade war seine Frau bei ihm, die auch gleichzeitig die Rolle seiner Rechtsanwältin übernommen hatte. Thorsten stand hinter der verspiegelten Fensterscheibe und beobachtete die beiden. Die Tontechnik war ausgestellt, immerhin war so ein Gespräch streng vertraulich. Aber Thorsten fragte sich, wie viel Frau Asshauer überhaupt wusste – zum Beispiel über den One-Night-Stand mit Naddel. In jedem Fall wäre es klüger gewesen, einen außenstehenden Anwalt zu nehmen – das war Thorstens Meinung, aber er hatte natürlich keine Befugnis, sich hier in irgendeiner Weise einzumischen.

Man sah dem Steuerberater kaum an, dass er die Nacht in einer Zelle zugebracht hatte. Er trug einen frischen Anzug mit Bügelfalten und schien in der Nasszelle geduscht zu haben, denn sein Haar war noch feucht. Vielleicht hatte sein Vollbart ein paar weiße Strähnen mehr bekommen und die tiefen Falten um die Augen ließen erahnen, dass er heute Nacht wenig geschlafen hatte.

Asshauer hatte allen Grund zur Nervosität. Anton Hellmann war heute früh die Aussagen zum Tatabend noch einmal durchgegangen: Alle bestätigten zwar, dass Gerd Asshauer im goldenen Hirsch gewesen war, aber in der Zeit von 21.30 Uhr bis 22.15 Uhr, als Asshauer einen Kräuterschnaps mit Naddel getrunken hatte, konnte niemand bezeugen, ihn gesehen zu haben. Das war eine Dreiviertelstunde, in der er ohne Probleme zu Grubers Haus und zurückgegangen sein konnte.

Die Fakten sprachen eindeutig gegen ihn. Aus der Büchse, die Thorsten in Asshauers Wohnung gefunden hatte, – das hatte die Ballistik festgestellt – war der tödliche Schuss auf Jürgen Gruber abgegeben worden. Man hatte Gerd Asshauers Fingerabdrücke auf der Waffe gefunden, natürlich, es war sein eigenes Gewehr.

Die einzige Lücke in Thorstens Beweiskette bestand darin, dass der Täter bei der Tat Handschuhe getragen hatte. Aber das war Täterwissen und wenn Thorsten Asshauer dazu eine Bemerkung entlocken konnte, war er so gut wie überführt.

Dr. Reiser war auch zur Vernehmung gekommen. Er trug einen hellen Nadelstreifenanzug und weiße, lacklederne Schuhe. Die spiegelglatt nach hinten gekämmten Haare schimmerten, als wären sie mit reichlich Gel fixiert worden und seine grünen Augen funkelten. Er drückte Thorsten kurz die Hand und kam sofort zur Sache.

»Herr Oberan hat für heute Nachmittag 17.00 Uhr hier in Brilon eine Pressekonferenz angesetzt. Sie möchten Ihn anrufen, sobald das Geständnis vorliegt.«

Na wunderbar! »Dann wird er sich gedulden müssen«, entgegnete Thorsten kühl. »Bei so einer entscheidenden Vernehmung lasse ich mich nicht unter Zeitdruck setzen. Selbst wenn Asshauer gesteht, werde ich die Aussagen erst in aller Ruhe verifizieren.«

Dr. Reiser verzog keine Miene. »Genau das erwarte ich von Ihnen, Herr Seidel. Nehmen Sie sich die Zeit, die Sie brauchen.«

Wenigstens in diesem Punkt waren sie einer Meinung.

»Das tue ich immer.« Thorsten schaltete sein Smartphone aus und ging im Geiste noch mal alle Punkte durch, nach denen er Asshauer befragen wollte.

In diesem Moment kam Anton Hellmann herein und brachte dem Staatsanwalt seinen Kaffee. »Mit Milch und Zucker, bitteschön, Herr Dr. Reiser.« Seine Stimme klang angespannt. Er trug Anzughose und ein gestreiftes Hemd mit Krawatte, als wäre er auf dem Weg zu einer Kommunionsfeier. Sein trendiger Schräghaarschnitt machte es nicht besser.

Thorsten selbst hatte sein neues Hemd an. Das musste genügen. Er trug ungern Krawatten, ein Erbe seines Vaters, eines echten »Malochers« aus dem Pott. Aber er hatte natürlich eine kleine Auswahl im Schrank hängen. Und im Gegensatz zu seinem Vater hatte er Abitur und konnte einen Picasso von einem Monet unterscheiden und einen Rémy Martin von einem Glas billigen Fusel, auch wenn ihm in seiner Freizeit ein kühles Pils am liebsten war. Er wäre beruflich nicht so weit gekommen, wenn er sich nicht auf jedem gesellschaftlichen Parkett bewegen könnte, ohne unangenehm aufzufallen.

»Sind Sie nervös?«, fragte er Hellmann amüsiert.

»Ein bisschen. Er war es, oder?«

Thorsten zuckte mit den Schultern. »Das wird sich zeigen. Wollen wir?«

Der junge Mann nickte heftig. »Ich bin bereit. Wie machen wir es? Guter Cop, böser Cop?«

Thorsten musste lachen. »Sie gucken zu viele Krimis,

Herr Hellmann. Hören Sie erst mal nur zu. Ich werde versuchen, eine persönliche Beziehung zum Befragten aufzubauen und ihm klarzumachen, dass ein Geständnis für ihn von Vorteil ist. Dann ist es wichtig, möglichst viele Details abzufragen, ein Geständnis durch Täterwissen zu untermauern, bevor zu viel über die genauen Tatumstände an die Öffentlichkeit dringt. Wenn uns das gelingt, haben wir ihn.«

»Na klar«, erwiderte Hellmann lässig. »Das weiß ich natürlich.«

Sie traten ein. Dr. Reiser blieb im Nebenraum. Durch die Ton- und Bildaufzeichnung würde er mithören können. Anscheinend hatte er beschlossen, ihnen freie Hand zu lassen. Thorsten wusste das zu schätzen und fragte sich, ob er seine vorgefasste Meinung über den Staatsanwalt würde revidieren müssen.

Er gab Asshauer und seiner Frau die Hand. Sie wechselten einige Worte der Begrüßung. Thorsten blieb höflich, nicht zu freundlich, um kein Misstrauen zu erwecken, sachlich, um jederzeit wieder Distanz aufbauen zu können. Die Situation in einer Vernehmung war für alle Beteiligten eine ganz spezielle, aber Thorsten hatte das schon so oft gemacht, dass es ihm problemlos gelang, in seine Rolle zu schlüpfen. Es gab natürlich Leitlinien und Fragekarten, an die man sich halten konnte, aber mit wachsender Erfahrung entwickelte jeder seinen bestimmten Stil. Hellmann würde erst mal nur zuhören und lernen.

Anschließend belehrte er Gerd Asshauer über den Tatvorwurf, seine Rolle als Beschuldigten und seine Rechte und Pflichten im Ermittlungsverfahren. Er stellte Anton Hellmann vor.

Der Steuerberater sagte seiner Frau, sie könne jetzt nach Hause gehen. Er würde sich an das halten, was sie besprochen hatten.

Susanne Asshauer schien das für keine gute Idee zu halten. »Bist du dir sicher?«, fragte sie.

»Ja. Geh und kümmere dich um Benni.«

Sie runzelte die Stirn. »Na ja, ich muss mich sowieso für die Beerdigung fertigmachen.« Sie nahm ihre Aktentasche und warf Thorsten noch einen drohenden Blick zu. »Herr Seidel. Ich habe ihm geraten, Ihre Fragen zu beantworten, da er sich nichts vorzuwerfen hat. Ich erwarte, dass er heute noch aus der Untersuchungshaft entlassen wird.«

Thorsten antwortete höflich, aber unverbindlich. Das zu entscheiden lag beim Haftrichter, wie sie sehr wohl wusste. Er schaltete die Videoaufzeichnung ein, dann setzten sie sich. »Möchten Sie ein Glas Wasser trinken?«

Herr Asshauer verneinte. Thorsten bat ihn, in seinen eigenen Worten zu erzählen, was er Samstagabend getan hatte.

Der Steuerberater sprach mit ruhiger Stimme. Er war direkt nach der Treibjagd in den goldenen Hirsch gegangen und hatte den Gastraum angeblich den ganzen Abend, bis er um halb drei nach Hause gegangen war, nicht verlassen. In der Zeit nach der Schlägerei hatte er sich vielleicht mit Krüger unterhalten. Er konnte es nicht mehr genau sagen, schließlich war er betrunken gewesen.

Während seiner Erzählung war ihm kein Anzeichen von Nervosität anzumerken. Er beantwortete auch Fragen zu Details. Entweder war er ein guter Lügner oder er war tatsächlich unschuldig.

Thorsten beschloss, das Thema zu wechseln. »Wann haben Sie erfahren, dass gegen Sie wegen Beihilfe zur Steuerhinterziehung ermittelt wird?«

Asshauer zuckte nicht mit der Wimper. Mit dieser Frage hatte er gerechnet und sich darauf vorbereitet.

»Die Mitteilung über die Eröffnung des Verfahrens habe ich am Freitag bekommen«, antwortete er. »Die Steuerfahndung war so freundlich, sie mir persönlich zu übergeben. Bei der Gelegenheit haben sie sämtliche Akten von Krüger mitgenommen. Vorher hatte ich keine Kenntnis davon.«

Und wenn doch, ist er nicht so dumm es zuzugeben, dachte Thorsten. *So kann er sich im Notfall immer noch auf eine Affekttat berufen.*

»War Ihnen bekannt, woher das Finanzamt Brilon von der Steuerhinterziehung erfahren hat?«

»Nein«, erwiderte Asshauer. »Aber Krüger hat sich vor einigen Wochen mal vor der Theke damit gebrüstet, wie er das Finanzamt bescheißt. Er hatte zu viel getrunken und ich war leider nicht dabei, um ihm Einhalt zu gebieten.«

»War Jürgen Gruber an diesem Abend anwesend?«

Gerd Asshauer zuckte mit den Schultern. »Möglicherweise. Aber wie gesagt, ich selbst ...«

»Aber Ihnen war klar, *wer* Sie angeschwärzt hat.«

»Ich bin sofort zu Krüger gefahren. Er hatte eine Mitteilung im Postkasten, die ich mir ungeöffnet habe aushändigen lassen. Ich wollte es ihm schonend beibringen, bei mir im Büro, in nüchternem Zustand.«

»Weil Sie Angst hatten, er würde Ihrem Schwager etwas antun?«

»Allerdings. Ich habe es ihm aber erst Sonntagmittag gesagt. Nachdem ich von Jürgens Tod erfahren hatte.«

Nach Grubers Tod! Wenn das die Wahrheit war, hatten sie tatsächlich keinen Grund mehr, Krüger noch länger festzuhalten. Vor allem, wenn seine Frau keine Aussage machte. *Verdammt.*

Thorsten musste sich zusammenreißen, um sich nichts von seinen Gedanken anmerken zu lassen. »Und Sie selbst? Waren Sie nicht wütend auf Jürgen Gruber?«

Asshauer schnaubte. »Ich kenne meinen Schwager schon länger und er ist nicht erst seit gestern so. Ich weine ihm keine Träne nach, Herr Seidel! Aber dass man einen Menschen nicht mag, ist kein Grund ihn umzubringen. Die Steuerfahndung wird nichts gegen mich finden. Glauben Sie, ich setze meine Karriere für einen Trunkenbold aufs Spiel? Verträge habe ich nie gesehen und die Rechnungen, die Krüger mir vorgelegt hat, waren auf seinen Namen ausgestellt. Ich habe nicht gewusst, dass ihm die Ferienwohnung nicht gehört.«

Asshauer hatte seine Hände im Schoß gefaltet, die Daumen leicht gegeneinander gedrückt und hielt Thorstens

Blick stand, ohne auszuweichen. War die Ruhe echt? Er war schwer einzuschätzen.

»Vielleicht war es so, wie Sie sagen. Oder vielleicht waren Sie nachlässig, haben etwas in den Akten vergessen oder bei Ihnen zu Hause. Oder Sie haben jemandem davon erzählt? Vielleicht hat Gruber versucht, Sie zu erpressen.«

»Das sind reine Spekulationen, Herr Seidel«, entgegnete Asshauer mit einem spöttischen Lächeln.

»Oder vielleicht waren Sie eifersüchtig«, überlegte Thorsten laut. »Sie haben mitbekommen, wie Ihr Schwager Naddel bedrängt hat.«

Asshauer lachte kurz auf. »Die Sache mit Naddel war ein Fehler«, räumte er ein. »Aber es war Schützenfest und ich war ziemlich betrunken. Sie hat sich mir regelrecht an den Hals geschmissen. Es war das einzige Mal, dass ich meiner Frau untreu gewesen bin, und bestimmt auch das letzte Mal.«

Er war Steuerberater, wurde sich Thorsten noch einmal bewusst. Berater und Rechtsanwälte waren gute Redner, gut im Argumentieren, gut im Verschleiern.

»Weiß Ihre Frau von der Sache?«

Asshauers Gesicht verdunkelte sich. »Nein, und ich hoffe, dass es dabei bleibt. Es ist meine Privatsache und es geht niemanden etwas an.«

»Es geht um Mord«, erinnerte Thorsten ihn nachdrücklich. »Da ist Privatsache Nebensache.«

Er fasste zusammen: »Wir haben Ihre Fingerabdrücke an der Tatwaffe, Schmauchspuren an Ihrer Kleidung. Sie waren in der Nähe des Tatortes und Sie haben ein Motiv. Ein Geständnis würde sich strafmildernd auswirken, das hat Ihnen Ihre Frau bestimmt gesagt.«

Asshauer schnaubte. »Natürlich sind meine Fingerabdrücke auf dem Gewehr. Ich habe Samstag damit gejagt und geschossen, daher auch die Schmauchspuren. Das ist nichts, Herr Seidel, das sind noch nicht einmal Indizien! Wenn Sie nichts Besseres haben, dann führen Sie mich jetzt vor den Haftrichter und ich bin in einer Stunde zu Hause.«

»Sie werden nicht eher gehen, als bis die Vernehmung beendet ist«, entgegnete Thorsten kühl. Er hatte darauf spekuliert, dass Asshauer den Einwand erhob, der Täter habe Handschuhe getragen, aber den Gefallen hatte er ihm leider nicht getan.

»Nehmen wir einmal an, dass Sie unschuldig sind«, ließ er sich auf Asshauers Argumentation ein, »wie ist dann die Tatwaffe in Ihre Wohnung gekommen? Es gab keine Einbruchspuren.«

Asshauer zuckte mit den Schultern. »*Sie* haben sie mitgebracht, Herr Seidel. Anders kann ich mir das nicht erklären.«

Thorsten quittierte die absurde Behauptung mit einem einfachen Kopfschütteln. »Hatten Sie Besuch seit Sonntagmorgen?«

»Natürlich«, Asshauer lächelte abfällig. »*Sie* waren da, Herr Seidel. Außerdem die ganze Jägerschaft und das halbe Dorf, um meiner Frau ihr Beileid auszusprechen, aber keiner hatte ein Gewehr unter dem Arm, wenn Sie das meinen.«

Thorsten merkte, dass er so nicht weiter kam. Aber er hatte noch einen Trumpf im Ärmel. Bei der näheren Überprüfung Asshauers waren auch seine Telefongespräche der letzten Wochen untersucht worden und das Ergebnis hatte Thorsten stutzig gemacht.

»Wie war Ihr Verhältnis zu Luise Steinmetz?«, fragte er.

Zum ersten Mal hatte er Asshauer aus dem Konzept gebracht, denn der schwieg einen Moment und schien über die Frage nachzudenken.

»Die alte Frau? Ich kannte sie nicht gut. Sie hat im Dorf gewohnt.«

Asshauer wirkte plötzlich nicht mehr so selbstbewusst. Sein Gesichtsausdruck hatte etwas Lauerndes.

Thorsten merkte, dass er auf der richtigen Spur war. Er sah auf die Liste, die er heute Morgen per E-Mail von Ulrike bekommen hatte: die Gespräche vom Apparat Asshauer. »Warum haben Sie zwei Tage, bevor sie wegen Vergiftung ins Krankenhaus eingeliefert wurde, mit ihr telefoniert?«

Auf Asshauers Stirn hatte sich eine steile Falte gebildet. »Das war wegen der Jungs«, antwortete er langsam. »Sie hat behauptet, Benni und Lukas hätten ihre Handtasche geklaut. Ich habe ihr gesagt, das sei ein Missverständnis, und dass ich das in Ordnung bringe.«

»Ein Missverständnis?«

»Ja«, betonte Gerd Asshauer ärgerlich. »Ich habe Benjamin zur Rede gestellt und er sagte, die alte Frau hätte die Handtasche an der Bushaltestelle vergessen. Sie hätte es erst bemerkt, als der Bus schon abgefahren war, und da hätte er die Handtasche an sich genommen. Benni wollte sie ihr zurückbringen. Die Jungs haben nicht einmal das Geld aus dem Portemonnaie genommen!«

»War viel Geld darin?«

Asshauer schüttelte den Kopf. »Nein, zehn, zwanzig Euro. Warum fragen Sie? Die Frau ist doch an einer Pilzvergiftung gestorben.«

»Ist sie das?«, sagte Thorsten langsam. Mittlerweile hatte er selbst Zweifel an der Unfalltheorie. Zwischen den beiden Todesfällen gab es jetzt eine Verbindung: Asshauer.

Die Geschichte mit der Handtasche würde sich leicht nachprüfen lassen. Thorsten musste nur Benjamin dazu befragen. Asshauer schien immer noch äußerlich ruhig zu sein, doch sein Blick wanderte unstet hin und her. Das neue Thema verunsicherte ihn offensichtlich.

»Kennen Sie diesen Mann?« Thorsten hatte eine Phantomzeichnung des Mannes, den er im goldenen Hirsch gesehen hatte, anfertigen lassen.

Asshauer warf nicht mehr als einen kurzen Blick darauf. »Nein«, sagte er und atmete langsam aus. Was war das? Erleichterung?

»Wann hat Ihr Sohn die Handtasche gefunden?«

Seine Augenlider zuckten. »Es war ein Dienstag, glaube ich, Dienstagmorgen. Wenig später hat die Frau schon angerufen.«

»Und wer hat die Handtasche zurückgebracht?«

»Das war ich. Ich habe sie noch am selben Tag zurückgebracht.«

»War jemand bei ihr? Ist Ihnen da etwas aufgefallen?«

Asshauer verneinte.

»Ich muss auch mit Ihrem Sohn sprechen.«

Der Steuerberater nickte knapp. Sein Gesicht zeigte keine Regung, aber er hatte die Lippen zusammengepresst. »Aber nur in meinem Beisein.«

»In Ordnung.« Thorsten schickte Hellmann raus, um bei Asshauers anzurufen. Das einfachste würde sein, wenn Benni gleich dazukam. Er sah auf die Uhr: Es war kurz vor zehn. »Wir machen eine Pause. Vielleicht können wir dann direkt zusammen mit Ihrem Sohn weitermachen.«

Asshauer sprang auf. »Ich muss nach Hause. Heute Nachmittag ist die Beerdigung meines Schwagers!«

Thorsten zuckte mit den Achseln, obwohl er nicht so gleichmütig war, wie er zu sein vorgab. »Gestehen Sie, dann sind wir bis dahin fertig.«

Er verließ das Zimmer. Auf einmal war er ziemlich müde. Vielleicht konnte Hellmann ihm ja auch einen Kaffee organisieren. Er begegnete Dr. Reisers Blick.

Der Staatsanwalt sah nicht zufrieden aus. »Es wäre vielleicht klug, sich auf den Fall Gruber zu konzentrieren«, meinte er. »Und Sie sollten Druck ausüben!«

»Ich glaube, ich habe mehr Erfahrung in Vernehmungstaktik als Sie, Herr Dr. Reiser«, entgegnete Thorsten kühl.

Der Staatsanwalt bekam schmale Augen. »Die Öffentlichkeit hat großes Interesse an diesem Fall. Also bringen Sie mir Resultate, sonst wird das ein anderer übernehmen.«

Thorsten kochte innerlich. Und was sollte das Gequatsche von eben? *Nehmen Sie sich alle Zeit, die Sie brauchen?* Er stürmte mit langen Schritten in den Flur hinaus. Er brauchte jetzt einen Kaffee. Wo zum Teufel war Hellmann?

Er fragte nach ihm und die breitschultrige Kollegin mit dem blonden Pferdeschwanz wies mit dem Daumen ins Erdgeschoss.

Frau Klöterjahn, erinnerte sich Thorsten. Sie war jemand, den man nicht so leicht vergaß. Ihre Hände waren richtige Pranken.

Hellmann kam ihm auf der Treppe entgegen. »Benni hat heute früh das Haus verlassen und ist seitdem nicht wieder aufgetaucht. Die Mutter weiß nicht, wo er steckt. Ich habe ihr gesagt, sie soll sich melden, sobald er zurückkehrt.«

Thorsten nickte. Vater in U-Haft, die Wohnung durchsucht. Er konnte verstehen, dass der Junge abgetaucht war. »Dann müssen wir erst mal so weitermachen.«

Die Frage war nur: wie? Wenn Asshauer mauerte, kam er nicht weiter. Der Steuerberater hatte Recht. Abgesehen davon, dass die Tatwaffe bei ihm gefunden wurde, war die Indizienlage dünn. Ein Geständnis würde Thorsten wirklich weiterhelfen. »Wo haben Sie eigentlich den Kaffee für den Staatsanwalt hergeholt?«

»Herr Seidel?«, rief ein Kollege der Schutzpolizei aus der Zentrale am Eingang. »Ein Herr Berend für Sie am Telefon!«

Er stellte Thorsten das Gespräch ins Nebenzimmer durch, wo er ungestört sprechen konnte.

»Seidel?«

Holger rief aus Dortmund an. Er hatte sich auf dem Rückweg die Befunde aus der Tierklinik geben lassen. Die Katze war stationär aufgenommen worden. Sie litt an einer akuten Sepsis, einer Blutvergiftung durch eine schlecht verheilte Wunde am rechten Oberschenkel, erklärte Holger. »Sie wird mit einem Breitspektrumantibiotikum behandelt und die Therapie scheint gut anzuschlagen.«

»Anne wird erleichtert sein, das zu hören«, erwiderte Thorsten. »Und was hat deine Untersuchung ergeben?«

»Der Arzt musste die Wunde öffnen, um den Eiter zu entfernen. Ich habe die Probe gerade auf dem Tisch und habe Spuren von Eisen(II)- und Eisen(III)-Oxid nachgewiesen.«

»Rost?«

»Genau. Aber jetzt kommt das Beste. Rate mal, was ich in ihrem Fell gefunden habe!«

Thorsten war nicht in der Stimmung für Ratespiele. »Nun sag schon.«

»Blütenstaub einer Cannabispflanze und Rückstände von Haarwaschmittel.«

Thorsten brauchte einen Moment, um die Neuigkeit zu verdauen. »Cannabis?«, fragte er ungläubig.

»Genau. Und jemand hat versucht, die Katze zu waschen.«

Thorsten drehte und wendete die neue Information in seinem Kopf. Hatten sie es möglicherweise mit einem völlig anderen Motiv zu tun, als er bisher geglaubt hatte? Und wie passte das alles zu Asshauer? Oder ging es gar nicht um ihn selbst?

»… Kannst du Anne informieren?« sagte Holger gerade. »Ich kriege sie nicht ans Telefon.«

Thorsten riss sich mühsam von seinen Gedankengängen los. »Klar. Danke dir, Holger! Was ist mit der Wohnung von Frau Steinmetz? Hast du etwas gefunden?«

»Möglicherweise. Die Sachen sind im Labor und wir führen noch Untersuchungen durch. Ich melde mich dann.«

Thorsten legte auf und wandte sich zu Hellmann um, der mit einem großen Fragezeichen im Gesicht in der Tür stand.

»Cannabis?«, wiederholte er.

Erfreut registrierte Thorsten, dass er einen Kaffee in der Hand hielt. »Das ist sehr freundlich von Ihnen«, rief er, nahm den Becher und führte ihn an den Mund. »Bah, da ist ja Zucker drin!«

»Natürlich«, antwortete Hellmann verdattert. »Ich trinke immer mit Zucker.«

Thorsten seufzte und gab ihm seinen Kaffee zurück. »Es gibt neue Anhaltspunkte. Wir sollten die Vernehmung fortsetzen.«

»Sie sagten eben, Sie hätten die Handtasche am selben Tag zurückgebracht.«, begann Thorsten und setzte sich.

Asshauer begegnete seinem Blick, aber Thorsten sah die kleine Spur von Unsicherheit, die ihn verriet.

167

»Ja, das ist richtig.«

»Wann genau?«

»Kurz nach unserem Telefonat«, antwortete Asshauer langsam. »Gegen Mittag.«

»Laut Aussagen der Nachbarn ist Frau Steinmetz mittags aber nicht daheim gewesen.«

»Nein«, korrigierte sich Asshauer. »Das ist korrekt. Sie war nicht da. Ich habe sie ihr am nächsten Tag gegeben.«

»War sie dann zu Hause?«

Asshauer nickte.

»Antworten Sie bitte mit ja oder nein«, forderte Thorsten ihn gewohnheitsmäßig auf, auch wenn die Befragung auf Video aufgezeichnet wurde. Über den Wortlaut einer Aussage durfte es keine Unsicherheiten geben.

»Ja«, antwortete Asshauer.

Das war eine Lüge und Thorsten konfrontierte ihn direkt damit. »Frau Steinmetz wurde Dienstagabend ins Krankenhaus eingeliefert. Sie kann gar nicht zu Hause gewesen sein.«

Asshauer schwieg und Thorsten ließ ihm Zeit, um nachzudenken. Die Erkenntnis, dass die Wahrheit doch die bessere Alternative war, kam manchmal spät, und bei manchen kam sie nie.

»Ging es in Ihrem Telefonat vielleicht doch um etwas anderes?«, fragte er schließlich.

Asshauer begegnete seinem Blick trotzig. Er hatte die Kiefer zusammengepresst und sah nicht so aus, als würde er reden wollen.

»Wussten Sie, dass Ihr Sohn Drogen konsumiert?«, fragte Thorsten. Er meinte in seinem Rücken die durchdringenden Blicke des Staatsanwalts spüren zu können. Er hatte es nicht für nötig gehalten, Dr. Reiser vorab in die neue Spurenlage einzuweihen.

Es war nicht mehr als eine Vermutung, aber als Asshauer zusammenzuckte, wusste Thorsten, dass er ins Schwarze getroffen hatte. »Ging es darum in dem Telefonat?«

Asshauer begriff, dass er mit seinen Ausflüchten nicht

mehr weiter kam. Er nickte schwer. »Es ist dieser Lumme«, sagte er mit belegter Stimme. »Der hat einen schlechten Einfluss auf meinen Sohn.«

»Lukas Krüger?«, hakte Thorsten nach.

Asshauer nickte wieder. »Ja. Frau Steinmetz hat gesehen, wie sie an der Bushaltestelle einen Joint geraucht haben. Ich hatte keine Ahnung davon!«

»Und, haben Sie ihr geglaubt?«

Er zögerte. »Zuerst nicht. Aber später, als sie schon tot war, habe ich die beiden selbst dabei erwischt.«

Hier war der gemeinsame Nenner: die Drogen und die Tatsache, dass Jürgen Gruber offensichtlich jeden anzeigte, der gegen das Gesetz verstieß.

»Bei unserem ersten Gespräch haben Sie erwähnt, dass Ihr Sohn häufig Ballerspiele spielt. Kann er auch mit einem richtigen Gewehr umgehen?«

Asshauer antwortete nicht darauf, was Antwort genug war. Er starrte Thorsten böse an. »Ich warne Sie«, zischte er. »Lassen Sie meinen Sohn aus dem Spiel! Er hat damit nichts zu tun! Wenn einer Mist gebaut hat, dann war es dieser Lumme.«

»Ihr Sohn ist verschwunden, wussten Sie das?«

Gerd Asshauer schwieg.

»Können Sie sich erklären, wie die Tatwaffe in Ihre Wohnung kommt?«

Dr. Reiser hatte die Tür geöffnet, wie Thorsten unwillig registrierte. Der Staatsanwalt hatte einen ungünstigen Zeitpunkt ausgewählt, um sie zu stören. »Herr Seidel?« Seine Stimme klang dringlich.

Vielleicht war etwas geschehen. Thorsten warf Asshauer noch einen langen Blick zu und kam heraus. »Ja?«

»Frau Asshauer hat soeben angerufen«, sagte Dr. Reiser leise. »Eine Pistole ihres Mannes wird vermisst – samt Munition. Der Sohn ist noch immer nicht auffindbar.«

So ein verdammter Mist! Der Junge war minderjährig und nicht vorbestraft und Thorsten hatte gehofft, dass es für ihn

glimpflich ausgehen würde, was auch immer geschehen war.
»Haben Sie die Fahndung rausgegeben?«

»Selbstverständlich.«

»Danke.«

Thorsten öffnete die Tür zum Vernehmungszimmer, wo Asshauer und Hellmann auf ihn warteten.

»Ihr Sohn ist in Besitz einer Schusswaffe. Wo könnte er sich jetzt aufhalten?«

Asshauer stand auf. Er war kalkweiß im Gesicht. »Er … Ich weiß es nicht … Bei Lukas … Im Dorf … In Brilon …«

»Hat er ein Versteck? Was will er mit der Waffe?«, herrschte Thorsten ihn an.

Asshauer schüttelte hilflos den Kopf. Seine Augen irrten unruhig hin und her. Er suchte nach Worten.

»Vielleicht Pension Drilling«, meldete sich Hellmann zu Wort. »Dort haben die Jungs randaliert. »Bei diesen Niederländern.«

Der Junge war Gold wert! »Guter Gedanke! Sie bleiben hier.«

»Ich möchte ein Geständnis ablegen«, rief Asshauer hinter ihm her.

Thorsten stand schon in der Tür. »Herr Hellmann wird es zu Protokoll nehmen.« Er musste jetzt den Jungen finden, bevor noch Schlimmeres geschah.

Der niederländische Wagen stand abfahrbereit vor der Pension. Der zerstochene Reifen war erneuert und zwei Fahrräder hinten auf dem Fahrradträger befestigt worden. Taschen und Koffer stapelten sich im Kofferraum: Die Niederländer wollten abreisen.

Hauptkommissarin Nolte-Bergmann hatte sich sofort bereiterklärt, Thorsten persönlich zu begleiten. Sie rückten in drei Streifenwagen an. Thorsten wollte auf alles vorbereitet sein. Benjamin Asshauer befand sich in einer Ausnahmesituation: Die Wohnung seiner Eltern war durchsucht worden, der Vater inhaftiert. Und er hatte eine Waffe. Sie würden mit äußerster Vorsicht vorgehen müssen. Selbst wenn der Junge frei von Drogen war, – wovon sie nicht ausgehen konnten – wusste man nicht, wie er reagieren würde.

Wäre doch nur Anne dabei! Sie hat ein Händchen für junge Leute. Aber sie hatten jetzt keine Zeit zu verlieren. Thorsten musterte die Pension. Von außen war alles ruhig, aber das konnte ein gutes oder ein schlechtes Zeichen sein.

Zwei Polizisten sicherten die Rückseite und Thorsten ging mit Frau Nolte-Bergmann und ihren Leuten vorne rein. Er hielt seine Dienstwaffe in der Hand, doch er betete, dass er sie nicht würde benutzen müssen. Und wenn doch, dann würde er versuchen, den Oberschenkel zu treffen.

Die Haustür war offen.

»Benjamin?«, rief er in den Hausflur, »Bist du hier?«

Niemand antwortete. Vor Thorsten lag ein kurzer Durchgang mit zwei WC-Türen, die er vorsorglich aufstieß, etwas weiter eine Tür mit grünem Milchglasfenster. Sie war nur angelehnt.

»Benjamin? Ich komme von deinem Vater. Er möchte gern mit dir reden.« Er öffnete die Tür vorsichtig mit dem Fuß und sah hinein. Die Gaststube Drilling war leer, die Stühle standen säuberlich auf den Tischen. Das Lokal war noch nicht geöffnet.

»Benjamin?«

Hier unten schien niemand zu sein. Thorsten wies sicherheitshalber zwei Beamte an, die Räume zu sichern, damit niemand ihnen in den Rücken fallen konnte, dann stiegen sie die Treppe zu den Gästezimmern hinauf.

»Hier ist Thorsten Seidel von der Kriminalpolizei. Du kennst mich. Ich möchte nur mit dir reden.«

»Bleib unten!«, schrie jemand von oben. Der panische Unterton verzerrte die Stimme, aber Thorsten war sich sicher, dass sie Benjamin Asshauer gehörte.

Er befand sich rechts über ihnen. Jetzt galt es, die Unterhaltung nicht abreißen zu lassen, bis er Sichtkontakt hatte und die Lage einschätzen konnte.

»Ich weiß, dass du das tust, um deinen Vater zu entlasten«, rief er nach oben. »Das ist sehr mutig von dir.«

Benjamin antwortete nicht.

»Gibt es Verletzte bei euch?«

Wieder nichts. Stattdessen erklang eine Stimme auf Niederländisch. »Politie? Help! Ze hebben een pistool!«

»Halt's Maul!«, schrie jemand. Und etwas polterte, als ob ein Stuhl umgerissen worden wäre. Das war nicht Benjamins Stimme. Sie klang rauer, aggressiver. *Lukas Krüger*, dachte Thorsten. Hellmann hatte bereits sein Vorstrafenregister herausgesucht. Der Junge war kein unbeschriebenes Blatt: Raub, schwerer Raub, gefährliche Körperverletzung. Er war unberechenbar und gewaltbereit. Sie würden gut daran tun, die Situation schnell unter Kontrolle zu bringen.

Frau Nolte-Bergmann schien ähnliche Gedanken zu haben. »Zugriff?«, flüsterte sie.

Mit drei langen Sätzen war Thorsten oben. Er hatte die Waffe schussbereit. Die Zimmertür stand offen. Thorsten sah die beiden Holländer nebeneinander auf dem Bett sitzen: zwei hochgewachsene Männer mit angespannten Gesichtern. Ihnen gegenüber stand Benjamin Asshauer und Thorsten registrierte erleichtert, dass er derjenige war, der die Pistole in der Hand hielt. Lukas Krüger war nicht zu sehen.

»Gib mir die Waffe und mach nicht alles noch schlimmer!«, versuchte er an Benjamins Vernunft zu appellieren. Auf den Gesichtern der Niederländer zeichnete sich vorsichtige Hoffnung ab.

Benjamin warf Thorsten einen wilden Blick zu. »Bleib, wo du bist!«, brüllte er. Seine Stimme überschlug sich fast.

»Jetzt gesteht endlich!«, schrie er die beiden Männer an und richtete die Mündung seiner Waffe auf den Kopf des einen. »Ihr wart es doch! Ihr habt ihn erschossen! Jetzt gesteht endlich!«

Ein Zucken durchfuhr seinen Körper. Er schluchzte. Thorsten hatte Sorge, dass er den Abzug aus Versehen auslösen könnte.

Die Niederländer schienen seine Befürchtung zu teilen, denn sie riefen panisch durcheinander. »Help ons! We begrijpen het niet!« und »Hij schiet ons dood!«

»Sie waren es nicht, Benjamin«, sagte Thorsten eindringlich. »Sie sind um 21.00 Uhr mit dem Taxi in den Saunaclub Dali nach Bredelar gefahren. Wir haben sie überprüft. Sie können nichts gestehen, was sie nicht getan haben.«

Benni ließ die Waffe sinken. Er sah fassungslos aus. Anscheinend war er felsenfest von der Schuld der beiden überzeugt gewesen.

Dann kann er es auch nicht gewesen sein, dachte Thorsten erleichtert. Blieb noch der andere Junge, der dasselbe Motiv hatte. Doch der war nirgends zu sehen.

Eines der Fenster stand offen und als Thorsten nach Lukas Krüger fragte, deutete Benjamin darauf. Der war also getürmt. *Ein schöner Freund!*

Thorsten nahm Benjamin die Waffe aus der Hand und legte ihm den Arm um die Schultern. Der Junge zitterte. Vermutlich stand er unter Schock. »Setz dich. Wir verständigen deine Mutter.«

Frau Nolte-Bergmann war zum Fenster gegangen und beugte sich hinaus. »Wo ist Krüger?«, hörte Thorsten sie fragen. Eine Stimme rief etwas von unten.

»Er ist weg«, sagte sie zu Thorsten. »Sollen wir die Fahndung rausgeben?«

Er nickte.

Benjamin hatte ihn mit großen Augen beobachtet. »Nehmen Sie mich jetzt mit?«, fragte er.

Thorsten schüttelte den Kopf. Es bestand keine Fluchtgefahr und in der Obhut seiner Mutter war er am besten aufgehoben. Zum Glück war nichts passiert. »Wir werden dich noch vernehmen müssen, aber das hat bis morgen Zeit. Du kannst nach Hause fahren.«

Benjamin holte tief Luft.

»Ich möchte lieber zu meinem Vater«, sagte er mit fester Stimme. »Darf ich zu ihm?«

Thorsten hatte nichts dagegen, aber er warnte Benjamin, dass er vorher seine Aussage aufnehmen musste, um eine Absprache zu verhindern.

Thorsten gab den Niederländern, die sich langsam von ihrem Schreck erholten, die Hand und riet ihnen, noch eine Weile zu warten und in Ruhe etwas zu essen, bevor sie die Heimreise antraten.

»Heel erg bedankt! We zullen deze vakantie nooit vergeten!«, sagte er eine.

Thorsten konnte kein niederländisch, verstand aber trotzdem, was er meinte. »Das glaube ich Ihnen. Gute Heimreise.«

Susanne Asshauer war von der Idee, dass ihr Sohn aufs Polizeirevier fuhr, wenig begeistert, aber der Junge blieb stur. Also entschied sie, ihn selbst hinzubringen. Scheinbar traute sie Thorsten nicht und wollte vermeiden, dass Benjamin alleine mit ihm im Wagen saß.

Als sie im Polizeirevier Brilon angekommen waren, führte Thorsten die Vernehmung des Jungen im Beisein der Mutter durch. Seine Aussage deckte sich in den wesentlichen Punkten mit der seines Vaters. Er bestätigte, dass er und Lukas Krüger seit einigen Monaten heimlich Gras rauchten. Lukas hätte immer was zum Rauchen da.

Die alte Frau Steinmetz habe sie am Bushäuschen erwischt und den Geruch von Cannabis erkannt. Sie habe versucht, Benjamin ins Gewissen zu reden und ihm gesagt, sie werde seinen Vater anrufen. Danach hätte es eine heftige verbale Auseinandersetzung gegeben, bei der Lukas Krüger die alte Frau aufs Übelste beschimpft habe. Mehr hatte er nicht zu sagen.

Thorsten ließ Asshauer aus seiner Arrestzelle holen. Er wollte Benjamin den Anblick des nackten, dreieckigen Raumes ersparen, in dem die Polizei Verdächtige 48 Stunden lang unterbringen konnte. Er enthielt kein einziges Möbelstück außer einer Matratze und war kein Ort, an dem ein Junge seinen Vater sehen sollte.

Der Steuerberater hatte zwei angstvolle Stunden durchgestanden und das war ihm auch anzusehen. Sein Gesicht hatte einen gräulichen Ton angenommen und er hatte tiefe Falten um die Augen. Als er hereingeführt wurde, sah Thorsten, wie ihm die Tränen kamen.

»Sie müssen dort stehenbleiben«, erklärte er Asshauer. Jeder Körperkontakt war ein Risiko. Immerhin hatte er einen Mord gestanden und sie konnten nicht riskieren, dass er seinen Sohn oder seine Frau als Geisel nahm, so unwahrscheinlich sich der Fall auch darstellen sollte.

Um das zu verhindern stand Frau Klöterjahn breitbeinig neben ihm, die Arme über der Brust verschränkt.

»Mein Junge«, sagte Asshauer, die Stimme schwer von Emotion. »Es wird alles gut werden.«

Benjamin lächelte tapfer.

◆

»Ist das gut?« Anne trug eine blaugraukarierte Bluse und eine Jeans und musterte sich kritisch im Spiegel. Dunkel genug? Wenn sie nur daran gedacht hätte, in Dortmund noch etwas Schwarzes zu kaufen. Doch sie hatte ihrer Wohnung und der ganzen Stadt ja nicht schnell genug entkommen können. Na ja. Mit einer dunklen Jacke darüber würde es wohl gehen.

Sie begleitete Thea zur St.-Vitus-Kirche, in der das Totenamt stattfand. Ihre Vermieterin trug einen schlichten schwarzen Rock und einen dunkelgrauen Mantel.

Auf dem Weg begegneten sie Maria Redlich, die ganz in Schwarz gekleidet war. Es war das erste Mal, dass Anne sie ohne geblümten Kittel und blaue Strickjacke sah. Hoffentlich war Anne nicht die einzige, die keine Beerdigungsvollausstattung zu Hause hatte.

Maria Redlich hatte einen dramatischen Gesichtsausdruck aufgesetzt und griff nach Theas Hand. »Ach herrje«, hauchte sie. »Hast du es schon gehört, Thea?«

Thea hatte noch nichts gehört, und das war für Maria das Stichwort, so richtig loszulegen. Sie erzählte, dass die Polizei Gerd Asshauer verhaftet und sein Haus durchsucht hatte. Benjamin hätte eine Pistole geklaut und sei in die Pension von Frau Drilling eingedrungen und hätte zwei Gäste bedroht. Die Polizei sei im allerletzten Moment eingeschritten.

Frau Redlich untermalte ihre Erzählung mit dramatischen Gesten und während sie redete, irrte ihr Blick hin und her und schien schon neue Zuhörer zu suchen.

Anne hörte schweigend zu und als Frau Redlich zum Ende kam, lächelte sie still in sich hinein. *Gut gemacht, Thorsten!*

Er hatte Asshauer also verhaftet. War der Fall jetzt gelöst? Und was war mit Luise Steinmetz? Bestimmt hatten sie etwas bei der Durchsuchung gefunden. Anne brannte darauf, mit Thorsten zu reden, aber sie würde sich wohl bis nach der Beerdigung gedulden müssen.

Es waren nicht viele Leute in der Kirche. Anne sah Frau Asshauer ganz vorne allein in der Bank sitzen. Sie trug ein elegantes, schwarzes Etuikleid und saß kerzengerade da, ohne den Leuten hinter ihr einen einzigen Blick zu gönnen. Sie musste ja wissen, dass sie sich jetzt das Maul über sie zerrissen. Sonst saß niemand in der ersten Reihe. Jürgen Gruber hatte keine Frau gehabt und keine Kinder.

Die Parallele war da, nur allzu deutlich.

Anne merkte, wie ein schwarzer Abgrund sich in ihr auftat, wie der Schmerz, den sie erfolgreich verdrängt zu haben glaubte, sie plötzlich wieder einholte. Susanne Asshauer hatte blondes Haar wie ihre Mutter.

So ein Unsinn!, dachte Anne zornig und kämpfte mit den Tränen. *Wenn ich sterben würde, würden viel mehr Leute kommen! Und meine Mutter würde auch nicht alleine da vorne stehen. Mein Vater würde aus L.A. kommen und Thorsten wäre da und meine ganzen Freunde.* Anne wischte sich die Augen und schnäuzte in ein Taschentuch.

Thea verstand ihre Rührung falsch und drückte ihr kurz den Arm.

»Beerdigungen stimmen mich auch immer traurig«, sagte sie leise.

Anne hatte das Gefühl, dass sie beobachtet wurde. Sie warf einen Blick zur Seite und sah Theas Nachbarn, diesmal ohne Gartenschürze und auch komplett in Schwarz. Sie musterten Anne argwöhnisch und sahen rasch weg, als sie sich ertappt fühlten. Trotz ihrer Melancholie musste Anne über den kleinbürgerlichen Argwohn schmunzeln.

Es läutete und die Messe begann. Die Gemeinde fing an zu singen – erstaunlich laut für die wenigen Leute, die anwesend waren. Die Orgel spielte, aber entweder war sie einen halben Ton voraus oder die Gemeinde zu langsam. Auf jeden Fall klang das Lied selbst für Annes ungeübtes Gehör haarsträubend.

Sie warf Thea einen leidenden Blick zu, doch die hatte ihr Gesangbuch aufgeschlagen und schien mitzulesen.

Anne war nicht gläubig erzogen worden. Ihr Vater hatte mit Religion wenig am Hut gehabt und Roswitha war evangelisch, hielt viel vom Buddhismus und hatte vor Kurzem die Astrologie für sich entdeckt. Alles, woran sie heute glaubte, konnte morgen schon wieder ganz anders sein.

Der Pastor begann seine Predigt mit ein paar mitfühlenden Worten an Jürgens Familie und alle, die um ihn trauerten. Er betonte wie schwer es sei, jemanden durch ein Verbrechen zu verlieren, und dass die Polizei den Täter bestimmt fassen würde. »Wir wollen aber auch nicht vergessen, dass es eine Gerechtigkeit gibt, die alles irdische Recht übersteigt. Gott kennt die Herzen der Menschen. Vor ihm gibt es keine Täuschung mehr, kein Irrtum. Er kennt jeden innersten Gedanken von uns und wird jedem Recht geschehen lassen. Darauf wollen wir vertrauen und uns freimachen von Zorn und Wut.«

Nach der Messe schlossen sich noch einige Leute an, die vor der Kirche gewartet hatten.Der Priester ging mit dem Kreuz voran, gefolgt von vier kleinen Messdienern in langen Gewändern. Danach kam die schweigende Gemeinde.

Obwohl, nicht ganz so schweigend, korrigierte sich Anne in Gedanken. Unter den alten Damen herrschte ein andauerndes, halblautes Getuschel, in dessen Zentrum sich Maria Redlich befand. Es musste ihr schwer gefallen sein, die ganze Messe hindurch den Mund zu halten.

Sie gingen zunächst zu Grubers Haus, wo der Leichnam aufgebahrt worden war. Der Pastor sprach ein kurzes Gebet und sechs Männer in schwarzen Jacketts und weißen Handschuhen nahmen den Sarg hoch und hoben ihn auf einen fahrbaren Wagen. Dann gingen sie mitten auf der Straße in einem langen Zug zurück zur Kirche. Dahinter, auf einer steil ansteigenden, umzäunten Wiese, lag der Friedhof.

Anne blickte sich um. Ein Auto fuhr im Schritttempo hinter ihnen her und wartete geduldig, dass es abbiegen konnte. *Das müssten sie mal in Dortmund bringen*, dachte sie amüsiert. *Ein Beerdigungszug mitten über die B1!*

Eine dicke Frau ging neben Anne her und betete murmelnd den Rosenkranz. Thea hatte sich zu den alten Damen gesellt, die wohl zu ihrem Kartenklub gehörten, aber sie beteiligte sich nicht an der Plauderei, sondern schien in sich gekehrt zu sein. *Vermutlich hatte sie doch ein besonderes Verhältnis zu ihren Patienten*, dachte sich Anne. *Oder sie besaß nur ein wenig mehr Anstand als Frau Redlich.*

Der Sarg wurde von seinen Trägern ins Grab hinuntergelassen. Dann trat die Abordnung der Schützenbruderschaft vor: zwei Männer in Uniform, die mit reichlich Orden behangen waren. Sie trugen blau-weiß gestreifte Schärpen und dunkle Hüte. Der linke hielt eine Rede über Grubers Verdienste für Bruderschaft und Vaterland. Sie war kurz – es waren wohl nicht viele gewesen. Dann schwenkte der rechte eine Schützenfahne über dem Grab.

Anne kam es jetzt dumm vor, dass sie in der Kirche an ihre eigene Beerdigung gedacht hatte. Vor ihrem Grab würde jedenfalls keine Schützendelegation stehen und das war auch gut so.

Der Priester sprach seine Gebete und dann war es Zeit,

Abschied zu nehmen. Anne reihte sich in die Schlange ein. Einer nach dem anderen warf eine Blume auf den Sarg oder nahm eine kleine Schaufel Erde von einem Haufen.

Wie es scheint, hat Thorsten deinen Mörder gefunden. Ruhe in Frieden. Anne warf ihre Schaufel Erde auf den Sarg und ging zur Seite, um den anderen Platz zu machen.

Sie schlenderte über den Friedhof und las die Inschriften der Grabsteine. Fast alle Gräber waren gepflegt. Vermutlich zogen die Dörfler in Scharen auf den Friedhof, um Unkraut zu jäten und Herbststauden zu pflanzen, wenn eine Beerdigung bevorstand.

Anne stand am höchsten Punkt des Friedhofs und blickte auf die schlichte, weiße Kirche hinab. Nicht weit von ihr hatte ein Auto geparkt. Der Fahrer saß am Steuer und beobachtete die Beerdigungsgesellschaft. Anne fragte sich, warum er nicht ausstieg. *Wenn er schlecht zu Fuß ist, kann ihm doch jemand helfen.*

Es war ein grauer Mercedes, E-Klasse. Der Fahrer trug einen dunklen Mantel und einen schwarzen Hut und auf die Entfernung konnte sie erkennen, dass er einen Schnauzer hatte.

In ihrem Gedächtnis regte sich etwas: *Am 29.08. hat sie laut Aussagen der Nachbarn ein unbekannter Herr mit Schnauzbart und Brille mit einer grauen Limousine besucht.*

War es möglich, dass dies ihr gesuchter Mann war? Als sie ihr Handy herausholte, um das Autokennzeichen einzuspeichern, stellte sie mit Überraschung und Entzücken fest, dass sie Empfang hatte, zumindest zwei Balken, genug für eine SMS.

Sie schrieb Thorsten, dass er sich bei ihr melden sollte und eine SMS an Holger, er möge bitte folgendes Kennzeichen überprüfen: HSK–WE 666. *Unterirdisch!* Gab es tatsächlich noch Leute, die diese Zahlenkombination wählten?

Sie steckte das Handy wieder ein, bevor jemand Anstoß nehmen konnte und schlenderte weiter zwischen den Gräbern hin und her.

Der Autofahrer sollte nicht merken, dass er ihr aufgefallen war.

Es gab eine Menge Asshauers hier auf dem Friedhof, aber auch Heinz Trinkgut, Seppel Flachmann und Franz Saureiter. Anne schmunzelte über den letzten Namen und fragte sich, wie er wohl zu verstehen war, als sie an einem Stein unvermittelt stehenblieb. Es war ein kleiner Stein auf einem kleinen Grab. Sie spürte einen schmerzhaften Stich, als sie begriff, dass hier ein Kind begraben sein musste. Der Name war ihr ins Auge gesprungen: Markus von der Linde.

Im Gegensatz zu den anderen Grabsteinen stand hier nur ein Datum, der 28.08.1976. Das konnte nur bedeuten, dass der Geburtstag auch der Todestag gewesen war. Thea musste zu dieser Zeit etwa dreißig gewesen sein. War Markus ein Baby aus ihrer Verwandtschaft gewesen, oder etwa …?

Anne hörte Schritte. Sie war es. Thea blieb neben ihr stehen und blickte schweigend auf das Grab. Ihr Gesichtsausdruck war Antwort genug und Anne sah, dass sie den Verlust immer noch nicht verwunden hatte.

»Ihr Sohn?«, flüsterte Anne leise, aus einer plötzlichen Ehrfurcht heraus, vor dem was geschehen war, vor den Seelen der Verstorbenen und denen, die um sie trauern.

Thea nickte. Die Gelassenheit, die Anne so bei ihr bewunderte, war aus ihrem Gesicht verschwunden und sie sah mit einem Mal müde und traurig aus.

»Eine Totgeburt«, antwortete sie ebenso leise wie Anne. »Mein einziges Kind.«

Anne hatte selbst keine Kinder. Sie hatte keine Ahnung davon, wie sich so ein Verlust anfühlte, aber sie glaubte, dass kaum ein Schmerz schlimmer sein konnte als dieser.

»Es tut mir leid«, sagte sie ehrlich. Es waren nicht die richtigen Worte, um das auszudrücken, was sie fühlte, aber sie fand keine besseren.

Sie blieben noch eine Weile am Grab stehen. Thea schien nicht reden zu wollen und Anne wusste nicht, was sie sagen sollte. Eine einzelne, dornige Rose stand auf dem Grab. Sie hatte ihre Blüten längst verloren und an den trockenen Trieben hingen nur noch wenige Blätter.

»Ich muss sie mal schneiden«, murmelte Thea fast unhörbar und wandte sich ab.

Den Weg zurück gingen sie nebeneinander her. Thea war schweigsam und in sich gekehrt. Anne hörte Maria Redlich hinter sich lamentieren, dass der Rasen dringend gemäht werden müsse. Ihr Nachbar, mit einem tiefen Bariton, gab ihr Recht und gemeinsam beklagten sie sich über die Stadt Brilon, die ihren Aufgaben nicht ordentlich nachkam.

Anne fühlte sich mehr denn je wie ein Fremdkörper unter diesen Menschen. Wie konnte es sein, dass niemand außer ihr Theas Trauer bemerkte?

Sie gingen ins Dorf zurück, bis zum goldenen Hirsch. Dort verabschiedete sich Thea. »Sie gehen sicher noch mit zum Beerdigungskaffee«, sagte sie zu Anne.

Eigentlich war Anne nicht mehr in der Stimmung für Geselligkeit. Sie fragte, ob sie Thea nach Hause bringen sollte, doch ihre Vermieterin lehnte ab. Sie wollte lieber allein sein.

Also betrat Anne mit den anderen Beerdigungsgästen das Gasthaus. Die Ermittlerin in ihr hoffte auf eine gute Gelegenheit sich umzuhören. Sie überlegte noch, an welchen Tisch sie sich setzen sollte, da hakte sich Maria Redlich bei ihr unter und bevor Anne wusste, wie ihr geschah, wurde sie quer durch den Raum in eine Runde von älteren Damen geführt.

»Dies ist die alleinstehende junge Frau, von der ich euch erzählt habe, Anne Kirsch!«, stellte sie Anne vor und hob dabei besonders das Wort *alleinstehend* hervor.

Die Damen zeigten sich erfreut, sie kennenzulernen. Anne fühlte sich wie eine Stute auf dem Pferdemarkt.

»Wissen Sie eigentlich, dass es hier im Dorf viele junge Männer gibt, die auch noch unverheiratet sind?«, sagte Frau Redlich zu ihr, als wäre ihr das gerade erst eingefallen.

Und dies sind wahrscheinlich ihre Mütter, dachte Anne mit aufkeimender Panik. Sie war wie eine Maus in der Falle.

»Wie gefällt es Ihnen auf dem Land?«, flötete eine Frau mit aufgetürmter Dauerwelle, die Anne an Marge Simpson erinnerte, und maß sie von oben bis unten mit Blicken.

»Möchten Sie mal Kinder haben?«, fragte eine andere direkter.

Anne zog es vor, die zweite zu ignorieren. »Es ist sehr erholsam«, sagte sie zu Marge Simpson. »Aber ich könnte mir nicht vorstellen, hier zu leben.«

»Ah«, sagte Marge gedehnt und Anne merkte förmlich, wie das allgemeine Interesse an ihr nachließ und sich die Damen wieder ihren eigenen Gesprächen zuwandten. Vielleicht waren sie auf der Suche nach einer Schwiegertochter, aber keiner, die ihre Söhne in den Ruhrpott entführte, schönen Dank auch.

»Dabei gibt es hier alles, was man sich wünschen kann!« Mit der rechten Hand prüfte Marge geistesabwesend den Sitz ihrer Haare, obwohl sie bombenfest waren. »Und größere Städte wie Meschede und Paderborn sind nicht weit weg.«

Größere Städte! Anne musste sich beherrschen, um nicht aufzulachen. Sie hatte keine Ahnung, wie man sich auf einer Beerdigungsfeier benahm, aber das wäre bestimmt unpassend gewesen.

Maria Redlich und drei ältere Damen ließen sich an einem Tisch nieder und Anne sicherte sich den letzten freien Stuhl, um Marge Simpson zu entkommen.

»Ist es wirklich wahr?«, fragte eine der Damen gerade halblaut und warf einen verstohlenen Blick auf Frau Asshauer, die mit ein paar gutgekleideten Leuten an einem anderen Tisch saß. »Gerd ist in Untersuchungshaft?«

Die Frau neben ihr maßregelte sie mit einem strafenden Blick. »Nicht so laut, Gisela! Die arme Susanne hat jetzt wahrlich genug Sorgen, ohne dass wir über sie tratschen.«

»Und Franz-Josef sitzt?«, flüsterte eine andere Frau mit einer dicken Warze an der Oberlippe. »Das wurde aber auch Zeit! Hat ihn die Gerti endlich angezeigt. Ich hab' ihr ja schon so oft gesagt …«

»Kommissar Seidel aus Dortmund hat ihn gestern höchstpersönlich abgeführt«, unterbrach Maria Redlich wichtigtuerisch. »Der ist schließlich von der Mordkommission. Aber nicht ohne Unterstützung der Briloner Polizei!« Sie beschrieb, wie Krüger sich gewehrt hatte, von Herrn Seidel fixiert worden war und schließlich gewaltsam mithilfe von vier Polizeibeamten zum Streifenwagen geführt werden musste – so anschaulich, als wäre sie dabei gewesen.

Die anderen Frauen hingen an ihren Lippen.

»Der Herr Seidel, das ist auch ein adretter Mann«, sagte sie mit einem herausfordernden Seitenblick auf Anne. »Und er kommt auch aus Dortmund, so wie Sie.«

Eine peinliche Pause entstand und Anne spürte plötzlich alle Blicke erwartungsvoll auf sich gerichtet.

»Äh, ja«, beeilte sie sich etwas zu sagen. »Ein attraktiver Mann – für einen Polizisten. Aber er trägt einen Ehering am Finger.«

»Also haben Sie ihn sich schon genau angesehen«, schloss Maria Redlich messerscharf und ihre Augen funkelten. Anne sah sich hilfesuchend um, aber es schien kein weiteres Opfer in der Nähe, jemand, der aussah wie eine unverheiratete Frau, um Frau Redlich abzulenken.

»Wir haben uns gestern unterhalten«, gestand sie, was hier bestimmt schon allgemein bekannt war. »Aber es war rein dienstlich. Er hat mir ein paar Fragen gestellt.«

Frau Redlich lächelte wie eine Elster, die ein Stück funkelndes Metall in den Klauen hält.

»Und mit Herrn Neuer waren Sie auch schon spazieren«, sagte sie und formulierte es nicht einmal als Frage.

Anne bemerkte, dass sie rot wurde. Was zum Teufel war das hier? Die spanische Inquisition? Sie verschluckte sich an einem Stück Kuchen und bekam einen Hustenanfall, der ihr etwas Zeit verschaffte.

Zum Glück war es ausgerechnet Heiko Neuer, der sie rettete. Direkt nach dem Kuchen waren die ersten Biere und für die älteren Damen Weißwein auf die Tische gekommen und

Herr Neuer trat zu ihr und fragte, ob er sie an die Theke entführen könne. Sie folgte ihm dankbar, froh, den aggressiven Verkupplungsversuchen von Frau Redlich zu entkommen.

Heiko Neuer stellte sich als netter Gesprächspartner heraus. Er war Lehrer und unterrichtete Biologie und Erdkunde an der Marienschule in Brilon. Bei Licht betrachtet sah er nicht unattraktiv aus. Anne erkundigte sich nach der Katze.

»Sie ist noch in der Klinik, aber es geht ihr besser«, erwiderte Heiko. Er fand, es sei bemerkenswert, dass Anne so ein großes Herz für Tiere habe, und lud sie ein, mit ihm morgen Nachmittag einen Spaziergang zu unternehmen. Er wollte ihr die schönsten Ecken von Bontkirchen zeigen.

Anne fühlte sich in seiner Gegenwart wohl und das örtliche Bier schmeckte ihr mit einem Schuss Sprite gar nicht so übel. Naddel stand hinter der Theke und schenkte mit geübten Händen aus, und sobald Anne den Boden von ihrem Glas sehen konnte, hatte sie ungefragt wieder ein neues vor sich stehen.

Das Beerdigungskaffeetrinken war in ein Beerdigungsbiertrinken übergegangen. Anne fragte Heiko verwundert, ob das hier so Brauch war, und er bestätigte es mit einem Augenzwinkern. Ja, Beerdigungen seien die besten Feten.

»Es wird aber viel über den Verstorbenen geredet«, fügte er hinzu, um keinen falschen Eindruck zu erwecken. »Es werden alte Geschichten und Anekdoten erzählt. Die Leute denken an die guten Zeiten mit ihm. Das ist auch eine Form der Trauerbewältigung.«

Anne fand, dass die Leute nicht sehr traurig aussahen.

»Das täuscht«, erwiderte Heiko ernst. »Jürgen war kein schlechter Mensch. Er konnte auch hilfsbereit sein. Einmal hat er mich um sieben Uhr morgens aus einer Schneeverwehung geschoben. Das hätte nicht jeder gemacht.«

Er sah sich um. »Susanne ist schon weg. Schade, aber natürlich verständlich. Sie haben bestimmt gehört, was passiert ist, nicht wahr? Gerade für die Angehörigen ist es wichtig, am Tag der Beerdigung nicht allein zu sein.«

Anne fand es rührend, wie einfühlsam er sein konnte und wie er seine Heimat verteidigte. Sie sprachen über das Leben auf dem Dorf und in der Stadt: Heiko hatte in Bochum studiert und kannte daher auch ein paar Orte in Dortmund, allerdings hauptsächlich Kneipen.

Anne dachte an das Babyfläschchen, mit dem er die Katze gefüttert hatte, und fragte ihn, ob er Kinder habe. Heiko verneinte und erzählte ihr, dass Stellas Mutter kurz nach dem Wurf krank geworden war und er seine Hündin mit der Hand aufgezogen hatte. Anne war beeindruckt. Sie beschloss, den Abend einfach zu genießen. Schließlich hatte es keinen Sinn, wegen eines einzigen schlechten Exemplars die ganze Spezies Mann zu verdammen. Immerhin gab es auch noch genug anständige Kerle auf der Welt – so hoffte sie jedenfalls.

Gegen 22.00 Uhr verabschiedete sie sich. Heiko wollte sie nach Hause bringen, aber sie wehrte energisch alle Versuche ab. Sie konnte gut auf sich selbst aufpassen und auch wenn er sehr nett war, wollte sie sich unter keinen Umständen schon wieder in die nächste Beziehungskatastrophe stürzen.

Also gab sie ihm einen Kuss auf die Wange und ließ ihn stehen, wo er war. So aufrecht wie sie konnte bahnte sie sich einen Weg zur Tür und es gelang ihr sogar, fast gar nicht zu schwanken. Heiko durfte nicht bemerken, wie betrunken sie wirklich war. Mein Gott, wie viel Bier diese Sauerländer vertrugen.

Draußen war es bereits dunkel und die frische Abendluft ließ Annes Kopf klarer werden. Sie ging ein paar Schritte, dann starrte sie auf den grauen Mercedes, der an der Straße stand. Der Fahrer saß am Steuer, aber in der Dunkelheit konnte sie nur die Umrisse eines schwarzen Hutes erkennen. Dort, wo sich sein Gesicht befinden musste, glomm einmal rot eine Zigarette auf. Es war derselbe Wagen, der heute am Friedhof gestanden hatte.

Das Bier hatte sie mutig gemacht und ihr kam der Impuls, einfach an die Scheibe zu klopfen. Aber selbst jetzt ließen die antrainierten Instinkte der Kriminalkommissarin sie zögern. Sie konnte ihn ja kaum direkt fragen, was er am Tag, bevor Luise Steinmetz ins Krankenhaus eingeliefert wurde, bei ihr gewollt hatte. Sie musste sich eine Ausrede einfallen lassen. Doch der verdammte Alkohol verlangsamte ihre Gedanken, als wäre ihr Gehirn in Watte gepackt.

Was sollte sie tun?

Während sie noch unschlüssig dastand, wurde das Fenster an der Fahrertür heruntergelassen. Ein Mann neigte den Kopf vor und seine runden Brillengläser spiegelten für einen Moment das Licht der Straßenlaterne.

»Frau Kirsch?« Seine Stimme war dunkel und er klang wie jemand, der es gewohnt ist, Anweisungen zu erteilen.

»Ja«, erwiderte Anne, perplex, dass der Fremde ihren Namen kannte.

»Steigen Sie ein, ich fahre Sie nach Hause.«

»Nach Hause?« In ihrem Kopf arbeitete es, aber ihr fiel keine kluge Entgegnung ein. »Ich wohne in Dortmund.«

»Zu Ihrer Pension, Ihrem Zimmer, whatever!«, antwortete er ungeduldig.

Der Gedanke, dass es gefährlich sein könnte, nachts betrunken bei einem Fremden ins Auto zu steigen, streifte ihr Bewusstsein. Bestimmt hatte ihre Mutter es mal zu ihr gesagt. Dann war da noch ein Gedanke: Thorsten suchte diesen Mann. Sie selbst hatte ihn gesucht. Er war ein wichtiger Zeuge. Und Anne hatte keine Angst. Und wann hatte sie jemals auf ihre Mutter gehört?

Kapitel 9

Warum hört niemand auf mich, dachte Thorsten missmutig. *Und was mache ich eigentlich hier?*

Der Konferenzraum der Polizeiwache Brilon war kurzerhand in einen Presseraum umfunktioniert worden. Hauptkommissarin Nolte-Bergmann saß neben Kriminaldirektor Oberan, dann folgte Dr. Reiser als zuständiger Staatsanwalt und Thorsten selbst, Leiter der Mordkommission.

Ihnen gegenüber waren die Vertreter der örtlichen Presse versammelt, aber auch von der Bildzeitung, von Stern, Spiegel, Brigitte und anderen überregionalen Blättern. Der Fall war durch die Sauerlandpost hochgepusht worden und hatte landesweit Aufsehen erregt. Vielleicht passierte auch im Rest der Welt nicht genug, um die Blättchen zu füllen.

Zu allem Überfluss fand an diesem Wochenende in Brilon auch noch eine Kirmes statt. Das bedeutete, dass die Straßen in der Innenstadt gesperrt und die Parkplätze generell schon überfüllt waren.

Oberan hatte die Pressekonferenz, die bereits für Donnerstagnachmittag geplant gewesen war, wegen des kurzfristigen Einsatzes auf heute Morgen verschoben. Er hatte mehrere unangenehme Telefonate deswegen führen müssen. Viele Pressevertreter waren am Donnerstag angereist und hatten auf die Verspätung übellaunig reagiert. Oberan war den ganzen restlichen Tag in der Polizeiwache herumgelaufen wie ein Pulverfass mit brennender Lunte. Auf Thorstens Vorschlag, die Pressekonferenz ganz abzusagen oder zumindest noch ein paar Tage aufzuschieben, hatte er dementsprechend heftig reagiert: »Sind Sie von allen guten Geistern verlassen?«

»Asshauer hat sein Geständnis heute Morgen widerrufen«, erklärte Thorsten ihm ruhig.

»Herrgott noch mal!«, brüllte Oberan.

Für Thorsten war das keineswegs überraschend gekommen. Er war schließlich bei dem Gespräch von Vater und Sohn gestern Abend dabei gewesen. Trotz seiner Anwesenheit waren die beiden sehr offen gewesen. So offen wie lange nicht mehr, vermutete Thorsten.

Gerd Asshauer hatte seine beherrschte Fassade aufgegeben. Er durfte seinen Sohn nicht in den Arm nehmen, aber er versicherte ihm, wie lieb und teuer er ihm sei, und dass nichts, was er jemals täte oder getan hatte, diese Liebe erschüttern würde.

Benjamin erzählte seinem Vater, was geschehen war. Die Mutter schwieg dazu und hatte ihre Hand auf seine gelegt. Scheinbar hatten sie alles vorher besprochen und sie hielt es für das Beste, wenn ihr Sohn offen redete.

Er begann mit Montagabend. Lumme und er hatten den ganzen Nachmittag Videospiele gezockt. Bis Kalle anrief, ob sie nicht mit ihm ins Gasthaus wollten, um Fußball zu gucken. Das Spiel verlief ereignislos und gegen Ende der zweiten Halbzeit, als alle schon mehrere Gläser Bier getrunken hatten, entbrannte eine wilde Diskussion darüber, wer Jürgen Gruber erschossen haben könnte. Als Kalle dröhnend lachte, Naddel habe ihn bestimmt umgelegt, damit er ihr nicht mehr an die Wäsche ging, entgegnete Naddel schnippisch, dass sie eher auf die beiden Holländer tippen würde, die Samstagabend da gewesen waren. Die hätten so komisch geflüstert und seien auch schon um 21.00 Uhr wieder verschwunden. Einer von hier konnte es ja nicht gewesen sein. Wer würde denn so etwas tun?

Lumme war sofort Feuer und Flamme für die Idee und in den nächsten Stunden wurde ausgiebig darüber diskutiert, warum sie es getan hatten und ob die Polizei so dämlich sein würde, die beiden über die Grenze entwischen zu lassen. Gegen Mitternacht war Lumme zu der Überzeugung gekommen, dass die Polizei reichlich dämlich war.

»Wir waren betrunken«, sagte Benjamin mit einem entschuldigenden Blick in Thorstens Richtung. Und sie kamen überein, dass man etwas unternehmen musste: ihnen Angst einjagen und die Autoreifen zerstechen, dass sie nicht abhauen konnten. Also gingen sie zur Pension und randalierten.

Am nächsten Morgen tat Benjamin die Aktion leid und er erzählte seiner Mutter davon. Susanne Asshauer wollte mit den Niederländern sprechen. Benjamin würde sich entschuldigen und die Sache in Ordnung bringen. Die beiden anderen Jungs waren fast volljährig und konnten die Konsequenzen ihrer Taten tragen, fand Frau Asshauer.

Zunächst schien alles geklärt. Die Niederländer zogen ihre Anzeige zurück. Doch dann wurde Benjamins Elternhaus durchsucht und sein Vater festgenommen. Völlig verzweifelt flüchtete er sich zu Lumme. Sie rauchten mehrere Joints, bis ihnen klar wurde, dass sie etwas unternehmen mussten. Wenn Benjamin die Niederländer zwang, zur Polizei zu gehen und die Tat zu gestehen, war sein Vater entlastet. Er hatte keinen anderen Ausweg gesehen.

»Das war verdammt idiotisch von dir«, sagte sein Vater »aber ich bin stolz auf dich.« Er klang gerührt. »Und ich dachte …« Er vervollständigte den Satz nicht, aber Thorsten konnte sich denken, was er sagen wollte. *Ich dachte, du wärst es gewesen.* Der Sohn hatte den Vater entlasten wollen und der Vater den Sohn. Ihre ganze Tathypothese brach zusammen wie ein Kartenhaus.

Oberans laute Stimme auf dem Flur hatte Zuhörer angelockt. Dr. Reiser näherte sich mit energischen Schritten und Thorsten sah Hellmanns besorgtes Gesicht hinter einer der offenen Türen. Kein Wunder, schließlich erlebte er Oberan zum ersten Mal.

Doch Thorsten war niemand, der sich leicht einschüchtern ließ. »Wir tun uns keinen Gefallen, wenn wir Asshauer vorschnell als Täter präsentieren, und das Geständnis war Mist«, sagte er mit deutlichen Worten. »Haben Sie es gelesen? Kein Täterwissen, nichts! Das hätte jeder Idiot aus der Nachbarschaft so runterbeten können.«

»Herrgottverdammmich!«, schimpfte Oberan in dröhnendem Bass. »Und wer hat die ganze Scheiße verbockt?!«

Er wusste so gut wie Thorsten selbst, dass Anton Hellmann das Geständnis abgenommen hatte. Der junge Mann war zu ihnen auf den Flur gekommen. Er trug dieselbe Krawatte und ein ähnlich gestreiftes Hemd wie gestern, nur in einer anderen Farbe. Vermutlich hatte er sie im Doppelpack gekauft. Man sah ihm an, dass ihm der »Arsch auf Grundeis ging«, wie Oberan es gerne ausdrückte. Trotzdem zog er es vor, dem Sturm ins Auge zu blicken.

Mutig von dem Jungen, dachte Thorsten.

»Es tut mir leid«, murmelte Hellmann niedergeschlagen. »Wenn ich ihn nach Details gefragt habe, sagte er, er könne sich nicht erinnern, er habe nach der Treibjagd ziemlich viel getrunken.«

Thorsten schüttelte den Kopf. »Es ist nicht Ihre Schuld. Ich hätte Sie damit nicht allein lassen dürfen. Aber wir mussten schnell handeln, sonst wäre es womöglich nicht so glimpflich ausgegangen.«

»Dann besorgen Sie uns ein neues Geständnis!«, blaffte Oberan ihn an. »Ich kann die Pressekonferenz nicht noch mal verschieben. Wir haben genug Beweise! Notfalls boxen wir den Fall als Indizienprozess durch!«

Dr. Reiser, der bisher schweigend zugehört hatte, verzog bei dem Wort Indizienprozess sauertöpfisch das Gesicht. »Ich bin auch der Meinung, dass wir die Öffentlichkeit informieren sollten. Aber es kann nicht schaden, sich alle Türen offenzuhalten. Am besten, Sie konzentrieren sich auf den vorbildlichen Einsatz von Herrn Seidel und unseren Briloner Kollegen, die gerade noch rechtzeitig kamen, um einen Amoklauf zu verhindern.« Bei seinen Worten legte er leicht die Hand auf Thorstens Schulter.

Ihre Publicity schien ihm nicht unangenehm zu sein. Thorsten machte sich allerdings keine Illusionen in Bezug auf diese Geste. Dr. Reiser war niemand, der ihm den Rücken freihalten würde, wenn es brenzlig wurde. Dafür gab er zu viel auf die öffentliche Meinung.

Dabei war es ein denkbar ungünstiger Zeitpunkt für eine öffentliche Stellungnahme, aber in dieser Hinsicht war Thorsten wohl überstimmt. Er seufzte innerlich. Wann war dieser Routinefall so furchtbar kompliziert geworden? *Seit Anne begonnen hat, sich einzumischen*, beantwortete er seine Frage gleich. Und warum war sie jetzt nicht hier, um ihre Suppe selbst auszulöffeln?

Der Presseraum war brechend voll, aber Oberans Stimme drang auch ohne Mikrofon bis zu den hintersten Plätzen und bis auf den Flur. Er begrüßte die Pressevertreter und regte an, dass sie sich nach dem offiziellen Teil auf jeden Fall noch die Michaeliskirmes ansehen sollten, die heute um 16.00 Uhr begann. Es sei die größte Innenstadtkirmes im Hochsauerland und auf jeden Fall einen Besuch wert, wie ihm seine Briloner Kollegin Hauptkommissarin Nolte-Bergmann versichert hatte. Die lächelte freundlich und betonte, dass vor allen Dingen das Höhenfeuerwerk um 21.00 Uhr ein absolutes Highlight sei.

Dann kam Oberan zum offiziellen Teil. Er beschrieb den Tathergang im Fall Gruber, ohne Details preiszugeben, und erklärte, dass die Polizei einen dringend tatverdächtigen Mann festgenommen hatte, der zum nächstmöglichen Zeitpunkt in die JVA Hamm überstellt werden würde, wo er bis zur Verhandlung in Untersuchungshaft bliebe. Er nannte keinen Namen, aber natürlich wusste jeder, wer gemeint war.

Ob er die Tat gestanden habe, fragte eine Redakteurin.

Oberan berichtete wahrheitsgemäß, dass er sein Geständnis widerrufen habe. Er fügte aber hinzu, dass alle Beweise gegen ihn sprächen, und dass nach wie vor mit Hochdruck an dem Fall gearbeitet werde, um die Beweiskette möglichst lückenlos zu gestalten.

Und würde man auch ohne Geständnis Anklage erheben?

Dazu wollte Oberan erst nach Abschluss der Ermittlungen Stellung beziehen. Stattdessen hielt er sich an Dr. Reisers Vorschlag und berichtete, wie Thorsten gestern zusammen mit Frau Nolte-Bergmann einen fünfzehnjährigen Jungen vor einer schrecklichen Affekttat bewahrt hatte und dankte allen Beteiligten noch einmal öffentlich für diesen Einsatz.

Die Reporter schrieben eifrig mit. Im Hintergrund liefen Kameras. Wahrscheinlich war hiermit ihre nächste Auflage gerettet. Eine Frau mit langen, wasserstoffblonden Haaren wollte Thorstens Kommentar dazu hören.

»Wir tun, was wir können«, war alles, was er dazu zu sagen hatte.

»Glauben Sie, dass Sie den Mörder von Herrn Gruber gefasst haben?«

»Die Ermittlungen sind noch nicht abgeschlossen.«

Oberan warf ihm einen ärgerlichen Blick zu, beherrschte sich aber und sang noch ein kurzes Loblied auf das ganze Team, das teilweise die Nächte durchgearbeitet und unzählige Spuren ausgewertet hatte, damit sie heute hier stehen konnten. Damit sei fürs Erste alles gesagt. Natürlich würde er die Presse auf dem Laufenden halten.

Nach der Pressekonferenz kam die wasserstoffblonde Frau noch einmal persönlich zu Oberan, um sich zu bedanken. Sie war von der Sauerlandpost. Der Kriminaldirektor erhob sich geschmeichelt. Er hatte eine Schwäche für blonde Frauen, natürlich oder nicht.

»Sie sind ein weitaus angenehmerer Gesprächspartner als Ihr Kollege, der Herr Weißhaupt«, versicherte er ihr.

»Ja, Weißhaupt ist mit seinem Artikel über den Mordfall bei mehreren Leuten angeeckt«, erzählte sie Oberan mit gesenkter Stimme. Er habe leider wenig diplomatisches Geschick. Der Chef hatte es daher vorgezogen, ihr den Fall anzuvertrauen.

Der Kriminaldirektor reichte ihr die Hand. »Auf gute Zusammenarbeit!« Er sah sehr zufrieden mit sich aus.

Thorsten musste ebenfalls einige Hände schütteln, verließ aber den Konferenzraum, sobald er konnte. Im Hinausgehen fing er einen Blick von Dr. Reiser auf. Der Staatsanwalt unterhielt sich mit einem der Pressevertreter, doch seine grünen Augen trafen Thorsten und ihre Botschaft war unmissverständlich: Es war eine Warnung. Er würde ihn im Auge behalten.

Thorsten fand Hellmann in einem der Büroräume vorm PC. »Was tun Sie da?«, fragte er.

»Berichte schreiben«, erklärte der junge Mann. »Spesen, Papierkram, Reisekosten, ich komme einfach nicht hinterher. Ist die Pressekonferenz schon vorbei?«

»Ja«, erwiderte Thorsten einsilbig. Auf dem Weg nach oben hatte er sein Smartphone eingeschaltet und sah, dass er eine Nachricht bekommen hatte. »Hat man Lukas Krüger schon aufgegriffen?«

»Soweit ich weiß, nicht«, antwortete Hellmann.

Die Nachricht war von Anne. Sie bat um Rückruf. Er wählte, aber natürlich hatte sie wieder keinen Empfang. Typisch. Wann würde sie endlich in diesem Jahrhundert ankommen und sich ein internetfähiges Gerät zulegen …

»Ich muss noch mal schnell bei Anne vorbei«, sagte er und warf sich seine Jacke über die Schulter. Er fuhr nach Bontkirchen, aber bei Theas Häuschen öffnete niemand.

Na toll, dachte Thorsten, *So wichtig kann es nicht gewesen sein.* Auf dem Rückweg nach Brilon fuhr er noch einmal bei Asshauers vorbei. Benjamins Mutter öffnete im weißen Hausanzug und Pantoffeln. Ihr Gesicht war ungeschminkt und sie sah müde aus.

»Lassen Sie uns endlich in Ruhe«, presste sie hervor und wollte Thorsten die Tür vor der Nase zuschlagen.

»Wie kam die Tatwaffe in Ihre Wohnung?«, fragte Thorsten schnell und hielt die Hand dagegen. »Wenn Ihr Mann unschuldig ist, muss jemand anders sie hergebracht haben.«

Frau Asshauer zögerte. »Glauben Sie, dass mein Mann

unschuldig ist?« In ihrer Stimme klangen Zweifel mit, die sie als Anwältin nie hätte zeigen dürfen. Der gestrige Tag hatte einiges verändert.

»Ich halte es für möglich«, erwiderte Thorsten vorsichtig. Er wollte keine Hoffnungen wecken, die vielleicht unberechtigt waren. »Deshalb ist es wichtig, dass Sie und Ihr Sohn mit mir reden.«

Sie sah unentschlossen zu Benjamins Zimmertür und Thorsten konnte die Musik bis hierher hören, die dahinter ohrenbetäubend laut sein musste. »Es geht ihm nicht besonders gut. Vielleicht heute Nachmittag.«

Das war wahrscheinlich die beste Antwort, die er momentan bekommen würde. Er reichte ihr seine Karte. »Rufen Sie mich an und ich komme vorbei«, schlug er vor.

Auf dem Weg nach Brilon kam der Anruf von der Autobahnpolizei: Lukas Krüger war auf der A44 in Richtung Kassel in einem gestohlenen Auto angehalten worden.

Der junge Mann saß breitbeinig auf seinem Stuhl und ließ seinen Schlüsselbund immer wieder ruckartig um seinen Zeigefinger kreisen. Dabei starrte er ins Leere. Seine Haare waren ungewaschen und verfilzt, seine Jeans und das T-Shirt sahen aus, als hätte er sie seit Tagen nicht gewechselt. Thorsten betrachtete ihn stirnrunzelnd durch das verspiegelte Fenster. »Wie lange tut er das schon?«

»Seit er hier ist«, antwortete die bullige Frau Klöterjahn. Neben ihr kam Thorsten sich schmächtig vor.

»Wurde er erkennungsdienstlich behandelt?«

Sie schüttelte den Kopf. »Er ist bereits in der Datei. Wir haben ihn schon mehrmals hier gehabt. Wollen Sie ihn jetzt vernehmen?« Ihr Ton legte nahe, dass sie ein solches Unterfangen für wenig zweckmäßig hielt.

»Sicher«, erwiderte Thorsten. »Würden Sie bitte Herrn Hellmann holen? Ich möchte, dass er dabei ist.«

Sie tat, wie ihr aufgetragen wurde, und Hellmann stand zwei Minuten später in der Tür. Seine Krawatte hing über seinem Arm und er war dabei, sich die obersten Hemdknöpfe zuzuknöpfen. »Wir haben ihn?«, fragte er aufgeregt.

»Lassen Sie den Kulturstrick ruhig ab«, riet Thorsten ihm, »Das steht Ihnen besser. Wir wollen dem Jungen schließlich keinen Bausparvertrag verkaufen.«

Als sie den Vernehmungsraum betraten, saß Lukas Krüger immer noch in derselben Position auf seinem Stuhl und ließ die Schlüssel um seinen Zeigefinger kreisen. Wieder und wieder.

»Herr Lukas Krüger? Meine Kollegin sagte, sie habe Sie über Ihre Rechte belehrt?«

Der Junge antwortete nicht. Er ließ nur den Schlüssel kreisen. Ein penetranter Geruch von kaltem Rauch und ungewaschener Kleidung ging von ihm aus.

»Ihr Vater ist heute Morgen durch den Haftrichter entlassen worden. Er wurde informiert, dass Sie jetzt vernommen werden, aber er hat nicht darauf bestanden, bei der Vernehmung dabei zu sein.«

Der Junge schwieg. Er zeigte weder Enttäuschung noch sonst irgendetwas.

»Wie ist der Name Ihrer Mutter? Sollen wir sie kontaktieren? Möchten Sie einen Anwalt anrufen?«

Lukas Krüger antwortete nicht.

Umso besser, dann waren die Formalitäten erledigt und die Vernehmung konnte beginnen.

»Sie sind in einem gestohlenen Wagen aufgegriffen worden und Sie haben den Drogentest verweigert.« Thorsten machte eine Pause, für den Fall, dass Lukas etwas sagen wollte. Er wollte nicht. »Sie waren gestern mit Ihrem Freund Benjamin unterwegs?«

Lukas Krüger gähnte demonstrativ, ohne sich die Mühe zu machen, die Hand vor den Mund zu halten. Sein Atem roch ebenso schlecht wie der Rest.

»Sie sind siebzehn Jahre alt«, fasste Thorsten ungerührt zusammen. »Sie fallen unter das Jugendstrafrecht. Bei schädlichen Neigungen, die der Richter in Ihrem Fall wohl annehmen wird, sind Haftstrafen bis zu fünf Jahren möglich. Waren Sie schon mal im Jugendgefängnis, Herr Krüger?«

Lukas starrte immer noch ins Leere, aber seine Kiefer mahlten. War das ein Zeichen, dass sein Kopf arbeitete?

»Ich hab' nix gemacht«, brummte er schließlich. »Der Schlüssel steckte. Wer so dämlich ist, ist selber schuld.«

»Was ist mit Anstiftung zum Mord?«, fragte Thorsten.

Jetzt starrte Lukas ihn an, seine Augen waren weit aufgerissen. Thorsten sah, dass die Pupillen erweitert waren. *Total stoned, der Typ!*

»Ey, ich schwör', ich hab' nix damit zu tun! War doch nur mit, um ihn aufzuhalten! Der wollte die Hollis abknallen! Ich schwör', ich hab' es ihm noch gesagt, Alter, lass den Scheiß …«

»Warum sind Sie dann geflohen?«

Lukas grunzte. Sein Schlüssel klirrte gegen seine Finger. »Alter, ich hab nur Bullen gehört und bin abgehauen. Kurzschlussreaktion!« Er lachte heiser.

»Wo kaufen Sie Ihren Stoff?«

Er lachte wieder, dieses Mal kurz und bellend. »Von so 'nem Typen, keine Ahnung, wie der heißt.«

»Und wo treffen Sie ihn?«

»Das geht dich nix an, Bulle.«

Thorsten überhörte die Beleidigung einfach. »Was haben Sie Samstagabend gemacht? Waren Sie auch im goldenen Hirsch und haben auf den Jagdschein von Lutz Brenker getrunken?«

Lukas Krüger kratzte sich am Kopf. Er hatte sogar aufgehört, mit seinem Schlüsselbund zu spielen. Auch seinem vernebelten Gehirn musste klar sein, dass es sich um die Mordnacht handelte. »Nee, mit Brenker hab' ich nix zu tun. Samstag …« Er dachte nach. »Ich hab' mit Benni Games gespielt. Und wir haben einen gequarzt.« Er grinste breit.

Thorsten wollte die Namen der Spiele wissen. Es ging schließlich um das Alibi des Jungen. Doch der konnte sich nicht mehr erinnern. Billige Ego-Shooter aus dem Internet.

»Was ist mit der alten Dame? Luise Steinmetz?«

Krüger guckte blöde. »Wer?«

»Die alte Frau, die Sie beim Kiffen erwischt hat.«

»Ach, die! Die stand da und faselte was von 'ner schwarzen Katze. Ich hab' ihr gesagt, sie soll sich verpissen.«

Thorsten versuchte noch mehrere Details zu erfragen, doch Lukas Krüger konnte sich an nichts mehr erinnern. Seine Angaben zu Samstagabend deckten sich mit Benjamins. Thorsten schickte ihn nach Hause.

»Was machen wir jetzt?«, fragte Hellmann. »Wollen Sie Gerd Asshauer noch mal befragen? Vielleicht bekommen Sie doch noch ein Geständnis.«

Es war vermutlich zweckmäßig, Asshauer zu befragen, bevor er in die JVA gebracht wurde, doch Thorsten versprach sich momentan nicht viel davon. Er sah auf sein Smartphone. Susanne Asshauer hatte sich noch nicht gemeldet.

»Später vielleicht«, antwortete er. Annes SMS ließ ihm keine Ruhe. Warum, zum Teufel, meldete sie sich nicht mehr? Hatte sie etwas gefunden? Konnte die Frau sich nicht klarer ausdrücken, verdammt?

»Machen Sie im Büro weiter. Ich muss noch mal schnell nach Bontkirchen.«

Hellmann nickte. »Was ist eigentlich mit Ihrer Kollegin?«

Thorsten runzelte die Stirn. War das Zufall, oder waren seine Gedanken so deutlich zu erkennen? »Ich kann sie nicht erreichen«, antwortete er. »Ich fahre bei ihrer Pension vorbei. Bin gleich zurück.«

Doch bei Thea von der Linde öffnete immer noch niemand. Thorsten schellte bei den Nachbarn. Beinahe sofort ging die Tür auf. Die Frau hatte wohl am Fenster gestanden.

»Ja, sie sind heute Vormittag irgendwann los«, antwortete sie auf Thorstens Nachfrage. »Sie sind mit dem Auto davongefahren. Thea hatte ihre Wanderschuhe an. Wahrscheinlich wollten sie spazieren gehen. Die Thea ist ja immer draußen. Gestern habe ich sie noch bei der Beerdigung gesehen. Was wollen Sie denn von der jungen Frau?« Sie zog die Augenbrauen hoch und schürzte spekulativ die Lippen.

Thorsten bedankte sich und suchte das Weite. Anne und spazieren? Wenn sie nach draußen ging, dann höchstens um zu joggen. Was hatte sie vor? Warum sollte Thorsten sie zurückrufen? Langsam begann er sich Sorgen zu machen. Vielleicht hatte Holger etwas gehört. Doch bevor er ihn anrufen konnte, klingelte sein Smartphone. Es war Oberan.

»Herr Seidel?« Die Stimme des Kriminaldirektors klang gepresst. »Kommen Sie sofort in die Wache. Und sprechen Sie mit niemandem. Haben Sie verstanden?«

»Was ist passiert?«, fragte Thorsten irritiert.

»Kommen Sie einfach!«

Thorsten startete den Motor. Ein flaues Gefühl im Magen sagte ihm, dass es um Anne ging. Irgendwie hatten Oberan und Reiser herausgefunden, dass sie hier war. Hatte Hellmann sie verpfiffen? Das konnte Thorsten sich nicht vorstellen. Oder war ihr etwas zugestoßen?

Hatte sie den wahren Täter gefunden, während Thorsten seine Zeit mit Asshauer vertrödelt hatte? Sein Magen war ein einziger großer Knoten, als er die Straße zur Wache hochfuhr. Er hatte Mühe einen Parkplatz zu finden. Alles war voller Autos.

Ein Beamter der Schutzpolizei ließ ihn herein. Reporter von der Pressekonferenz bevölkerten den Flur. Die Stimmung war gekippt. Alle redeten durcheinander und als Thorsten erspäht wurde, reckten sich ihm dutzende Mikrophone entgegen.

»Kommissar Seidel! Wussten Sie von Frau Kirsch? Haben Sie den Einsatz genehmigt? Wurde die Öffentlichkeit getäuscht? Warum haben Sie darüber bei der Pressekonferenz keine Angaben gemacht?« Diese und weitere Fragen prasselten auf ihn ein.

»Kein Kommentar«, sagte Thorsten und kämpfte sich zur Treppe, wo Hellmann mit angespanntem Gesicht auf ihn wartete.

»Lassen Sie den Mann durch!«, rief er.

»Ich habe nichts verraten«, raunte er Thorsten zu, als sie die Treppe hinaufeilten. Thorsten fragte ihn nicht, was passiert war. Er würde es jetzt erfahren.

Oberan erwartete ihn in einem der Büros. Er ließ Thorsten eintreten und schloss die Tür mit einem »Das war alles« vor Hellmanns Nase.

Dr. Reiser saß auf einem der Bürostühle und hatte die Beine übereinandergeschlagen. Sein Gesicht war ausdruckslos und die grünen Augen gefährlich ruhig. Er sah Thorsten an.

»Wussten Sie davon?«, fragte Oberan und deutete mit einer Handbewegung auf den Monitor. Auch er klang ruhig, was ein schlechtes Zeichen war, denn er regte sich schon über Kleinigkeiten auf. Dieses Mal war es wirklich ernst. *Und, Thorsten, wo ist deine Loyalität?*

»Dass Anne hier ist? Ja, ich wusste davon«, erwiderte er mit aller Gelassenheit, die er aufbringen konnte. »Was ist passiert? Ist ihr etwas zugestoßen?«

Das war im Moment die einzige Frage, die ihn interessierte. Alles andere, Oberans Launen und vielleicht auch ein Disziplinarverfahren, würden sie zusammen durchstehen wie alles andere auch.

»Das hier wurde vor wenigen Minuten ins Internet gestellt«, sagte Oberan und zeigte auf den Monitor. »Es hat eingeschlagen wie eine Bombe. Die Presse dreht durch. Frau Emde wirft mir Unaufrichtigkeit vor!«

Das musste die wasserstoffblonde Reporterin sein, der Oberan so zugetan gewesen war. Thorsten beugte sich vor, um den Artikel zu lesen. UNDERCOVER IM SAUERLAND stand in fetten Buchstaben darüber.

»Mein spezieller Freund, der Herr Weißhaupt, hat ihn verfasst«, knurrte Oberan. »Ohne Absprache mit seiner Zeitung, versteht sich. Warum haben Sie mich nicht darüber informiert?«

Thorsten hielt es für ratsam, erst den Artikel zu lesen, bevor er sich zu dieser schwierigen Frage äußerte. Herr Weißhaupt musste mit Anne gesprochen haben. Sein Artikel las sich wie ein Spionagekrimi:

Stasi-Methoden im Sauerland. Oberkommissarin Kirsch von der Dortmunder Mordkommission lässt sich als verdeckte Ermittlerin in die Dorfgemeinschaft Bontkirchen einschleusen. Scheinbar vermutet sie hier einen Serientäter. Unbescholtene Bürger werden überwacht und ausgehorcht.

»Wo kommen wir hin, wenn wir selbst unseren Nachbarn nicht mehr trauen können«, wurde Maria Redlich zitiert. Und weiter: Bei der Pressekonferenz präsentiert Kriminaldirektor Oberan der Öffentlichkeit ein Mitglied der Jagdgenossenschaft als Täter, das zu diesem Zeitpunkt sein Geständnis bereits zurückgenommen hatte.

»Welchen perfiden Plan verfolgt der Innenminister NRWs zu Lasten der Jägerschaft? Ist der wahre Täter noch auf freiem Fuß?«, lauteten die reißerischen Fragen zum Abschluss des Artikels. »Und wer wird sein nächstes Opfer sein?«

Kein Wunder, dass Oberan durchdrehte. Dr. Reiser hatte noch kein Wort dazu gesagt. Sein Blick ruhte auf Thorsten und der spürte, dass seine weitere Karriere jetzt von seiner Reaktion abhing.

Wenn er es fertigbrachte, sich zu distanzieren und Anne die ganze Schuld in die Schuhe zu schieben, würden sie ihn noch mal davonkommen lassen. Anne war nicht da, hatte vielleicht Wind von dem Artikel bekommen und war abgetaucht. Thorsten musste sich entscheiden. Und das tat er.

»Der Bericht ist sehr reißerisch formuliert,«, sagte er »aber sachlich korrekt. Frau Kirsch und ich haben erhebliche Zweifel an der Unfalltheorie im Fall Steinmetz und ihr verdeckter Einsatz fand mit meinem Wissen und meiner Billigung statt.«

»Aber Thorsten!«, sagte Oberan kopfschüttelnd. Er hatte ihn noch nie beim Vornamen genannt. Die ganze Sache musste ihn schwer erschüttert haben. »Ein verdeckter Einsatz ohne staatsanwaltliche Genehmigung? Was haben Sie sich dabei gedacht? Warum haben Sie mich nicht informiert?«

Thorsten schwieg. Was hätte er auch sagen sollen? Er hätte genug Zeit und Gelegenheit gehabt, die Sache mit seinem Chef zu besprechen.

»Sie lassen mir keine Wahl.« Oberan wandte sich ab. Gerade in seiner Ruhe bekam Thorsten das wahre Ausmaß seiner Enttäuschung zu spüren.

»Sie sind von dem Fall abgezogen«, meldete sich Dr. Reiser zum ersten Mal zu Wort. »Ich habe bereits mit Oberkommissar Janitzki gesprochen und ihm die Leitung der Mordkommission übertragen. Er ist auf dem Weg hierher. Herr Hellmann wird ihn auf den aktuellen Stand der Ermittlungen bringen. Sie und Frau Kirsch sind bis auf Weiteres beurlaubt und ziehen sich ab sofort aus dem Sichtfeld der Presse zurück. Herr Oberan und ich werden eine Erklärung ausarbeiten, die diese unsinnigen Behauptungen relativiert.«

Während er sprach, wandte er die grünen Augen nicht von Thorsten ab. Seine Stimme war sachlich. Er schnitt ihn ab wie ein Chirurg einen abgestorbenen Finger. »Sie können Ihre Waffe und Ihren Dienstausweis gleich hierlassen.«

Thorsten legte beides auf den Tisch. Ohne fühlte er sich nackt, leer. Er hatte nicht gewusst, wie viel sein Job ihm bedeutete. Er warf einen letzten Blick auf Oberan, doch der Kriminaldirektor stand unbeweglich am Fenster und wandte ihm den Rücken zu.

Es war zu spät für Vorwürfe, und doch machte er sich welche. Er hätte nicht zulassen dürfen, dass es so weit kam. Dieses Gefühlschaos zwischen Anne und ihm hatte ihn blind gemacht und falsche Entscheidungen treffen lassen. Jetzt musste er die Konsequenzen tragen. Deshalb hatte er sich hinter sie gestellt.

Er war Schuld an dem, was passiert war. Er war Leiter der Mordkommission. Er hätte sie am Kragen packen und nach Dortmund zurückschleifen müssen, und mit jedem anderen Mitarbeiter hätte er so verfahren. Er hätte nie zulassen dürfen, dass Anne etwas Besonderes für ihn wurde.

Thorsten verließ das Büro und stürmte wortlos an Hellmann vorbei, der ihm noch etwas zurief. Er kämpfte sich durch das Gedränge von Reportern, ignorierte die Rufe und die aufdringlichen Fragen. Wenn jemand ihm im Weg stand, benutzte er die Ellbogen. Die Eingangstür war verstopft, also verschwand Thorsten im Flur mit den drei Arrestzellen, wo es einen Hinterausgang gab, durch den die Straftäter angeliefert werden konnten.

Endlich im Freien atmete er tief durch. Es war Zeit, dass er dem Schlamassel, das er angerichtet hatte, ein Ende bereitete. Er musste Anne finden und sie nach Hause schicken. Und dann war da noch der Mordfall. Er dachte gar nicht daran, Janus Janitzki alias JJ, wie er sich gerne rufen ließ, seinen Fall zu überlassen.

Er warf einen kurzen Blick auf sein Smartphone, das schon länger und wiederholt in seiner Tasche vibriert hatte. Anne war nicht unter den Anrufern. Dafür Margit und Holger. Seine Frau wollte vermutlich wissen, ob er heute noch nach Hause kam. Aber er war im Moment noch zu aufgewühlt, um ihr die Sache zu erklären. Er rief Holger zurück.

»Sag mal, was treibt ihr denn da unten im Sauerland?«, begrüßte ihn sein Kumpel. »JJ hat erzählt, dass er für dich kommt. Ist was passiert?«

»Kann ich dir jetzt nicht erklären«, erwiderte Thorsten gereizt. »Die Lage ist ein wenig außer Kontrolle geraten. Hast du was von Anne gehört?«

»Sie hat mir 'ne SMS geschrieben«, antwortete Holger. »Ich sollte ihr ein Kennzeichen raussuchen. Aber auf meine Antwort hat sie nicht mehr reagiert.«

»Was für ein Kennzeichen?«

»HSK–WE 666. Der Halter ist ein Robert Weißhaupt, Strackestraße 43, Brilon.«

Weißhaupt! Also hatte sie tatsächlich mit ihm gesprochen.

»Sag mal, Thorsten, ist alles klar bei euch? Oder muss ich mir Sorgen machen?«

»Nein. Kümmere du dich um die Spuren aus der Wohnung Steinmetz. Sag mir Bescheid, wenn du was gefunden hast«, sagte Thorsten und legte auf. Der nächste Schritt war klar. Er musste Anne finden, ihre letzten Kontakte zurückverfolgen.

Weißhaupt war nicht zu Hause, aber die Nachbarn wussten, dass er gerne in Brilon in einem Bistro saß und dort seine Artikel schrieb. Es sei direkt neben der Sparkasse und leicht zu finden.

Das Bistro war tatsächlich leicht zu finden und Thorsten konnte sogar bis zum Sparkassenparkplatz mit dem Auto vorfahren. Es lag am Ratshausplatz, auf dem schon ein Riesenrad und zwei große Fahrgeschäfte aufgebaut worden waren. Dazwischen drängten sich die noch geschlossenen Kirmesbuden und Verkaufsstände. Mittlerweile war es 15.00 Uhr. Bald würde hier die Hölle los sein.

Thorsten trat ein und sein erster Blick fiel auf den Mann, der mit einer aufgeschlagenen Zeitung in der Hand allein an einem Tisch saß: runde Brille, Schnauzbart, Kurzhaarschnitt. Auf einem Teller vor ihm stand ein belegtes Baguette. Thorsten trat an den Tisch heran und griff sich den freien Stuhl. »Darf ich?«, fragte er und setzte sich, ohne die Antwort abzuwarten.

Der Mann sah ihn über den Rand seiner Zeitung hinweg an, legte sie sorgsam zusammen und steckte sie ein. Dann erst antwortete er: »Herr Seidel, nehme ich an. Bestellen Sie sich etwas. Die Baguettes sind ausgezeichnet.«

»Genießen Sie Ihren Triumph, Herr Weißhaupt?«, fragte Thorsten scharf.

»Frau Kirsch hatte befürchtet, Sie würden verärgert sein. Nehmen Sie es nicht persönlich, Herr Seidel. Ich erledige meinen Job. Sie machen Ihren.«

Thorsten lehnte sich zurück und atmete einmal tief durch. Seine Erregung beunruhigte ihn selbst ein bisschen. Normalerweise hatte er sich besser im Griff.

»Haben Sie die Informationen von ihr?«, fragte er in ruhigerem Ton.

Weißhaupt biss in sein Baguette und kaute ausgiebig. Seine grauen Augen ruhten auf Thorsten und schienen ihn genauestens abzuschätzen. Die Bedienung kam an ihren Tisch und fragte, ob er einen Wunsch hatte.

Thorsten hatte keinen.

»Wollen Sie wirklich nichts essen? Dann könnte ich alles als Spesen abrechnen.« Weißhaupt grinste kauend.

»Danke«, erwiderte Thorsten geringschätzig und schüttelte den Kopf. Von diesem Schmierfinken wollte er nichts geschenkt haben. Er bestellte einen Kaffee auf eigene Rechnung und wartete, bis die Bedienung außer Hörweite war. »Wann haben Sie sich mit Frau Kirsch getroffen?«

»Gestern Abend«, antwortete Weißhaupt schließlich. »Ich stand mehr oder weniger zufällig vor dem Gasthaus, in dem die Beerdigungsfeier stattfand. Wollte gerade wieder fahren, da kam sie heraus. Sie war mächtig angetrunken und ich habe sie ein Stück mitgenommen.«

»Und dann?«, fragte Thorsten mit frostiger Stimme.

»Im Dorf wird viel über sie getratscht und ich dachte mir, dass sie vielleicht etwas Interessantes zu erzählen hat.« Er grinste wieder. »Vielleicht wollte ich sie auch einfach nur bumsen. Aber dann fing sie an, mir Fragen zu stellen. Wann ich bei Luise Steinmetz gewesen wäre und warum.«

»Und da haben Sie Lunte gerochen«, vermutete Thorsten.

»Wir haben einen Deal gemacht. Ihre Informationen gegen meine.«

Das war vermutlich nicht mal gelogen, dachte Thorsten, und der alte Ärger überschattete für einen Moment die Sorge um Anne. Diese Opportunistin!

»Und was haben Sie ihr erzählt?« Thorstens Kaffee kam und Weißhaupt biss noch einmal in sein Baguette. Mit enervierender Langsamkeit stellte die Bedienung Tasse, Milchkännchen, Löffel und Zucker auf den Tisch.

Weißhaupt tupfte sich die Mundwinkel mit seiner Serviette.» Informationen gegen Informationen.« Sein erwartungsvoller Blick sagte, dass er Thorsten den gleichen Deal anbot.

Seine Überheblichkeit versetzte Thorsten in Rage.

»Jetzt hören Sie mal zu«, zischte er. »Ich ermittle hier wegen zweifachen Mordes! Frau Kirsch wird vermisst und Sie sind der Letzte, der sie lebend gesehen hat.« Was nicht ganz der Wahrheit entsprach, aber das konnte Weißhaupt nicht wissen. »Also kooperieren Sie jetzt besser, wenn Sie nicht selbst eine Mordanklage am Hals haben wollen.«

Weißhaupt nahm in aller Seelenruhe seine Brille ab, zog ein Tuch aus der Tasche und polierte die Gläser. »Ich habe sie bei ihrer Pension abgesetzt, Herr Seidel. Bestimmt gibt es Zeugen dafür.«

Thorsten antwortete nicht. Er wartete.

»Wie hat Ihr Chef eigentlich auf meinen Artikel reagiert?«, fragte Weißhaupt unschuldig. Er maß Thorsten durch die runden Gläser seiner Brille. »Es hat mich gewundert, dass er der Öffentlichkeit einen Täter präsentiert, während Frau Kirsch verdeckt in eine andere Richtung ermittelt.«

Er machte eine Pause und wartete auf Thorstens Reaktion. Als diese ausblieb, bohrte er weiter: »Oder gibt es etwa interne Spannungen? Und auf welcher Seite stehen Sie, Herr Seidel? Ach, was frage ich, das ist wohl offensichtlich, nicht wahr?« Er grinste dreckig.

Weißhaupt war schon wieder auf der Suche nach seiner nächsten heißen Story, aber da war er bei Thorsten an den Falschen geraten. Von diesem Schmierfinken würde er sich nicht zu einer unbedachten Reaktion hinreißen lassen. Die plumpen Versuche, ihn zu provozieren, quittierte er mit einem abfälligen Lächeln.

»Sie können hier spekulieren, so viel Sie wollen«, entgegnete er kühl. »Sie sagen mir jetzt, was Sie Frau Kirsch erzählt haben, oder ich nehme Sie mit und lasse Sie achtundvierzig Stunden lang einsperren. Die Arrestzellen in Brilon sind nicht gerade komfortabel. Mal sehen, ob Sie danach gewillt sind, mit mir zu sprechen.«

Der Reporter begegnete seiner Drohung mit demonstrativer Gelassenheit.

Thorsten verschränkte die Arme und wartete. Auch er konnte stur sein, wenn er wollte. Und Weißhaupt brauchte nicht denken, dass er ihn gehen lassen würde, bevor er nicht die Wahrheit erfahren hatte. Wahrscheinlich waren seine Gedanken deutlich auf seinem Gesicht zu lesen, denn der Reporter gab schließlich nach.

»Nun gut«, sagte er. »Frau Steinmetz hatte eine Vermisstenanzeige wegen ihrer Katze geschaltet. Deshalb war ich bei ihr. Sie wollte mir das Geld in bar geben und ich habe ihr die ersten Zuschriften vorbeigebracht. Das ist alles. Das habe ich auch Ihrer Kollegin gesagt.«

Thorsten hatte so etwas befürchtet. Und dafür hatte Anne sich geoutet. Das Schwein hatte sie übers Ohr gehauen. Er musste sie schnell finden. Sie war in der Lage, noch irgendeinen Blödsinn anzustellen, ein unüberlegtes Wagnis einzugehen, um ihren Fehler wiedergutzumachen.

»Das Geld, das Sie Herrn Tönnsmeier gegeben haben, war das auch für Informationen gedacht?«

Weißhaupt zuckte lakonisch mit den Schultern. »Nichts ist umsonst, Herr Seidel.«

Vermutlich nicht. Thorsten hatte genug gehört. Er zahlte seinen Kaffee an der Theke. Er würde es noch einmal bei Annes Pension versuchen.

Dieses Mal öffnete jemand auf sein Klingeln. Es war die Vermieterin, eine rüstige Rentnerin mit weißem Haar und auffälligen blauen Augen. Sie trug Plastikhandschuhe und einen Wischer in den Händen, scheinbar hatte er sie beim Putzen gestört. »Sie wollen zu Frau Kirsch? Das tut mir leid, sie ist heute Vormittag abgereist.«

Abgereist? »Sind Sie sicher?«

Thea von der Linde nickte freundlich. »Ja, ich habe sie zum Bahnhof gefahren.«

Das konnte nicht sein! Das würde sie niemals tun!

Würde sie nicht? Eine kleine verräterische Stimme in seinem Inneren meldete sich zu Wort: *Er* hielt den Kopf für sie hin und *sie* zog den Schwanz ein. Die Pferde waren mit ihr durchgegangen und sie war einfach abgehauen.

Nein, das passte nicht zu ihr. Thorsten weigerte sich zu glauben, dass sie ohne ein Wort gegangen war. *Obwohl*, beharrte die Stimme, *sie hat mich um Rückruf gebeten. Sie wollte mir etwas sagen.*

Ja, aber er hatte sie nicht erreichen können! Nein, irgendetwas stimmte hier nicht.

Das Gesicht der Vermieterin war offen und sie schien verwundert darüber, dass Thorsten so unschlüssig in der Tür stand. »Sie sind doch der Herr von der Mordkommission, nicht wahr?«

Thorsten nickte. »Wo und wann haben Sie sie abgesetzt? In Brilon am Bahnhof?«

»In Brilon-Wald«, erklärte Thea. »Um Viertel vor zehn. Dort fahren die Züge über Schwerte zum Dortmunder Hauptbahnhof.«

»Danke. Dann will ich Sie nicht länger aufhalten.«

Thorsten ging zu seinem Wagen. Wenn Anne aus dem Funkloch hier raus war, musste sie über ihr Handy erreichbar sein. Er versuchte noch mal anzurufen, aber auf der anderen Seite kam kein Freizeichen.

Er musste nachprüfen, ob die Vermieterin die Wahrheit gesagt hatte, schnellstmöglich. Er rief Hellmann an.

»Hallo? Ah«, sagte der nur, als Thorsten seinen Namen nannte. Seine Stimme klang nervös.

Er war nicht allein. Thorsten konnte sich denken warum. »Ist Janitzki bei Ihnen?«

»Ja«, war alles, was er als Antwort bekam. Offenbar konnte Hellmann nicht offen reden, aber schien Thorsten auch nicht verraten zu wollen.

Das war ein guter Ansatzpunkt. Leider hatte Thorsten, seit ihm die Ermittlungen entzogen worden waren, noch keine Gelegenheit gehabt, mit Hellmann zu reden. Und jetzt war auch kein guter Zeitpunkt dafür.

»Ich habe eine Bitte an Sie«, sagte er. »Anne Kirsch ist verschwunden. Können Sie für mich nach Brilon-Wald fahren und herausfinden, ob sie um kurz vor zehn den Zug nach Dortmund genommen hat? Es ist wichtig.«

Hellmann zögerte kurz. »Ja«, antwortete er wieder nur. Thorsten fiel ein Stein vom Herzen. »Danke!«

Er brachte den Jungen in Schwierigkeiten, doch er hatte keine Wahl. Er konnte nicht allein weitermachen. Wenn Hellmann ihn hängen ließ, hatte er verloren. Holger und Ulrike waren weit weg in Dortmund.

Janitzki war kein schlechter Kollege und sie hatten oft genug zusammengearbeitet, aber er hatte explizite Anweisungen bekommen und Thorsten bezweifelte, dass er seine Karriere aufs Spiel setzen würde, nur um ihm einen Gefallen zu tun. Er musste darauf vertrauen, dass Hellmann Wort hielt. Er selbst würde noch mal zu Frau Asshauer fahren. Sie hatte sich noch nicht gemeldet, aber Thorsten hatte beschlossen, dass ihre Schonfrist jetzt beendet war.

Falls Anne noch hier war, steckte sie bestimmt in Schwierigkeiten.

Was ihm Kopfzerbrechen bereitete, war die Frage, wie die Tatwaffe in Asshauers Wohnung gekommen war. Natürlich drängten sich als Erstes die Personen auf, die ungehinderten Zutritt zum Haus hatten, also Vater und Sohn und natürlich auch Mutter. Doch Susanne Asshauer war in der Tatnacht nicht im goldenen Hirsch gewesen. Natürlich hätte sie auch zu Hause Zugang zum Gewehr ihres Mannes gehabt, der das geöffnete Fenster in der Abstellkammer des Gasthauses und die Spuren draußen an den Sträuchern inszeniert haben könnte, um von seiner Frau abzulenken.

Aber warum sollte Susanne Asshauer ihren Bruder erschießen? Er hatte nicht viel zu vererben gehabt und sie und ihr Mann hatten eine gutgehende Kanzlei und – das hatte Ulrike nachgeprüft – keine Schulden oder ähnliches. Und was sie sonst noch von ihr wussten, ein wenig frühkindliche Eifersucht zum Beispiel, Auseinandersetzungen wegen der

Jagdleidenschaft ihres Mannes, reichte für ein Mordmotiv nicht aus.

Susanne Asshauer öffnete die Tür nur einen Spalt breit. Sie hatte sich geschminkt und angezogen, doch unter ihren Augen sah Thorsten die dunklen Ringe, die selbst ihr Concealer nicht ganz überdecken konnte. Ihr Mund war zu einem dünnen Schlitz zusammengepresst. Anscheinend hatte sie über Thorstens Worte nachgedacht, doch sie war zu einem völlig anderen Ergebnis gekommen.

»Versuchen Sie nicht mich für dumm zu verkaufen, Herr Seidel«, zischte sie. »Ich sehe doch, was Sie vorhaben. Wenn wir zugeben, dass niemand die Tatwaffe hierhergebracht haben kann, haben Sie den Beweis gegen meinen Mann in der Tasche. Aber da können Sie lange warten.«

»Das ist doch Unsinn«, versuchte Thorsten sie zu beschwichtigen.

»Sie wollen ihn überführen, das ist das einzige, was Sie wollen! Von uns erfahren Sie kein Wort mehr!«

»Frau Asshauer!«, sagte Thorsten eindringlich. »Sie haben recht, mein Chef denkt, dass Ihr Mann der Täter ist. Er hat mich von den Ermittlungen ausgeschlossen.«

»Was?« Sie war so überrascht, dass sie die Tür öffnete. »Was sagen Sie da?«

Thorsten hob die Jacke, um den leeren Halfter zu zeigen, in dem sonst seine Dienstwaffe steckte. »Ich ermittle auf eigene Faust. Ich glaube nicht, dass Ihr Mann Ihren Bruder erschossen hat.«

Sie ließ ihn eintreten. »Und Sie sagen die Wahrheit? Aber warum? Warum glauben Sie uns?«

Sie trug hohe Hacken, keine gute Idee bei ihrer derzeitigen Verfassung. Auf dem Weg ins Esszimmer stolperte sie einmal und wäre fast gestürzt, wenn Thorsten sie nicht am Arm festgehalten hätte.

Er erläuterte ihr kurz, warum er der Auffassung war, dass weder Vater oder Sohn den Mord begangen hatten. Dass auch Susanne selbst infrage kam, verschwieg er lieber.

Ihr Misstrauen war noch nicht zerstreut. »Sie erzählen mir doch keine Lügen, um mich zum Reden zu bringen?«

Es stimmte, dass es Polizisten gab, die Angehörigen Lügen erzählten, um unbedachte Aussagen zu provozieren, aber Thorsten verabscheute solche Methoden. Wenn jemand den Anspruch erhob, Recht und Gesetz zu vertreten und durchzusetzen, dann sollte er sich auch selbst daran halten.

»Ich verspreche Ihnen, dass ich die Wahrheit sage, bei den zwei Kindern, die ich habe«, sagte Thorsten.

»Sie haben Kinder? Können Sie mir ein Foto zeigen?«

Thorsten hatte eines im Portemonnaie, das Lisa und Margit zeigte, wie sie Robin zusammen in einem Wäschekorb schaukelten.

Das Foto schien Frau Asshauer zu überzeugen. »Ich glaube Ihnen. Aber warum tun Sie das?«

Thorsten erzählte ihr von Anne. Er sagte ihr, dass sie beide glaubten, dass Frau Steinmetz' Tod kein Unfall gewesen war. Dass Anne sich bei Thea von der Linde eingemietet hatte, um verdeckt zu ermitteln, und dass die ganze Sache morgen in der Zeitung stehen würde.

Susanne Asshauer verstand sofort die Zusammenhänge, immerhin hatte sie in ihrem Job öfter mit der Polizei zu tun. »Und nun ist Ihr Chef wütend auf Sie beide. Dann sollten Sie schnell den richtigen Täter finden!«

Thorsten nickte. »Das habe ich auch vor. Deshalb bin ich hier. Haben Sie über meine Frage nachgedacht?«

Ihre Miene verriet Resignation. Sie nickte. »Benni und ich, wir haben nachgedacht. Am Sonntag waren einige Leute da. Unter der Woche war ich vormittags in der Kanzlei und Benjamin in der Schule. Jeden Tag sind Kondolenten gekommen, aber die meisten haben nur einen Umschlag abgegeben. Niemand hatte etwas Auffälliges bei sich, keinen Gitarrenkoffer und keine Golftasche wie in den Mafiafilmen.«

Sie lachte kurz, aber es klang verzweifelt. »Ich kann es mir einfach nicht erklären.«

Auf Thorstens Bitte rief sie nach Benjamin.

Der Junge begegnete Thorstens Blick nur kurz, dann sah er beschämt auf den Boden. Er schlurfte herbei und setzte sich neben seine Mutter. Sie gingen jeden Tag zusammen durch, und Thorsten machte sich eine Liste, aber nichts brachte sie einer Antwort näher. Es waren einfach zu viele Personen, um sie alle genau zu überprüfen.

Zwischendurch rief Hellmann an. Er war in Brilon-Wald gewesen und hatte den Reisebegleiter gefunden, der heute Vormittag Dienst gehabt hatte. Außerdem hatte er bei allen Anwohnern geschellt. Keine Frau, auf die Annes Beschreibung auch nur annähernd passte, war heute mit dem Zug nach Dortmund gefahren.

Thorstens Instinkt hatte ihn also nicht getäuscht. Anne war noch hier. Hatte sie etwa ein Täuschungsmanöver vollzogen? Oder hatte Thea von der Linde ihn belogen? Aber warum sollte sie das tun?

Kapitel 10

Anton Hellmann atmete auf, als der letzte Reporter und Kameramann im Konferenzraum verschwunden war. Er konnte sich nicht erinnern, dass auf der Wache jemals so ein Tumult geherrscht hatte. Und noch dazu an einem Freitag. Endlich konnte man sich auf den Fluren wieder frei bewegen.

»Danke für deine Hilfe«, sagte Jens kauend. Heute waren es Kaugummis. Anton hatte das Pfefferminzaroma schon den ganzen Morgen in der Nase. »Bin gespannt, wie lange das gutgeht. Wie transportieren wir denn das Geschirr?«

Hellmann überlegte kurz. Jens zu helfen war eine willkommene Ablenkung von dem Wirbel, der in seinem Kopf herrschte. »In der Küche gibt es bestimmt einen Servierwagen. Zur Not müssen wir eben den Aktenwagen aus dem Keller holen.«

Hauptkommissarin Nolte-Bergmann hatte Jens angewiesen, die Presseleute im Konferenzraum unterzubringen, bis die Dortmunder eine neue Erklärung fertig hatten.

Es war seine Idee gewesen, Kaffee und Tee auszuschenken, und Steffi, die Auszubildende mit dem langen Pferdeschwanz, stand schon in der Küche und bereitete die Kannen vor. Die Uniform stand ihr gut, dachte Anton nicht zum ersten Mal. Sie betonte ihren knackigen Hintern.

Die Reporter waren nur widerwillig bereit gewesen, ihren strategischen Platz im Flur zu räumen. Oberan hatte ihnen eine Stellungnahme in Aussicht gestellt, wenn sich alle brav in den Konferenzraum zurückziehen und die Polizeiarbeit nicht behindern würden.

Er hatte es natürlich mit anderen Worten gesagt und die Drohung im Raum stehenlassen, dass er notfalls auch hart durchgreifen konnte, wenn seinen Anweisungen nicht Folge geleistet würde.

Nach seiner Ansprache waren die meisten Antons und Jens' Aufforderung freiwillig gefolgt und nur ein kleiner, renitenter, südländisch aussehender Typ hatte sich quergestellt und versucht, die Sache mit ihnen auszudiskutieren. Als sie sich nicht darauf einließen, wollte er ihren Vorgesetzten sprechen. Erst als sich Kommissarin Klöterjahn vor ihm aufbaute und ihm ihre schwere Hand in den Nacken legte, wurde er ganz klein und beschloss, sich doch mit den anderen zurückzuziehen und zu warten.

Just in diesem Augenblick war ein athletischer, blonder Mann in die Wache gekommen, der so braungebrannt war, als käme er gerade aus dem Urlaub. Er trug sportliche Markenklamotten, eine schwarze Aktentasche und Chucks. Unwillkürlich richteten sich alle Blicke auf ihn. Frau Klöterjahn starrte ihn an, als sei er eine Erscheinung aus dem Jenseits. Der träge Blick, den er in die Runde warf, besagte, dass er sich seiner Wirkung wohl bewusst war, und dass sie ihn nicht sonderlich interessierte.

Er nickte ihnen einmal kurz zu und als er den Kopf drehte, bemerkte Anton, dass seine Brille die Farbe wechseln konnte. Erst schimmerte sie grün, dann blau, je nach Blickwinkel. Alles an ihm schrie: Seht, ich bin seriös, aber jung und unglaublich cool! Und außerdem sehe ich tierisch gut aus! Dem tat kein Abbruch, dass sein blondes Haar schon schütter zu werden begann und sich erste Geheimratsecken an seiner Stirn abzeichneten.

»Oh Mann, da steckt aber einer tief in der Midlifecrisis«, hatte Jens geflüstert.

Anton hatte den Mann noch nie gesehen, doch der wusste offensichtlich, wohin er wollte, denn er nahm ohne zu zögern die Treppe zur ersten Etage. Anton beschlich ein ungutes Gefühl. Frau Nolte-Bergmann hatte ihm mitgeteilt, dass Herr Seidel gefeuert worden war, aber er hatte es nicht glauben können.

Jetzt war der Beweis dafür in Fleisch und Blut an ihm vorbeistolziert. Denn wer konnte es anderes sein als ein Ersatz aus Dortmund?

Anton hatte natürlich den Onlineartikel gelesen, der für solche Aufregung gesorgt hatte. Ihm selbst war das Ganze von Anfang an nicht geheuer gewesen. Kaum zu glauben, dass Frau Kirsch hier auf eigene Faust ermittelt hatte, und noch dazu ohne das Wissen ihrer Vorgesetzten. Aber Anton hatte vorausgesetzt, dass Herr Seidel wusste, was er tat.

Das war es jedoch nicht, was ihm zu schaffen machte. Er befürchtete, dass sein Partner ihn nun für einen Verräter hielt, dabei hatte er kein Wort über Frau Kirsch verloren, nicht einmal Jens gegenüber.

Er konnte sich nicht erklären, wie die Sache herausgekommen war. Niemand hatte es für nötig gehalten, Anton über die neuesten Entwicklungen aufzuklären. Schon gar nicht der Herr Staatsanwalt oder der Kriminaldirektor mit dem dicken Bauch und dem aufbrausenden Temperament. So, als wäre er nur der Laufbursche gewesen. Und jetzt war dieser blonde Sonnyboy aus Dortmund gekommen.

Sie hatten Anton nach oben rufen lassen und als er eintrat, sagte Oberan gerade: »Herr Hellmann wird Sie über alles Weitere in Kenntnis setzen. Er hat von Anfang an eng mit Herrn Seidel zusammengearbeitet.«

Anton stand noch in der Tür und fand sich mit einem Mal im Zentrum der Aufmerksamkeit. Er merkte, wie ihm das Blut in den Kopf stieg.

Der blonde Mann lächelte breit. Natürlich hatte er perfekte Zähne.

»Dann mach' ich mich jetzt an die Presseerklärung«, seufzte Oberan. Der Kriminaldirektor hatte sein Hemd aufgeknöpft und obwohl es nicht sonderlich warm war, bedeckten unzählige Schweißperlen seine Stirn. Vermutlich war es keine angenehme Arbeit, die ihn erwartete. Dann waren sie entlassen.

Anton trottete hinter Dr. Reiser und dem Sonnyboy her.

Der Staatsanwalt betrieb noch ein wenig Smalltalk. Wie denn seine Fahrt gewesen sei, ob er den Ort problemlos gefunden hätte.

»Ich bin mir nicht sicher«, antwortete der Blonde trocken. »Als ich bei Soest-Ost abgefahren bin, dachte ich, ich wäre da. Doch dann hat das Navi mich noch eine knappe Stunde durchs Gelände geschickt. Wahrscheinlich ist das blöde Gerät kaputt.«

»Ich fürchte, Ihr Navi funktioniert bestens«, erwiderte Dr. Reiser. »Man kann auch die A445 fahren, aber von der Zeit her nimmt sich das nicht viel.« Er schenkte Anton keinerlei Beachtung, der sich irgendwie fehl am Platze vorkam.

Auf dem Flur drückte der Staatsanwalt dem Blonden noch mal die Hand. »Viel Erfolg wünsche ich Ihnen!« Er hielt seine Hand länger als notwendig und sah ihm fest in die Augen. »Ich muss Ihnen ja nicht sagen, dass Sie mich jederzeit anrufen können. Samstag, sonntags, immer. Und denken Sie daran, Herr Oberkommissar: Dies ist *Ihre* Chance!« Dann klemmte er seine Aktentasche unter den Arm und lief mit schnellen Schritten die Treppe hinunter in Richtung Ausgang.

In Anton lehnte sich alles auf. Wie konnten sie nur auf die Idee kommen, Herrn Seidel durch so einen Lackaffen zu ersetzen?

Der Blonde sah Reiser nachdenklich hinterher, seine gebräunte Stirn in Falten gezogen. Dann drehte er sich zu Anton Hellmann um. »Kommen Sie mit«, befahl er. »Ich denke, wir sollten uns erst einmal in Ruhe unterhalten.«

Ihre Unterhaltung dauerte eine geschlagene Stunde. Anton erfuhr, dass der blonde Mann Janus Janitzki hieß und mit Herrn Seidel in derselben Abteilung arbeitete.

Janitzki ließ sich von Anton die Berichte zeigen, die sie bis jetzt verfasst hatten. Er musste ihm über jeden Schritt, den er mit Herrn Seidel unternommen hatte, Rechenschaft ablegen, obwohl Dr. Reiser und der Kriminaldirektor ihn zweifellos schon über den Fall in Kenntnis gesetzt hatten.

Janitzki hörte genau zu. Seine blauen Augen schienen kaum zu blinzeln. Hin und wieder machte er sich Notizen in einem mit schwarzem Leder eingefassten Buch.

Auf ihrem Computer hatten sie Zugriff zur elektronischen Asservatenkammer. Sie begannen mit der Tatwaffe und gingen Beweismittel für Beweismittel durch, welche dort mit oft mehreren Bildern aus unterschiedlichen Blickwinkeln eingestellt waren: Projektil, Patronenhülse und noch jede Menge Dinge aus Grubers Wohnung und aus dem goldenen Hirsch, die auf mögliche Abdrücke oder DNA-Spuren untersucht worden waren.

Janitzki fragte nach allen Kleinigkeiten, die Anton am Tatort wahrgenommen hatte: nach geöffneten Fenstern, ob die Heizung und das Radio angeschaltet gewesen waren, wo der Schlüssel gesteckt habe, nach Fernsehzeitung, Telefonbüchern. Nach einer Stunde schmerzte Antons Kopf von der andauernden Konzentration, aber Janitzki war unnachgiebig. Er bohrte und fragte, bis Anton ihm alles gesagt hatte, an das er sich auch nur im Entferntesten erinnern konnte.

Anton fühlte sich in die mündliche Prüfung für den Abschluss seiner Polizeiausbildung vor drei Jahren zurückversetzt. Er hatte den meistgehassten Dozenten als Prüfer gehabt, Herrn Bergmann, der mit seinen Fragen zu jedem Thema stets bis ins kleinste Detail vordrang. Die allgemeinen Dinge ließ er hingegen gern außen vor, sodass es bei ihm nahezu unmöglich war, eine gute Note zu bekommen. Anton hatte damals Blut und Wasser geschwitzt und er war hinterher froh gewesen, dass er die Prüfung überhaupt bestanden hatte.

»Gut«, sagte Janitzki schließlich und Anton gestattete es sich, innerlich aufzuatmen und hoffte darauf, dass er nun bald entlassen war. »Bis morgen Nachmittag stellen Sie mir bitte noch mal sämtliche Fakten zu Gerd Asshauer zusammen: Wo und wie genau die Tatwaffe gefunden wurde, Beziehung zu Jürgen Gruber, Motiv, Mittel und Alibi. Persönlicher Werdegang, Umfeld, Freunde, Verwandte, alles, was Sie finden können. Ich werde die Akten studieren und morgen treffen wir uns hier und bereiten die neue Vernehmung vor.«

Anton verkniff sich mit Mühe ein Stöhnen. Verdammt, es war Freitagnachmittag und noch dazu Kirmeswochenende! Wenn die alle hier so überzeugt davon waren, dass Asshauer der Täter war, dann mussten sie sich doch nicht mehr die Wochenenden um die Ohren schlagen. Der lief ihnen doch nicht weg.

Deprimiert packte er seine Sachen zusammen. Seine Stimmung musste sich deutlich in seinem Gesicht widerspiegeln, denn Janitzki legte ihm die Hand auf den Arm.

»Der Fall hat für viel Wirbel gesorgt und wir haben den Auftrag, ihn zügig und sauber über die Bühne zu bringen. Dabei wird man uns genau beobachten. Sehen Sie zu, dass Sie das zu Ihrem Vorteil verwenden, Herr Hellmann.«

In diesem Moment klingelte Antons Handy. Es war Thorsten Seidel. Sein Herz setzte für einen Moment aus und bevor Janitzki einen Blick auf das Display werfen konnte, drückte er auf den Annahmeknopf und riss das Handy ans Ohr. Er wollte beteuern, dass die Informationen in dem Onlineartikel nicht von ihm kamen, dass Herr Seidel sich nach wie vor auf ihn verlassen konnte, doch Janitzki hatte seine blauen Augen auf ihn geheftet und er brachte nur ein tonloses »Ja?« heraus.

Als Herr Seidel seine Bitte aussprach, wurde ihm vor Erleichterung ganz schwindlig. Er vertraute ihm nach wie vor! Er wollte sich dafür bedanken, doch auch das war jetzt unmöglich. Er konnte sich nicht vorstellen, dass sein neuer Chef es gutheißen würde, wenn er von Herrn Seidel noch Aufträge entgegennahm. Deshalb blieb er einsilbig und beendete das Gespräch so schnell wie möglich.

»Meine Mutter«, sagte er erklärend zu Herrn Janitzki. »Ich soll gleich noch etwas einkaufen.«

Der Oberkommissar hob die Brauen. Glaubte er ihm nicht? Anton war kein guter Lügner und er spürte das Blut in sein Gesicht steigen, das ihn ganz sicher verraten musste.

Aber Janitzki zuckte nur gleichmütig mit den Schultern. »Solange Sie mit Ihrer Arbeit fertig werden.«

Anton Hellmann versprach, dass er sich gleich daran setzen würde, aber die Besorgungen seien wichtig und er sei so schnell wie möglich wieder da.

Janitzki sah seufzend auf die Uhr. Immerhin war es Freitagnachmittag. Darum sagte er nur, er werde gleich in der Pension sein und Anton Hellmann solle sich die Arbeit mit nach Hause nehmen. Er erwarte ihn morgen um zehn Uhr in seinem Büro.

Anton bedankte sich. Im Hinausgehen schalt er sich einen Narren. Er hatte sich noch nie dafür bedankt, dass er Freitagabend arbeiten durfte und noch dazu, wenn er die Arbeit für überflüssig hielt. Aber er war so erleichtert, dass er die Gelegenheit bekam, Herrn Seidels Bitte nachzukommen. Er wollte ihm gerne helfen. Die letzten Tage waren die spannendsten und interessantesten in seinen ganzen drei Jahren Polizeidienst gewesen. Und das bestimmt nicht nur, weil es der erste Mordfall war, in dem er ermitteln durfte, sondern weil Herr Seidel ihn immer als gleichwertigen Partner behandelt hatte. Er wusste, dass das keineswegs selbstverständlich war. Janitzki war das beste Beispiel dafür, dass es auch anders laufen konnte.

So besorgt, wie Herr Seidel geklungen hatte, war er bestimmt noch nicht zurück nach Dortmund gefahren. Antons Herz klopfte schneller, als er die Treppe hinuntereilte. Bestimmt war Herr Seidel noch an dem Fall dran. Er würde den richtigen Täter schnappen und er, Kriminalkommissar Anton Hellmann, würde ihm dabei helfen.

♦

Momentan war Thorsten Seidel weit davon entfernt, irgendjemanden zu schnappen. Er stand im Hausflur der Asshauers und maß den Schirmständer, in dem er die Tatwaffe gefunden hatte, mit einem durchdringenden Blick, als wolle er ihn zwingen, ihm sein Geheimnis preiszugeben. Er dachte an das, was er durch Hellmann erfahren hatte. Ob Thea von der Linde auch hier gewesen war?

»Sicher«, antwortete Susanne Asshauer, als er sie danach fragte. »Sie kommt regelmäßig. Ich mache eine Therapie mit Bachblüten und Johanniskraut – gegen den Stress.«

Das Gespräch mit ihm schien ihr neue Kraft gegeben zu haben. Sie stand in der Tür, so aufrecht und selbstbewusst wie Thorsten sie kennengelernt hatte, und fragte, ob sie ihm etwas zu essen bringen sollte.

Er wollte dankend ablehnen, doch sein Magen meldete sich zu Wort und ihm wurde klar, dass er das Mittagessen heute hatte ausfallen lassen. »Danke, eine Kleinigkeit, wenn Sie haben.« Er folgte ihr in die Küche.

Benjamin hatte sich wieder in sein Zimmer zurückgezogen und die Musik aufgedreht. Frau Asshauer bereitete ein Sandwich mit Salami, Gurken und Salat zu.

Thorsten fragte sie, ob Thea etwas bei sich gehabt hatte, wie etwa eine große Sporttasche oder eine zusammengerollte Matte.

Frau Asshauer warf ihm einen zweifelnden Blick zu und lachte. »Sie glauben, dass Thea …? Aber das ist doch absurd!«

»Nein«, sagte sie nach einem kurzen Moment des Nachdenkens. »Sie hatte nichts bei sich außer ihrer Umhängetasche, und da passt mit Sicherheit kein Gewehr rein.« Sie belegte das Sandwich liebevoll, krönte ihr Werk mit einem Klecks Remoulade und reichte es Thorsten.

Erst als er den ersten Bissen nahm, spürte er, wie groß sein Hunger war.

»Ich sollte das Badeöl holen«, sagte Frau Asshauer.

Thorsten schluckte hinunter. »Was?«

»Ja. Das kam mir seltsam vor. Ein Kunde hätte sich beschwert, weil sein Badeöl schlecht roch, und Thea bat mich, das Öl zu holen, weil sie sich vergewissern wollte, dass damit alles in Ordnung sei. Ich habe es schon mehrere Male bei ihr gekauft und war immer zufrieden. Das habe ich ihr auch gesagt, aber sie bat mich, es zu holen, weil sie nicht mehr sicher war, ob sie es kontrolliert hatte.«

Thorsten wurde einiges klar. »Sie haben es geholt«, vermutete er. »Und Thea war allein im Hausflur.«

Frau Asshauer nickte. Sie war blass geworden.

Mit drei schnellen Schritten war Thorsten im Flur und sah sich um. Das Sandwich und sein Hunger waren mit einem Mal vergessen. Er öffnete die Haustür. Er ging hinaus. Die buschige Kletterrose an der Hauswand, direkt neben dem Eingang. Wie leicht war es, nachts im Schutz der Dunkelheit hier ein Gewehr zu verstecken? Und vom Hausflur hinauszugehen, es zu holen und in den Schirmständer zu stecken war eine Sache von weniger als 30 Sekunden. So musste es gewesen sein. Vermutlich hatte Thea noch ein Tuch oder einen Handschuh in der Tasche gehabt, um keine Fingerabdrücke zu hinterlassen.

Wer so klug war, auf diese Art und Weise einem Verdächtigen die Tatwaffe unterzuschieben, der war auch in der Lage, kaltblütig einen Mord zu planen. Und Anne war bei ihr gewesen, hatte in ihrem Haus gewohnt.

Anne! Thorsten wurde eiskalt. Dann wurde ihm schlecht. Er musste sich zwingen, klar zu denken. Anne war nicht abgereist. Sie hatte Thea entlarvt oder war ihrem Geheimnis gefährlich nahe gekommen und Thea hatte sie unschädlich gemacht.

Nur wo war sie? Im Haus? Eher unwahrscheinlich. Die Nachbarn hatten sie zusammen wegfahren sehen.

»Glauben Sie wirklich, dass es Thea war?«, unterbrach Frau Asshauer seine Gedanken. Es schwangen immer noch Zweifel in ihrer Stimme mit, aber auch neue Hoffnung. Thorsten erklärte ihr in knappen Sätzen seine Theorie mit der Kletterrose.

»Am besten Sie fassen hier nichts mehr an«, ermahnte er sie. »Ich hoffe, dass ich jemanden von der Spurensicherung dazu kriege, dass er sich die Sache ansieht.«

Er dachte an Holger und verfluchte sich dafür, dass er zugelassen hatte, dass der nach Dortmund zurückfuhr.

Er lief auf und ab. »Wir müssen meine Kollegin finden, Anne Kirsch. Ich erreiche sie nicht mehr und ich befürchte, dass Thea ihr etwas angetan hat. Wo könnte sie Anne versteckt haben? Besitzt sie noch andere Häuser? Wohnungen? Einen Schuppen im Wald?«

Falls sie noch lebt, dachte er, wagte er aber nicht, den Gedanken laut auszusprechen. Einen Leichnam konnte man irgendwo im Wald entsorgen, davon gab es im Sauerland mehr als genug.

»Oje!« Frau Asshauer dachte einen Moment nach. »Da fällt mir nur das alte Gut ein. Das hat mal ihrem Mann gehört, bevor er insolvent wurde. Aber die beiden Wohnhäuser sind längst verkauft. Das sind jetzt Ferienhäuser. Da ist auch eine alte Scheune, in der damals …« Sie geriet ins Stocken und lehnte sich stützend an die Wand. Die ganze Sache hatte sie aus der Fassung gebracht.

Thorsten musste sich beherrschen, um sie nicht ungeduldig anzufahren. »Ja?«

Sie holte einmal tief Luft. »Ihr Mann hat sich vor vielen Jahren in der Scheune erhängt, deshalb ist sie noch im Familienbesitz. Aber ich weiß nicht, ob Thea sie benutzt. Sie redet nicht darüber.«

Das war zumindest etwas. »Danke«, sagte Thorsten. Er hatte keine Zeit zu verlieren. »Bitte sprechen Sie erst mal mit niemandem darüber«, schärfte er Frau Asshauer ein und hoffte, dass sie den Ernst der Lage begriff. »Im Moment ist die Überraschung unser einziger Vorteil.«

»Natürlich«, nickte sie und Thorsten glaubte, dass er sich auf sie verlassen konnte. Immerhin war sie Anwältin und so wie er ihren Berufsstand kennengelernt hatte, konnte sie zwei Dinge wahrscheinlich ausgesprochen gut: So lange reden, bis man geneigt war, ihrem Willen nachzukommen, nur damit sie endlich die Klappe hielt, und zu jeder Frage penetrant schweigen.

In ihrem Fall hoffte er jetzt auf Letzteres.

Beim Fahren wählte er die Nummer von Janus Janitzki. Er hatte gehofft, das nicht tun zu müssen, aber Annes Leben stand auf dem Spiel. Er hatte keine andere Wahl.

»Thorsten!«, meldete sich JJ über die Freisprecheinrichtung. Seine Stimme klang überrascht. »Was ist los?« *Was willst du denn von mir,* sagte sein Tonfall.

Thorsten kam gleich zur Sache. »Du musst so schnell wie möglich zu Thea von der Linde fahren und das Haus durchsuchen. Ich bin mir sicher, dass sie Asshauers die Tatwaffe untergeschoben hat. Du weißt bestimmt, dass Anne bei ihr gewohnt hat, und ich kann sie nicht mehr erreichen. Ich befürchte, Thea hat ihr etwas angetan!«

Einen Moment lang herrschte Schweigen auf der anderen Seite. »Dr. Reiser hat gesagt, ich soll Asshauer festnageln. Anne und du, ihr habt euch da in was verrannt.«

Am liebsten wäre Thorsten durch das Telefon gekrochen, um Janitzki am Hals zu packen und zu schütteln.

»Janus! Sie hat Anne!«, rief er eindringlich. »Du musst mir jetzt helfen, wenn wir sie noch lebend wiedersehen wollen.«

»Hast du Beweise?« Am Ende der Leitung raschelte es. Janitzki wühlte in Papieren. »Ich habe die Akten durchgesehen. Bei wem soll ich das Haus durchsuchen? Thea? Der Name wird hier nirgendwo erwähnt.«

»Thea von der Linde. Sie war am Samstagabend im goldenen Hirsch. Sie ist sogar laut Zeugenaussagen in den Raum gegangen, um Verbandszeug zu holen. Vielleicht kam ihr da die Idee, Jürgen Gruber zu erschießen. Sie hat die Tatwaffe draußen vor Asshauers Haus versteckt. Am nächsten Tag hat sie Frau Asshauer weggeschickt, um etwas zu holen, und hat die Waffe in den Schirmständer gestellt.«

»Und das Motiv? Hast du Beweise?«

Weder noch. Deshalb wollte er ja die Durchsuchung.

Janitzki lachte kurz und humorlos auf. »Was zum Henker ist mit dir los, Thorsten? So kenne ich dich gar nicht. Sonst kommen die wilden Theorien immer von Anne.«

Thorsten hatte das alte Gut erreicht und hielt an.

»Selbst, wenn ich deinen Verdacht teilen würde«, redete Janitzki weiter. »Dr. Reiser hat mir explizite Anweisungen gegeben. Ich soll Asshauer dazu bringen, dass er gesteht. Und wenn das nicht möglich ist, genug Indizien zu sammeln, um eine Verurteilung herbeizuführen.«

Thorsten schnaubte. »Das ist *nicht* die Aufgabe eines Kriminalisten, Janus, sondern *den Täter* zu überführen!«

»Er ist der Täter, Thorsten! Alle Indizien und Wahrscheinlichkeiten sprechen gegen ihn.«

»Er hat gestanden, um seinen Sohn zu schützen«, warf Thorsten ein, um JJ seinen Zweifel deutlich zu machen. »Du hast doch das Vernehmungsprotokoll gelesen.«

Am anderen Ende entstand eine kurze Pause, die Thorsten Hoffnung machte. Das alte Gut lag von Blicken geschützt in einem Waldstück. Ein Herrenhaus mit blau verziertem Fachwerk und barock anmutenden Stuckornamenten. Ein schlichtes Wohnhaus, in dem wohl früher das Gesinde gelebt hatte, und eine alte Scheune, die vielleicht ein Stall gewesen war. Die Wände waren gemauert und die Fenster mit massiven Holzläden verschlossen. Der ideale Ort, um jemanden festzuhalten. Es drängte Thorsten, aus dem Wagen zu springen und das Tor aufzubrechen. Er hatte die Autotür schon geöffnet und wartete mit wachsender Ungeduld auf Janitzkis Entscheidung.

»Reiser würde die Durchsuchung niemals genehmigen«, sagte der schließlich.

»Gefahr im Verzug!« Thorsten beherrschte sich nur mit Mühe ihn nicht anzuschreien. »Sie hat Anne, verdammt!«

»Anne hat sich verpisst! Sie hat den Onlineartikel gelesen und ist abgehauen.«

Thorsten zwang sich, ruhig zu antworten. »Reiser ist zurück in Arnsberg. Wenn du ihm die Täterin samt Beweisen präsentierst, wird er sich hinter uns stellen. Vor der Presse kann er das ganze Chaos dann als Ermittlungstaktik verkaufen.«

JJ *musste* ihm einfach helfen. Als Leiter der Mordkommission konnte er eine Hausdurchsuchung in dringenden Fällen auch ohne Beschluss durchführen. Thorsten hätte das auch tun können, wenn er sich nicht hätte feuern lassen. *Verdammt!*

»Wenn …! Das ist mir zu dünn, Thorsten. Du kannst nicht erwarten, dass ich für deine Vermutungen meine Laufbahn aufs Spiel setze.«

Thorsten hatte genug gehört. Eine wüste Beschimpfung lag auf seiner Zunge, aber er drückte das Gespräch weg, bevor er sie ausstieß. Dann holte er seinen Tonfa, den Mehrzweckschlagstock, den er immer im Auto mit sich führte, heraus. Es war die einzige Waffe, die er noch besaß.

Wenn die beiden Wohnhäuser verkauft waren, hatte Thea vermutlich keinen Zugang mehr dazu, aber die alte Scheune bot ein ideales Versteck. Das ganze Gut war von der Landstraße nicht leicht einsehbar und dadurch, dass die Häuser nicht ständig bewohnt waren, konnte man hier unbeobachtet kommen und gehen.

Thorsten zog einmal versuchsweise an dem großen Schiebetor der Scheune, aber es war fest verschlossen. Das Schloss musste innerhalb liegen, vermutlich eine Riegelvorrichtung, da von außen kein Öffnungsmechanismus zu sehen war.

Thorsten öffnete einen Fensterladen, sah jedoch nur Bretter. Die Fenster waren von innen zugenagelt. Hier legte jemand Wert darauf, dass keiner einen Blick hineinwerfen konnte. Thorsten spürte, wie sich seine Nackenhaare aufstellten, als der Kriminalist in ihm ein Verbrechen witterte. Hier war etwas im Gange, was von langer Hand geplant worden war. Die Scheune war nicht erst seit gestern verrammelt worden. Falls er mit seinem Verdacht gegen Thea von der Linde richtig lag, würde sich hier vielleicht das Motiv für den Mord an Jürgen Gruber und möglicherweise auch für den Tod von Frau Steinmetz finden lassen.

Vielleicht gab es an der Rückseite noch einen Eingang. Doch zu beiden Seiten der Scheune wuchsen dornige Sträucher, die ein Durchkommen schwierig machten. Thorsten hieb mit seinem Tonfa auf die dicken Äste ein, die ihm den Weg versperrten und zwängte sich hindurch. Er hörte den Stoff seiner Hose reißen, aber er achtete nicht darauf.

An der Hinterseite befanden sich tatsächlich eine Tür und sogar ein kleiner Kräutergarten. Thorsten erkannte Oregano und Schnittlauch. Die hatte Margit in kleinen Töpfen auf ihrem Balkon stehen.

Dazwischen wuchsen hohe Pflanzen mit gelben Blüten und violette mit kleinen brennnesselähnlichen Blättern. *Katzenminze.* Margit hatte sie ihm letzte Woche im Vorgarten ihres Vermieters gezeigt, als er sich darüber beschwert hatte, dass der Kater aus dem Nachbarhaus immer bei ihnen ums Haus streifte. Angeblich wurde er davon angelockt.

Der Garten wurde offensichtlich gepflegt und er war durch einen schmalen Trampelpfad zu erreichen, der in den Wald führte. Die Tür war verschlossen und zwar durch ein relativ neues Zylinderschloss.

Was jedoch nicht neu war, war die Holztür, und das machte Thorsten sich zunutze. Er tastete nach einem Spalt zwischen Tür und Rahmen, der entsteht, wenn Holz sich durch den Einfluss von Feuchtigkeit und Temperaturschwankungen verzieht. Nachdem er fündig geworden war, trieb er mit dem Schlagstock ein paar flache Steine als Keile dazwischen, bis der Spalt groß genug war, dass er den Tonfa einsetzen konnte.

Dann brauchte es nicht mehr als zwei, drei kräftige Tritte und das Schließblech brach aus dem Rahmen. Thorsten stieß die Tür weit auf und hielt den Tonfa schlagbereit. Licht fiel ins Innere der Scheune. Jetzt wurde ihm alles klar.

Er wählte noch mal Janitzkis Nummer und erzählte ihm, was er gefunden hatte. Und dass JJ seinen Hintern hierher bewegen sollte, wenn ihm seine Karriere auch nur das Geringste bedeutete.

◆

Anton Hellmann atmete tief durch, streckte seine Arme nach hinten und bewegte die Schulterblätter. Er saß jetzt schon seit über einer Stunde in genau der gleichen Haltung am PC. Nun fühlte er sich steif und sein Rücken schmerzte.

Er stand auf, um sich einen Eistee zu holen, und überlegte, ob es wohl einen bedauernswerteren Trottel gab als ihn, der sich hier mit einer dämlichen Aufgabe den Freitagabend um die Ohren schlug. Wenn er wenigstens das Gefühl gehabt hätte, irgendetwas Sinnvolles zu tun.

Für die Ermittlungen mit Herrn Seidel hatte er gerne seine Freizeit geopfert. Sie hatten Zeugen befragt, Fakten gesammelt und waren der Lösung jeden Tag ein Stück nähergekommen. Aber hier zu sitzen und stupide Fakten aufzulisten und Berichte auszuwerten, nur damit der blonde Typ aus Dortmund seine Vernehmung besser planen konnte, das war das Allerletzte.

»Sag mal, arbeitest du immer noch?«, rief seine Mutter aus dem Wohnzimmer. Sie bügelte, und um das Zischen des Wasserdampfes zu übertönen, hatte sie den Fernseher ziemlich laut gedreht, sodass man im ganzen Haus problemlos mithören konnte. Es lief gerade Gute Zeiten, schlechte Zeiten oder etwas Ähnliches.

»Ich muss noch was fertig machen, Ma«, rief Anton zu ihr rüber und holte sich eine Packung Paprikachips aus dem Küchenschrank. *Nervennahrung.*

»Du bist schon seit heute Morgen halb acht im Dienst!«, rief sie vorwurfsvoll. »Der nutzt dich nur aus, dein neuer Chef. Wie heißt er noch? Seidel? Der kann nicht verlangen, dass du …«

»Schon gut, Ma«, unterbrach Anton sie und zog sich schnell wieder auf sein Zimmer zurück. Er hatte jetzt keine Lust, mit ihr über seine Arbeit zu diskutieren.

Seufzend ließ er sich in seinen abgewetzten Schreibtischstuhl fallen und riss die Chipstüte auf. Zwei Stunden würde er noch durchhalten und den Rest morgen früh erledigen.

Doch er hatte erst drei Stichpunkte hinzugefügt, als seine Mutter hereinkam.

»Für dich«, sagte sie und hielt ihm sein Telefon hin, das er in der Küche vergessen hatte. »Schon wieder Herr Seidel.« Sie hatte die Fäuste in die Seiten gestemmt und ihr Gesicht und ihre Stimme drückten einen Unwillen aus, der sich gleich in einer längeren Straflitanei entladen würde.

Anton beachtete sie nicht. Er war so aufgeregt, dass ihm das Herz wie wild klopfte. »Ja?«

Herr Seidel hatte noch nicht mal zu Ende gesprochen, da sprang Anton auf, riss seine Jacke vom Kleiderhaken und war mit zwei großen Sätzen die Treppe runter und an der Haustür.

»Anton!«, hörte er noch hinter sich, den Rest verstand er nicht mehr.

»Ich muss noch mal weg!«, schrie er hoch und sprang in seinen Fiat. Mit klopfendem Herzen düste er Richtung Bontkirchen. Er hatte es gewusst. Herr Seidel hatte nicht aufgegeben und jetzt hatte er den Beweis. Kriminalpolizei und Spurensicherung waren schon alarmiert worden, aber er hatte ihn – Anton Hellmann – persönlich angerufen. Weil er sein Partner war.

Das alte Gut Von der Linde wurde gerade abgesperrt. Überall standen Streifenwagen. Thorsten Seidel kam ihm mit schnellen Schritten entgegen. »Gut, dass Sie da sind. Steigen Sie ein!«

Er deutete auf seinen Wagen und winkte ungeduldig. Anton gehorchte automatisch, obwohl er das Innere der Scheune gerne mit eigenen Augen gesehen hätte. Aber anscheinend hatte Herr Seidel noch etwas vor. Er sah durchs Autofenster, wie Janitzki draußen telefonierend auf und ab ging. Seine schütteren, blonden Haare wurden vom Wind zerzaust. Er gestikulierte. Drei Beamte in weißen Plastikoveralls gingen über den Gutsplatz, einer von ihnen trug eine große Heckenschere, ein anderer einen Koffer mit ihrer Ausrüstung.

Der erste Schaulustige kam zu Fuß von der Landstraße her und blieb neugierig vor dem Absperrband stehen. Er hatte einen Hund bei sich. Dann startete Thorsten Seidel den Motor und Anton hatte zum ersten Mal Gelegenheit mit ihm zu sprechen.

»Sie haben eine Indoorplantage gefunden?«, wiederholte er die knappe Information, die er am Telefon erhalten hatte. »Hanf?«

Der Hauptkommissar nickte. »Etwa sechshundert Cannabispflanzen und ein modernstes Lüftungs- und Beleuchtungssystem. So hat sich unsere gute Frau von der Linde wohl ihre Rente aufgebessert.«

»Mein Gott. Und niemand hat etwas davon geahnt? Das ist unglaublich!«

»Das Gut hier ist ziemlich abgelegen. Aber vermutlich *ist* ihr jemand auf die Schliche gekommen.«

Anton begriff sofort. »Jürgen Gruber!«

»Er arbeitete bei Hochsauerland Energie. Ich denke, der hohe Stromverbrauch auf dem Gut hat ihn stutzig gemacht. Das ist meistens der Grund dafür, dass illegale Hanfplantagen entdeckt werden. Das sind allerdings nur Spekulationen«, fuhr Thorsten fort. »Und von illegalem Drogenanbau zu Mord ist es ein großer Schritt. Noch können wir nichts beweisen. Ich hoffe, dass uns die Hausdurchsuchung weiterbringt. Und …«

Er wollte noch etwas hinzufügen, stockte aber mitten im Satz. Anton vermutete, dass es um Frau Kirsch ging. Thorsten Seidel machte sich Sorgen um sie, das war ihm deutlich anzumerken. Er sah nicht aus wie ein Ermittler, der gerade im Alleingang eine Drogenplantage aufgedeckt hatte. Eher wie ein Marathonläufer, der wusste, dass der schwierigste Teil noch vor ihm lag.

Bis zu Theas Haus war es nicht weit. Frau Nolte-Bergmann hatte ihr Wochenende vorzeitig abgebrochen, als sie von Thorstens Fund unterrichtet worden war.

»Das ist kein Verlust«, hatte sie grimmig verkündet. Ihr Mann sei mit seinen Kegelbrüdern losgezogen und wenn sie nicht zu Hause sei, brauche sie sich wenigstens nicht über ihn zu ärgern.

Anton hatte Schwierigkeiten, sich Herrn Bergmann inmitten seiner Kegelbrüder vorzustellen. Er hatte überhaupt Probleme, ihn sich bei irgendetwas vorzustellen, das Spaß machte. Als Dozent war er schon schlimm gewesen, aber in seiner Rolle als Prüfer hatte er sich auf ewig in Antons Gedächtnis eingebrannt.

Mit ihr stieg die bullige Frau Klöterjahn aus dem Auto. Die beiden Frauen waren die einzigen, die ihre Dienstwaffen bei sich trugen. Anton hatte seine heute Nachmittag beim Verlassen der Polizeiwache ordnungsgemäß im Schließfach deponiert. Aber mit einer siebzigjährigen Dame würden sie es auch ohne Waffe aufnehmen können.

Thorsten Seidel klingelte. Frau Klöterjahn war hinter das Haus in den Garten gegangen, für den unwahrscheinlichen Fall, dass Frau von der Linde einen Fluchtversuch unternahm. Aber man konnte ja nie wissen.

Die weißhaarige Seniorin, die ihnen öffnete, schien nicht überrascht zu sein, dass drei Polizisten vor ihrer Haustür standen. Ihr ruhiger Blick streifte Frau Nolte-Bergmann und Anton nur kurz, dann wanderte er zu Herrn Seidel, den sie kannte. »Ja?«

»Wo ist Frau Kirsch?«, war das erste, was er mit gepresster Stimme hervorbrachte.

»Das habe ich Ihnen doch schon gesagt«, erwiderte sie.

»Dorothea von der Linde, Sie stehen unter dem Verdacht, gegen das Betäubungsmittelgesetz verstoßen und Jürgen Gruber und Luise Steinmetz getötet zu haben. Ich nehme Sie hiermit fest. Sie haben das Recht zu schweigen. Alles, was Sie sagen, kann vor Gericht gegen Sie verwendet werden.«

Anton Hellmann war in seiner dreijährigen Dienstzeit schon bei vielen Festnahmen dabei gewesen, wenn auch nicht bei so einem schwerwiegenden Tatvorwurf. Er hatte alle möglichen Reaktionen gesehen. Manche waren starr vor Schreck, andere reagierten übertrieben cool oder aggressiv. Manche versuchten alles abzustreiten. Thea von der Linde war einfach nur sehr ruhig, fast so, als hätte sie ihren Besuch erwartet.

»Dann sollte ich jetzt nichts mehr sagen«, meinte sie nur und öffnete die Tür, damit die drei Beamten eintreten konnten.

Anton betrat das kleine Häuschen, in dem auch Anne Kirsch für ein paar Tage gewohnt hatte. Es wirkte wie diese alten Häuser, die in Freilichtmuseen standen: alte Möbel und Dielen, Figuren und Intarsien. Ein appetitlicher Duft lag in der Luft. *Jägerschnitzel*, tippte Anton. *Mit Rosmarinkartoffeln.*

»Packen Sie ein paar Sachen zusammen«, sagte Thorsten Seidel mit sachlicher Stimme, »und ziehen Sie sich um. Die Spurensicherung wird Ihre Kleidung untersuchen. Frau Nolte-Bergmann begleitet Sie.«

Währenddessen durchkämmten er und Anton die Zimmer auf der Suche nach Anne Kirsch. Sie trugen natürlich Handschuhe, denn die Spurensicherung würde sich das Haus gründlich vornehmen. Sie sahen in alle Schränke, die groß genug waren, um einen menschlichen Körper aufzunehmen, unter die Betten, ja, sogar in die große Tiefkühltruhe, die im Keller stand. Doch sie fanden keine Spur von ihr.

Thea hatte wohl gerade zu Abend gegessen. Auf dem Küchentisch stand ein benutzter Teller, auf dem Gabel und Messer ordentlich zusammengelegt waren; daneben ein leeres Rotweinglas.

Frau Klöterjahn kam herein. »Im Gartenhäuschen ist auch nichts«, berichtete sie.

»Dann fehlt noch der Kofferraum«, sagte Thorsten Seidel. Er wirkte äußerlich gefasst, doch Anton, der ja nun schon tagelang eng mit ihm zusammenarbeitete, sah die kleinen Zeichen seiner Anspannung: das blasse Gesicht, die Falten um Mund und Augen.

Seine Bewegungen waren langsamer als sonst, als würde es ihn große Überwindung kosten, den Autoschlüssel von der Anrichte zu nehmen und den Fußweg bis zur Straße zurückzulegen, wo der Wagen von Frau von der Linde stand.

Sie mussten damit rechnen, dass Frau Kirsch darin lag, tot oder bewusstlos.

Anton begleitete ihn. Vermutlich war er kein großer Trost, aber in solch einer Situation sollte niemand alleine sein.

Vor der Kofferraumklappe blieben sie stehen.

»Sie ist nicht da drin!«, sagte Anton aus einem plötzlichen Impuls heraus und legte dem Hauptkommissar die Hand auf den Arm. Obwohl er wusste, dass man nie etwas versprechen durfte. Denn natürlich konnte er es nicht wissen.

Thorsten Seidel zögerte einen Moment. Dann öffnete er die Klappe. Der Kofferraum war leer.

Anton atmete tief durch. Trotz seiner Worte hatte er damit gerechnet eine zusammengekrümmte Leiche vorzufinden, besudelt von Blut, womöglich schon aufgebläht von Verwesungsgasen. Doch da war nichts.

Thorsten Seidel gestattete sich keinen Moment der Erleichterung. Er hatte sofort seine Taschenlampe hervorgezogen, um das Innenfutter zu untersuchen. »Da«, er deutete auf zwei getrocknete Flecken. »Das ist möglicherweise Blut.«

Anton wusste nicht, was er sagen sollte, aber Thorsten Seidel schien auch keinen Kommentar zu erwarten, denn er ging mit schnellen Schritten zum Haus zurück.

Thea von der Linde hatte einen Rollkoffer gepackt und sich umgezogen. Sie trug eine bordeauxfarbene Seidenbluse und dazu eine schwarze Stoffhose.

Eine seltsame Kleidungswahl, um ins Gefängnis zu gehen, dachte Anton. Es sah eher feierlich aus. Aber wer wusste schon, was in den Köpfen solcher Leute vorging.

Es musste Herrn Seidel rasend machen, dass sie nichts sagte. Trotzdem blieb er ruhig, schrie sie nicht an. Er versuchte nicht, ihr zu drohen oder sie einzuschüchtern, wie es andere vielleicht getan hätten.

Frau Nolte-Bergmann führte sie zum Auto. In Anbetracht ihres Alters hatte sie darauf verzichtet, Frau von der Linde Handschellen anzulegen. Erst als sie auf dem Rücksitz des Streifenwagens saß, trat Thorsten Seidel ans Auto. Er legte die Hand auf das Dach und senkte den Kopf, damit sie ihn besser hören konnte. Er sprach nicht laut, aber Anton, der hinter ihm stand, konnte die Worte gerade noch verstehen. »Wenn Sie mir sagen, wo Frau Kirsch ist, wird sich das im Verfahren günstig für Sie auswirken.«

Die alte Dame antwortete nicht. Der Hauptkommissar schlug die Tür zu. »Verdammt«, murmelte er unterdrückt und ballte die Fäuste.

◆

Holgers Bulli rollte wenig später vor dem alten Gut vor. Die Presse war schon da. Vermutlich hatten sie Wind von dem neuen Einsatz bekommen oder jemand hatte sie offiziell informiert, denn sie drängten sich hinter dem Absperrband, um die besten Bilder oder den ersten Kommentar zu erhaschen. Thorsten hatte mit der Zeit gelernt, sie auszublenden.

Er ging zum Wagen, um seinen Freund zu begrüßen. Holger hatte dieses Wochenende frei gehabt, aber als Thorsten ihn angerufen hatte, war er sofort losgefahren.

Holger trug seinen weißen Plastikoverall, hatte jedoch die Kapuze noch nicht aufgezogen und seine roten Locken standen wild und ungekämmt nach allen Seiten ab. Bei einer anderen Gelegenheit hätte Thorsten ihn vielleicht damit aufgezogen. Heute bemerkte er es nicht einmal.

Er begrüßte Holger mit einem kurzen Händedruck. »Schön dich zu sehen.«

»Da lässt man dich mal für zwei Tage allein und du nimmst eine ganze Drogenfarm hoch«, flachste Holger, aber seine Stimme klang nicht so unbeschwert wie sonst.

Er wurde sofort wieder ernst. »Gibt es etwas Neues von Anne?«

Thorsten schüttelte den Kopf. »Die Nachbarn haben beobachtet, wie sie mit der Verdächtigen heute Morgen weggefahren ist. Seitdem gibt es keine Spur von ihr.«

»Wir finden sie.«

Thorsten versuchte ein Lächeln. »Ganz bestimmt. Stellt hier alles auf den Kopf. Jemand soll sich den Wagen von Frau von der Linde vornehmen. Untersucht den Kofferraum auf Blutspuren.«

Bei seinem letzten Satz wurde Holger blass. Aber er nickte nur. Er war Profi. Wie Thorsten wusste er natürlich, dass Anne möglicherweise bereits tot war. »Habt ihr versucht, das Handy zu orten?«

»Sicher. Aber entweder ist es ausgeschaltet oder der Akku ist leer.«

Holger seufzte einmal tief und schwer. »Scheiße. *Scheiße*, Mann!«

Thorsten überließ Holger und die Kollegen ihrer Arbeit und fuhr auf die Polizeiwache. Er hatte Hellmann an den Rechner geschickt, um so viel wie möglich über Thea von der Linde in Erfahrung zu bringen. Vielleicht fand der Junge einen Hinweis darauf, wo sie Anne versteckt haben könnte.

Die Verdächtige hatten sie vorläufig in einer der Arrestzellen untergebracht. Die karge Zelle mit nichts als den nackten Wänden und einer dünnen Matratze aus Schaumstoff war kein Ort, an dem eine alte Dame sich wohlfühlen konnte. Vielleicht würden sie ein paar Stunden Haft zur Besinnung bringen.

Kriminaldirektor Oberan hatte auf dem Heimweg von den neuesten Entwicklungen erfahren und war umgehend zurückgekehrt. Er hatte Thorsten ohne viele Umschweife seinen Dienstausweis und die Waffe zurückgegeben. »Treten Sie Ihren Dienst wieder an und bringen Sie uns Frau Kirsch zurück, Herrgott noch mal!«

Thorsten hatte ebenso wenig wie er Zeit oder Lust zu diskutieren. Er steckte die Waffe und seinen Ausweis ein.

»Und Reiser?«

»Der Staatsanwalt wird einverstanden sein. Ihm kommt es auf die Ergebnisse an.«

Und Ergebnisse waren es, die Thorsten sich jetzt von Hellmann erhoffte. Als er hereinkam, saß der junge Kommissar gebannt vor seinem Rechner. Die Abenddämmerung hatte das Zimmer dunkel werden lassen und der flimmernde Bildschirm erhellte den Raum nur spärlich. Hellmann schien es nicht zu bemerken.

Thorsten knipste das Licht an. »Haben wir schon was?«

Anton Hellmann blinzelte in die plötzliche Helligkeit und schob mit den Fingern seinen schräg geschnittenen Pony zur Seite. »Oh. So spät schon? Ich habe …«

Er wühlte in einem Stapel von Papieren, der auf dem Schreibtisch lag, nach dem Notizblock, wo er alles aufgeschrieben hatte. »… nicht viel«, gab er zu. »Sie ist einundsiebzig Jahre alt und stammt aus Meschede, Mädchenname Kampmann. Keine Kinder. Der Ehemann Eduard von der Linde ist 1983 verstorben. Was interessant ist: Gegen sie wurde schon einmal ermittelt, in einem Verkehrsunfall mit Todesfolge. Im Jahr 1988.«

Das war tatsächlich interessant. Doch Thorsten sah an Hellmanns Gesichtsausdruck, dass es einen Haken gab. »Und weiter?«

»Der Fall ist im Zentralen Staatsanwaltlichen Verfahrensregister leider gelöscht. Ich habe nur einen Hinweis in einer internen Datei gefunden. Vielleicht finden wir unten im Keller noch etwas dazu in den alten Akten. Wenn Sie möchten, kämpfe ich mich da mal durch.«

Natürlich wollte Thorsten das. Wenn es einen Hinweis gab, dann mussten sie ihm so schnell wie möglich nachgehen.

Anton Hellmann machte ein gequältes Gesicht, aber er erhob sich ergeben. »Dann gehe ich jetzt in den Aktenkeller. Aber ich warne Sie, dort herrscht Chaos. Falls ich etwas finde, wird es vermutlich dauern.«

Thorsten wusste seinen Einsatz zu schätzen. »Danke. Und beeilen Sie sich.«

Als Hellmann den Raum verlassen hatte, war Thorsten allein. Es war das erste Mal, seit er die illegale Cannabisplantage in der alten Scheune entdeckt und sich sein nagender Verdacht gegen Thea von der Linde zur Gewissheit erhärtet hatte. Der Adrenalinschub, der ihn in den letzten Stunden aufrechtgehalten hatte, ebbte langsam ab. Seine Selbstbeherrschung drohte ins Wanken zu geraten.

Es war schon nach 20.00 Uhr. Anne war nun seit zehn Stunden verschwunden. Sicher, sie war jung und kräftig und wäre sie vorgewarnt gewesen, hätte eine siebzigjährige Frau nicht den Hauch einer Chance gegen sie gehabt. Doch Anne hatte nicht geahnt, dass ihre nette Vermieterin vermutlich eine zweifache Mörderin war.

Thorsten löschte das Licht und trat ans Fenster, um sich abzulenken. Anne war vermutlich bereits tot, aber er konnte den Gedanken daran nicht zulassen, sonst würde er jegliche Kraft verlieren. Womöglich war sie verletzt und benötigte dringend ärztliche Hilfe. Er ballte in hilfloser Wut die Fäuste. Die Zeit rannte ihnen davon.

Zwei Mantrailing-Spürhunde von der Diensthundeführerstaffel Dortmund waren bereits seit einer halben Stunde auf der Suche in der Umgebung des Dorfes, doch hier gab es meilenweit spärlich bewohntes Gebiet. Thea von der Linde konnte Anne überallhin gebracht haben.

Oberan hatte auch einen Polizeihubschrauber mit Wärmebildkamera angefordert, aber die waren alle im Einsatz und würden nicht vor Mitternacht hier sein.

Draußen war es mittlerweile vollständig dunkel geworden und über der Stadt sah er die blinkenden und bunten Lichter der Kirmes.

Anne hätte ihren Spaß daran gehabt. Sie fuhr gern mit Fahrgeschäften, bei deren bloßem Anblick sich Thorsten der Magen umdrehte, je schneller und höher, desto besser. Ganz anders als Margit.

Nach seinem Gespräch mit Oberan hatte er endlich Zeit gefunden, seine Frau anzurufen. Es waren nicht viele Worte vonnöten gewesen. Sie hatte an seiner Stimme gehört, wie es um ihn bestellt war.

»Du wirst sie finden, Thorsten«, hatte sie gesagt und er wiederholte die Worte wieder und wieder.

Draußen vor der Polizeiwache luden zwei uniformierte Beamte bereits die ersten Kisten mit sichergestelltem Material aus. All das musste gesichtet, untersucht, geordnet und in der elektronischen Asservatenkammer erfasst werden. Es würde eine lange Nacht für alle werden.

Und für Thorsten stand noch die Vernehmung an.

Thea von der Linde hatte keinen Anwalt gewollt, aber Oberan war auf die Idee gekommen, ihr einen Rechtsbeistand zur Seite zu stellen, der ihr klarmachte, dass es für sie von erheblichem Vorteil war, wenn sie ihnen sagte, wo sie Anne hingebracht hatte.

Danach würde Thorsten sein Glück noch mal versuchen.

Draußen fuhr ein Streifenwagen vor und Thorsten sah Dr. Reiser auf der Beifahrerseite aussteigen. Janitzki hatte ihn hergefahren. Der Staatsanwalt strich seine Anzughose glatt, dann nahm er die schmale Aktentasche und schloss die Autotür, ohne seinen Fahrer noch eines Blickes zu würdigen. *Janitzki als Chauffeur.*

Thorsten sollte eigentlich Triumph fühlen. Er hatte recht behalten und der ehrgeizige Staatsanwalt unrecht, doch er spürte nichts dergleichen. Er machte sich Vorwürfe, dass er Anne nicht aufgehalten hatte. Er hätte sie gleich am ersten Tag nach Dortmund zurückbeordern sollen. Einem dienstlichen Befehl hätte sie sich nicht widersetzen können.

Vermutlich wäre sie stocksauer gewesen und hätte tagelang nicht mehr mit ihm gesprochen, aber sie wäre jetzt in Sicherheit. Das war es, was er hätte tun sollen. Warum zum Teufel hatte er es nicht getan?

Er dachte an den Abend vor einem halben Jahr, an Annes achtundzwanzigsten Geburtstag. Sie hatten zu viert in einer

Pizzeria gegessen, er und Anne, eine Freundin von ihr und Roswitha. Dann ging es in einer Kneipe weiter. Sie spielten Kicker, den ganzen Abend lang, und alle waren überrascht davon, dass Roswitha plötzlich ein ungeahntes Talent offenbarte und fast jedes Spiel gewann. Thorsten und Anne, die wie immer ein Team waren, mussten nach jeder verlorenen Runde einen Schnaps trinken.

Als er sie Stunden später nach Hause brachte, konnten sie kaum noch geradeaus gehen. Anne sang aus voller Kehle »Country Roads« und Thorsten hielt es für das Beste, sie bis zur Haustür zu bringen.

Im engen Hausflur standen sie viel zu nahe beieinander. Er fühlte sich schwerelos, hörte Annes perlendes Lachen und fühlte ihren erhitzten Atem überdeutlich auf seiner Haut.

Sie küssten sich, ein einziger Moment reines Verlangen. Er war versucht gewesen, seinen Verstand auszuschalten, alles in Annes bereitwilliger Umarmung zu vergessen.

Dann dachte er an Robin und Lisa, die in ihren Betten schliefen, an Margit, die allein zu Hause auf ihn wartete. Er erschrak, als er begriff, wie nahe er daran war, all das, was er hatte, zu zerstören.

Er machte sich los. Er spürte Annes Enttäuschung.

Dann zuckte sie nur mit den Schultern und wankte in ihre Wohnung. »Gute Nacht, Thorsten«, sagte sie und zog die Tür vor seiner Nase zu.

Am nächsten Morgen tat sie so, als sei nichts geschehen. Thorsten erinnerte sich, dass er erleichtert gewesen war, doch nach und nach war ihm klar geworden, dass sich doch etwas verändert hatte. Ihre Freundschaft hatte die Unbefangenheit verloren. Jetzt bereute er, dass sie nicht darüber geredet hatten.

Es klopfte. Draußen stand die junge Auszubildende mit dem braunen Pferdeschwanz, deren Namen Thorsten nicht kannte. Sie fragte, ob er in den großen Büroraum kommen wolle. Kriminaldirektor Oberan hatte Pizzen und Cola kommen lassen. Salami und Margarita, *Nervennahrung.*

Trotz seiner gedrückten Stimmung musste Thorsten lächeln. Der Chef mochte seine Fehler haben, aber er wusste, wie man seine Leute motivierte. »Ich komme«, sagte er. Er hatte keinen rechten Appetit, aber wenn er Anne helfen wollte, musste er seine fünf Sinne beieinander haben. Oder, wie Holger zu sagen pflegte, mit leerem Bauch könne er nicht denken.

Er ging selbst in den Keller hinunter, um Hellmann zu holen. Der Junge hatte sich eine Stärkung verdient.

Unten roch es muffig und feucht. An den Wänden reihten sich Regale an Regale mit vergilbten Akten. Thorsten fand Hellmann zwischen einem Haufen Kartons und mehreren Stapeln Akten kniend. Er hatte den Vorgang noch nicht gefunden, aber in seinen Haaren klebten schon die ersten Spinnweben. Bei dem Wort Pizza hellte sich sein Gesicht auf.

Alles vor 2000 war in Kartons verpackt, die eigentlich schon hätten vernichtet werden sollen, erzählte er Thorsten beim Hinaufgehen. Und leider waren sie nicht beschriftet, sodass er jeden Karton einzeln öffnen und durchsehen musste.

Kriminaldirektor Oberan saß mit einem Pizzakarton auf den Knien zwischen seinen Leuten. Als Thorsten hereinkam, wurde gerade aufgeregt diskutiert. Es war der größte Rauschgiftfund, der jemals in Brilon gemacht worden war, und die Kollegen rechneten nach, wie viele Erträge so eine Plantage im Jahr abwerfen würde.

Thorsten stellte sich in eine Ecke und klappte seine Margarita zusammen, damit es schneller ging.

Er spürte manch bewundernden Blick auf sich ruhen. Doch die Sorge um Anne machte die ganze Aufregung nur schwer zu ertragen. Er musste Thea zum Reden bringen!

Hellmann hingegen hörte mit großen Augen zu und schob sich dabei seine Salamipizza in einem Tempo in den Mund, über das Thorsten nur staunen konnte.

Dann endlich kam die Nachricht, dass der Rechtsanwalt fertig war und die Vernehmung beginnen konnte. Thorsten und Oberan machten sich sofort auf den Weg. Hellmann sollte im Keller weitermachen.

Auf dem Weg nach oben klingelte Thorstens Smartphone: Roswitha. Sie hatte ihn heute schon zweimal angerufen, doch er hatte es noch nicht über sich bringen können, mit ihr zu reden.

Schweren Herzens nahm er das Gespräch an. »Ja?«

»Hallo Thorsten! Endlich erreiche ich dich!« Roswithas Stimme war die Erleichterung deutlich anzuhören. »Du, weißt du, ich habe Annes Tasche hier in ihrem alten Kinderzimmer gefunden. Da war ihr Reisepass drin! Ich habe versucht sie anzurufen, aber ihr Handy ist ausgeschaltet. Und dann habe ich heute mit Stefan gesprochen und er hat gesagt, sie wäre gar nicht mitgeflogen, sie hätten sich getrennt. Thorsten, wusstest du das? Ist sie bei dir?«

»Ja, sie ist im Sauerland«, antwortete Thorsten knapp. »Wir haben da einen Fall.«

»Ach, na dann!« Annes Mutter klang halb erleichtert, halb verärgert. »Dann sag ihr, sie soll mich anrufen, ja?«

»Ist gut. Du, ich muss Schluss machen. Wir sprechen uns später, Roswitha, ja?«

Mit Gewissensbissen beendete Thorsten das Gespräch. Er wollte ihr keine unnötige Angst einjagen, es reichte, wenn sich einer von ihnen Sorgen machte.

»Die Mutter von Frau Kirsch?«, fragte der Kriminaldirektor, der Roswitha flüchtig kannte.

Thorsten nickte.

»Ich wünschte, Sie hätten mit mir gesprochen.«

Thorsten brauchte nicht zu fragen, was er meinte. Natürlich hätte er mit seinem Chef reden sollen. Er hätte es Anne verbieten sollen. Wenn nötig hätte er sie in Handschellen nach Dortmund zurückschleifen sollen.

Er trug einen großen Anteil der Schuld daran, was mit ihr geschehen war, und er würde die Konsequenzen tragen. Wenn Anne nicht mehr lebte, würde er seine Kündigung einreichen. Er könnte es nicht ertragen, einen Tag länger bei der Polizei zu arbeiten. Aber das sagte er seinem Chef nicht. Worte konnten nicht ausdrücken, wie sehr er alles bedauerte.

Thea von der Linde saß im selben Raum, in dem auch Asshauer vernommen worden war. Man hatte sie erkennungsdienstlich behandelt und danach den Rechtsanwalt zu ihr gelassen. Es war ein ehemaliger Studienkollege von Dr. Reiser, der ihm einen Freundschaftsdienst erwiesen hatte, indem er an einem Freitagabend kam.

Die beiden standen im Vorraum und unterhielten sich leise. Thorsten registrierte, wie ungezwungen Dr. Reiser auf einmal dastand. Er lächelte sogar. Vermutlich hatte selbst er ein Privatleben. Der Rechtsanwalt trug einen gepflegten, dunklen Kinnbart, lange Koteletten und ein Sakko aus braunem Leinen, dazu Jeans.

»Da kommt der verantwortliche Hauptkommissar«, sagte Dr. Reiser, als er Thorsten und Oberan erblickte. »Darf ich vorstellen, Kriminaldirektor Oberan, Hauptkommissar Seidel. Rechtsanwalt Simon.« Sie gaben sich die Hände.

»Sehr erfreut«, sagte Simon, wieder ganz Strafverteidiger.

»Danke, dass Sie sich die Zeit genommen haben, Herr Simon.«

»Ich habe ihr dringend nahegelegt, bei der Suche nach Frau Kirsch behilflich zu sein. Über alles andere muss ich natürlich schweigen.«

Er hängte sich die Aktentasche über die Schulter. »Sie legt keinen Wert auf meine Anwesenheit bei der heutigen Vernehmung. Ich komme morgen noch mal kurz rein.« Er nickte Dr. Reiser zu. »Es war schön, dich wiederzusehen, Juri.«

Als die Tür hinter ihm zugefallen war, war Dr. Reisers steinerne Miene zurückgekehrt. »Sie haben gute Arbeit geleistet, Herr Seidel. Und darauf kommt es an, nicht wahr?« Das war keine Entschuldigung und Thorsten verstand es auch nicht als solche.

Dr. Reiser fuhr fort: »Unsere Priorität sollte jetzt vor allem darin liegen, dass wir Frau Kirsch zurückbekommen, daher übertrage ich Ihnen wieder die Leitung der Ermittlungen.«

Thorsten trat an die von innen verspiegelte Scheibe und sah hindurch. Er bemühte sich langsam und ruhig zu atmen, lockerte die Hände, die sich unwillkürlich zu Fäusten geballt hatten. Dann löste er langsam die Kiefer voneinander. Er musste professionell sein. Er musste seine Gefühle außen vor lassen und die Verdächtige zum Reden bringen, indem er über Themen sprach, die sie interessierten. Das Wichtigste war, *dass* sie redete. Dass sie eine Beziehung zu ihm aufbaute. Und wenn sie soweit waren, würde sie ihm vielleicht willentlich oder unwillentlich etwas offenbaren, das ihm half, Anne zu finden.

Oberan trat neben ihn. »Sind Sie sicher, dass Sie das tun wollen?«, fragte er leise. Er ahnte wohl, wie viel Selbstbeherrschung es Thorsten kostete, so ruhig zu bleiben.

Aber er wollte und konnte es niemand anderem überlassen. »Ich gehe jetzt rein.«

Dr. Reiser hielt diskret Abstand und blieb beobachtend im Hintergrund. Thorsten war sich sicher, dass er es nicht ihm zu verdanken hatte, dass er und nicht Janitzki die Vernehmung durchführen durfte. Und er war Oberan dankbar, dass sein Chef trotz allem noch hinter ihm stand.

Der Kriminaldirektor legte ihm die Hand auf die Schulter. »Wenn einer sie zum Reden bringt, dann sind Sie es.«

Thorsten trat ein.

Thea von der Linde saß auf dem Stuhl, auf dem vor ihr schon Gerd Asshauer und später auch Lukas Krüger gesessen hatten. Sie hatte die Beine geschlossen, die Hände locker im Schoß gefaltet, und blickte Thorsten mit ihren ruhigen, blauen Augen an, ohne die geringste Spur von Nervosität erkennen zu lassen. Dabei stammte sie aus einer Generation, die noch Respekt vor der Polizei gelernt hatte.

Aber vielleicht hatte ihre Ruhe auch andere Gründe. Thorsten fiel auf, dass ihre Pupillen geweitet waren. Vermutlich hatte sie kurz vor ihrer Verhaftung noch einen Joint durchgezogen.

Diese ganzen Kräuter in ihrer Wohnung waren auf jeden Fall gut geeignet, den Geruch von Cannabis zu überlagern.

Thorsten schaltete die Kamera ein und ließ sich betont gelassen auf seinem Stuhl nieder. Seine Anspannung und Sorge hatte sich zu einem engen Knoten zusammengezogen, der wie ein Fremdkörper in seiner Brust saß.

»Wie geht es Ihnen, Frau von der Linde?«, fragte er so freundlich er konnte. »Möchten Sie etwas trinken?«

»Einen Tee, bitte«, antwortete Thea.

Sie sprach mit ihm – das war schon mal ein guter Anfang. Thorsten erlaubte sich einen Funken Hoffnung zu schöpfen.

»Den sollen Sie bekommen«, sagte er. Oberan würde das in die Wege leiten.

Thorsten begann mit einer ausführlichen Rechtsbelehrung, die ihr alle Rechte und Pflichten, die sie als Beschuldigte hatte, noch mal erläuterte. »Wollen Sie mir zu den Vorwürfen etwas sagen?«

Die alte Dame schüttelte leicht den Kopf. »Mein Anwalt hat mir geraten, dazu zu schweigen, bis er die Beweise eingesehen hat.«

Natürlich hatte er das. Frau Klöterjahn brachte den Tee, einen weißen Pott aus Porzellan auf einer Untertasse und servierte ihn mit einer Grazie, die sämtliche Vorurteile angesichts ihrer kräftigen Statur Lügen strafte.

Thea betrachtete den Teebeutel beinahe angewidert. Vermutlich war sie Besseres gewohnt.

»Und zu Frau Kirsch? Möchten Sie mir dazu etwas sagen? Mit Sicherheit hat Ihr Anwalt Ihnen geraten, uns in dieser Sache Auskunft zu erteilen.« Thorsten spürte, wie seine Finger zuckten, und zwang sich zur Ruhe. Körpersprache war in einer Vernehmung enorm wichtig. Sie durfte nicht bemerkten, unter welchem Druck er stand.

»Herr Simon hat mir geraten, dazu beizutragen, dass sie lebend gefunden wird«, erwiderte Thea ruhig. »Ich kann mir denken, dass Sie in Sorge sind.« Ihre Stimme klang teilnahmsvoll.

Die blauen Augen schienen mühelos durch ihn hindurchzusehen.

Der Knoten in seinem Inneren schien zu wachsen und ihm die Luft zum Atmen zu rauben. »Und?«, fragte er ungeduldig. »Wo ist sie?«

»Sie können sie nicht mehr retten.«

»Wo ist sie?«, wiederholte er und konnte nicht verhindern, dass seine Stimme wie ein knurrender Wolf klang.

»Ihr Schicksal liegt jetzt in Gottes Hand.«

Thorsten sah rot. Er stürmte hinaus, bevor er ein Fenster einschlagen oder der alten Frau etwas antun konnte. Er ignorierte Oberan und Reiser und lief bis nach draußen, wo die kühle Abendluft ihn empfing. Blindlings schritt er voran, zügig vorbei an dem verlassenen Kreisgebäude neben der Polizeiwache und den Berg hinunter in eine kleine Wohngegend.

Um diese Zeit war hier niemand mehr auf der Straße und das war ihm gerade recht. Ein tiefes Gefühl der Nutzlosigkeit übermannte ihn, zusammen mit dem Drang, irgendetwas zu tun. Es war keine gute Mischung.

Er wusste, dass er sich beruhigen musste, und das so schnell wie möglich. Es gab nur eine Möglichkeit, wie er Anne helfen konnte, nämlich die alte Frau zum Sprechen zu bringen. Es brachte ihr gar nichts, wenn er blindlings durch den Wald lief.

Diese Erkenntnis beruhigte ihn ein wenig. Etwas hatte er zumindest erfahren: Wenn ihr Schicksal in Gottes Hand lag, dann war sie noch am Leben, und an diesen Gedanken klammerte er sich.

Er schaltete das Smartphone ein, um Holger anzurufen, und sein Freund meldete sich prompt.

»Hey, Thorsten! Gibt's was Neues?«

»Nein«, erwiderte er knapp. »Hast *du* etwas für mich?«

»Leider keine Spur von Anne«, berichtete Holger. »Ich glaube nicht, dass sie in der Scheune gewesen ist. Zumindest hat sie keine Fingerabdrücke hinterlassen. Trotzdem haben wir dort Blutspuren gefunden und jede Menge schwarze Katzenhaare.«

»Schwarze Katzenhaare?« Natürlich, im Fell von Annes Katze hatte Holger Spuren der Cannabispflanze gefunden.

»Ich würde meinen Arsch darauf verwetten, dass das unsere Katze war«, redete Holger weiter. »Am Belüftungsrohr ist das Vogelschutzgitter vor Kurzem erneuert worden und im Rohr selbst gibt es Blutspuren. Den Ablagerungen zufolge liegt das Belüftungsrohr bestimmt schon zwanzig Jahre in der Wand. Danach kannst du dir in etwa vorstellen, wie lange diese Plantage schon betrieben wird. Sonst ist aber alles vom Feinsten: Lüfter, Heizung, Be- und Entfeuchtungssysteme, Thermostat, Türrahmen mit Gummiabdichtungen. Die einzige Schwachstelle war wohl das alte Gitter am Belüftungsrohr. Ich tippe darauf, dass es beschädigt war und die Katze sich beim Einstieg verletzt hat.«

»Du hast Rost in der Wunde gefunden«, erinnerte sich Thorsten.

Hier war die Verbindung zu Luise Steinmetz und ihrer Katze! Vor der Scheune wuchs Katzenminze. Hatte die Pflanze die Katze schon öfter angelockt, so wie sie die Katze von Thorstens Nachbarn anlockte? Hatte das Tier schon früher versucht, durch das Vogelschutzgitter einzusteigen? Dann hätte Frau Steinmetz vermutet haben können, dass sich die Katze in der Scheune aufhielt. Vielleicht hatte sie Thea bedrängt, ihr Zutritt zu verschaffen und damit ihren eigenen Tod herbeigeführt.

»Habt ihr die Wohnung schon durchsucht?«

»Die Kollegen sind dran und ich fahre auch gleich rüber«, erwiderte Holger mit einem leicht gereizten Unterton.

Dann seufzte er. »Entschuldige, aber ich mache mir ebenfalls Sorgen um Anne. Ich rufe dich an, sobald wir was finden. Bevor ich es vergesse«, fügte er hinzu, »Das Labor hat angerufen. Ich hatte auf der Arbeitsplatte in der Küche von Frau Steinmetz Pulverrückstände gefunden. Die Analyse identifiziert es eindeutig als Amanita Phalloides, Grünen

Knollenblätterpilz. Er wurde wohl getrocknet und zu Pulver zerrieben. Theoretisch kann er überall reingemischt worden sein.«

»Danke, Holger!« Thorsten atmete tief durch. Er besaß jetzt genug Wissen, um Frau von der Linde damit zu konfrontieren. Sie hatte für beide Morde ein Motiv gehabt, die Mittel sie durchzuführen, und – soweit Thorsten das bisher geprüft hatte – auch kein Alibi.

Eigentlich hatte sie keinen Grund mehr zu schweigen. Sie konnte ihre Situation nur verbessern, indem sie redete. Und das musste Thorsten ihr klarmachen. Er würde Anne finden. Er *musste* Anne finden.

Kapitel 11

Als Anne am Freitagmorgen in die Küche kam, war Thea von ihrer depressiven Stimmung vom Vortag nichts mehr anzumerken. Es duftete nach frischen Brötchen und auf dem Tisch stand eine Schüssel mit Obstsalat. Dazu gab es Aufschnitt und Käse.

Annes Magen fühlte sich flau an und in ihrem Kopf hämmerte es. Sie hatte nicht vorgehabt, so viel Bier zu trinken. Aber diese Einsicht kam zu spät. »Guten Morgen, Thea. Vielen Dank, das sieht sehr lecker aus.«

Beim Hinsetzen rollte eine neue Schmerzwelle durch ihren Kopf. Thea brühte gerade frischen Kaffee auf, aber ihr entging nicht, dass Anne eine Grimasse zog.

»Geht es Ihnen nicht gut?«, fragte sie teilnahmsvoll und stellte Milch und Zucker auf den Tisch.

»Ich habe wohl gestern Abend ein bisschen viel getrunken«, gestand Anne reumütig und rieb sich die Schläfen. »Ich habe gar nicht gemerkt, wie spät es geworden ist.«

Mit einem schlechten Gewissen dachte sie an ihre Unterredung mit dem Redakteur, der sie nach Hause gefahren hatte. Wie hatte sie sich nur so übers Ohr hauen lassen können? Er hatte sie im Glauben gelassen, er wüsste etwas über Luise Steinmetz, den entscheidenden Hinweis, nach dem sie nun schon seit Tagen vergeblich suchte.

Sie würde gleich zu Thorsten gehen müssen und ihn vorwarnen. Dann konnte er mit Oberan und Dr. Reiser sprechen, bevor die ganze Sache öffentlich wurde. Beim Gedanken daran wurden ihre Kopfschmerzen noch schlimmer. Oberan würde wieder einen Wutanfall kriegen und sein Gebrüll wahrscheinlich bis auf die Straße zu hören sein.

Vielleicht würde er sie sogar suspendieren, je nachdem wie viel Druck Reiser machte. *So ein verfluchter Mist!* Der ehrgeizige Staatsanwalt würde ein Bauernopfer brauchen, das er für die Presse schlachten konnte.

Nun, sie hatte sich das selbst zuzuschreiben. Thorsten hatte mehrmals versucht, sie zur Vernunft zu bringen. Obwohl eigentlich Stefan die Schuld an ihrer Misere trug. Hätte er sie nicht mit dieser zwanzigjährigen Ische betrogen, hätte sie sich nicht den Knöchel verstaucht und wäre nicht dienstunfähig gewesen und hätte ganz offiziell Seite an Seite mit Thorsten ermittelt. Hätte sie nur den verfluchten Redakteur gestern nicht getroffen …

Anne kaute trübsinnig auf ihrem Brot herum. »So schlimm?«, fragte Thea mitfühlend.

Annes schlechtes Gewissen verstärkte sich, als ihr klar wurde, dass auch Thea morgen die ganze Wahrheit aus der Zeitung erfahren würde. Das wollte sie vermeiden.

»Ich muss Ihnen etwas sagen«, begann Anne daher und suchte nach den richtigen Worten, um Thea zu erzählen, dass sie in Wirklichkeit Kriminalkommissarin war und dass sie den Verdacht hegte, dass Frau Steinmetz' Tod kein Unfall gewesen war. Es gelang ihr nicht so gut, wie sie sich das vorgestellt hatte.

Thea saß da wie vor den Kopf geschlagen.

»Es tut mir leid, dass ich Sie getäuscht habe.«

Die alte Dame sah gequält aus, ein bisschen wie gestern Nachmittag beim Grab.

Vermutlich bereut sie jetzt, dass sie mir so viel von sich preisgeben hat, dachte Anne. Sie konnte es verstehen. Lüge und Täuschung zerstörte jedes Vertrauen. *Schade, dass wir uns nicht anders kennengelernt haben.*

»Möchten Sie, dass ich abreise?«, fragte Anne.

Thea schüttelte den Kopf. Sie erhob sich. »Zuerst einmal mache ich Ihnen etwas gegen Ihre Kopfschmerzen. Das kann keiner mitansehen, wie Sie sich hier quälen.« Sie nahm eine Tasse, wühlte energisch in ihren Schubladen herum, tat etwas von hier und da hinein, Kräuter, getrocknete Blätter, ein wenig weißes Pulver und allerhand mehr, und goss schließlich kochendes Wasser darüber.

»Lassen Sie ihn gut durchziehen«, ermahnte Thea Anne noch, als sie den Tee vor sie hinstellte. »Dann entfaltet er seine Wirkung am besten.«

Anne sah ihr aufmerksam ins Gesicht, konnte aber nur die übliche Fürsorge und Gelassenheit darin entdecken. Es überraschte sie, dass Thea die Nachricht so gut aufnahm. Sie hatte mit verletztem Stolz gerechnet, mit Enttäuschung und Zorn über die Lügen.

Aber immerhin war Anne nur ein Gast von vielen anderen, die Thea beherbergte. Vermutlich war ihre Fürsorge nur Ausdruck ihrer eigenen Persönlichkeit und hatte nichts mit ihrer Beziehung zu Anne zu tun.

»Jetzt verstehe ich Ihr Interesse an Frau Steinmetz«, sagte Thea plötzlich. »Vielleicht gibt es noch etwas, das ich Ihnen zeigen kann. Wenn Sie mir früher gesagt hätten, wer Sie sind, wäre es mir bestimmt schon eher eingefallen.«

»Etwas zeigen?« Anne war überrascht. »Was denn? Hat es mit ihrem Tod zu tun?«

»Das ist gut möglich«, erwiderte Thea undurchsichtig. »Aber das entscheiden Sie am besten selbst.«

Anne sagte gerne zu. Ihr Besuch bei Thorsten hatte sicherlich noch ein wenig Zeit. Vor morgen früh würde die Sache kaum publik werden. Und ehrlich gesagt war sie ganz froh über den Aufschub. Thorsten würde ziemlich sauer auf sie sein. Wahrscheinlich *richtig* sauer.

Nach dem Frühstück brachen sie auf. Thea trug feste Wanderschuhe, eine dunkelbraune Cordhose und eine leichte, grüne Regenjacke. Sie hatte angedeutet, dass sie ein Stück durch den Wald gehen würden und Anne bequeme Sachen anziehen solle.

Thea fuhr los. Sie verließen Bontkirchen in Richtung Diemelsee und bogen dann in eine schmale Landstraße ein, die in Serpentinen einen Berg hinaufführte. »Kein Winterdienst«, las Anne auf einem Schild. Und »Camping Park Hohes Rad«.

Thea hielt in der Einmündung zu einem Schotterweg, der direkt in den Wald führte. »Den Rest müssen wir laufen.«

Anne stieg aus. Der Geruch von Harz und frischem Tannengrün umfing sie. In den Wipfeln der Bäume zwitscherten Vögel. Thea ging voraus. Der Weg führte steil in die Höhe und war mit feuchtem Laub bedeckt. Sie mussten achtgeben, dass sie nicht ausrutschten.

Bald konnte Anne die Straße hinter ihnen nicht mehr sehen. Hier gab es nur noch Bäume. Es fühlte sich seltsam an, so anders als in Dortmund durch die Parkanlagen zu laufen oder unten im Dorf spazieren zu gehen. Hier war im Umkreis von mehreren Kilometern kein anderes menschliches Wesen außer ihnen.

Anne konnte in ihren Unterschenkeln spüren, dass sie seit mehreren Tagen nicht trainiert hatte, und musste über Theas Ausdauer staunen. Die alte Dame marschierte, als täte sie den ganzen Tag nichts anderes.

»Was wollen Sie mir denn zeigen? Ist es noch weit?«

»Wir sind gleich da.«

Der Anstieg war geschafft und der Weg wurde ebener, Büsche und Sträucher wuchsen zu beiden Seiten. Dann veränderte sich die Vegetation. Auf der einen Seite erhob sich dichter Nadelwald, auf der anderen, abschüssigen Seite führte der Weg direkt am Abhang entlang, nur gesichert durch ein einfaches Geländer aus Holz.

Anne blickte zehn Meter jäh in die Tiefe. Unten wuchsen dornige Büsche. Wer hier hinunterstürzte, wurde aufgespießt, wenn er sich nicht gleich das Genick brach.

Über ein Meer von Baumwipfeln hinweg konnte Anne über das offene Tal blicken, in dem Bontkirchen lag. Die Aussicht war atemberaubend.

Am Himmel zog ein einsamer Kranich seine Kreise. Vielleicht wartete er noch auf jemanden, der ihn auf seiner langen Reise in den Süden begleitete. Anne spürte die milde Herbstsonne auf ihrem Gesicht.

Thea trat neben sie. »Versuchen Sie diesen Moment mit all Ihren Sinnen aufzunehmen. Atmen Sie die frische Luft. Hören Sie die Geräusche der unberührten Natur und riechen Sie den Duft des Waldes. Fühlen Sie diesen Moment und nehmen Sie ihn mit sich. Stärken Sie Ihre Seele damit.«

Anne warf ihr einen kurzen Seitenblick zu. Thea war heute in einer seltsamen Stimmung. Der Besuch auf dem Friedhof gestern hatte wohl an einer alten Wunde gerührt. Vielleicht heilte die Zeit doch nicht alles.

»Tanken Sie auch Kraft aus der Natur?«

»Heute ja«, erwiderte Thea. »Doch ich musste es erst lernen. Sie haben gestern den Grabstein gesehen. Die Jahre nach der Totgeburt waren eine schlimme Zeit für mich. Ein Schatten hatte sich über mein Leben gelegt. Ich konnte keine Freude mehr empfinden. Ich konnte nicht mehr schlafen. Mir war, als wäre ich völlig kraftlos. An manchen Tagen habe ich mich nicht einmal mehr angezogen.«

Anne ließ sie reden. Sie wusste nicht, warum sich Thea ihr gegenüber öffnete. Vielleicht war ihr Vertrauensverhältnis doch nicht ganz zerstört worden, oder Thea erzählte ihr diese Dinge, gerade *weil* sie Polizistin war. In jedem Fall war sie erleichtert, dass ihre Vermieterin ihr das kleine Täuschungsmanöver nicht übel nahm.

»Ich habe viele verschiedene Medikamente genommen, aber alle hatten starke Nebenwirkungen. Für meinen Mann war es genauso schwer wie für mich, möglicherweise noch schwerer, denn er war selbstständiger Elektriker, musste das Gut seiner Familie verwalten und sich um mich kümmern. Er fing an zu trinken. Dann kam die Insolvenz und er nahm sich das Leben.«

Anne war sprachlos und auch ein wenig befremdet. Thea hatte noch nie so freimütig von sich erzählt und jetzt das! Sie begann sich zu fragen, ob es einen bestimmten Grund gab, aus dem Thea jetzt darüber sprach.

»Sie waren doch an dem alten Gut, das wir verkaufen mussten. Dort in der Scheune ist es gewesen.«

»Das war sicher eine schlimme Zeit für Sie«, erwiderte Anne vorsichtig. »Ich kann kaum begreifen, wie Sie es geschafft haben, aus diesem Loch wieder herauszukommen.«

»Ich habe gelernt, mir selbst zu helfen. Gottes Schöpfung ist so reich an helfenden und heilenden Wirkstoffen. Wir müssen nur lernen, sie uns zunutze zu machen.« Thea hatte sich neben sie gestellt und ließ ihren Blick über Bontkirchen schweifen. »Und ich habe meine Aufgabe gefunden. Ich habe die Fähigkeit, anderen zu helfen und sie zu heilen, das verstehen Sie doch. Dass ich das, was ich erhalten habe, zurückgeben will.«

»Ja, das verstehe ich«, nickte Anne, noch mehr befremdet.

»Kommen Sie«, sagte Thea plötzlich und wandte sich um. »Es ist nicht mehr weit.«

Sie verließen den Weg und folgten einem Trampelpfad, der direkt hoch in den Wald führte. Eine halbe Stunde marschierten sie in die Höhe, stiegen über Wurzeln und einen umgestürzten Baumstamm bis Anne etwa hundert Meter weiter vor ihnen die Umrisse einer Blockhütte erkennen konnte.

Thea hielt an. Sie war nicht einmal außer Atem. »Wir sind da. Sehen Sie die alte Jagdhütte?«

»Ist es das, was Sie mir zeigen wollen?«

Thea nickte. »Sie hat meinem Bruder gehört. Er war einmal Jäger hier, natürlich nur als Hobby. Eigentlich ist er Elektriker gewesen, wie mein verstorbener Mann.«

»Sie *hat* meinem Bruder gehört«, die Worte hallten in Annes Kopf wider und zum ersten Mal regte sich in ihr das natürliche Misstrauen der Kriminalistin. Wieso benutzte Thea die Vergangenheitsform? Ihr Bruder lebte doch in Dortmund in einem Pflegeheim.

»Hat er sie verkauft?«, hakte sie nach und versuchte möglichst unbefangen zu klingen.

»Nein, er ist verstorben«, erwiderte Thea.

Hatte sie zwei Brüder gehabt? Oder hatte sie gelogen? Anne war hin- und hergerissen zwischen dem aufkeimenden Misstrauen und ihrem Wunsch, Thea zu glauben. Dazu kam dieses seltsame Verhalten heute.

»Dann gehört sie jetzt wohl Ihnen«, vermutete Anne.

»Leider nein. Mein Bruder hat sie zwar gebaut, aber der Wald gehört jetzt Asshauers. Ich komme nur noch selten her. Die Jäger nutzen sie hin und wieder. Es gibt hier sogar fließend Wasser durch eine Quelle, die dort oben entspringt.« Sie deutete auf eine Felsformation, die in kurzer Entfernung von der Hütte den Baumbestand durchbrach.

»Und warum haben Sie mich hier heraufgeführt? Ist es die Hütte, die Sie mir zeigen wollen?«

Sie hatten die Jagdhütte erreicht. An der massiven, hölzernen Eingangstür befanden sich zwei verrostete Eisenringe, aber sie schien unverschlossen zu sein.

»Die Hütte wird nicht nur von den Jägern genutzt«, erklärte Thea und öffnete die Tür. Drinnen herrschte gedämpftes Licht. Jemand hatte aus Baumstammteilen einen Tisch und drei niedrige Bänke gezimmert. Auf dem Tisch standen ein überquellender Aschenbecher und eine alte Sektflasche, in der eine Kerze steckte. Der Gestank von kalter Asche und Bier lag in der Luft. Anne sah, dass sich in einer Ecke Leergutkästen stapelten.

Sie ließ ihre Vermieterin zuerst eintreten. Nicht, dass sie Thea plötzlich verdächtigte. Warum sollte sie auch etwas mit den beiden Todesfällen in Bontkirchen zu tun gehabt haben, sie hatte schließlich überhaupt kein Motiv. Aber etwas an ihrem Verhalten heute war zumindest so ungewöhnlich, dass Anne sie im Auge behalten wollte.

»Luise hat mir erzählt, dass sie Benjamin Asshauer und Lukas Krüger hier beim Grasrauchen erwischt hat.«

Es dauerte etwas, bis die ganze Tragweite dieser Aussage bei Anne ankam. »Luise Steinmetz?«, fragte sie sicherheitshalber nach.

Thea nickte. »Die Asshauers wären sehr wütend gewor

den, wenn sie es erfahren hätten. Sie missbilligen Benjamins Umgang mit Lukas, können es dem Jungen aber nicht verbieten. Ich bin mir sicher, dass Benjamin alles getan hätte, um das zu verhindern.«

Anne erinnerte sich an den schlaksigen Jungen in den weiten Baggy Pants und an Lukas Krügers Aggressivität.

Was war geschehen? Hatten die Jungen Luise Steinmetz bedroht? Oder gar ...? Nein, das wäre zu schrecklich. Kannten sie sich überhaupt mit Pilzen aus? Möglich wäre es. Sie konnten im Biologieunterricht davon gehört haben. Oder jemand hatte sie ihnen im Wald gezeigt.

Die Vorstellung, dass die Jungen etwas mit dem Tod von Frau Steinmetz zu tun gehabt haben könnten, war unerträglich, aber – wie Anne zugeben musste – nicht vollkommen abwegig. Vielleicht hatten sie die alte Frau ja nur krank machen, ihr einen Schrecken einjagen wollen.

Ihre Gedanken hielten Anne so gefangen, dass sie nicht mehr auf Thea achtete. Und gerade, als sie sich zu ihr umdrehen wollte, um sie zu fragen, woher sie davon wusste, krachte eine Holzlatte gegen ihre seitliche Schläfengegend und ihr wurde schwarz vor Augen.

Anne erwachte mit höllischen Kopfschmerzen. Sie wusste nicht genau, wie lange sie besinnungslos gewesen war. Die Latte, ein massives Teil, das Thea wer-weiß-woher geholt hatte, lag neben ihr. An der Kante klebte Blut. Vorsichtig hob Anne die Hand, um ihren Kopf zu betasten. Sie fühlte etwas Feuchtes und Klebriges, aber wie groß die Wunde war, konnte sie ohne Spiegel nicht sagen. In was für ein Schlamassel war sie nur wieder hineingeraten?

Anne setzte sich vorsichtig auf. Sie schien allein zu sein. Ihr Magen grummelte und ihr war schwindlig. Sie wusste, dass sie schleunigst einen Arzt aufsuchen sollte. Bestimmt hatte sie eine Gehirnerschütterung davongetragen.

Warum hatte Thea sie hierhergebracht und dann niedergeschlagen? War sie die Mörderin? Und wenn, warum hatte sie Anne am Leben gelassen? Das ergab keinen Sinn. Frustriert richtete sich Anne vollends auf und bekämpfte das Schwindelgefühl mit zusammengebissenen Zähnen.

Sie würde sich jetzt zusammenreißen. Sie hatte schließlich einen Fall aufzuklären und Thorsten befand sich mit seinen Ermittlungen anscheinend völlig auf dem Holzweg. Beim Gedanken an Thorsten tastete sie unwillkürlich nach ihrem Handy. Sie musste ihn so schnell wie möglich informieren und vielleicht hatte sie hier oben auf dem Berg sogar Empfang. Aber ihr Telefon war unauffindbar. Thea musste es mitgenommen haben.

Natürlich, sie ist ja nicht dämlich. Im Gegenteil, wenn Thea sowohl Luise Steinmetz als auch Jürgen Gruber auf dem Gewissen hatte, ohne dass es jemandem bisher gelungen war, eine Spur zu ihr zurückzuverfolgen, musste sie mörderisch intelligent sein.

Als Anne die Tür öffnen wollte, bemerkte sie, dass sie eingesperrt war. Irgendetwas war von außen durch die Türringe geschoben worden. Von innen sah es aus wie ein dicker Ast. Anne nahm Anlauf und warf sich mit ihrem Gewicht gegen die Tür. Das Holz ächzte und der Spalt schien sich ein wenig zu weiten. Anne trat mit dem Fuß davor. Es knirschte verheißungsvoll. Bald würde sie sich befreit haben. Es war nur eine Frage der Zeit.

Während sie wieder und wieder Anlauf nahm und sich mit der Schulter gegen die Tür fallen ließ, arbeitete es in ihrem Kopf. Thea hatte sie ohnmächtig liegenlassen. Es wäre ihr ein Leichtes gewesen, Anne zu töten. Aber stattdessen hatte sie sie eingesperrt. Sie wollte Zeit gewinnen. Aber wozu?

Bald wurde Anne klar, dass sich die Tür doch nicht so schnell öffnen ließ, wie sie sich das vorgestellt hatte. Vielleicht wäre es klüger, ihr Glück bei den Fenstern zu versuchen. Sie waren einfach verglast und in der Mitte durch ein Holzkreuz unterteilt, das sich aber ohne größere Umstände herausbrechen lassen würde.

Ihre Kopfschmerzen waren zu einem dumpfen Pochen verklungen und sie hatte jetzt auch keine Zeit, sich deswegen Gedanken zu machen. Dafür rumorte es in ihrem Bauch und sie hatte das Gefühl, dass sie gleich mal austreten musste. Anne durchsuchte die Jagdhütte nach einem geeigneten Werkzeug und fand in einer Kiste im Abstellraum einen rostigen Hammer, aber leider kein WC. Sie entschied sich für ein Fenster an der Rückseite der Hütte, weil es aufgrund der Hanglage den geringsten Abstand zum Waldboden hatte.

Im Handumdrehen hatte sie die Scheiben eingeschlagen. Die Holzlatten erwiesen sich als widerstandsfähiger, aber zwei gezielte Tritte aus ihrer Jiu-Jitsu-Grundausbildung und sie zersplitterten wie Streichhölzer. Nun musste Anne noch die scharfen Kanten, die im Fensterrahmen feststeckten, so weit herausbrechen, dass sie sich beim Herausklettern nicht selbst aufschlitzte.

Dann schob sie den Tisch an die Wand, kletterte hinauf und gelangte ohne Schwierigkeiten ins Freie. Erleichtert atmete sie auf. Jetzt musste sie so schnell wie möglich nach Bontkirchen zurück, aber der Druck in ihren Eingeweiden wurde immer schlimmer und sie hatte das Gefühl, dass sie es nicht mehr bis ins Dorf schaffen würde. Sie entfernte den dicken Ast, der die Tür blockierte, und ging wieder in die Hütte, diesmal auf der Suche nach WC-Papier. Zum Glück fand sie eine alte Küchenrolle.

Breitbeinig ging sie hinter die Hütte und schaffte es noch bis ins Gebüsch. Na prima, jetzt hatte sie auch noch Durchfall. Doch die Bauchschmerzen wurden nicht besser. Sie musste sich auf den Boden setzen, den Rücken an die Hütte gelehnt und saß so einige Minuten, die Beine eng an den Körper herangezogen. Hatte sie sich den Magen verdorben?

Sie wartete darauf, dass die Schmerzen abklangen, aber das taten sie nicht. Sie musste noch zweimal ins Gebüsch und beim zweiten Mal übergab sie sich gleich mit. Die Küchenrolle leistete ihr gute Dienste und die benutzten Tücher vergrub sie im lockeren Waldboden.

Danach fühlte sie sich ein wenig besser.

Anne richtete sich auf und ihr wurde schwindlig. In ihrem Mund lag noch der faulige Geschmack von Erbrochenem. Sie musste etwas trinken. In der Hütte gab es nur leere Bierflaschen, aber sie erinnerte sich, dass Thea etwas von einer Quelle gesagt hatte. Mühevoll watete sie durch dichtes Laub zur Felsformation hinauf. Die Magendarmverstimmung hatte sie schon enorm geschwächt. Die Übelkeit und die Schmerzen wurden wieder schlimmer. Durchfall und Erbrechen überkamen sie noch einmal, bevor sie die Quelle erreichte.

Gift, dachte sie plötzlich. Thea musste sie vergiftet haben. Entweder als sie hilflos dalag, oder …

Im Geist sah sie vor sich, wie Thea mit der Teetasse in der Küche umherlief und in ihren Schubladen herumsuchte, dies und das hineinat und schließlich alles mit kochendem Wasser überbrühte. Unmittelbar nachdem Anne ihr gesagt hatte, dass sie in Wirklichkeit von der Polizei war. »Lassen Sie ihn gut durchziehen«, hatte Thea sie noch ermahnt, als sie den Tee vor Anne hingestellt hatte, »dann entfaltet er seine Wirkung am besten.«

Sie war eine Idiotin gewesen. Sie hatte gegen die einfachste Regel verstoßen, die es im Polizeidienst gab: Lass dich nie mit einem Tatverdächtigen ein. Und sie hatte gewusst, dass Thea im Fall Gruber in der Mordnacht im goldenen Hirsch gewesen war. Sie hatte gewusst, dass Thea mit Luise Steinmetz befreundet gewesen war. Natürlich gehörte sie zum möglichen Täterkreis und Anne war so dumm gewesen, ihr zu vertrauen, weil … ja, weil sie die Großmutter war, die sie selbst nie kennengelernt hatte. Weil es eine Lücke in ihrem Leben gab, die sie wieder und wieder zu füllen versuchte: die Lücke, die ihr Vater hinterlassen hatte.

Deshalb beging sie Fehler, verkomplizierte ihre Beziehung mit Thorsten, ließ sich mit den falschen Männern ein und schenkte Vertrauen, wenn jemand ihr die Geborgenheit gab, die sie sich zu wünschen glaubte.

Ein fataler Fehler, in diesem Fall vielleicht ein tödlicher.

Anne zwang sich, ruhig zu denken. Sie musste herausfinden, welches Gift ihr verabreicht worden war. Dass sie sich erbrochen hatte, war schon mal gut. Wenn noch Reste von dem Gift in ihrem Magen gewesen waren, hatte sie sich derer jetzt entledigt.

Die Bauchschmerzen kehrten zurück, heftiger dieses Mal. Ihr Magen krampfte sich zusammen und schien ein einziger Knoten zu sein. Wie viel Zeit war wohl vergangen, seit sie den Tee getrunken hatte? Anne hatte keine Uhr bei sich. Fünf oder sechs Stunden?

Der Gedanke löste eine Erinnerung aus. *Eine Latenzzeit von fünf Stunden.* Sie hatte die Akte von Luise Steinmetz zur Genüge studiert. Eine Knollenblätterpilzvergiftung: Latenzzeit von fünf bis vierundzwanzig Stunden. Danach Beginn der gastrointestinalen Phase: kolikartige Bauchschmerzen, wiederholtes Erbrechen, massive, wässrige Durchfälle, erheblicher Flüssigkeitsverlust.

Die Schmerzen hinderten sie beim Denken. Ihr wurde wieder schlecht, dieses Mal vor Angst. War es möglich, dass Thea sie mit demselben Gift wie Luise Steinmetz töten wollte? Ohne dass sie einen Pilz gegessen hatte? Anne erinnerte sich an das weiße Pulver, das Thea in den Tee gemischt hatte. Sie wusste nicht, wie andere Gifte wirkten, aber bestimmt konnte man einen Pilz auch trocknen und zu Pulver zerreiben, so wie Thea die Kräuter trocknete und verarbeitete.

Annes Atem ging flach und schnell. *Ruhe bewahren!* Sie hatte sich selbst in diese Situation gebracht und jetzt musste sie zusehen, wie sie wieder herauskam.

Das Wichtigste war, Hilfe zu holen. Sie musste schnellstens in ein Krankenhaus, bevor die Gifte ihre Leberzellen zersetzten.

Doch wer sollte sie hier finden? Hätte sie doch nur auf Thorsten gehört. Ärgerlich wischte sie die Tränen fort, die ihr in die Augen traten. *Jetzt heul doch nicht auch noch, du blöde Kuh!*

Auf allen Vieren schleppte sie sich zur Quelle und trank. Das klare Wasser spülte den widerlichen Geschmack aus ihren Mund. Sie legte sich auf den moosbewachsenen Felsen und atmete langsam in den Bauch, um die Übelkeit ein wenig zu lindern. Sie musste aus diesem Wald heraus. Ins Dorf, jemanden finden, der einen Krankenwagen rufen konnte.

Doch wie sollte sie das in ihrem Zustand schaffen? Aber sie hatte keine Wahl, wenn sie nicht hier oben verrecken wollte. Sie *würde* es schaffen. Aber dafür brauchte sie Wasser. Wenn Thea sie tatsächlich mit dem Grünen Knollenblätterpilz vergiftet hatte, befand sie sich in der Anfangsphase, und das Gefährlichste war jetzt der Flüssigkeitsverlust.

Sie schleppte sich noch einmal zurück in die Blockhütte. Unterwegs überkam es sie wieder und es dauerte, bis sie sich soweit erholt hatte, dass sie weitergehen konnte.

In der Hütte suchte sie verzweifelt nach einem Gefäß oder Behälter, mit dem sie das Quellwasser transportieren konnte. Leider fand sie nur leere Bierflaschen. Bei dem Gedanken daran, was sie tun musste, wurde ihre Übelkeit gleich noch schlimmer. Aber es half alles nichts. Anne nahm zwei Flaschen mit und kämpfte sich noch einmal den Weg zur Quelle hoch. Sie spülte sie, so gut es ging, aus und füllte sie mit frischem Wasser.

Dann klemmte sie sich die Küchenrolle in den Hosenbund und machte sich auf den Rückweg ins Dorf, die Flaschen mit dem kostbaren Wasser in den Händen. Sie *würde* nicht sterben. Nicht, wenn es sich vermeiden ließ.

◆

»Sie sehen müde aus«, sagte Thea. Man hatte sie in die Arrestzelle zurückgebracht, aber Thorsten hatte sie noch einmal holen lassen. Er war zu angespannt, um sich zu setzen. Stattdessen stand er hinter seinem Stuhl und stützte sich mit den Händen auf die Lehne.

Er war tatsächlich müde und unendlich ausgelaugt. Dieser Tag heute hatte einiges von ihm gefordert. Es war so viel geschehen. Er war nervlich und körperlich am Ende. Aber er war noch nicht geschlagen und er würde vor der Beschuldigten keine Schwäche zeigen.

Anton Hellmann stand im Nebenraum und beobachtete sie durch das Fenster. Er musste ebenso erschöpft sein wie Thorsten. Der Junge hatte drei Stunden im Aktenkeller zugebracht, aber er war fündig geworden.

Danach hatte Thorsten versucht, ihn nach Hause zu schicken, aber Hellmann war stur geblieben.

»Ich gehe erst, wenn Sie gehen«, hatte er mit jugendlichem Ernst gesagt. Thorsten war dankbar für seine Loyalität.

Dr. Reiser und Oberan waren in ihre Pensionen gefahren, aber der Kriminaldirektor hatte betont, dass Thorsten ihn sofort anrufen solle, wenn es etwas Neues gab. Er hatte ihm auch geraten, sich auszuruhen. Sicher eine gute Idee, doch Thorsten war jetzt nicht imstande dazu.

»Was haben Sie damit gemeint, Frau Kirschs Lebens wäre in Gottes Hand?«, fragte er Thea von der Linde. Ihr war keine Müdigkeit anzusehen, im Gegenteil, sie wirkte wach und lebendig. Es schien sie nicht im Mindesten zu beunruhigen, dass sie des Mordes an zwei Menschen beschuldigt wurde und dass sie den Abend in einer Arrestzelle zugebracht hatte.

Und das wiederum beunruhigte Thorsten. So ein Verhalten war nicht normal, jedenfalls nicht bei einer alten Dame um die siebzig, die ein kleines Häuschen hatte, eine angesehene Position im Dorf und ein intaktes soziales Umfeld besaß. Sie benahm sich, als hätte sie nichts mehr zu verlieren, und das bereitete ihm Sorgen.

»Genau das, was ich gesagt habe«, erwiderte sie enervierend ruhig auf Thorstens Frage. »Er schenkt uns das Leben und er nimmt es wieder.«

Ihre Gelassenheit trieb ihn zur Weißglut, doch er musste ruhig bleiben. Sie war im Moment seine einzige Verbindung zu Anne. »Und Sie halten sich womöglich für sein Instrument, was?«

Die alte Frau lehnte sich zurück. Sie wich Thorstens Blick nicht aus. »Wir alle sind Instrumente des Herrn«, erklärte sie.

»Und was haben Sie getan? Haben Sie Jürgen Gruber erschossen? War das etwa Gottes Wille?«

Ihr Schweigen war Antwort genug.

»Oder ist er hinter Ihr kleines Geheimnis gekommen? Haben Sie befürchtet, er würde Sie anzeigen? Dass er Sie ruiniert? Alles, was Sie sich aufgebaut haben?«

Seine Fragen prallten einfach an ihr ab.

»Sind Sie nicht eine Heilerin? Heißt es nicht, du sollst nicht töten? Wie vereinbaren Sie das mit Ihrem Gewissen, Frau von der Linde?«

Sie verzog den Mund zu einem spöttischen Lächeln.

»Darüber bin ich *Ihnen* keine Rechenschaft schuldig«, antwortete sie endlich. »Wenn Sie mir nichts anderes zu sagen haben, bringen Sie mich bitte zurück in meine Zelle.«

Thorsten stand auf und atmete einmal tief durch. Sie hatte bereits deutlich gemacht, dass sie zu den Mordfällen keine Aussage machen wollte. Also musste er sie auf andere Art und Weise zum Sprechen bringen. »Was ist mit der Katze?« fragte er. »Warum haben Sie die nicht getötet?«

Theas Gesichtsausdruck wurde ernst. »Ich töte niemals, wenn es nicht nötig ist. Das arme Tier war sehr krank. Ich habe sie zum Sterben nach Hause gebracht.«

»Die Katze lebt. Der Tierarzt konnte sie retten.«

Thea lächelte wieder, aber dieses Mal freundlich. »Das macht mich froh. Die arme Luise! Ihr einziges Glück auf der Welt war ihre Katze. Sie hat sie so verbissen gesucht. Ich habe ihr gesagt, dass die Jäger sie höchstwahrscheinlich erwischt haben. Aber sie konnte einfach nicht aufhören.«

»Sie konnte nicht aufhören, sie zu suchen? Wusste sie, dass die Katze in der Scheune war? Warum haben Sie das Tier nicht eher gehen lassen? Hatten Sie Angst, dass es wiederkommen würde?«

Thea von der Linde sah ihn nur stumm an. Dies war der Punkt, an dem sie nicht weiter reden wollte.

»Und Frau Kirsch?«

Er bemerkte, wie Theas Blick zur Wanduhr huschte, die über der Tür hing. Es war gleich halb elf. In Thorsten läuteten sämtliche Alarmsignale. Warum sah sie auf die Uhr? Wartete sie auf etwas?

Er versuchte es mit einer anderen Taktik. Er nahm die alte Akte vom Schreibtisch, die Hellmann im Keller gefunden hatte. »Sagt Ihnen den Name Gökhan Erdal etwas?«

In Theas blauen Augen blitzte Überraschung auf. Dann nickte sie.

»Sie haben ihn im Januar 1988 auf der Landstraße in Richtung Hoppecke überfahren. Niemand aus dem Dorf kannte ihn und keiner konnte sich erklären, warum er seinen funktionstüchtigen Wagen auf einem Feldweg abgestellt hatte, um die Strecke nach Bontkirchen zu Fuß zurückzugehen.«

Thea nickte wieder. Immer noch war ihr kein Anzeichen von Nervosität anzumerken.

»Er trug dunkle Kleidung und war auf der unbeleuchteten Straße nicht zu erkennen. Das Verfahren gegen mich wurde eingestellt«, antwortete sie ruhig.

»Das ist richtig.« Thorsten blätterte in der alten Akte. Die Seiten waren brüchig und vergilbt. »Gökhan Erdal war wohnhaft in Dortmund. Zumindest der dortigen Polizei war er durchaus bekannt: schwere Körperverletzung, Raub, schwerer Raub und Drogenhandel.«

Er sah sie erwartungsvoll an. »War er ihr erster Dealer, Frau von der Linde?«

Sie sagte nichts dazu, stritt es aber auch nicht ab.

»Hat er Sie bedroht?« Hatten sie eine Verabredung auf der einsamen Landstraße gehabt? Es war eine unübersichtliche, kurvenreiche Strecke. »War es Ihr erster Mord?«

Sie schwieg beharrlich. Er drang nicht zu ihr durch, das war offensichtlich. Obwohl sämtliche Indizien gegen sie sprachen. Sicher war es klug von ihr, keine Aussage zu machen, bevor ihr Anwalt nicht eine Verteidigungsstrategie aufgebaut hatte. *Es sei denn, Anne lebt noch ...*

Er atmete noch einmal tief durch. »Frau von der Linde«, sagte er eindringlich, fast bittend. »Helfen Sie mir. Sagen Sie mir, wo Frau Kirsch ist. Sie können Ihr Strafmaß erheblich mildern!«

Sie seufzte. In ihrem Ausdruck lag ein wenig Mitleid.

»Ich habe mein Leben in den Dienst der Menschen gestellt und *Gott* wird über mich richten. Und jetzt bringen Sie mich bitte zurück in meine Zelle. Ich möchte den Rest der Nacht im Gebet verbringen.«

Dieser Satz brachte das Fass zum Überlaufen. Thorsten hieb mit der Faust auf den Tisch. Ein scharfer Schmerz fuhr seinen Arm hinauf. »*Sie* werden Ihre Strafe erhalten, dafür werde *ich* sorgen, das schwöre ich Ihnen! Wenn Anne etwas geschehen ist …« Er ließ den letzten Satz unvollendet und stürmte hinaus. Schwer atmend lehnte er sich an die Wand. Er spürte, dass sein Hemd schweißnass war.

Anton Hellmann betrachtete ihn voller Sorge. Auch er sah müde aus. Sie waren alle schon viel zu lange auf den Beinen.

Thorsten atmete tief durch. »Sorgen Sie dafür, dass Thea von der Linde zurückgebracht wird«, befahl er. »Und dann legen Sie sich schlafen.«

»Und Sie?« fragte Hellmann.

Thorsten schüttelte den Kopf. Sie konnten nichts mehr tun. Aber er würde keinen Schlaf finden. »Ich fahre noch mal zu ihrer Wohnung«, sagte er, obwohl er keine rechte Hoffnung hatte, dort etwas zu entdecken, was Holgers Team übersehen hatte. Trotzdem musste er irgendetwas tun.

»Dann begleite ich Sie.«

Thorsten widersprach nicht.

Er traf Holger in der Küche. Sein Freund sah ihn hoffnungsvoll an, doch Thorsten schüttelte nur stumm den Kopf. Er durchsuchte die gelbe Kiste der Spurensicherung, in der schon allerhand kleine und große Tüten einsortiert waren.

Holger atmete langsam aus. »Im Kofferraum war kein Blut. Das können wir jetzt schon sagen.«

Verwundert über den Unterton in Holgers Stimme blickte Thorsten auf. »Kein Blut?«

»Nein«, bekräftigte Holger. »Da sind wir uns sicher. Trotzdem wollte ich dich gerade anrufen.«

Thorsten war sofort in Alarmbereitschaft. »Du hast etwas gefunden!«

»Wir machen das sonst nicht«, begann Holger. »Die Tests werden im Labor durchgeführt, um größtmögliche Sicherheit zu gewährleisten, aber wegen der Giftfunde in der Wohnung von Frau Steinmetz und der Dringlichkeit …«

»Um Himmels willen, sag schon!«, fuhr Thorsten ihn an.

»Na gut«, seufzte Holger und deutete mit der Hand auf den Küchentisch, wo eine Tageszeitung ausgebreitet lag. Erst jetzt bemerkte Thorsten die kleinen, feuchten Flecken und handgeschriebenen Notizen daneben.

»Es gibt einen Zeitungspapiertest nach Wieland, mit dem das Amatoxin des Knollenblätterpilzes innerhalb von fünfzehn Minuten nachgewiesen werden kann«, erklärte Holger. »Wir haben einiges Geschirr in der Spülmaschine gefunden: Zwei benutzte Frühstücksteller, zwei Teetassen und Trinkgläser. Außerdem standen auf dem Küchentisch ein großer Teller, Besteck und ein Rotweinglas und natürlich die benutzten Töpfe auf dem Herd. Ich habe die eingetrockneten Reste verflüssigt und von jedem Geschirrteil eine Probe auf Zeitungspapier gegeben.«

Das also waren die feuchten Flecke.

»Wenn man auf die Proben einen Tropfen Salzsäure gibt«, erklärte Holger weiter, »verfärbt sich die Probe, in der Knollenblätterpilzgift enthalten ist, zunächst rot und im Verlauf von zehn bis fünfzehn Minuten blau.«

Thorsten sah drei blaue Flecke auf der Zeitung.

»Und das bedeutet?« fragte er tonlos, obwohl er die Antwort vor sich sah: Neben dem einen, dem helleren, stand »Teetasse« geschrieben und neben den anderen, tiefblauen stand: »großer Teller« und »Topf«.

»Das bedeutet, dass Frau von der Linde kurz vor ihrer

Festnahme erhebliche Mengen dieses Giftes zu sich genommen hat, und zwar in Form einer Pilzsoße. Vermutlich hat sie diese selbst aus Knollenblätterpilzen zubereitet. Eine etwas andere Art der Henkersmahlzeit.«

Holger machte eine Pause und sah Thorsten an. »Das andere Gift wurde schon heute Morgen verzehrt. Aus einer Teetasse.« Er sprach nicht weiter. Sie wussten beide, was das bedeutete.

»Anne«, sagte Thorsten.

Anton Hellmann hatte schweigend zugehört. Sein jugendliches Gesicht trug Entsetzen und Fassungslosigkeit noch offen zur Schau. »Mein Gott«, murmelte er leise.

Holger versuchte ihnen Mut zu machen. »Nicht alle Knollenblätterpilzvergiftungen enden tödlich«, sagte er. »Im Gegenteil, wenn sie die entsprechenden Medikamente bekommt, hat sie eine gute Chance. Und Anne ist ein toughes Mädchen.«

Wenn! »Wir müssen sie finden«, knurrte Thorsten, die Hände zu Fäusten geballt. »Hoffentlich kommt der Scheißhubschrauber bald.«

»Aus der Alten hast du nichts rausgekriegt?«

»Sie schweigt beharrlich und jetzt wird mir auch klar, warum.« Thorstens Gedanken rasten. »Uns läuft die Zeit davon. Kommen Sie, Hellmann, ich bringe Frau von der Linde ins Krankenhaus und Sie finden jemanden, der ihr nahesteht: Verwandte, Freundin, ist mir scheißegal. Klingeln Sie sie aus dem Bett und schaffen Sie sie her. Ich will verdammt sein, wenn ich die Wahrheit nicht aus ihr herausquetschen kann!«

Den Nachtdienst im Krankenhaus Maria Hilf in Brilon hatte ein junger, hohlwangiger Assistenzarzt, dem sein blauer Arztkittel um die mageren Schultern schlotterte.

Er habe seit heute Morgen um sechs Uhr Dienst, informierte er Thorsten kühl, als dieser ihn zur Eile antrieb. Er habe eine ganze Station zu versorgen und heute Abend schon einen Mann mit Verdacht auf Alkoholvergiftung hereinbekommen und es sei bestimmt nicht der letzte gewesen. Mit einem missbilligenden Blick betrachtete er die beiden Beamten, die sich zu beiden Seiten von Thea von der Linde aufgebaut hatten. »Was ist denn um Himmels willen so wichtig?«

»Wir glauben, dass sich diese Frau mit dem Grünen Knollenblätterpilz vergiftet hat. Suizidversuch«, erwiderte Thorsten knapp. Ob er sie jetzt bitte schnellstmöglich behandeln und ihm dann einige Dinge zu dem Vergiftungsverlauf erläutern würde.

Der junge Arzt sah noch zweifelnder aus. »Knollenblätterpilz? Wie kommen Sie denn darauf? Sie zeigt gar keine Symptome.«

»Die Speisereste wurden durch unseren Chemiker untersucht«, erklärte Thorsten ungeduldig. Er sagte ihm nicht, dass der Test im nicht-sterilen Raum auf dem Küchentisch stattgefunden hatte.

Der Assistenzarzt ging mit gerunzelter Stirn auf Thea zu und leuchtete ihr mit einer kleinen Lampe in die Augen. Thorsten sah, dass auf seinem Namensschild »Dr. Lorson« stand.

»Frau von der Linde, haben Sie Knollenblätterpilze gegessen?«, fragte der Arzt.

Sie deutete ein Nicken an.

»Wann war das?«

»Gegen 18.00 Uhr.«

»Haben Sie Schmerzen? Ist Ihnen übel?«

Sie schüttelte den Kopf.

Der Assistenzarzt bekam schmale Augen. »Und Sie haben das Gift nachgewiesen?«, fragte er Thorsten noch einmal.

»Ja doch«, antwortete Thorsten. Er sah nervös auf sein Smartphone, aber es gab immer noch keine Neuigkeiten von Anne. Der Hubschrauber musste mittlerweile im Einsatz sein. Die Hundestaffel hatte auch noch nichts gefunden und Thea von der Linde schwieg wie ein Grab.

Im Auto hatte er noch einmal versucht, mit ihr zu reden.

»Bereuen Sie, was Sie getan haben? Glauben Sie, Sie könnten es durch Ihren Tod wiedergutmachen?«

Sie hatte nicht geantwortet, aber vermutlich war genau das der Grund, weshalb sie sich das Leben nehmen wollte, dafür brauchte man kein Psychologiestudium. Sie hatte erkannt, dass sie aufgeflogen war, und wollte nun alles auf ihre eigene Art und Weise beenden.

»Sie *machen* es nicht wieder gut, Thea, das wissen Sie. Anne leidet ungleich mehr als Sie. Sie ist allein, ohne medizinische Versorgung. Sie hat Angst. Vermutlich haben die Symptome schon eingesetzt: furchtbare Bauchschmerzen, Durchfälle, Erbrechen.« Sein Mund war trocken geworden. »Was hat sie Ihnen angetan, um so einen Tod zu verdienen?«

Thea war zu keiner Antwort mehr bereit gewesen und hatte nur noch aus dem Fenster gestarrt. Sie hatte wohl nicht geplant, dass ihr Suizidversuch so früh durchschaut werden würde. Andererseits wusste Thorsten nicht, wie viel Gift sie zu sich genommen hatte und wie hoch die Chancen standen, dass sie überlebte.

Er fragte den Assistenzarzt danach, aber Dr. Lorson wollte dazu keine Vermutung abgeben.

»Wir werden so schnell wie möglich eine Magenspülung durchführen müssen, um die Gifte aus dem Körper zu entfernen. Dann werden wir Aktivkohle und Silibinin verabreichen und sie so bald wie möglich in eine Klinik mit toxikologischer Abteilung und Möglichkeit zur Lebertransplantation verlegen.« Er öffnete die Tür. »Schwester, rufen Sie die Kollegen aus der Bereitschaft an. Und nehmen sie gleich eine Urinprobe von …«

»Sie brauchen die Leute nicht anzurufen«, unterbrach ihn Thea. »Ich verweigere die Behandlung. Geben Sie mir ein Zimmer und lassen Sie mich in Frieden sterben.«

Der Assistenzarzt verdrehte die Augen. »Das werden wir sehen. Bringen Sie die Patientin in den Behandlungsraum 1«, wies er die beiden Beamten an. »Schwester Brigitte zeigt Ihnen den Weg.«

Schwester Brigitte stand in der Tür, den Becher für die Urinprobe in der Hand. Sie war kräftig gebaut und sah mit ihrem strengen Blick und dem Oberlippenbart beinahe zum Fürchten aus. »Folgen Sie mir«, befahl sie.

Der Assistenzarzt schloss die Tür hinter ihnen. Dann wusch und desinfizierte er sich sorgfältig die Hände.

»Haben Sie heute auch so einen Scheißtag?«, fragte er Thorsten. Im hellen Deckenlicht hatte sein Gesicht eine ungesunde Farbe.

»Yep«, erwiderte Thorsten. Den hatte er allerdings. Und irgendwie war es tröstlich zu wissen, dass es Dr. Lorson heute ebenso erging. »Kann sie das machen? Die Behandlung verweigern?«

Der Assistenzarzt zuckte mit den Schultern. »Sicher«, sagte er. »Grundsätzlich schon, schließlich gilt jeder Eingriff als Körperverletzung. Den Bereitschaftsdienst muss ich natürlich trotzdem anfordern. Dann müssen wir sie über alle möglichen Konsequenzen aufklären und spätestens, wenn die Vergiftungssymptome einsetzen … Ich kann mir nicht vorstellen, dass sie bei ihrer Weigerung bleibt.«

»Da ist noch etwas«, begann Thorsten und erzählte dem Arzt von Anne, die das Gift schon in den Morgenstunden zu sich genommen hatte und immer noch vermisst wurde.

Dr. Lorson hatte ungläubig zugehört. »Ich wusste, es war ein Fehler, mit Dr. Knippschild den Dienst zu tauschen.«

Er schüttelte den Kopf. »Aber das hilft ihm jetzt auch nichts mehr. Wenn das wahr ist, was Sie sagen, muss ich ihn trotzdem anfordern. Und dann ist noch Kirmes!«

Thorsten nickte nachdrücklich. »Fordern Sie so viele Leute an, wie Sie kriegen können! Es ist auch ein Hubschrauber mit Wärmebildkamera unterwegs, der meine Kollegin hoffentlich schnellstens findet.«

»Das hoffe ich.«

Die Stimme des Arztes klang besorgt. »Während der gastrointestinalen Phase besteht ein hohes Risiko durch Flüssigkeitsverlust. Ich fürchte, ohne medizinische Versorgung könnte es zum hypovolämischen Schock kommen. Sie sollten sie so schnell wie möglich finden.«

Thorsten schloss die Augen. Ihm schwindelte ein bisschen. »Wie viel Zeit haben wir noch?«

»Das ist schwer zu sagen.« Der Assistenzarzt trocknete sich sorgfältig die Hände ab. »Sie hat das Gift heute Morgen zu sich genommen? Dann haben die Symptome mit ziemlicher Sicherheit schon eingesetzt. Sie wird heftige Bauchschmerzen haben und sich wiederholt erbrechen, bis zu zwanzigmal am Tag. Dazu kommen massive Durchfälle, die dem Körper sehr schnell die Flüssigkeit entziehen. Normalerweise treten die lebensbedrohlichen Folgen so einer Vergiftung erst später ein, aber ohne medizinische Versorgung kann schon der Flüssigkeitsverlust tödlich sein. Es kommt auf den Allgemeinzustand der Patientin an. Wie ist denn ihre körperliche Verfassung?«

»Sie ist sehr fit«, antwortete Thorsten mit belegter Stimme. Ihm wurde eng um die Brust, als der Gedanke, Anne könne bereits tot sein oder gerade mit dem Tode ringen, eine erschreckend neue Intensität bekam. Er fühlte sich schwindlig. Schwarze Punkte erschienen in seinem Blickfeld.

Dr. Lorson griff nach seinem Arm, als er wankte. »Legen Sie sich kurz hin.« Er deutete auf die Liege. »Atmen Sie langsam und gleichmäßig. Konzentrieren Sie sich auf das Atmen.«

Thorsten gehorchte. Der Schwindel ließ nach.

»Geht es besser?«

Thorsten nickte.

»Sie sollten sich draußen am Automaten eine Cola holen. Passiert Ihnen so etwas öfter?«

»Nein, nein«, wehrte Thorsten ab, dem das Ganze peinlich war. »Haben Sie schon mal eine Knollenblätterpilzvergiftung behandelt?«, fragte er den Arzt, um von sich selbst abzulenken.

»Einmal, ja«, nickte der Assistenzarzt. »Das war noch während meiner Studienzeit im Universitätsklinikum Aachen. Ein Pilzsammler hatte Champignons gesammelt. Als er mit heftigen Beschwerden in die Klinik eingeliefert wurde, zeigte eine Untersuchung der Speisereste, dass er nur einen einzigen Knollenblätterpilz gegessen hatte. Trotzdem war sein Zustand kritisch und er musste eine Woche auf der Intensivstation liegen.«

Er legte eine kleine Pause ein, um routiniert Thorstens Brustkorb abzuhorchen. »Waren Sie in letzter Zeit krank?«

Als Thorsten verneinte, erzählte er weiter. »Das Tückische an einer Knollenblätterpilzvergiftung ist, dass die Schutzreaktionen des Körpers, also Durchfall und Erbrechen, so spät ausgelöst werden. Nämlich erst wenn die wirklich gefährlichen Giftstoffe, die Amatoxine, bereits vom Körper aufgenommen worden sind. Diese zerstören die Leberzellen, gelangen danach in die Blutbahn und über die Galle in den Darm. Dort werden sie wieder vom Körper aufgenommen, wo sie erneut bisher intakte Zellen angreifen können. Das nennt man enterohepatischen Kreislauf, der die Giftelimination verzögert. Aber mit medizinischer Versorgung sind die Überlebenschancen mittlerweile ganz gut.«

Mit medizinischer Versorgung. Selbstverständlich gab es keine Statistiken darüber, wie hoch die Überlebenschancen ohne medizinische Versorgung waren.

Und der Assistenzarzt würde ihm keine falschen Hoffnungen machen. »Bei schweren Vergiftungsfällen ist allerdings eine Lebertransplantation meist unumgänglich«, fügte er hinzu.

Thorsten verstand, was er damit sagen wollte. Wenn sie Anne nicht fanden, musste er sich auf das Schlimmste gefasst machen.

Dr. Lorson hatte sich auf den Weg gemacht, um nach seinem Alkoholpatienten zu sehen. Trotz seiner Befürchtungen waren im Laufe der Nacht bisher keine neuen dazugekommen. Thorsten hatte seinen Rat befolgt und zwei Cola getrunken. Er war noch mal zur Polizeiwache gefahren, um zu hören, ob es etwas Neues gab, und hatte sich bei Mac Donalds einen Kaffee gekauft. So vollgepumpt mit Koffein machte er sich auf den Rückweg zum Krankenhaus.

Unterwegs rief Hellmann an. Er hatte endlich eine Freundin von Thea von der Linde aufgetrieben und sie aus dem Bett geklingelt.

Als sie gleichzeitig am Krankenhaus ankamen und Thorsten die Freundin sah, eine völlig aufgelöste Frau in geblümtem Kittel und blauer Strickjacke, kamen ihm Zweifel, ob sie ihnen helfen oder alles nur noch schlimmer machen würde. Es war die Zeugin, die Jürgen Gruber tot aufgefunden hatte. Eine äußerst redselige Person, die nach ihrer Vernehmung das ganze Dorf über alle Einzelheiten des Falles informiert hatte. Aber was hatten sie schon zu verlieren?

Im Krankenhaus schien der Bereitschaftsdienst angekommen zu sein. Auf dem weißgetünchten Flur herrschte reger Betrieb. Ein schlechtgelaunt aussehender Mann im Arztkittel stampfte an ihnen vorbei. Im Schwesternzimmer saß eine Frau und telefonierte. Thorsten sah Frau Klöterjahn am Ende des Flures breitbeinig auf ihrem Stuhl sitzen. Sie vertrieb sich die Zeit mit ihrem Tablet. Schwester Brigitte näherte sich mit einem Infusionsständer, den sie über den Flur rollte. Als sie Thorsten erkannte, baute sie sich vor ihm auf und schürzte ihren Oberlippenbart.

»Sie können jetzt nicht zu ihr«, informierte sie ihn mit strengem Blick. »Wen haben Sie da, eine neue Patientin?«

»Nein«, entgegnete Thorsten und ging weiter. Er sah gar nicht ein, Schwester Brigitte Rechenschaft abzulegen. An den quietschenden Rollen des Infusionsständers hörte er, dass sie hinter ihm hergeeilt kam.

»Ich sagte Ihnen doch schon, Sie können jetzt nicht zu ihr«, fauchte sie atemlos. »Die Symptome haben eingesetzt und ihr Zustand lässt keine Befragung zu.«

»Es geht um das Leben meiner Kollegin«, zischte Thorsten zurück, »Und Sie sagen mir nicht, wie ich meine Arbeit zu machen habe!«

Er hatte endgültig die Geduld verloren und Maria Redlich, die im Hintergrund stand und unentwegt »Ach Gott, ach Gott« murmelte, war ebenfalls keine große Hilfe.

Als Thorsten Theas Zimmer betrat, erkannte er sie kaum wieder. Sie lag im Bett und war kreidebleich im Gesicht, die weißen Haare wirr und zerzaust. Neben ihrem Kopf stand eine Nierenschale.

»Ich habe doch gesagt, ich will sie nicht!«, protestierte sie kraftlos. Kurz darauf verzerrte sich ihr Gesicht zu einer Grimasse und sie verkrampfte die Hände.

»Thea!«, rief Maria Redlich erschüttert. Sie war sprachlos, wahrscheinlich zum ersten Mal in ihrem Leben. Hellmann hatte ihr erzählt, was sie wissen musste, aber ihre Freundin mit eigenen Augen in diesem Zustand zu sehen war vermutlich etwas ganz anderes.

»Der Doktor hat gesagt, Sie sollen sie kriegen, also kriegen Sie die Infusion. Punkt!«, schimpfte Schwester Brigitte. »Sie will nicht mal, dass ich ihr einen Zugang lege!«, beklagte sie sich bei Thorsten.

Das war ihm allerdings gleichgültig. »Frau von der Linde, hier ist Besuch für Sie. Vielleicht können Sie Ihrer Freundin verraten, wo Sie meine Kollegin hingebracht haben.«

»Thea«, murmelte Maria Redlich fassungslos. »Ich konnte es nicht glauben. Herr Jesus im Himmel!«

»Lasst mich allein«, murmelte Thea mit geschlossenen Augen.

Frau Redlich sah Thorsten hilfesuchend an. Offensichtlich war sie mit der Situation überfordert. Er nickte ihr ermutigend zu. Sie hatten besprochen, was sie sagen sollte.

»Die Polizei sagt, du hättest Luise vergiftet«, begann sie mit schwankender Stimme. »Und diese junge Frau, die bei dir gewohnt hat. Und dich selbst.«

Ihr Tonfall sagte, dass sie es immer noch nicht glauben konnte. Thea atmete konzentriert. Ihr Gesicht verkrampfte sich und sie stöhnte.

»Müssen Sie sich erbrechen?«, fragte Schwester Brigitte

und hielt ihr die Nierenschale hin. Thorsten wandte sich ab, bis die würgenden Geräusche verklungen waren. Jetzt war er doch froh über die Anwesenheit der Schwester.

»Ich bringe das mal nach draußen«, verkündete sie und warf ihnen allen noch einen ermahnenden Blick zu.

»Sie hat mir keine Wahl gelassen«, sagte Thea schließlich leise. Sie mussten direkt ans Bett treten, um überhaupt etwas zu verstehen.

»Wer hat Ihnen keine Wahl gelassen?«, fragte Thorsten.

»Die Katze«, flüsterte Thea. »Sie war verrückt nach dem Cannabis. Sie hat sich darin gewälzt und davon gefressen. Ich musste sie in der Scheune behalten. Sie hätte mich verraten. Sie hätte alles zerstört.«

»*Du* hattest Minka?«, fragte Maria Redlich ungläubig. »Luise hat sie die ganze Zeit gesucht. Und sie war bei dir?«

»Sie war verletzt. Ich dachte, ich könnte sie heilen. Doch die Wunde hatte sich entzündet. Es tut mir leid.«

»Und Luise?«

»Sie wusste, dass die Katze in der Scheune war. Sie hatte das kaputte Gitter gesehen. Minka ist immer dort herumgestreift. Ich habe ihr gesagt, ich hätte nachgesehen, aber sie hat keine Ruhe gegeben. Sie wollte selbst nach ihr suchen. Sie hat mir keine Wahl gelassen.«

»Oh Gott, Thea«, flüsterte Maria Redlich. »Du hast sie vergiftet? Du hast Drogen angebaut und du hast Luise vergiftet? Und Jürgen, warst du das auch?«

Thea verzog das Gesicht. Ihre Finger verkrampften sich. Sie zitterte am ganzen Körper.

»Das hat keinen Sinn!«, sagte Schwester Brigitte energisch, die wieder hereingekommen war und mit wachsender Missbilligung zugehört hatte. »Die Patientin braucht jetzt Ruhe! Sie können sie befragen, wenn es ihr wieder besser geht.« Sie hatte sich vor Thorsten aufgebaut und ihr Damenbart bebte.

»Eine Frage noch«, bat er und nickte Frau Redlich auffordernd zu.

Sie holte tief Luft und stellte die Frage, die Hellmann ihr eingebläut hatte. »Wo ist die junge Frau, die bei dir gewohnt hat?«

Thea krümmte sich zusammen und übergab sich in die Schale. Sie würgte mehrmals, aber es kam nur Galle. Schwester Brigitte tupfte ihr mit einem Tuch über den Mund, wobei sie Thorsten vernichtend anstarrte, als sei alles seine Schuld.

»Wiederholen Sie die Frage noch einmal«, forderte er Frau Redlich auf.

Die Frau war merklich mitgenommen. Thorsten sah, dass sie einen Rosenkranz umklammert hielt. Aber sie wiederholte die Frage gehorsam.

Theas Lippen bewegten sich, aber Thorsten konnte die Worte nicht verstehen.

Er beugte sich zu ihr runter. »Was haben Sie gesagt? Noch einmal, bitte!«

»Jagdhütte«, hauchte Thea. »Im Wald.«

Thorsten stürzte aus dem Zimmer und zückte sein Telefon. Dabei wäre er fast mit Frau Klöterjahn zusammengestoßen, die hereinkommen wollte.

»Herr Seidel? Ich habe gerade mit dem Rettungsdienst gesprochen. Sie haben sie gefunden!«

Kapitel 12

Thorsten saß an Annes Bett und beobachtete, wie sich ihr Brustkorb gleichmäßig hob und senkte. Das und das Piepen des Monitors, der Herzfrequenz und Körpertemperatur überwachte, war das einzige Lebenszeichen, das sie von sich gab. Ihre Augen waren geschlossen und das ohnehin schon schmale Gesicht sah ausgezehrt aus und hatte eine ungesunde, gelbliche Farbe. An ihrer Wange war mit einem Pflaster der grüne Schlauch der Magensonde befestigt und neben ihrem Bett stand ein Ständer mit Infusionsflüssigkeit, die tropfenweise durch den Zugang in ihre Venen floss.

Wenn man sie nicht gefunden hätte, wäre sie jetzt schon tot, daran hatte Thorsten keinen Zweifel. Ein Herr Michalski, oder besser gesagt sein Hund, hatte ihren regungslosen Körper Samstagmorgen in einem Waldstück entdeckt und den Notruf verständigt. Der Polizeihubschrauber war gar nicht mehr gebraucht worden.

Thorsten hatte nur einen kurzen Blick auf sie werfen können, als sie auf dem Rollbett aus dem Rettungswagen zur Intensivstation geschoben wurde. Er erinnerte sich, dass ihr Gesicht und der Arm mit Erde verklebt gewesen waren. »Anne!« Sie hatten ihn nicht zu ihr durch gelassen.

»Beruhigen Sie sich!«, hatte der Pfleger freundlich, aber bestimmt gesagt. »Sie ist in guten Händen.«

Dann war sie weg gewesen.

Zum ersten Mal seit langer Zeit spürte Thorsten wieder seine Müdigkeit. Und Hunger.

Er tappte auf der Suche nach Kaffee und etwas Essbarem durchs Krankenhaus und fand im Eingangsbereich einen Kiosk, der schon geöffnet hatte und ihn mit einem Brötchen und einer großen Tasse Kaffee versorgte. Dann setzte er sich in den Flur, um zu warten.

Der Assistenzarzt Dr. Lorson hatte eigentlich schon längst Schichtwechsel gehabt, aber er war noch länger geblieben, um Anne selbst zu untersuchen. Nach einer Ewigkeit, wie es schien, bat ein Pfleger Thorsten hinein.

Anne war noch immer nicht bei Bewusstsein. Sie lag in der stabilen Seitenlage, ohne Kopfkissen. Ihre Augen waren dunkle Höhlen. Thorsten roch Desinfektionsflüssigkeit.

Er berührte sanft ihre Hand, in der ein Zugang zur Infusion gelegt war. »Wie geht es ihr?«

Der Assistenzarzt sah ihn an und schien abzuwägen, wie viel Wahrheit er vertragen konnte. Sein hagerer, hohlwangiger Körper erschien Thorsten nicht mehr zerbrechlich, sondern unglaublich zäh. Vermutlich hatte er oft solch lange Schichten.

»Sie hat ziemlich viel Flüssigkeit verloren«, sagte er. »Aber sie ist stabil. Wir werden sie so bald wie möglich in die Uniklinik Bochum verlegen. Die toxikologische Abteilung dort hat einen ausgezeichneten Ruf.«

»Und wird sie durchkommen?«

Der Arzt zuckte bedauernd mit den Schultern. »Dazu kann ich Ihnen leider noch nichts sagen. Wie schwer die Vergiftung wirklich ist, werden erst die Gerinnungs- und Leberwerte zeigen. Wir haben schon Blut und Urin abgenommen. Die Ergebnisse erfahren Sie dann in Bochum.«

Er reichte Thorsten die Hand zum Abschied. »Ich wünsche Ihnen beiden alles Gute.«

Thorsten bedankte sich bei ihm für die ehrliche Anteilnahme. Er wäre gerne noch einen Moment bei Anne geblieben, doch er hatte das Gefühl, dass er dem Pfleger, der sie für den Transport vorbereitete, eigentlich nur im Weg war, also fuhr er zurück nach Dortmund. Es wäre klüger gewesen, in Brilon erst noch mal zu schlafen, als im übermüdeten Zustand die lange Autofahrt auf sich zu nehmen, aber er wollte nur noch nach Hause.

»Da kommt Papa!«, rief Lisa aus dem offenen Fenster, als er aus dem Auto stieg. »Dann können wir ja doch noch in den Zoo fahren!«

»Das sind die Vaterfreuden«, seufzte Thorsten leise vor sich hin. Er konnte vor Erschöpfung kaum noch stehen. Margit nahm ihn kurz in den Arm. »Wie geht es ihr?«

»Sie wird nach Bochum gebracht. Aber sie wissen noch nicht, ob sie durchkommt.«

»Ach Thorsten«, sagte sie tief berührt. Auch ihr war Anne nicht gleichgültig und dafür war er ihr dankbar.

»Sie wird sich schon durchkämpfen«, sagte er bestimmt. »Zum Sterben ist sie viel zu stur.« Seine Stimme wurde brüchig und er merkte, wie die Emotionen, die er so lange zurückgehalten hatte, ihn zu überwältigen drohten. Margit blieb dies nicht verborgen.

»Lasst euren Vater in Ruhe!«, rief sie und scheuchte die Kinder, die ihnen um die Beine sprangen und abwechselnd nach »Papa! Zoo!« und »Eis!« riefen, aus dem Weg.

»Soll ich euch die Sendung mit der Maus anmachen? Danach gibt es Mittagessen.«

»Maus! Maus!« Die Kinder folgten ihr wie ein Rudel Welpen ins Wohnzimmer und Thorsten war allein.

Er ließ sich aufs Bett fallen und rieb sich die Tränen aus den Augenwinkeln. Er hatte für Anne getan, was er konnte und das war nicht viel gewesen. Jetzt war sie in den Händen der Ärzte.

Margit kehrte zu ihm zurück und eine Zeitlang lagen sie schweigend Arm in Arm und schöpften Trost aus der gegenseitigen Nähe.

»Möchtest du etwas essen? Oder lieber schlafen?«, fragte Margit schließlich.

»Ich bin schrecklich müde.« Thorsten seufzte. »Aber ich habe Lisa etwas versprochen. Sie wollte doch letzte Woche schon in den Zoo. Sie wird wahnsinnig enttäuscht sein.«

»Blödsinn!« Margit schüttelte den Kopf. »Der Zoo ist

nächste Woche auch noch da. Leg dich jetzt hin. Du siehst furchtbar aus.«

»Danke für das Kompliment«, erwiderte Thorsten und lächelte müde. Aber das ließ er sich nicht zweimal sagen. Er kroch ins Bett und schloss die Augen.

»Ach, Thorsten!«, rief Roswitha zum wiederholten Male, steckte ihre Nase in ein Taschentuch und schnäuzte kräftig. »Was können wir nur tun?« Sie konnten nichts tun außer warten.

Er war am Sonntagmorgen direkt nach dem Frühstück nach Bochum gefahren, aber sie hatten ihn nicht zu Anne gelassen. Die Oberärztin sei gerade da und untersuche sie. Thorsten müsse sich gedulden und auf der Intensivstation störe er nur. Ob er nicht draußen warten könne?

Er war Roswitha unten auf dem Flur begegnet und sie hatten sich dort mit einem Kaffee aus dem Automaten hingesetzt.

Annes Mutter hatte die langen blonden Haare, die sie sonst immer offen trug, zu einem einfachen Zopf zusammengebunden. Sie trug eine übergroße Sonnenbrille, vermutlich, um ihre vom Weinen verquollenen Augen zu verdecken.

Erst lamentierte sie darüber, dass es hier keine fettreduzierte Milch gab. Dann machte sie sich Vorwürfe, dass sie die Sache mit Stefan und Mauritius nicht eher durchschaut hatte. »Sie hatte sich gar nicht von mir verabschiedet. Aber so ist sie, nicht wahr, Thorsten? Oder hätte ich es merken müssen? Ach, ich hätte es merken müssen, ich bin doch ihre Mutter!«

Sie nahm die Sonnenbrille ab, um sich mit einem Taschentuch die Augen zu tupfen, und schluchzte leise.

Thorsten nahm ihre Hand. »Sie hat es so gewollt, Roswitha. Sie wollte, dass du es nicht merkst. Sie wollte nicht darüber reden.« Er versuchte ihr, so gut er konnte, zu erklären, was im Sauerland passiert war. Dass Anne einer Mörderin gefährlich nahe gekommen war und dass er – Thorsten – das zu spät begriffen hatte.

Roswitha schnäuzte in ihr Taschentuch. »Ich wollte nie, dass sie zur Polizei geht«, seufzte sie. »Aber da ist sie wie ihr Vater. Meine Güte, Daniel kommt in zwei Stunden und wie sehe ich aus?«

»Bezaubernd, wie immer«, murmelte Thorsten automatisch.

Als die Oberärztin endlich kam, sprang Roswitha auf und trippelte mit ihren hochhackigen Schuhen auf sie zu. »Und? Wie geht es meiner Tochter?«

Die kleine Frau mit dem Namensschild »Dr. Kulikowa, Oberärztin« schien in Eile zu sein. Sie warf ihnen nicht mehr als einen flüchtigen Blick zu. Die Hand gab sie ihnen nicht, aber Thorsten hatte auf einem Zettel am Eingang gelesen, dass darauf aus Hygienegründen verzichtet wurde. Sie trug eine blaue Haube und Mundschutz, sodass Thorsten nicht viel von ihrem Gesicht erkennen konnte.

»Die Mutter und der liebe Ehemann«, gurrte sie professionell freundlich und schlug eine Mappe auf, in der mehrere Zettel mit medizinischen Daten abgeheftet waren. Sie kam sofort zur Sache und erzählte ihnen, dass es Frau Kirsch momentan besserzugehen schien, dass diese Besserung aber trügerisch sein konnte.

Sie bekäme Silibininfusionen und medizinische Kohle. Ihre Transanimasenwerte seien erhöht und die plasmatische Gerinnung vermindert. Ihr Zustand sei ernst. Mehr könne man zum jetzigen Zeitpunkt noch nicht sagen. Sie ließ die Mappe zuschnappen und wollte schon wieder zum nächsten Patienten eilen.

»Wird sie überleben?«, fragte Thorsten rasch.

»Sie ist stabil«, antwortete Dr. Kulikowa in unverbindlichem Tonfall. »Wie schwer die Vergiftung ist, lässt sich noch nicht feststellen.«

»Und die andere Patientin, Frau von der Linde?«

Sie sah ihn einen Moment irritiert an.

»Sie sind von der Polizei?«

Thorsten zeigte ihr seinen Ausweis.

»In Ordnung.« Sie hatte die Stirn in Falten gelegt und blätterte kurz in ihrer Mappe. »Kritisch, würde ich sagen. Leider konnten wir mit dem Flüssigkeitsausgleich erst beginnen, als sie das Bewusstsein verloren hatte. Wir haben noch keine Blutwerte, aber wenn Sie mich fragen, halte ich die Chancen, dass sie überlebt, für äußerst gering. Bedauerlicherweise.« Dann war sie auch schon wieder verschwunden.

Als Thorsten und Roswitha endlich zu Anne vorgelassen wurden, schlief sie. Die Schwester sagte, sie hätte eine anstrengende Nacht gehabt und sie sollten nachmittags noch einmal vorbeikommen. Thorsten wollte trotzdem noch einen Moment bei Anne sitzen. Roswitha hauchte ihr einen Kuss auf die Wange, dann begann sie, die Pralinen und Zeitschriften, die sie mitgebracht hatte, in Annes Zimmer zu verteilen.

Thorsten beobachtete das Gesicht seiner Freundin und Kollegin. Sie sah ausgemergelt aus, aber schien friedlich zu schlafen, während ihr Körper gegen das Gift kämpfte, das ihre Leber zerstören wollte.

Als er sie so daliegen sah, wusste er, dass sie wieder gesund werden würde. Auch wenn sie nicht so aussah, war sie zäh wie Leder und viel zu stur, um sich jetzt noch besiegen zu lassen.

Es gab noch viel zwischen ihnen zu bereden, aber diesen Nachmittag würde er Anne und ihrer Familie gönnen. Ihr Vater kam extra aus L.A. Sie würden sich viel zu erzählen haben. Er verabschiedete sich von Roswitha und fuhr nach Hause zu seiner eigenen Familie. Schließlich schuldete er Lisa noch einen Zoobesuch.

Pünktlich zur Fütterung der Seelöwen waren sie dort. Thorsten und Margit hatten sich auf eine Bank gesetzt und beobachteten die Kinder, die vorne an der Absperrung standen und ihren Spaß hatten. Es war ein schöner Spätsommertag. Die Luft war mild und klar und Thorsten war bester Laune.

Er legte den Arm um Margits Schultern und dachte an gestern Nacht. Gegen Mitternacht war er aufgewacht und hatte bemerkt, dass Margits Nachttischlampe noch brannte. Seine Frau lag auf dem Bauch neben ihm. Sie war beim Lesen eingeschlafen.

Vorsichtig zog er das Buch unter ihrem Kopf hervor und beugte sich über sie, um es wegzulegen und das Licht zu löschen. Aber Margit hatte einen leichten Schlaf.

»Geht es dir besser?«, fragte sie und sah ihn mit völlig wachen Augen an. Ihre Haare vom Schlaf zerzaust, ihr Gesicht ungeschminkt und voller Sommersprossen. Trotzdem fand er sie unglaublich schön. Und ihre Stimme hatte diesen Unterton, der ihn mit einem Schlag hellwach werden ließ.

»Kommt drauf an, wer fragt«, erwiderte er darum mit einem Lächeln und schnappte nach Luft, als sie sich plötzlich auf seinen Bauch rollte.

»Deine Ehefrau natürlich«, murmelte sie und gab ihm einen leidenschaftlichen Kuss, der dafür sorgte, dass ihm ganz heiß unter seiner Decke wurde.

Ein dicker Seelöwe stieg aus dem Wasser und schnappte einen Fisch gekonnt aus der Luft. Mit einem gewaltigen Platsch landete er wieder im Wasser. Die Kinder johlten. Zufrieden streckte Thorsten die langen Beine aus. Wie kam es bloß, dass man das, was man hatte, erst zu schätzen wusste, wenn es in Gefahr war? Und dabei dachte er nicht nur an Anne, sondern vor allem an seine eigene Familie.

Dieser Kuss zwischen Anne und ihm war sein erster Fehler gewesen. Dass sie nicht darüber geredet hatten, der zweite. Thorsten hätte Anne sagen müssen, dass er tiefe Freundschaft für sie empfand, aber nicht mehr. Er hätte das klären müssen. Für Anne und für sich selbst. Sobald es ihr wieder besser ging, würde er es tun. Vielleicht würden sie dann wieder normal miteinander umgehen können.

Nach den Seelöwen wollten die Kinder sofort auf den Spielplatz, aber Thorsten bestand darauf, dass sie dem Otterhaus einen kleinen Besuch abstatteten. Sie waren schon zu lange nicht mehr dort gewesen.

Das alte Männchen, mit dem Margit ihn manchmal scherzhaft verglich, war nirgends zu sehen, dafür waren die jungen Otter umso wilder und Robin bekam bei jedem Salto, den sie vor der Scheibe schlugen, einen glucksenden Lachanfall. Lisa war nicht weniger begeistert.

Nach zwei großen Schalen Pommes und einer Stunde auf dem Spielplatz waren die Kinder zufriedengestellt. Margit würde ihnen heute die Gutenachtgeschichte vorlesen und Thorsten konnte seinen Fußballabend mit Holger genießen. Heute fand schließlich das Spiel der Spiele statt.

Holger und er hatten die Vereinbarung, an diesem Abend keine Fußballabzeichen zu tragen, da Thorsten sich nicht mit einem Schalkeschal zwischen die Horden der Dortmunder Fans setzen konnte. Er wollte entspannen und keinen Ärger provozieren.

Sie hatten einen Zweiertisch in der Ecke des Biergartens ergattert, wo sie relativ ungestört waren, und genossen heute beide in Zivil die milde Stadtluft und die Fußballübertragung auf Großleinwand.

Holger trug ein zerknittertes Hemd, aber seine roten Haare waren gebürstet und mit Haarspray in Form gebracht. »Wie geht es Anne?«, fragte er, während noch über die Mannschaftsaufstellung berichtet wurde.

»Den Umständen entsprechend gut.« Thorsten hatte vor einer halben Stunde mit Roswitha telefoniert. »Ihre Leberwerte sind stabil. Die Therapie scheint anzuschlagen. Mehr können sie noch nicht sagen. Ich fahre morgen wieder hin.«

»Dann grüß sie von mir.« Holger hatte ein Buch aus der Tasche geholt. »Wir haben noch etwas in der Wohnung gefunden, was dich interessieren dürfte. Es steckte in einem Umschlag der *Enzyklopädie der essbaren Wildpflanzen*«. Er schlug das Buch auf. Es war dick, die Seiten sorgfältig handbeschrieben.

»Theas Tagebuch?«, vermutete Thorsten. Die Schrift war Sütterlin und schwer zu lesen.

Holger nickte. »Ich habe es mir schon angesehen. Mich hat vor allem interessiert, wie sie den hohen Stromverbrauch so lange geheim halten konnte. Offensichtlich gab es einen Anschluss für das ganze Gut und Thea von der Linde hat für die Eigentümergemeinschaft die Abrechnung gemacht. Den Großteil der Kosten hat sie immer selbst bezahlt, sodass niemandem etwas aufgefallen ist. Dann hat Jürgen Gruber, der wusste, dass das Gut größtenteils unbewohnt ist, den Fall im Rahmen einer Zufallsprüfung auf den Tisch bekommen. Er hat Frau von der Linde zur Rede gestellt und sie hatten für Samstagabend ein kurzes Treffen vereinbart. Thea schreibt, dass sie keinen Plan gehabt hätte. Sie war nur in die Abstellkammer gegangen, um Verbandszeug zu holen, und hatte dort die Gewehre liegen sehen. Sie ging zu Gruber und erschoss ihn. Dann durchsuchte sie die Wohnung, um sicherzugehen, dass er seinen Verdacht nirgendwo aufgeschrieben hatte.«

Der Kellner brachte ihnen beiden ein kühles Brinkhoff's. Als er wieder gegangen war, sagte Thorsten: »Und bei Luise Steinmetz? Ich nehme an, Thea hat die giftigen Pilze zu Pulver zerrieben und in den Rotwein getan. Aber ich frage mich, warum keiner der Nachbarn sie gesehen hat.«

»Du hast Recht mit dem Rotwein. Sie hatten zusammen Champignons gegessen und Thea versprach Luise, am nächsten Tag noch mal mit ihr zur Scheune zu gehen und dort nach Minka zu suchen. Dann half sie beim Abwasch und räumte die benutzten Teller und Gläser zurück in die Schränke. Das Haus verließ sie durch die Hintertür. Sie ging durch den Garten und schellte bei den Nachbarn, denn diese sollten glauben, Thea habe zu ihnen gewollt und sei gar nicht bei Luise Steinmetz gewesen.«

Thorsten lachte leise. »Verdammt schlau.«

Er nahm einen Schluck von seinem Bier und spürte, wie sich Entspannung in seinem Bauch ausbreitete.

Es war zu Ende. Der Fall war gelöst.

Holger nickte. »Unsere Anne beging leider den Fehler, sich ihr zu offenbaren. Thea schreibt, dass sie geschockt war und ihre Hand wie von selbst nach dem Knollenblätterpilzgift griff. Plötzlich erschien ihr alles unausweichlich. Sie brachte Anne zu einer Jagdhütte mitten im Wald, wo sie keiner finden würde, und schlug sie dort nieder.«

»Warum hat sie Anne nicht gleich getötet? Warum hat sie die Sache nicht zu Ende gebracht?«

»Vielleicht hatte sie kein geeignetes Mordwerkzeug. Vielleicht konnte sie es auch einfach nicht tun. Jemanden mit den eigenen Händen zu töten ist viel schwieriger, als ein Gewehr auf ihn zu richten. Oder sie ahnte, dass sie nicht davonkommen würde. Zu viele Tote. Auf dem Nachhauseweg fand sie einen frischen Knollenblätterpilz und nahm ihn mit. Damit bereitete sie später die Pilzsoße zu.«

Holger zuckte mit den Schultern. »Wer weiß, vielleicht erschien es ihr passend: Luise, Anne und sie selbst, jeder in seinem Kampf gegen das Gift.«

Thorsten gab Anne das Tagebuch am Montagabend, als die Schwester sie endlich allein gelassen hatte und sie ungestört reden konnten. Anne sah wieder besser aus. Ihre Gesichtsfarbe war nicht mehr gelb und sie beklagte sich bereits darüber, dass sie nicht aufstehen konnte, weil sie immer noch an ihre Infusion und ein Dialysegerät angeschlossen war.

»Diese Bettpfanne macht mich wahnsinnig!«, flüsterte sie Thorsten hinter dem Rücken der Schwester zu und schnitt eine Grimasse.

Er lächelte. Sie war wieder ganz die alte.

»Thea von der Linde ist heute Vormittag verstorben«, erzählte er ihr. »Sie hat bis zuletzt jede medizinische Versorgung verweigert.«

Anne nickte ernst. Sie sah betreten auf ihre Hände. »Ich habe wohl einen Fehler gemacht«, gestand sie ein. »Ich war unprofessionell. Auch das mit dem Reporter tut mir leid.«

Sie schlug sich mit der Hand vor die Stirn. »Oberan wird mich zusammenfalten!«

»Einen kleinen Anschiss hast du dir verdient«, stimmte Thorsten ihr ohne Mitleid zu. »Aber es wird wohl nicht so schlimm werden. Wir sind alle froh, dich wohlbehalten zurückzubekommen.«

Das war alles, was er dazu sagen konnte. Vermutlich würde sie nie erfahren, welche Angst er ihretwillen ausgestanden hatte. Er zeigte ihr das Tagebuch. »Vielleicht möchtest du es lesen. Ich brauche es nicht mehr. Unser Fall ist abgeschlossen.«

Er erzählte ihr von der illegalen Plantage in der Scheune und erklärte ihr, wie es zu den Morden an Luise Steinmetz und Jürgen Gruber gekommen war.

Anne hörte mit geschlossenen Augen zu. Trotz allem schien sie noch ziemlich schwach zu sein. Er nahm sich vor, nicht zu lange zu bleiben, damit sie sich ausruhen konnte.

»Aber warum?«, flüsterte Anne fassungslos. »Ich hätte ihr so etwas nie zugetraut. Dass sie jemanden tötet, nur um nicht aufzufliegen.«

»Es war wohl nicht ihr erstes Mal«, erklärte Thorsten. »Vor dreißig Jahren hat sie jemanden absichtlich überfahren. Einen Mann aus Dortmund, den hier niemand kannte. Ich vermute, ihr erster Kontakt zur Drogenszene. Weil er dunkle Kleidung trug und auf der unbeleuchteten Landstraße unterwegs war, wurde sie damals von jedem Vorwurf freigesprochen. Doch darüber können wir nur spekulieren. Vielleicht hat er sie bedroht oder unter Druck gesetzt.«

Er erzählte Anne, was er noch aus dem Tagebuch erfahren hatte: Dass Thea im Pflegeheim ihres Bruders einen jungen Mann kennengelernt hatte, der dort als Krankenpfleger arbeitete. Schon beim ersten Mal war ihr der Geruch aufgefallen, der von seinen Dreadlocks ausging. Sie lernten einander kennen und vertrauen. Später traf sie eine Vereinbarung mit ihm. Immer wenn sie ihren Bruder im Heim besuchte, brachte sie Cannabis mit. Sie überließ es ihm zu einem guten

Preis. Dafür würde er dichthalten, woher der Stoff kam, und sie hätte keinen Kontakt mehr zur Drogenszene.

Ihr Arrangement funktionierte so gut, dass Thea selbst Jahre nach dem Tod ihres Bruders immer noch regelmäßig ins Pflegeheim fuhr.

Anne lachte leise. »Mir hat sie auch erzählt, sie würde zu ihrem Bruder nach Dortmund fahren.«

Sie seufzte. »Ich hätte es merken müssen. Ich hätte Verdacht schöpfen müssen. Mein Gott, sie kannte Luise Steinmetz gut und sie kannte sich mit Pflanzen aus!« Sie war wieder blass geworden. Thorsten stand auf. »Mach dir keine Gedanken und ruh dich aus. Wir sehen uns.«

◆

Es war schon merkwürdig, wie schnell der Alltag einen wiederhatte, dachte Anton Hellmann. Er kehrte gerade aus Marsberg zurück. Jemand hatte am helllichten Tag bei einem Audi TT die Scheibe eingeschlagen und war mit der Handtasche, die auf dem Beifahrersitz gelegen hatte, auf und davon. Das Auto hatte mitten in der Innenstadt gestanden. Einige Passanten hatten den Täter gesehen, einer hatte sogar noch die Verfolgung aufgenommen, vergeblich.

Jens und er hatten sechs verschiedene Personenbeschreibungen aufgenommen, die so unterschiedlich gewesen waren, dass Anton die Hoffnung, den Täter zu finden, schon aufgegeben hatte.

Er seufzte leise und fragte sich, was Herr Seidel wohl gerade tat. Hatte er schon wieder den nächsten Mordfall auf dem Tisch? Der Hauptkommissar hatte am Montag kurz in der Wache angerufen und berichtet, dass es seiner Kollegin wieder besser ging. Anton hätte selbst auch gerne mit ihm gesprochen.

Er wollte Herrn Seidel sagen, wie gut ihm die Zusammenarbeit gefallen hatte. Dass er hoffte, sie würden sich noch mal wiedersehen. Wie erleichtert er war, dass alles ein gutes

Ende genommen hatte. Und dass er sich wünschte … aber nein, sein Einsatz für Herrn Seidel war vorbei, abgehakt. Jetzt war er wieder nichts weiter als ein einfacher Kriminalkommissar, der sich mit Einbruchsdelikten herumschlug.

»Was ist los mit dir?«, fragte Jens, dem seine niedergedrückte Stimmung nicht entgangen war. »Keine Lust mehr auf die Arbeit beim Fußvolk?«

Anton ging auf seinen spöttischen Tonfall nicht ein, denn genau das war es ja, was ihn beschäftigte. Aber hatte er ein Recht unzufrieden zu sein? Bisher hatte es ihm doch immer gereicht.

»Ich habe nur einen schlechten Tag«, murmelte er deshalb ausweichend. Jens würde kein Verständnis für seine Gefühle haben. Aber sie waren nun mal da.

Hinter der Eingangstür zur Polizeiwache wäre er fast mit Thorsten Seidel zusammengestoßen. Für einen Moment stand er nur da und starrte den Dortmunder Kommissar verdattert an.

»Schön, dass ich Sie doch noch treffe«, sagte Herr Seidel und reichte ihm die Hand. »Ich wollte mich für die gute Zusammenarbeit bedanken.«

Anton griff mechanisch nach seiner Hand. Die Worte, die er sich zurechtgelegt hatte, waren verschwunden. »Ich … es … ich habe sehr viel gelernt«, fiel ihm ein.

»Ich gehe davon aus, dass ich Sie bald in Dortmund wiedersehe«, sagte Herr Seidel und schien es ernst zu meinen. »Wenn eine Stelle frei wird, bewerben Sie sich. Sie haben das Zeug dazu!«

Anton grinste. Sein Gesicht wurde heiß. Es musste feuerrot sein, aber das war jetzt nebensächlich, ebenso wie Jens, der neben ihm stand und sich vermutlich gleich über ihn lustig machen würde. Alles war jetzt nebensächlich. Er bedankte sich.

Herr Seidel drückte ihm noch kurz die Schulter. »Sie haben ja meine Nummer. Geben Sie mir Bescheid. Ich würde gern ein gutes Wort für Sie einlegen.«

Dann war er verschwunden.

Mit einem Hochgefühl drehte Anton sich um und bemerkte, dass ihre Unterhaltung von einigen Kollegen beobachtet worden war. Frau Nolte-Bergmann stand in der Tür und nickte ihm anerkennend zu. Neben ihr stand Steffi, die Auszubildende mit dem Pferdeschwanz, und Anton hatte das Gefühl, dass sie ihn anders ansah als beim letzten Mal. Sie hielt den Blickkontakt über mehrere Sekunden, bis Anton schließlich die Augen niederschlug, weil er befürchtete, dass sein Gesicht noch röter würde. Vielleicht hatte sie Lust, mit ihm nach Dienstschluss einen Kaffee trinken zu gehen. Warum hatte er sie eigentlich noch nie gefragt?

♦

»Wenn das Weizenkorn nicht in die Erde fällt und stirbt, bleibt es allein. Wenn es aber stirbt, bringt es reiche Frucht.«

Der Priester stand vor dem offenen Grab. Er hatte die Arme ausgebreitet und ein leichter Wind bauschte sein Messgewand. Anne fröstelte ein wenig. Hier im Sauerland war es bestimmt fünf Grad kälter als in Dortmund.

Man hatte Thea von der Linde neben ihrem kleinen Sohn beigesetzt. Ihr Mann war als Selbstmörder nicht auf einem katholischen Friedhof begraben. So war das damals. Heute wurde es nicht mehr so eng gesehen, hatte Maria Redlich ihr erklärt, als sie mit dem Beerdigungszug die Straße hinaufgegangen waren. Frau Redlich war die einzige gewesen, die Anne sofort angesprochen hatte. Die anderen beäugten sie nur neugierig. Die Geschichte über die Polizistin, die bei Thea gewohnt hatte und dann vergiftet worden war, musste der Renner im Dorf gewesen sein.

Sicherlich fragten sich die Leute, warum Anne zur Beerdigung gekommen war.

Der Sarg wurde in die Erde gelassen.

Thea mag schreckliche Dinge getan haben, dachte Anne, *aber sie hat auch viel Gutes getan.*

Bei ihrem letzten Marsch zur Jagdhütte hatte Thea versucht, sich zu erklären, und obwohl Anne die Morde verabscheute, konnte sie verstehen, wie es so weit gekommen war. Cannabis war für viele Menschen mit Depressionen oder unheilbaren Krankheiten eine Alternative zu chemischen Medikamenten mit schweren Nebenwirkungen. Sie konnte verstehen, dass Thea als Naturheilerin im Anbau von Hanf kein Unrecht gesehen hatte. Als dann ihr Leben und alles, was sie sich aufgebaut hatte, ins Wanken geriet und sie aufzufliegen drohte, hatte sie zum letzten Mittel gegriffen, das ihr geblieben war. Und letztendlich hatte sie für sich selbst das gleiche Ende gewählt, das auch Luise Steinmetz erlitten hatte und dem Anne nur knapp entronnen war.

Nun war sie wieder mit ihrem Sohn vereint und das gönnte Anne ihr von Herzen.

»Sie sind also Polizistin, wie?« Heiko Neuer stellte sich neben sie. Er trug einen dunkelblauen Anzug, der ihm ausnehmend gut stand. »Und jetzt nicht mehr im Undercovereinsatz?«

Er hatte ein sympathisches Lächeln, fand Anne – auch nüchtern betrachtet.

»Einsatz beendet«, nickte sie. »Jetzt bin ich privat hier.«

»Ich glaube, dass mir das besser gefällt«, stellte Heiko fest. »Kommen Sie doch kurz mit zu mir. Ich möchte Ihnen etwas zeigen.«

Anne hatte nicht viel Zeit, Thorsten wollte sie gleich abholen. Dann würden sie zusammen nach Dortmund zurückfahren.

»Es dauert nicht lange.« Heiko wohnte unterhalb der Kirche in einem Mehrfamilienhaus neben einem kleinen Spielplatz.

Als er die Wohnungstür aufschloss, begrüßte Stella ihn freudig. Er streichelte die Hündin ausgiebig.

»Ich habe Minka noch in einem anderen Zimmer, vor allem, wenn ich weg bin. Die Zusammenführung von Hund und Katze ist schwierig, auch wenn sie schon relativ gut miteinander klarkommen.« Er öffnete eine Tür und ein schwarzer Schatten mit weißen Pfoten sprang ihnen entgegen und strich Heiko um die Beine. Er hob die Katze hoch, die spielerisch ihre Krallen ausfuhr und Anne mit grünen, hellwachen Augen ansah.

Währenddessen hielt Stella Abstand und beobachtete das Geschehen geduldig.

Die Katze ließ zu, dass Anne sie streichelte. »Ich bin froh, dass sie ein neues Zuhause hat. Und dass sie in ihrer gewohnten Umgebung bleiben kann. Es wäre doch schlimm für das Tier, wenn sie in einer Stadt wie Dortmund leben müsste, wo sie nicht mehr draußen herumlaufen kann.«

Heiko nickte. »Sie können sie jederzeit besuchen, wenn Sie wollen.« Seine Augen hatten einen sanften Glanz bekommen. »Wir beide würden uns sehr darüber freuen.«

Liebe Leser!

Ich hoffe, mein Krimi hat Ihnen gefallen.

KATZ UND MORD ist mein erstes Buch und wird immer etwas Besonderes bleiben.

Für mich war die erste Veröffentlichung wie ein Traum, der wahr wird. Ein Traum, den ich schon als Kind geträumt habe, und aus dem ich nie richtig aufgewacht bin.

Deshalb möchte ich mich an dieser Stelle bei allen bedanken, die mir geholfen haben, diesen Traum wahr werden zu lassen. Als Erstes bei Ihnen, liebe Leser, beim Verlagsteam von Midnight by Ullstein, bei den Menschen, die mich als Testleser und Kritiker, als Freunde, als Mitwisser und als Motivatoren unterstützt haben. Bei allen, die mir bei Recherche, Überarbeitung und Werbung geholfen haben. Ich danke euch!

Ganz besonders bedanken möchte ich mich bei Hauptkommissar Dieter Marczyk von der Briloner Polizei, der mir die Wache gezeigt und sich viel Zeit für meine Fragen genommen hat.

Zum Schluss möchte ich betonen, dass Bontkirchen zwar ein realer Ort ist, die Handlung und alle Personen, die im Buch vorkommen, aber frei erfunden sind.

Wenn Sie wissen möchten, wie es mit Anne Kirsch weitergeht, besuchen Sie mich auf meiner Homepage: www.mareikealbracht.de, auf Facebook oder Instagram.

Noch nicht genug von Anne Kirsch?

Leseprobe

DORNENTOD

Kapitel 1

Mittwoch, 23. November

Pia summte die Melodie des Schneeflöckchenliedes vor sich hin, während sie mit Frau Gockel die Stühle hochstellte. Es war die Klavierversion von Edvard Griegs *Morgenstimmung.* Pia hatte sich für ihre Klasse dazu eine Tanzchoreographie ausgedacht, und eben hatten sie das letzte Mal mit den Kindern für den Weihnachtsmarkt geprobt. Dieses Jahr würden sie in Marsberg auftreten. Obwohl im Sauerland beinahe jedes Dorf einen Weihnachtsmarkt veranstaltet, hatten sie dieses Jahr in Westheim keinen eigenen.

»Die Aufführung wird wunderbar«, bemerkte Frau Gockel, »Sie haben ein Händchen dafür. Ich könnte mir vorstellen, so etwas dauerhaft anzubieten. Eine kleine Theater-AG, klassen-über»greifend. Was halten Sie davon?«

Pia spürte ein warmes Kribbeln im Bauch. Ein Lob von der Direktorin, die wegen ihrer Strenge und ihrer silbergrauen

Haare auch gerne »Eiserne Lady« genannt wurde, war keine Kleinigkeit.

»Das hört sich gut an«, erwiderte sie. »Ich habe schon einige Ideen.«

»Bestimmt haben Sie das.« Frau Gockel stellte den letzten der Stühle hoch. Ihr schwarzer Bleistiftrock, die klobigen Schuhe und die dunkle Strumpfhose ließen sie wie eine Gouvernante aus dem 19. Jahrhundert erscheinen. Und nicht nur ihrer Kleidung nach kam sie aus einer anderen Zeit. Pia hatte Frau Gockel sich einige Male beklagen hören, dass die Disziplin bei den Kindern, aber auch beim Lehrkörper nachließ.

»Ein schönes Wochenende, Frau Berger. Ich sehe, dass Sie engagiert sind, und ich halte Sie für eine Bereicherung für diese Schule.« Die Direktorin reichte ihr die Hand und hielt sie fest. Der Blick ihrer eisblauen Augen war durchdringend. Pia kämpfte gegen den Impuls an, wegzusehen.

»Sie sollten versuchen, sich den Kollegen mehr zu öffnen.«

Pia spürte einen Kloß in ihrem Hals und wünschte sich, dass die Direktorin ihre Hand losließe. »Ich will versuchen, Ihren Rat zu beherzigen.«

»Sie sollten in den Pausen öfter ins Lehrerzimmer kommen. Natürlich nur, wenn Sie keine Pausenaufsicht haben. Sie sind jetzt seit einem halben Jahr hier und viele Kollegen kennen nicht mehr als Ihren Namen.«

Pia nickte nervös. Sie nutzte die Pausen oft, um auf die Fragen einzelner Schüler einzugehen oder um sich auf die nächste Stunde vorzubereiten. Und wenn sie ehrlich war, hatte sie das Lehrerzimmer gemieden, weil sie Smalltalk hasste und auch nicht gut darin war.

Frau Gockel ging, und Pia zog sich eine Mütze über die dünnen, flachsblonden Haare und streifte ihren Wintermantel über. Dann trat sie auf den Pausenhof hinaus. Heute war der Himmel grau und kein einziger Sonnenstrahl brach durch die dichte Wolkendecke. Reste des Herbstlaubes hingen nass von den Bäumen.

Es war bereits winterlich kalt im Sauerland. Dessen ungeachtet tollten die Schulkinder draußen herum. Einige hatten Laub zu einem Haufen aufgeschichtet und eine andere Gruppe spielte Kettenfangen.

Pia winkte zwei Jungen aus ihrer Klasse zum Abschied zu. Sie liebte die Arbeit hier, vor allem mit den jüngeren Klassen. Kinder nahmen einen so, wie man vor ihnen stand, und das jeden Tag aufs Neue.

»Frau Berger!« rief eine Mädchenstimme hinter ihr.

Pia musste lächeln, als sie Kristin sah, die ihr etwas mit behandschuhten Händen entgegenstreckte. Ihre Nase war ein leuchtend roter Punkt in ihrem Gesicht.

Pia nahm den Stern aus Transparentpapier entgegen. Als sie ihn in die Höhe hielt, funkelte er in verschiedenen Farben, obwohl kein einziger Sonnenstrahl hindurchschien. Grün, Rot und Violett.

»Toll. Habt ihr den Stern im Kunstunterricht gebastelt?«

Das Mädchen nickte eifrig. »Ich schenke ihn dir.«

Pia bedankte sich gerührt. Mit der Bastelei in der Hand verließ sie den Pausenhof der Katholischen Grundschule Westheim und bog in eine Seitenstraße ein, in der sie ihren Polo geparkt hatte.

Die Straße war menschenleer. Pia schritt rasch voran. Ihr Blick schweifte über die Fenster der angrenzenden Häuser und glitt über die parkenden Autos. Leider war der Lehrerparkplatz heute Morgen überfüllt gewesen und sie hatte hierher ausweichen müssen.

Immer, wenn sie das Schulgelände verließ, hatte sie das Gefühl, aus einer Art Schutzzone herauszutreten. Sie dachte an den weißen Lieferwagen, der vor einigen Wochen mehrmals an der Schule vorübergefahren war. Er hatte die Pausenaufsicht derart beunruhigt, dass sie die Polizei informiert hatte. Später kam heraus, dass der Fahrer lediglich auf der Suche nach einer Adresse gewesen war, aber bei Pia hatte diese Begebenheit einen bleibenden Eindruck hinterlassen: Die Schule bedeutete Sicherheit.

Sie beschleunigte ihre Schritte. Dabei lauschte sie dem dumpfen Geräusch, das ihre Schuhe auf dem nassen Bürgersteig machten. Als sie ihren Wagen erreichte, sah sie sich prüfend nach allen Seiten um. Sie ging um den Polo herum, stellte fest, dass nichts unter dem Scheibenwischer klemmte oder in den Türgriffen steckte. Dann erst stieg sie ein und schaltete die Scheinwerfer an, obwohl es helllichter Tag war.

Wäshrend der Fahrt dachte sie daran, dass nächste Woche ihr erster Elternsprechtag stattfinden würde, und spürte ein nervöses Ziehen im Bauch. Die meisten Kinder bereiteten ihr keine Probleme, doch es gab drei in ihrer Klasse, die so gut wie nie ihre Hausaufgaben erledigten. Sie zeigten große Defizite beim Lesen. Wie sagte man so etwas den Eltern?

Pia dachte darüber nach, krank zu werden und schüttelte seufzend den Kopf. Den Elternsprechtag würde sie nachholen müssen.

Das schaffst du! Sie fasste das Lenkrad fester. *Du wolltest unbedingt Lehrerin werden. Du hast das Studium in Münster geschafft, du wirst auch das schaffen.*

Vorbei an kahlen Baumgruppen und dunklen Fichten, deren tropfnasse Äste schwermütig herabhingen, folgte sie der B7 in Richtung Marsberg. November im Sauerland. Der goldene Herbst war vorüber und das gesellschaftliche Leben in den Dörfern, das durch Straßenfeste, Arbeitseinsätze, Wandertage und Ausflüge bestimmt wurde, kam zum Erliegen. Wer die Möglichkeit dazu hatte, blieb im Haus und betrachtete das schmutzige Wetter von der Behaglichkeit der eigenen vier Wände aus. *Es ist als würde eine ganze Region Winterschlaf machen.*

Je näher sie ihrer Wohnung kam, desto stärker wurde ihre Unruhe. Bald grenzte sie an Angst.

Sie musste daran denken, wie ihr Bruder sie als Kind erschreckt hatte. Es war kurz vor Halloween gewesen. *Johannes, damals 13, wollte auf seine erste Übernachtungsparty ge-*

hen. *Das Motto: Zombies und andere Monster. Jeder sollte in einem Kostüm erscheinen und Johannes hatte sich von seinem Taschengeld eine schaurige Maske gekauft, ein grinsendes Gesicht mit einem zerstörten Kiefer.*

Als er sie voller Stolz zu Hause präsentierte, war Pia zwischen Ekel und Faszination hin- und hergerissen.

»Huuuuuu«, machte er, »Ich bin das Monster von Beeeeringhausen.«

Die letzten Tage vor Halloween war Johannes aufgedreht und konnte es bis zur Party kaum erwarten.

In einer Nacht wurde Pia von einem Kratzen wach. Es klang, als würden Fingernägel über Holz schaben. Pia schlug die Augen auf. Ihr Zimmer war in Dunkelheit getaucht.

Das Kratzen war ganz nah. Lange Krallen, dachte Pia. Sie fuhren über Holz, hin und her. Das Geräusch kam von unten. Etwas lag unter ihrem Bett.

Ihr war, als erstarrte die Zeit. Sie konnte sich nicht bewegen, wagte nicht einmal zu atmen. Dann hörte sie ein schleifendes Geräusch und wusste, dass das Monster herauskam.

Mit weit aufgerissenen Augen blickte Pia geradeaus. Sie wollte die Hand zum Schalter ihrer Nachttischlampe ausstrecken. Gleichzeitig fürchtete sie sich davor, was sie sehen würde.

Etwas packte ihr Handgelenk. Im selben Moment ging das Licht an und sie starrte auf die Zombiefratze neben ihrem Bett. Der Anblick brannte sich in ihre Netzhaut ein. Von gellenden Schreien aufgescheucht, kamen ihre Eltern herbeigerannt. Der Vater war außer sich und Johannes bekam von ihm die erste Ohrfeige seines Lebens. Die Mutter nahm Pia in die Arme, strich ihr über den Kopf und murmelte, es sei nur ihr dummer Bruder.

Es war das erste Mal, dass Pia diese lähmende Angst gespürt hatte. Eine Angst, die jeden rationalen Gedanken ausschaltet.

Ihre Wohnung lag in der Innenstadt von Marsberg über einem kleinen Nähladen. Pia hielt auf einem Parkplatz in der Nähe und stieg aus dem Wagen. Kalte Luft schlug ihr entgegen. Es hatte wieder zu regnen begonnen. Schwere, mit Schnee vermischte Tropfen klatschten auf die Erde. Der Boden war bereits mit Pfützen bedeckt. Pia zog die Schultern hoch und lief mit gesenktem Kopf über den Parkplatz.

Sie bog in die Hauptstraße ein und eilte an der Volksbank vorbei. Obwohl es Freitagmittag war, wirkte die Innenstadt verlassen. Die Touristenströme, die im Winter ins Sauerland kamen, konzentrierten sich auf die Skigebiete Willingen und Winterberg. Bestimmt warteten die Gastronomen und Liftbetreiber dort schon sehnsüchtig auf den ersten Schnee.

Pia warf einen Blick in das leerstehende Geschäft, wo vor Monaten noch eine Bäckerei gewesen war. Jetzt sah sie nur nackte Fliesen und die verwaiste Theke. Im Schaufenster klebte ein Zettel mit blauen, hoffnungsvollen Buchstaben: »Zu vermieten«.

Ein junges Paar hastete Arm in Arm über die Straße. Pia kam an einer Trinkhalle vorüber, durch dessen dunkelgrüne Fenster man nicht ins Innere blicken konnte. Dann sah sie plötzlich Rainer.

Er stand in einer Seitenstraße schräg gegenüber ihrer Wohnung, hatte die Arme über der Brust verschränkt und rauchte eine Zigarette. Sein Gesicht war abgewandt und eine Mütze bedeckte seinen Kopf, doch Pia erkannte ihn an der Art, wie er dastand.

Eine Welle der Panik erfasste sie. Ihr Herz klopfte und sie beschleunigte ihre Schritte und tastete nach dem Schlüssel in ihrer Jackentasche.

Als sie die Haustür erreichte, ging ihr Atem kurz und schnell. Sie spürte einen Schmerz in der Brust und ein Gefühl von Enge, als wäre dort nicht genügend Platz.

Obwohl sie sich nicht umblickte, war ihr überdeutlich bewusst, dass Rainer sie von seinem Platz aus sehen konnte. Keine Sekunde lang glaubte sie, dass ihre Begegnung Zufall war. Nein, er beobachtete sie. Und er wollte, dass sie es bemerkte.

Er wollte ihr zeigen, dass er zurück in ihrem Leben war. Dass sie sich nicht mehr vor ihm verstecken konnte.

Pias Finger zitterten, als sie versuchte, den Schlüssel ins Schloss zu stecken. Sie biss sich auf die Lippen und hoffte, dass der Schmerz sie beruhigen würde. Dann hörte sie Schritte hinter sich. Endlich ließ sich der Schlüssel drehen. Pia öffnete die Haustür und stolperte hinein.

»Frau Berger? Ein Paket für Sie.«

Hinter ihr stand der Postbote. Sie konnte riechen, dass er Zwiebeln gegessen hatte. Seine blonden Bartstoppeln waren lang geworden und lockten sich bereits. Er hatte es sich zur Angewohnheit gemacht, die Post immer persönlich abzugeben, statt sie in den Briefkasten zu werfen. Pia nervte das, aber sie brachte es nicht fertig, ihm das zu sagen. Außerdem stand er immer ein wenig zu nah.

Sie hielt die Luft an, während sie auf dem Empfangsgerät unterschrieb. Ein Blick über seine Schulter zeigte ihr, dass Rainer verschwunden war.

Dann klemmte sie sich das Paket, das einige Bücher enthielt, die sie bestellt hatte, unter den Arm und stieg die Treppe zu ihrer Wohnung hinauf. Sie trat ein, schloss die Tür ab und lehnte sich mit dem Rücken dagegen.

Wieder hatte sie dieses seltsame Gefühl, das sie seit einigen Wochen verfolgte: Jemand war hier gewesen.

Pia ließ den Blick über den akkurat aufgeräumten Wohnbereich schweifen. Die Garderobenhaken waren leer, die Kissen auf ihrem blassgrünen Sofa paarweise angeordnet. Darüber hingen zwei Bilder der grönländischen Tundra mit weißen Gletschern im Hintergrund. Der kleine Läufer auf dem Boden lag parallel zur Wand. Die Schlafzimmertür stand einen Spalt breit offen.

Pia spürte, dass ihr Herz schneller schlug. Die Tür war geschlossen gewesen, dessen war sie sich sicher. Sie schloss immer alle Türen. Als sie sich der Tür näherte, fühlten sich ihre Füße wie Fremdkörper an. »Er ist nicht hier«, flüsterte sie fast unhörbar. »Er ist nicht hier.«

Pia streckte die Hand aus, umfasste die Klinke und ließ die Tür langsam aufschwingen. Das Schlafzimmer war leer.

Mit angezogenen Knien saß Pia auf dem Sofa und starrte ihr Samsung Galaxy an. Ihr letzter Anruf lag schon eine lange Zeit zurück, trotzdem kannte sie die Nummer noch auswendig. Es kostete Überwindung, aber sie wählte die Marsberger Vorwahl und dann die Rufnummer der Zentrale der Kliniken vom Landesverband Sauer- und Siegerland, kurz LSS. Sie bat darum, mit der Maßregelvollzugsklinik verbunden zu werden.

»Forensische Psychiatrie, Schwester Sonja«, meldete sich eine freundliche Stimme.

»Guten Tag, mein Name ist Pia Berger. Ich möchte Dr. Kortmann sprechen.« Sie zögerte. Obwohl es nahezu unmöglich war, rechnete sie damit, dass die Schwester sie erkennen würde, doch die Stimme blieb unverbindlich.

»Dr. Kortmann ist heute leider nicht im Haus. Worum geht es denn?«

»Ich muss ihn sprechen.« Pia zögerte. Warum hatte sie sich nicht besser vorbereitet?

»Sind Sie eine Patientin?«

Plötzlich sah Pia vor sich, wie die Schwester am Computer nach ihren Daten suchte. Warum hatte sie nur ihren richtigen Namen gesagt? »Nein«, antwortete sie schnell und fuhr sich mit der Zunge über die Lippen. »Rainer Dorn war bei mir. Ich habe ihn gesehen. Welche Lockerungsstufe hat er? Hat er unbegleiteten Ausgang?«

Sie wusste, dass sie einen Fehler beging, konnte aber nicht mehr aufhören. Ihre Stimme klang schrill in ihren Ohren.

»Darüber darf ich Ihnen leider keine Auskunft geben«, sagte die Schwester kühl.

Dann wurde ihre Stimme freundlicher: »Ich sage Dr. Kortmann, dass Sie angerufen haben. Oder möchten Sie jetzt einen Termin bei ihm vereinbaren?«

»Nein«, flüsterte Pia.

»Ich bin sicher, der Doktor wird sich bei Ihnen melden.«